Des Ritters Belohnung

Die Kriegerinnen von Rivenloch, Band 3

DES RITTERS BELOHNUNG

Ausschnitt aus DAS VERLÖBNIS

ISBN-13: 978-1-63480-102-7

Glynnis Campbell – Verlag
P.O. Box 341144
Arleta, California 91331
Kontakt: glynnis@glynnis.net

Übersetzerin: Angelika Dürre
Redakteurin: Tanja Dürre
Bucheinbanddesign von Richard Campbell
Formatierung von Author E.M.S.

Erfahren Sie mehr über Glynnis Campbell und ihre Bücher auf www.glynnis.net

Weitere Bücher von Glynnis Campbell

Die Kriegerinnen von Rivenloch
Schiffbruch (*The Shipwreck*) [Novelle]
Eine gefährliche Braut (*Lady Danger*)
Ein Herz in Fesseln (*Captive Heart*)
Des Ritters Belohnung (*Knight's Prize*)

Die Ritter von de Ware
Das Verlöbnis (*The Handfasting*) [Novelle]
Mein Ritter (*My Champion*)
Mein Krieger (*My Warrior*)
Mein Held (*My Hero*)

Geächtete im Mittelalter
Die Viehdiebin (*The Reiver*) [Novelle]
Ein gefährlicher Kuss (*Danger's Kiss*)
Die Zuflucht der Leidenschaft (*Passion's Exile*)
Die Erlösung des Verlangens (*Desire's Ransom*)

Die schottischen Frauen
Der Verdammte (*The Outcast*) [Novelle]
MacFarlands Frau (*MacFarland's Lass*)
MacAdams Frau (*MacAdam's Lass*)
MacKenzies Frau (*MacKenzie's Lass*)

Danksagungen

Mein herzlicher Dank geht an:

„America“, Kathy Baker, Brynna Campbell,
Dick Campbell, Richard Campbell, Carol Carter,
Lucele Coutts, Lynette Gubler, Karen Kay,
Heath Ledger, Natalie Portman, Lauren Royal,
Betty and Earl Talken, Shirley Talken;
die Verkäuferinnen in meinem großartigen Street Team:
Ana Isabel Arconada, Terra Codack
Mariah Kathleen Crawford, Joelle Deveza, Diane Dunn,
Marguerite Hembree, Etta Miller, Lois J. Miller,
Heather M. Riley, Sandra M. Schaeffer,
Leslie Thompson, Jodi Villanueva,
und alle, die gern *Savage* spielen.

Widmung

Für
meinen Sohn Dylan...
der mit mir die Liebe für Schwerter,
den Super Bowl
und Action-Filme teilt, auch wenn man bei Letzteren ein schlechtes Gewissen hat,
und der mich davon überzeugt hat, dass Liebesromane wirklich gute Kampfszenen
und Knallerei brauchen.

Mein besonderer Dank geht an:
Melanie, Helen, und Lori,
die mir immer wieder Mut gemacht haben.

Kapitel 1

HERBST 1136

„Es ist so weit“, sagte Sung Li.

Miriels Augen weiteten sich, als sie sich aus ihrer letzten Tai-Chi Stellung löste. Ängstlich schaute sie sich im Zimmer um. „Wie?“

Miriel war jetzt immer wachsam. Seit sich die Ritter von Cameliard in den Haushalt von Rivenloch eingeschlichen hatten, indem sie ihre beiden älteren Schwestern geheiratet hatten, wusste man nie, wann ein normannischer Krieger in ihr Schlafzimmer marschieren könnte.

„Der Ritter“, antwortete Sung Li geheimnisvoll und fuhr mit ihren maßvollen Tai-Chi Stellungen fort und bewegte sich mit einer solch jugendlichen Anmut, die gar nicht zu ihrem faltigen Gesicht und dem langen, weißen Zopf passte; sie verlagerte ihr Gewicht langsam vom linken auf den rechten Fuß und beugte sich wie eine an einem Bogen gespannte Sehne.

Aber Miriels Ruhe von zuvor war nun unwiederbringlich zerstört. „Welcher Ritter?“, zischte sie.

Sung Li sagte ruhig: „Der Ritter der Nacht, der den *Schatten* schlucken will.“

Miriel schaute mürrisch und ihre Schultern spannten sich an. Sung Li war wieder absichtlich begriffsstutzig. Es stimmte schon, dass die Prophezeiungen der alten Dienerin für gewöhnlich recht genau waren. Aber manchmal schien Miriels weise, hutzelige Kameradin unergründlich und wählte unweigerlich die unglücklichsten Augenblicke, um die dunkelsten Omen zu verkünden.

Miriel zitterte, da sie mit ihren Nerven am Ende war, nahm aber ihre Übungen wieder auf, wobei sie Sung Li in ihrem täglichen, privaten Ritual nachahmte. Hinter den geöffneten Fensterläden der Burg stachen die ersten Sonnenstrahlen durch die schottischen Wälder.

Aber nun, da Sung Li ihre Ruhe gestört und ihre meditative Gelassenheit durcheinandergebracht hatte, wurden Miriels Bewegungen ungelenk.

Was sollte das bedeuten - der Ritter der Nacht, der den *Schatten* schlucken will? Ein bewölkter Abend? Ein harter Winter? Eine weitere Invasion der Engländer? Oder könnte es etwas ... persönlicheres bedeuten?

Gedankenverloren wackelte und schwankte Miriel und verlor fast ihr Gleichgewicht, wobei sie sich fest auf einen nackten Fuß stellen musste.

„Verdammt noch mal!" Sie verschränkte die Arme und blies eine Strähne ihres dunklen Haars aus den Augen. „Wie kann ich mich konzentrieren, wenn Ihr solche ominösen Nachrichten von Euch gebt?"

Sung Li löste ihre Stellung lange genug auf, um sie selbstgefällig und amüsiert anzuschauen. „Eine wahre Meisterin würde sich nicht ablenken lassen, noch nicht einmal von ..." „... einem Drachen, der Feuer speit", beendete Miriel den Satz.

„Ich weiß. Aber Ihr hättet es für später aufheben können."

Des Ritters Belohnung

Sung Li beendete die letzte erweiterte Stellung, verbeugte sich respektvoll in Richtung Sonne und wandte sich dann Miriel mit ernstem Gesicht zu. „Später ist zu spät. Der Ritter kommt schon bald."

In dem Augenblick zog ein leichter Wind durch das Fenster und wehte die kühle Oktoberluft hinein. Die unnatürliche Kühle ließ Miriel bis auf die Knochen erschaudern und das hatte nicht nur mit der Jahreszeit zu tun. Wie könnte denn der Ritter schon bald kommen? Es war ja gerade erst Morgengrauen.

Ihre Blicke trafen sich und Miriel dachte, dass sie ihre *Xian Sheng*, ihre Lehrerin, noch nie so ernst gesehen hatte. Es war, als würden die alten schwarzen Augen sich in ihre Seele bohren, nach ihren Schwächen suchen und ihren Wert abwiegen.

Schließlich ergriff Sung Li Miriels Unterarm überraschend fest. „Ihr müsst stark sein. Und mutig. Und klug."

Miriel nickte langsam. Sie verstand Sung Li nicht immer, da diese oft in Rätseln sprach, aber zweifellos war die Warnung ernst gemeint.

Dann ließ Sung Li sie plötzlich los, als wenn nichts passiert wäre und schlüpfte wieder in die Rolle von Miriels Dienerin, wobei sie ihr ein grobes Kleid über das lockere Leinengewand, das sie beim Tai-Chi trugen, anlegte. Sie zog ihr Schuhe und Strümpfe an und wählte einen dunkelblauen Surcot für Miriel, der sich in einer Truhe aus Kiefernholz am Fußende des Bettes befand.

Miriel runzelte die Stirn und schlüpfte in das weiche Wollgewand, während Sung Li sich pflichtbewusst abwandte. Die beiden teilten viele Geheimnisse seit dem Tag vor fünf Jahren, als Miriel drei tödliche, orientalische Waffen von einem fliegenden Händler gekauft hatte - einen *Nunchaku*, ein Paar *Sais* und eine chinesische Dienerin.

Sung Li hatte darauf bestanden, gekauft zu werden. Es sei Schicksal, hatte die seltsame Frau weise verkündet. Und im Alter von dreizehn Jahren wollte Miriel sich nicht mit dem Schicksal herumstreiten.

Ihr Vater und ihre älteren Schwestern, Deirdre und Helena, hatten es nicht gutgeheißen. Lange Zeit hatten die Bewohner von Rivenloch der kleinen Ausländerin mit den seltsamen Augen und der frechen Zunge verächtliche Blicke zugeworfen.

Aber sie hatten sich jetzt an Sung Li gewöhnt und niemand stellte die Gegenwart der weißhaarigen Dienerin mehr in Frage, die sich so eng an Miriel klammerte wie ein Küken an seine Mutter.

Wenn sie natürlich gewusst hätten, dass die kleine alte Frau eigentlich ein kleiner alter Mann war, der die meiste Zeit mit Miriel darauf verwendete, sie die hohe chinesische Kriegskunst zu lehren, und wenn sie den Verdacht gehabt hätten, dass Miriel unter seiner Anleitung von einem ängstlichen Kind zu einer wilden Kämpferin erblüht war, die mit ihren kriegerischen Schwestern konkurrieren konnte, hätten sie vielleicht Anstoß genommen.

Aber wie Sung Li gerne sagte, war die beste Waffe diejenige, von der niemand etwas wusste. Mit Sicherheit hegte niemand den Verdacht, dass die sanftmütige, unschuldige und folgsame Miriel die Fähigkeiten besaß, einen Mann zu töten.

„Pah." Sung Li starrte aus dem Fenster und runzelte die Stirn.

„Pah, was?" Miriel befestigte den Silbergürtel an ihren Hüften und schlüpfte mit den Füßen in ihre Lederschuhe.

„Ein Ritter kommt."

Miriel zuckte sofort zusammen. „Der Ritter der Nacht, der

den *Schatten* schlucken will?" Mit gebeugten Knien und erhobenen Armen war sie in diesem Augenblick kampfbereit, sei es gegen einen menschlichen Feind oder die dunklen Mächte der Natur.

Sung Li wandte sich ihr mit einem finsteren Blick zu und schüttelte dann den Kopf. „Du bist heute wie ein Kind, das sich vor seinem eigenen Schatten erschreckt." Er ging vom Fenster weg und fing an, das Zimmer aufzuräumen, wobei er mit der Zunge klackte. „Es ist nur ein normaler Ritter."

Miriel nahm die Hände herunter und blickte den alten Mann düster an, wobei der Blick an seinem Rücken verschwendet war. Ein Kind. Sie war es leid, ein Kind genannt zu werden. Von Sung Li. Von ihrem Vater. Von ihren Schwestern. Sie war kein Kind. Sie war eine erwachsene Frau.

Mit einem verachtungsvollen Schnauben ging sie zum Fenster, um selbst hinaus zu schauen. Da *war* ein Ritter auf einem Pferd auf dem Hügel oberhalb von Rivenloch. Er war mit Kettenhemd und Surcot für eine Schlacht gekleidet, was weise war, denn ein Fremder allein konnte im wilden Schottland schnell Feinden gegenüberstehen. Während er den Hügel hinab auf die Burg zuritt, wurde der silberne Helm unter seinem Arm vom ersten Sonnenlicht erfasst und er glitzerte wie Feuer.

Sie konnte das Wappen auf seinem Wappenrock nicht erkennen und ihn auch nicht deutlich sehen, insbesondere aufgrund der wirren, rotbraunen Mähne, die sein Gesicht verdeckte und ihm fast bis zu den Schultern reichte.

„Wer glaubt Ihr ...?" Sie wandte sich zu Sung Li, aber der unglaublich flinke Diener war schon weg und wahrscheinlich auf dem Weg, das beste Brot in der Küche für das Frühstück seiner Herrin zu stibitzen, bevor einer der hungrigen Normannen es in die Finger bekam.

Miriel ging zurück zum Fenster. Vielleicht war der Ritter ein Gast, der zu früh zu Helenas Hochzeit kam. Auf halbem Weg den Hügel hinab hielt er inne, um seine Umgebung zu betrachten. Als sein Blick auf die Burg fiel, verspürte Miriel einen untypischen Schauer der Angst, der ihr über den Rücken lief. Reflexartig duckte sie sich hinter einem Fensterladen, um aus dem Sichtfeld zu verschwinden.

Einen Augenblick später schimpfte sie sich selbst für ihre Feigheit und schaute wieder nach draußen. Der Ritter hatte seine Richtung geändert. Er lenkte sein Pferd jetzt zu dem dichten Wald, der Rivenloch umgab.

Miriel runzelte die Stirn. Das war äußerst ungewöhnlich. Warum würde ein fremder Ritter den ganzen Weg zu der abgelegenen Burg von Rivenloch reisen, nur um im letzten Augenblick in die Wälder abzubiegen?

Bei den Heiligen, das wollte sie genau wissen. Vielleicht hatte er Unfug im Sinn. Da Deirdre und Helena von ihren normannischen Liebhabern abgelenkt waren, musste irgendjemand ein Auge auf die Verteidigungsanlagen der Burg haben.

Ihre Schwestern glaubten, dass Miriel den Geheimausgang aus der Burg, der vom hinteren Ende ihres Arbeitszimmers unter der Burg hindurchführte, geschlossen hatte, nachdem die Soldaten von Rivenloch den Tunnel benutzt hatten, um im letzten Frühling die angreifende englische Armee zu besiegen.

Aber Miriel hatte das nicht getan. Der Tunnel war viel zu nützlich, als dass man ihn hätte schließen dürfen. Schließlich war es der einzige Weg für Miriel, die Burg zu verlassen, ohne dass ihre überängstlichen Schwestern sie überwachten.

Also hatte sie einen Wandteppich über den Eingang gehängt, ihren Schreibtisch an die Öffnung gestellt und

Wirtschaftsbücher auf ihm gestapelt. Es war keine Arbeit, sie aus dem Weg zu räumen, wenn sie flüchten müsste ... so wie jetzt.

Es war noch früh. Später würde Helena sie brauchen, um bei den Hochzeitsvorbereitungen zu helfen. Aber Miriel wollte dem Fremden im Wald ein wenig hinterher spionieren und sich später in die Burg zurück schleichen, bevor irgendjemand etwas merkte.

Sie lächelte entschlossen. Diese heimlichen Abenteuer waren eine angenehme Abwechslung, angesichts sowohl der Langeweile bei der Verwaltung des Burghaushalts, als auch der Aufgabe, immer die hilflose kleine Schwester der Kriegerinnen von Rivenloch spielen zu müssen.

Rand la Nuit spürte, dass er nicht mehr allein im Wald war. Nicht, dass der Störenfried ein Geräusch von sich gegeben, einen Duft ausgeströmt oder auch nur einen Schatten geworfen hätte. Aber jahrelanges Training als Söldner hatte Rands Sinne geschärft. Am leichten Kribbeln im Nacken merkte er, dass er beobachtet wurde.

Könnte es der *Schatten* sein, der Gesetzlose, den er jagte?

Wie zufällig legte er eine Hand an den Griff seines Schwertes und schlenderte auf die andere Seite hinter sein Pferd, wobei er das Tier zwischen sich und den Störenfried platzierte. Dann beugte er sich herab, als wollte er den Sattelgurt des Pferdes überprüfen und dabei schaute er unter dem Bauch des Tieres hindurch und durchsuchte die Büsche nach einer Spur des Eindringlings.

Abgesehen vom Dampf, der wegen der Wärme der aufgehenden Sonne von den nassen Eichenstämmen aufstieg, war der neblige Wald völlig still. Üppige Zedernäste hingen wie im Schlaf herab. Dicke Farne standen da wie stille Wachsoldaten. Noch nicht einmal ein Käfer bewegte die Blätter am Boden.

Er runzelte die Stirn, strich seinem Pferd über das Hinterteil und stieg wieder auf. Vielleicht bildete er sich das alles nur ein.

Und doch hatte er seinem Instinkt immer vertraut. Nur weil er die Bedrohung in diesem Augenblick nicht orten konnte, bedeutete das nicht, dass sie nicht da war. Er würde seine Umgebung im Auge behalten und eine Hand an seinem Schwert liegen lassen, während er den Wald durchsuchte.

Er wusste noch nicht genau, nach was er suchte. Als der Lord von Morbroch ihn einstellte, hatte man ihm nur gesagt, dass der gesuchte Gesetzlose allein arbeitete und ein schwer fassbarer Dieb war, der in den Wäldern von Rivenloch sein Unwesen trieb.

Zu Beginn schien die Aufgabe einfach zu sein. Rands Erfahrung nach waren Räuber nur in seltenen Fällen schlau. Es würde eine einfache Aufgabe sein, das Versteck des Kerls auszumachen, ihn zu ergreifen und nach Morbroch zur Verurteilung zu bringen.

Aber als Rand erfuhr, wieviel der Lord und einige seiner benachbarten Barone ihm bereit waren zu zahlen, dass er den Dieb fing, der sie um ihre Börsen erleichtert hatte, fing er an zu überlegen, ob es tatsächlich so ein einfaches Unterfangen werden würde.

Scheinbar machte ihr lokaler Gesetzloser den Bewohnern von Rivenloch nichts aus. Für sie war er nur das Thema der Geschichten, die man sich am Kamin erzählte und die Hauptfigur in den Liedern der Minnesänger. Und obwohl sie wussten, dass der Schurke mehreren reisenden Adligen riesige Mengen an Silber geraubt hatte, unternahmen sie keine Anstrengungen, den Mann zu fangen. Auch wollten sie nicht von Außenstehenden gestört werden.

Daher würde Rand im Geheimen unter der Nase einer der besten Armeen in Schottland, der Ritter von Cameliard, arbeiten müssen. Die normannischen Ritter waren letztes Frühjahr gekommen, um die schottische Burg zu übernehmen und sie hatten bereits eine riesige Armee schurkischer englischer Lords, die Rivenloch belagern wollten, besiegt. Wenn sie es wollten, könnten sie einen armseligen Söldner ganz einfach daran hindern, ihren geliebten Gesetzlosen zu fangen.

Also würde Rand klug an die Sache herangehen müssen.

Er brauchte drei Dinge: Einen glaubwürdigen Vorwand, dass er nach Rivenloch gekommen war, einen Grund, dort zu verweilen und Zugang zum täglichen Leben auf der Burg. Der Lord von Morbroch hatte ihm eine Lösung genannt, die ihm alle drei Dinge lieferte: Er würde vortäuschen, einer der Rivenloch Töchter den Hof machen zu wollen.

Wenn Rand den Räuber natürlich fangen könnte, bevor er in Rivenloch ankam, bräuchte er diese Täuschung nicht.

Er inspizierte den Weg noch einmal auf Anzeichen, dass jemand hier gewesen war - Fußspuren, weggeworfene Knochen von einer Mahlzeit, Reste eines Feuers. Je schneller er einen Hinweis auf den Aufenthaltsort des Diebes fand, desto schneller könnte er diesen Ort verlassen und seine Belohnung abholen. Aber während er den Wald inspizierte, spürte er nur, dass er beobachtet wurde.

Er hatte schon einige Zeit mit seiner Suche verbracht, als er ein neues Geräusch hörte, das die Stille des Waldes störte - Schritte.

Es handelte sich nicht um den heimlichen Gang eines Diebes, sondern um die zielstrebige Annäherung zweier Männer.

Das hatte er in etwa erwartet. Rivenlochs Wachen hatten ihn wahrscheinlich gesehen, als er sich der Burg näherte und kamen jetzt, um den Fremden, der sich in ihren Wäldern versteckte, zu überprüfen. In wenigen Augenblicken würden sie ihn finden.

Er musste schnell handeln. Er trat an den Rand des Weges und begann zu pfeifen. Er hob sein Kettenhemd an und löste die Bänder an seiner Hose. Dann zog er sie schnell runter und fing an, sich an einem Busch zu erleichtern.

Direkt über ihm hörte er plötzlich ein lautes Keuchen. Sein Herz machte einen Satz. Sein Pfeifen verstummte plötzlich. Er duckte sich und verfehlte fast den Busch, als er zu den Zedernästen über ihm blickte.

Scheiße! Er konnte niemanden sehen, aber da *war* jemand. Schon fast direkt über ihm.

Und voller Verwunderung wurde ihm klar, dass dieser jemand dem Keuchen nach definitiv weiblich war.

Aber die Büsche wurden bereits auseinandergebogen, um Platz für die sich nähernden Männer zu machen. Er hatte keine Zeit mehr, dem frechen Spion, der sich in dem Baum versteckte, entgegenzutreten.

„Böses Mädchen", schimpfte er leise und grinste in Richtung des Blattwerks über ihm.

Dann schüttelte er den Kopf, pfiff wieder und widmete sich unverfroren seiner Aufgabe. Wenn der Anblick eines pinkelnden Mannes das Mädchen beleidigte, verdiente sie dies seiner Meinung nach für ihre Schalkhaftigkeit nicht anders.

Miriel war von der unhöflichen Zurschaustellung des Mannes nicht entsetzt, obwohl sie äußerst kühn und befremdlich war, sondern eher von der Art und Weise, wie sie gekeucht hatte.

Seit fünf Jahren strich sie still wie der Nebel und unsichtbar wie die Luft durch diese Wälder. Dank Sung Lis Anleitung konnte sie sich selbst für die scharfäugigen Eulen, die in den Bäumen wohnten, unbemerkbar machen. Sie konnte so flink wie ein Eichhörnchen von einem Ast zum anderen huschen und sich scheinbar nahtlos in das Blattwerk einfügen.

Wie ein Fremder ihr ein solch lautes Keuchen entlocken konnte, wusste sie nicht. Fürwahr, sie hatte *den* Teil eines Mannes noch nie gesehen, aber für jemand, der mit Tieren aufgewachsen war, konnte seine Anatomie keine Überraschung sein.

Schlimmer noch, ihr stockte fast der Atem, als er mit diesem selbstgefälligen Grinsen in ihre Richtung blickte. Nicht, weil sie Angst hatte, dass er sie sehen könnte, denn das konnte er nicht, sondern weil sein gutaussehendes Gesicht - dieses starke Kinn, die geschwungenen Lippen, die wirren Haare, das verwirrte Stirnrunzeln und die dunklen, funkelnden Augen - ihr buchstäblich den Atem raubten.

„Guten Morgen!“ Sir Rauves bekannte, donnernde Stimme, die durch die Büsche erklang, ließ Miriel fast aus ihrem Versteck purzeln. Sie beobachtete, wie der riesige Ritter von Cameliard mit dem schwarzen Bart gefolgt vom jungen Sir Kenneth vorwärts stapfte, wobei er zur Vorsicht eine Hand am Griff seines in der Scheide steckenden Schwertes hatte.

„Guten Morgen!“, antwortete der Fremde fröhlich. Er besaß eine tiefe Stimme so weich wie Honigmet. „Verzeihung“, entschuldigte er sich und machte sich daran, seine Hose hochzuziehen. „Ich musste mich nur um ein Geschäft kümmern.“

Sir Rauve nickte, verschwendete keine Zeit und sprach ihn direkt an. „Und welche Art von Geschäft führt Euch nach Rivenloch, Sir?“

Der Mann grinste freundlich. Bei den Heiligen, dachte Miriel, sein Lächeln war absolut überwältigend; es war breit und hell und er hatte sogar liebenswerte Grübchen. „Das kommt immer darauf an, wer gerade fragt.“

Sir Rauve richtete sich zu seiner vollen beeindruckenden Größe auf. „Sir Rauve von Rivenloch, Ritter von Cameliard, Verteidiger dieser Burg.“

„Sir Rauve.“ Der Fremde streckte seine Hand zur Begrüßung aus. „Ich bin Sir Rand von Morbroch.“

Morbroch. Miriel kannte den Namen.

Als Sir Rauve ihn misstrauisch anschaute, fügte er hoffnungsvoll hinzu: „Vielleicht erinnert Ihr Euch an mich von dem Turnier im letzten Monat?“

Miriel runzelte die Stirn. Der Lord von Morbroch hatte am Turnier in Rivenloch mit einem halben Dutzend Ritter teilgenommen. Jetzt erkannte sie das Wappen auf dem Wappenrock des Mannes, der Kopf eines Wildschweins auf schwarzem Grund. Aber sie konnte sich nicht an Rand erinnern. Und er hatte ein Gesicht, das sie nicht so leicht vergessen hätte.

Als Sir Rauve nicht reagierte, zog Rand seine Hand zurück und senkte seufzend den Blick. „Nun ja, vielleicht auch nicht. Ich wurde im Gefecht niedergeschlagen. Es dauerte zwei Tage, bis ich mich erholt hatte.“

Miriel zog ihre Unterlippe zwischen die Zähne. Das könnte stimmen. Irgendjemand wurde immer im Gefecht niedergeschlagen.

Aber Sir Rauve war noch nicht überzeugt. „Ihr habt meine Frage nicht beantwortet.“

„Warum ich hier bin?“ Rand runzelte unbehaglich die Stirn und kratzte sich an der Schläfe. „Es ist eine etwas ... heikle Angelegenheit. Ich würde lieber nicht darüber sprechen.“

Sir Rauve verschränkte seine fleischigen Arme über der Brust. „Und ich würde Euch lieber nicht passieren lassen.“

„Ich verstehe.“ Rand atmete tief durch.

In dem Augenblicke sah Miriel, wie seine Hand sich vorsichtig und doch zielstrebig zum Griff seines Schwertes bewegte. Dem Funkeln in seinen Augen nach zu urteilen befürchtete sie plötzlich, dass er überstürzt handeln und sich allein mit zwei Rittern anlegen würde.

Aber im letzten Augenblick hakte er seinen Daumen harmlos in seinem ledernen Schwertgürtel ein und grinste verlegen. „Wenn Ihr es denn unbedingt wissen müsst, Sir ... ich bin gekommen, um einer Dame den Hof zu machen.“

Miriel hob eine Augenbraue. Den Hof machen? Und warum war er dann durch die Blätter gestolpert, als wenn er eine Beute verfolgte?

„Den Hof machen?“ Der junge Kenneth schaute so verärgert, als wenn er gesagt hätte, dass er Aale lebendig schlucken wollte.

Sir Rauve knurrte nur.

„Aye.“ Rand stieß einen tiefen, liebeskranken Seufzer aus, der Honig hätte stocken lassen. „Ihr müsst wissen, dass einer von Rivenlochs hellen Engeln mein Herz gestohlen hat.“

Miriel schaute finster. Sie verachtete rührselige Liebeserklärungen, besonders wenn sie so wie diese eine glatte Täuschung waren. Rand hatte vielleicht die Worte gesagt, aber sie konnte an dem amüsierten Glitzern in seinen Augen sehen, dass er keines von ihnen meinte.

Aber natürlich erkannten die Wachen den Unterschied

nicht. Männer konnten Täuschung nicht so riechen, wie eine Frau das konnte.

„Einen von Rivenlochs Engeln?“, knurrte Sir Rauve und streckte sein bärtiges Kinn vor. „Nun, dann ist es besser nicht Lucy.“

Miriel runzelte die Stirn. Lucy? Dies war eine Überraschung. Gab der große Sir Rauve seine Zuneigung für die freche Lucy Campbell zu?

Kenneth gab seine eigene Warnung aus. „Und wenn Ihr wegen der Lady Helena gekommen seid, so ist es zu spät. Sie wird in zwei Tagen heiraten.“

„Keine Angst“, sagte Rand schmunzelnd. „Es ist keine von ihnen, meine Herren.“

Als der Kerl eine Hand an seine Brust legte, als wollte er das Schlagen seines verzauberten Herzens beruhigen, verdrehte Miriel die Augen. Wer war also diese angebliche Liebe? Die Witwe Margaret Duncan? Joan Atwater? Die junge Katie Simms?

„Ich fürchte, dass mein unglückliches Herz von keiner anderen gefangen wurde“, schwärmte er, „als der jüngsten Tochter von Rivenloch ...“

Miriel verschluckte sich fast vor Überraschung.

Sie? Er war wegen ihr gekommen? Wie konnte das sein? Bei Gott, sie kannte den Mann ja noch nicht mal.

Und scheinbar kannte er sie auch nicht. Er beendete seine Ansprache mit einem dramatischen Seufzen voller Anbetung. „Lady Mirabel.“

KAPITEL 2

In dem Augenblick, als er den Namen gesagt hatte, spürte Rand, dass etwas nicht stimmte. Das lange Schweigen machte es offensichtlich.

„Meint Ihr Miriel?“, fragte der jüngere Ritter.

Rand blinzelte und hatte nun die Fassung verloren. Bei den Eiern des Teufels! Wie hatte er nur einen Fehler bei dem Namen des Weibes machen können? „Aye, Miriel.“ Verwirrt runzelte er die Stirn. „Habe ich das nicht gesagt?“ Er lächelte bedauernd. „Ich fürchte, dass ich ein wenig nervös bin.“

„Und das solltet Ihr auch sein“, sagte Sir Rauve. „Ihr habt doch sicherlich von den Kriegerinnen von Rivenloch gehört?“

„Kriegerinnen?“ Es kribbelte ihm im Nacken vor Unbehagen. Wer zum Teufel waren die Kriegerinnen? Es kam ihm in den Sinn, dass Morbroch ihm einige Einzelheiten bezüglich dieser Mission verschwiegen hatte; Einzelheiten, die seine großzügige Belohnung wie einen Hungerlohn erscheinen lassen würden, wenn er den Auftrag abgeschlossen hätte. „Oh, aye, sicherlich“, bluffte er. „Wer hat das nicht?“

Die Augen des jüngeren Ritters funkelten. „Ich gebe ihm zwei Stunden", sagte er zu Sir Rauve.

„Bei Helenas herzlicher Begrüßung?" Sir Rauve schüttelte den Kopf. „Eine Stunde."

Rand schaute von einem Mann zum anderen. Von was zum Teufel sprachen sie?

„Dann kommt mit", sagte Sir Rauve. „Wenn Ihr Euch beeilt, könnt Ihr noch vor Mittag auf dem Weg zurück nach Morbroch sein."

„Zurück? Aber ich bin doch gerade erst ..."

Die Wachen grinsten einander wissend an, bevor sie sich umwandten zu gehen und Rand kämpfte gegen den Drang, ihre frechen Köpfe gegeneinander zu schlagen. Er vermutete, dass es seine eigene Schuld war. Er hatte beschlossen, den liebeskranken Jüngling zu spielen. Jetzt war er die Zielscheibe ihres Spottes.

„Ich hoffe, Ihr könnt mit dem Schwert umgehen", rief der junge Ritter grinsend über seine Schulter.

Rand lächelte grimmig zurück. Gut mit dem Schwert? Er hätte den Jungen mit seinem Schwert aufschlitzen können, bevor dieser aufhörte zu grinsen. Aber die Erfahrung hatte ihn gelehrt, dass es weise war, seine besten Waffen zu verbergen, bis ihre Benutzung notwendig wurde.

Jetzt überlegte er, wie bald sein Schwert schon gebraucht werden würde. Seine Unternehmung stellte sich schon jetzt als mühselig heraus. Er hatte gehofft, dass er ein paar Tage in Rivenloch verbringen würde, der Dame zum Schein den Hof machte und im Geheimen den Dieb jagte und bis Ende der Woche die Sache abgeschlossen haben würde, damit er zurückgehen und den Rest seiner Belohnung von Morbroch abholen könnte.

Und er wollte dabei keine Komplikationen erleben.

Schon jetzt hinterließ der Gedanke, ein unschuldiges Mädchen zu umwerben, wenn er sie doch gar nicht heiraten wollte, einen unangenehmen Beigeschmack in seinem Mund. Ganz zu schweigen von der Tatsache, dass er viel Zeit mit einem Mädchen verbringen müsste, über das er nichts wusste.

Morbroch hatte ihm versichert, dass die junge Dame hübsch und lieblich und vor allem anpassungsfähig war und dass sie keine Probleme machen würde. Aber jetzt war er sich nicht sicher, dass Morbrochs Informationen auch wirklich vertrauenswürdig waren.

Er ergriff die Zügel seines Pferdes und klackte, um das Tier voranzutreiben.

Soweit er wusste, hätte Miriel auch eine scharfzüngige Hexe sein können. Oder ein schmollendes Kind. Oder ein altes Weib mit verrotteten Zähnen und vertrockneten Brüsten. Er erschauderte.

Er war ungefähr fünf Schritte weiter, als er sich plötzlich an das Weib im Baum erinnerte. Er wandte sich um und inspizierte die dichten Zedernäste über ihm, wobei er immer noch niemanden im dichten Grün sehen konnte. Aber er konnte ihre Anwesenheit spüren.

Er grinste. „Lebe wohl, Teufelchen", rief er leise und blies ihr einen Kuss zu. Dann wandte er sich um, um sich dem Schicksal, das ihn in der Burg Rivenloch erwartete, zu stellen.

In dem Augenblick, als er sie Mirabel genannt hatte, hörten Miriels Augen auf zu strahlen. Wenn der Knappe behauptete, dass er in sie verliebt sei, könnte er zumindest ihren Namen richtig wissen.

Doch trotz ihrer Verärgerung war sie auch zum Teil fasziniert. Im vergangenen Jahr hatten mehrere Männer Interesse an Miriel bekundet, aber keiner hatte sich getraut, darum zu bitten, ihr den Hof machen zu dürfen. Da Sung Li sie wie eine Mutterhenne beschützte und ihre Schwestern jeden Mann mit dem Schwert begrüßten, blieben die Männer meist auf Distanz. Bislang hatte nur Pagan Cameliard Miriel heiraten wollen, auch wenn es nur ein politisch motivierter Antrag gewesen war und selbst er hatte sich von Deirdre umstimmen lassen, die jetzt glücklich mit ihm verheiratet war und sein Kind unter dem Herzen trug.

Ihre Schwestern würden diesen Kandidaten zweifellos umgehend mit eingezogenem Schwanz zurück nach Morbroch schicken, bevor sie ihn überhaupt richtig begrüßen könnte.

Soweit durfte sie es nicht kommen lassen. Der Mann hier im Wald führte irgendetwas im Schild und sie musste seine wahren Absichten herausfinden.

Trotzdem war es schade, dachte sie, während sie ihre Wange gegen das weiche Moos lehnte, das die Zedern bedeckte und sie der Unterhaltung der drei Männer unten lauschte. Er sah ziemlich gut aus. Mit seinen breiten Schultern und schmalen Hüften schien er fast so groß zu sein wie Rauve. Mit seinem strahlenden Lächeln und seinen entzückenden Grübchen war er sicherlich der attraktivste Mann, den sie jemals gesehen hatte. Seine Augen funkelten wie schwarzer Topas. Seine Stimme war beruhigend und erregend zugleich. Und sein wirres, rotbraunes Haar schien darum zu flehen, dass sie es mit ihren Fingern entwirrte.

Wie schrecklich wäre es wohl, dachte sie und errötete schuldbewusst, bei seinen Annäherungsversuchen mitzuspielen, die Wahrscheinlichkeit zu übersehen, dass er Hintergedanken hatte und ihn sie heiraten zu lassen? Ihn seine breiten Hände an ihre Taille legen zu lassen ... ihn zärtliche Küsse auf ihren Mund drücken zu lassen ... ihr Zärtlichkeiten ins Ohr flüstern zu lassen ... und den Dolch in seiner Hose wieder aus seiner Scheide herausziehen zu lassen und ...

Im nächsten Augenblick wurde sie wieder zur Vernunft gebracht. Die Männer machten sich bereit zu gehen. Aber als sie sich auf den Pfad begaben, schlug das Pferd zum Abschied noch einmal mit dem Schwanz und Rand hielt inne, um direkt nach oben zu ihr zu schauen. Natürlich konnte er sie nicht wirklich durch die dicken Zedernäste sehen. Aber bei seinem Blick durchfuhr sie ein seltsamer Schauer. Und als er ihr einen Kuss zu blies, konnte sie schon fast die Wärme seines Atems auf ihren Lippen spüren.

In dem Augenblick, als er außer Sichtweite war, kletterte sie herunter und rannte zurück zur Burg durch die Wälder auf dem Weg, auf dem sie gekommen war.

Vielleicht war Sir Rand von Morbroch ein Knappe und ein Mistkerl und ein Schurke. Vielleicht war er völlig unpassend und unqualifiziert als Bewerber. Aber der Mann führte definitiv etwas im Schilde. Und wenn es bedeutete, dass sie vortäuschen musste, seinen Annäherungsversuchen zugetan zu sein, um herauszufinden, was er vorhatte, dann würde sie das tun. Für das Wohl Rivenlochs.

Sie brauchte niemandes Zustimmung. Ihre Schwestern hatten nicht zu entscheiden, wer ihr den Hof machte. Auch nicht ihr Vater. Oder ihr *Xian Sheng*.

Als sie schließlich aus dem Tunnel in ihr Arbeitszimmer platzte, raste ihr Herz von der Aufregung der Jagd und sie war so abgelenkt, dass sie fast in ihren Diener gekracht wäre.

„Oh!“ Sie zuckte schuldbewusst zusammen. „Sung Li.“

„Frühstück.“ Er drückte ihr eine Platte mit Brot und Käse in die Hand.

„Ich esse es später.“ Sie versuchte, sich um den alten Mann herum zu schlängeln, aber er versperrte ihr den Weg.

„Ihr müsst jetzt essen, um bei Kräften zu bleiben.“

Miriel schürzte die Lippen. Warum glaubte jeder, dass er sie herumkommandieren konnte, sogar ihr Diener? „Ich habe keine Zeit, Sung Li."

Vorwurfsvoll hob er eine Augenbraue. „Und doch habt Ihr Zeit, einen Spaziergang im Wald zu machen.“

Verärgert blickte Miriel ihn an. „In Ordnung.“ Sie nahm den Käse, biss eine Ecke ab und schob ein Stück Brot in ihren Mund, das so groß war, dass sie kaum sprechen konnte. „Zufrieden?“

Sung Li kniff die Augen zu schmalen Schlitzen zusammen. „Ihr seid ein dummes, dummes Kind.“

Mit einem zornigen Knurren schlängelte sie sich an Sung Li vorbei und öffnete die Tür ihres Arbeitszimmers.

„Ein für alle Mal“, erklärte sie, „ich bin kein Kind mehr!“

Dann knallte sie die Tür hinter sich zu.

Rand stand selbstbewusst in der Mitte von Rivenlochs riesigem Übungsplatz mit über der Brust verschränkten Armen. Mit seinen vierundzwanzig Jahren hatte er die Blicke so manch eines Weibes auf sich gezogen, aber keine, die der Überprüfung gleichkamen, der er jetzt standhalten musste.

Das war also Helena, Miriels Schwester. Sie war ein hübsches Mädchen mit smaragdgrünen Augen, einer wilden Lockenmähne und ausladenden Brüsten. Wenn ihr

Cameliard Bräutigam nicht gewesen wäre, wäre sie gefährlich verführerisch.

Im Augenblick konnte er jedoch nur daran denken, dass sie ihn umkreiste wie ein Stallmeister, der ein Pferd kaufen will und sie kniff die Augen zusammen, während sie seine Brust und seine Beine anstarrte und mal zufrieden nickte oder vor Unzufriedenheit mit der Zunge klackte. Er erwartete schon fast, dass sie ihm den Mund aufreißen wollte, um seine Zähne zu überprüfen.

„Ihr seid also gekommen, um Miriel den Hof zu machen?“, fragte sie, blieb vor ihm stehen und verschränkte die Arme herausfordernd.

Miriel. Nicht Muriel. Oder Miriam. Oder Mirabel. Verdammt. Er musste sich den Namen des Mädchens merken. „Aye, mit Eurer Erlaubnis.“

Da ihr Vater, Lord Gellir, schwachsinnig geworden war, mussten Miriels Freier scheinbar die Erlaubnis ihrer beiden älteren Schwestern einholen.

„Glaubt Ihr, dass Ihr sie beschützen könnt?“, fragte sie.

„Sie beschützen?“

„Könnt Ihr kämpfen?“

Er unterdrückte ein Lächeln. Er war sechs Jahre lang Söldner gewesen. Natürlich konnte er kämpfen. „Wenn es sein muss.“

Dann zog sie ihr Schwert in einer fließenden Bewegung und trat ihm gegenüber. „Beweist es.“

Er löste die Arme aus ihrer Verschränkung. Sie meinte es doch sicherlich nicht ernst. Er runzelte die Stirn. Vielleicht war es eine List.

„Schauen wir mal, was Ihr könnt“, drängte sie.

Er blickte zu den Zuschauern. Sir Rauve und sein Kamerad standen da zusammen mit ein paar anderen

Rittern, außerdem ein kleiner Junge, der am Daumen lutschte, und drei Dienerinnen. Niemand schien von Helenas Herausforderung überrascht zu sein.

„Mylady, ich glaube nicht ..."

„Kommt schon, kämpft gegen mich." Sie stieß mit der Schwertspitze gegen seine Brust.

Er trat einen Schritt zurück. Verdammt! Sie meinte es ernst.

„Bei allem Respekt, Mylady, ich kann nicht ..."

„Kann nicht was? Miriel beschützen? Dann dürft Ihr ihr nicht den Hof machen."

„Natürlich kann ich sie beschützen, aber ..."

„Dann beweist es." Mit ihrer linken Hand zog sie sein Schwert aus der Scheide. „Zeigt es mir." Sie reichte ihm die Waffe mit dem Griff voran.

Er nahm das Schwert, weigerte sich aber, es zu schwingen. „Mylady, es hat nichts zu tun mit ..."

Sie schlug mit ihrem Schwert so schnell in seine Richtung, dass er den Schlag nur noch mit seiner Klinge parieren konnte. Vor lauter Erstaunen verpasste er es fast, auch ihren zweiten Schlag abzuwehren. Er trat zurück, aber sie folgte ihm und schwang ihr Schwert so unerwartet schnell, dass er gerade noch ausweichen konnte.

Das konnte alles nicht wahr sein, dachte er. Dass er einen Übungskampf mit einer Dame austrug. Es war unschicklich. Und würdelos. Und nicht ritterlich.

Natürlich hätte er sie deutlich besiegen können. Er war viel stärker und sicherlich viel erfahrener, ganz gleich, wie schnell sie sich bewegte. Aber er wagte es nicht, seine ganze Kraft auszuspielen.

„Mylady, ich bitte Euch, hört auf!"

Sie stieß ihn an die Schulter und höhnte: „Was? Keine Eier?"

„Bei Gott! Ich werde nicht mit einer Frau kämpfen."

„Und was ist, wenn die Frau Euch töten will?"

Ihre Augen funkelten wie grünes Feuer und er überlegte, ob sie ihn tatsächlich töten wollte. Vielleicht war es das, was Sir Rauve gemeint hatte, als er sagte, dass Rand keine Stunde durchhalten würde.

Aber als er Ritter geworden war, hatte er geschworen, niemals einer Dame etwas zuleide zu tun. Er war zwar ein halb-schottischer Bastard und ein niederer Söldner, aber er befolgte stolz die Schwüre der Ritterlichkeit.

Also betete er, dass er das Richtige tat und warf sein Schwert kapitulierend auf den Boden.

„Helena!", rief jemand von außerhalb des Übungsplatzes.

Er wandte den Blick von Helenas Augen ab, in denen jetzt ein böses Funkeln zu sehen war und schaute zu der Person, die gerufen hatte. Eine hübsche junge Frau lief über den Rasen, wobei sie ihre sperrigen Röcke in den Fäusten zusammengerafft hatte und ihr offenes Haar wehte hinter ihr wie ein dunkler Flügel. Ihr wunderschönes Gesicht war so zart und blass wie eine Apfelblüte und voller Sorge.

„Töte ihn nicht!", rief sie und blieb neben den anderen am Zaun stehen.

Helena rief über die ihre Schulter: „Ich wollte ihn nicht töten." Ihr Mund verzog sich auf einer Seite zu einem Lächeln. „Ich wollte ihn nur verstümmeln."

Miriel wollte nicht zulassen, dass Helena Rand auch nur ein Haar krümmte. „Nay!" Sie hob ihre Röcke und fing an, über den Zaun des Übungsplatzes zu klettern.

„Mylady." Sir Rauve ergriff sie an der Schulter und

versuchte, sie aufzuhalten. „Am besten haltet Ihr Euch aus der Sache raus."

Sein herablassender Tonfall ärgerte Miriels freundliches Naturell. Trotzdem brachte sie ein süßes Lächeln zustande, als sie in beißenden Ton sagte: „Lasst mich los, ihr großer Ochse."

Seine dunklen Augen weiteten sich überrascht, aber er ließ sie sofort los.

Als sie über den Platz eilte, konnte Miriel sich kaum noch beherrschen. Verdammt! Sie war es leid, wie ein hilfloses Baby behandelt zu werden. Schließlich hatte sie Rivenloch vor den Engländern gerettet. Es war ihr Geheimgang gewesen. Ihre Waffen. Und ihre Genialität. Auch wenn niemand davon wusste. Sie war kein Kleinkind, das man verhätschelte und in Watte packte. Insbesondere nicht von einer Schwester, die nur wenige Jahre älter war als sie.

Helena würde alles zerstören.

Als Miriel näherkam, seufzte Helena und ihr Gesicht wurde vor Herablassung weicher. „Dummes Ding, ich wollte ihm nur eine Lektion erteilen."

Vielleicht lag es daran, dass Miriel so viele Jahre geschwiegen hatte, dass sie jetzt nicht schreien konnte. Oder, dass sie vorgegeben hatte, hilflos zu sein, wenn sie die Männer, die doppelt so groß waren wie sie, leicht hätte überwältigen können. Oder, dass die zu lange im Schatten ihrer berühmten Schwestern gestanden hatte. Was auch immer der Grund war, im Gegensatz zu allem, was sie von Sung Li über Selbstbeherrschung gelernt hatte, im Gegensatz zu ihrem üblichen, zurückhaltenden Verhalten spürte Miriel, wie die Wut in ihr hoch kochte und sie handelte rein impulsiv.

Wütend schob sie Helena beiseite.

Überrascht stolperte Helena rückwärts, aber ihr Kriegerinstinkt war zu stark. Aus Gewohnheit hob sie ihr Schwert und legte die Spitze an Miriels Hals, woraufhin die Zuschauer am Zaun entsetzt aufschrien, da sie noch nie gesehen hatten, dass jemand die sanftmütige Miriel mit einer Waffe bedrohte.

Ebenso überraschend war die Geschwindigkeit, mit der eine zweite Klinge Helenas wegschlug.

Rands Dolch war dafür verantwortlich und sowohl Miriel als auch Helena drehten ehrfürchtig den Kopf zu ihm hin.

Es passierte so schnell, dass Miriel kaum wusste, was sie sagen sollte. Und der arme Rand runzelte verwirrt und fasziniert die Stirn und stand unschlüssig da, wobei seine Hand den Griff seines Dolches festhielt.

Helenas Überraschung wandelte sich schnell in Widerwillen. Sie kochte innerlich und ihr Stolz war zweifellos verletzt, weil Rand die Oberhand gewonnen hatte. Ihre Demütigung wurde vervollständigt, als Sir Rauve über den Zaun rief: „Braucht Ihr Hilfe, Mylady?"

„Nay!", schnauzte sie ihn an. Dann murmelte sie zu Miriel: „Jetzt sieh nur, was du getan hast! Warum bist du dazwischen gegangen?"

Miriel stand da mit offenem Mund. Das Helena ihr so einfach die Schuld in die Schuhe schob, machte sie nur noch entschlossener, sich ein und für alle Mal ihrer Schwester zu widersetzen. „Weil dies nicht deine Angelegenheit ist, du überhebliches, aufdringliches Weib", fauchte sie. „Es geht nur mich etwas an."

Der Schock auf Helenas Gesicht war unbezahlbar.

Bevor sie den Mut verlor, wandte Miriel sich Rand zu,

der so verwundert aussah wie ein Fuchs, der von ein paar verrückten Hennen in die Enge getrieben worden war. Sie warf ihr Haar nach hinten über die Schulter, ergriff ihn an seinem Wappenrock und zog ihn zu sich heran. Dann küsste sie ihn fest auf den Mund.

Kapitel 3

Miriel beabsichtigte, Rand für sich zu beanspruchen, bevor Helena ihr in die Quere kommen konnte. Sie hatte keinesfalls vor, selbst in die Falle zu tappen.

Aber sie hatte noch nie einen Mann geküsst. In dem Augenblick, als sie ihre Lippen auf Rands drückte, überkam sie eine Welle faszinierender Gefühle, die sie vollständig von ihrem eigentlichen Zweck ablenkten.

Sein Mund war viel wärmer und weicher, als sie sich vorgestellt hatte und er schmeckte ein wenig und recht angenehm nach Honig. Als er vor Vergnügen seufzte, lief ihr ein Schauer über den Rücken.

Aus Neugier neigte sie ihren Kopf und vertiefte den Kurs und dabei strömte eine seltsame angenehme Wärme durch ihren Körper.

„Jetzt ist aber gut!", schimpfte Helena.

Aber Miriel war viel zu beschäftigt, um darauf zu achten. Sie fühlte sich, als würde sie einen unbekannten ewigen Durst stillen. Sie trank immer mehr und ertrank glücklich in dem schwindelerregenden Gefühl.

„Hört auf!", protestierte Helena erneut.

Rand, der zuerst nicht reagiert hatte, erwiderte jetzt den Kuss und neigte seinen Mund über ihren und plötzlich entwickelte sich ein Strom, der sie vollkommen mitriss. Die echte Welt um sie herum schwand, während sie in einem trägen Gewässer der Gefühle schwamm.

Die Zuschauer am Zaun waren plötzlich verschwunden.

Helena war plötzlich weg.

Der Übungsplatz und die Burg und ganz Rivenloch waren weg.

Es gab nur noch diesen Kuss.

Er öffnete seinen Mund, als wollte er sie schmecken und dabei strich er mit der Zunge gegen ihre Unterlippe und durch ihre Lenden fuhr ein Blitz des Verlangens und ihre Knie wurden weich. Es war, als würde ihre Seele keuchen und die Hitze verstärkte ihre Leidenschaft, während sie ihre Knochen zum Schmelzen brachte. Sie klammerte sich fester an Rands Wappenrock; nicht, um ihn bei sich zu halten, sondern um sich selbst aufrecht stehen zu bleiben.

Heilige Mutter Maria, dies war göttlich. Sie wollte, dass dieser Augenblick niemals enden würde.

In dem Augenblick, als der Dolch aus seinen schlaffen Fingern fiel, wusste Rand, dass er zu weit gegangen war. Er war dabei, sehr schnell die Kontrolle zu verlieren. Das war nicht die Art und Weise, wie man das Vertrauen der Leute von Rivenloch gewinnen konnte, indem man eines ihrer Mädchen missbrauchte. Insbesondere, wenn er behauptet hatte, dass er hier sei, um der Lady Meryl ... Marion ... Mirabel den Hof zu machen.

Aber bei Gott, der Kuss dieses Weibes war köstlich. Und nass. Und heiß. Und erregend.

Es bedurfte all seiner Willenskraft, sich zurückzuziehen und die Berührung zu durchbrechen. Als er es tat, luden ihn der hungrige Blick ihrer dunklen blauen Augen und ihr offener Mund ein und er sehnte sich danach, sie wieder zu bestürmen.

Aber eine scharfe Länge Stahl, die sich zwischen sie beide schob, brachte ihn wieder zur Vernunft.

„Bei den Eiern des Teufels, hört auf!", befahl Helena zum dritten Mal, kniff die Augen zusammen und schaute sie beide abwechselnd an, wobei sie sich schließlich auf das Mädchen konzentrierte. „Was machst du da? Kennst du diesen Mann?"

Das Mädchen, das immer noch von der Wirkung ihres Kusses geschwächt war, antwortete nicht sofort.

Helena schlug ihr auf die Schulter. „Kennst du diesen Mann?"

Das Mädchen blinzelte, um wieder klar sehen zu können und hob trotzig ihr Kinn. „Aye", log sie kühn.

„Woher?"

„Ich habe ihn kennengelernt bei ..." Ihre Stimme war heiser vor Verlangen und sie sprach leise und keuchend: „Ich habe ihn bei dem Turnier kennengelernt."

Rand war sprachlos vor Überraschung. Er hatte das Mädchen noch nie zuvor in seinem Leben gesehen. Und sie hatte kein Gesicht, das man leicht vergaß.

„Er sagte mir, dass er für mich zurückkommen würde", fuhr sie fort, „und wie du sehen kannst, ist er nun da."

Ein leichtes Lüftchen hätte ihn in diesem Augenblick umwerfen können und Helena vielleicht auch. Helena stand da mit offenem Mund, während die junge Frau sich besitzergreifend bei ihm einhängte und ihn wegzog.

„Wollen wir, Rand?"

Wenn Rands Hirn nicht schon von dem heißen Kuss verwirrt worden wäre, hätte er die Dinge vielleicht verstanden, bevor sie das Feld halb überquert hätten. Als ihm die Wahrheit endlich kam, blieb er so plötzlich stehen, dass das Mädchen gegen ihn stieß. „Ihr."

Sie schaute zu ihm auf und ihr Gesicht war dabei so trügerisch lieblich und ihre Augen trügerisch groß.

Er erkannte sie wieder. „Ihr seid das böse Mädchen aus dem Wald."

Unschuldig runzelte sie die Stirn. „Ich weiß nicht, von was Ihr sprecht ..."

Böse und hinterhältig. Er schmunzelte und beugte sich dann zu ihr herab, um zu flüstern: „Wie hättet Ihr sonst meinen Namen wissen können?"

„Was soll das heißen, Sir?", erwiderte sie, „Ich habe mich um Euch gekümmert, als Ihr bei dem Turnier verletzt wurdet. Erinnert Ihr Euch nicht?"

In ihrem Gesicht war keine Hinterhältigkeit zu sehen, aber natürlich log sie. Er war nie bei dem Turnier gewesen.

Er musste ein Grinsen unterdrücken. Wenn sie es darauf ankommen lassen wollte, konnte er das auch. „Ich bin ein wenig durcheinander", gab er zu.

Sie gingen weiter zum Tor und er lächelte, wobei er darüber nachdachte, dass sie unbemerkt von den Bäumen herunter spionierte. Vielleicht suchte sie so passende Junggesellen aus, auf die sie sich stürzen konnte, bevor eine andere junge Frau in Rivenloch die Gelegenheit dazu hatte.

Nicht, dass es ihm etwas ausmachte. Das Mädchen war wunderschön und charmant, auch wenn sie ein hinterhältiges Biest war. Fürwahr, wenn die Frau, um die er werben wollte, sich als so feindselig wie ihre Schwester Helena herausstellte, würde er lieber ein paar Tage lang die

Aufmerksamkeiten dieses kleinen Biests erleiden. Er würde sich vielleicht sogar mehr Zeit lassen, den Gesetzlosen zu jagen, wenn es bedeutete, dass er noch mehr von den hemmungslosen Küssen der jungen Dame bekäme.

Aber als sie an dem Publikum, das sich am Zaun versammelt hatte, vorbeikamen, begann Rand, sich unbehaglich zu fühlen. Sie schauten ihn nicht nur neugierig, sondern starrten ihn ungläubig mit offenem Mund und großen Augen an.

Und plötzlich überkam ihn eine demütigende Erkenntnis.

Dies war kein gewöhnliches Mädchen. Nicht, wenn man danach ging, wie sie sich gegen die Burgherrin gestellt hatte; ganz zu schweigen von der Aufmerksamkeit, die ihm nun zuteilwurde.

Er hatte schon fast Angst zu fragen und räusperte sich vorsichtig. „Fürwahr, Mylady, mein Sturz in dem Gefecht hat mich doch ziemlich verwirrt. Würdet Ihr mir Euren Namen noch einmal sagen bitte?"

Ihr verzeihendes Lächeln konnte den Ärger in ihren Augen nicht ganz verbergen. „Natürlich", sagte sie lieblich. „Ich heiße Mirabel."

Rand grinste. Er war direkt in die Falle der kleinen Füchsin gelaufen. „Lady Miriel", wagte er.

„Ihr erinnert Euch doch."

Er seufzte. „Ja, jetzt kommt es mir wieder."

„Wirklich? Ich hoffe, Ihr werdet ihn nicht wieder vergessen, wenn Ihr um mich werben wollt."

„Bei meinen Sporen, sicher nicht", versprach er. Auch würde er diesen welterschütternden Kuss niemals vergessen. Fürwahr, da sie ihm erlaubt hatte, trotz seiner offensichtlichen Lüge um sie zu werben, freute er sich noch auf viele mehr. Diese Mission stellte sich als viel weniger unangenehm heraus, als er erwartet hatte.

Miriels Herz schlug immer noch heftig. Aber nicht wegen des berauschenden Gefühls, dass sie sich gegen Helena gewehrt hatte. Nicht, weil sie die Burgbewohner schockiert hatte, indem sie mit einem fremden Mann an ihrem Arm weggegangen war. Nay, ihr Herz raste von der alarmierenden Leidenschaft des Kusses.

Oh Gott, was hatte sie sich dabei nur gedacht? Sie hatte überhaupt nicht nachgedacht. Sie hatte wie die ungestüme Helena gehandelt, ohne sich Gedanken um die Konsequenzen zu machen. Wenn sie gewusst hätte, dass sie nach nur einem Kuss weiche Knie und ein flatterndes Herz haben würde, hätte sie es nie gewagt.

Natürlich hatte sie nicht die Absicht, im zu erlauben, dass er ihr über längere Zeit den Hof machen dürfte. Rand war ein völlig unpassender Freier. Die Liebesbekundungen des Knappen waren so verdächtig wie seine erfundene Erzählung über das Turnier. Sie würde ihn wieder wegschicken.

In ein oder zwei Tagen.

Nachdem sie herausgefunden hatte, was er im Wald zu schaffen hatte.

Bis dahin wäre sie seiner Küsse sowieso überdrüssig.

Sie hoffte es zumindest. Aber selbst jetzt spürte sie seinen Mund noch auf ihren Lippen und sie sehnte sich nach mehr.

„Erlaubt mir", murmelte er.

Oh aye, sie würde es ihm erlauben, dachte sie verträumt.

Aber er wollte nur das Tor zum Übungsplatz für sie öffnen. Mit einer höflichen Verbeugung schob er das Gatter beiseite.

Als sie an den Ställen vorbeikamen, war Miriel schon fast versucht, ihn nach drinnen zu führen. Dort im Stroh könnten sie vielleicht eine ruhige dunkle Ecke finden, wo sie ihre Küsse wieder aufnehmen und sie ihn weiter befragen könnte.

Aber wie der Zufall es wollte, waren sie bereits gesehen worden. Ihre Schwester Deirdre, ihr Mann Pagan und Helenas Verlobter Colin kamen zielstrebig über den Burghof auf sie zu.

„Bleibt stehen!“, brüllte Pagan.

Deirdre knuffte ihn mit dem Ellbogen und er sagte ein wenig leiser. „Lady Miriel“, berichtigte er sich.

Miriel hatte keine andere Wahl als zu warten, während die drei auf sie zukamen, wobei ihre Neugier so offensichtlich wie Deirdres wachsender Bauch war.

„Wer ist das?“, fragte Pagan und kniff seine graugrünen Augen zusammen, um Rand zu betrachten, als sei er ein fremder unwillkommener Käfer.

Rand hatte viel bessere Manieren. Er streckte die Hand aus und nickte ein wenig. „Mylord, ich bin Sir Rand von Morbroch.“

„Morbroch?“, knurrte Pagan mit seiner üblichen Beredsamkeit. „Morbroch, der am Turnier teilgenommen hat?“

Rand nickte erneut.

„Hmm. Ich kann mich nicht an Euch erinnern.“

Colin schaltete sich ein: „Er hat nicht am Tjost teilgenommen.“ Seine grünen Augen funkelten vor Heiterkeit. „Ich kann mich an alle Wettbewerber im Tjost erinnern.“

Deirdre kniff nachdenklich die Augen zusammen, während sie an ihrem Brot knabberte. „Beim Bogenschießen war er auch nicht dabei."

„Aye", stimmte Colin zu, hob stolz eine schwarze Augenbraue und fügte hinzu: „Meine Helena hat das Bogenschießen gewonnen."

Pagan schaute finster und legte drohend eine Hand auf den Griff seines Schwerts. „Mit welchem Recht führt Ihr die Lady Miriel am Arm?"

Miriel spürte, wie Rand sich neben ihr anspannte und Zorn stieg in ihr auf. Pagan war erst seit einem Jahr Burgherr und er hatte sehr schnell ein herrisches Verhalten angenommen.

Sie lächelte so lieblich, wie es ihr unter den Umständen möglich war und drückte Rands Arm liebevoll, als wenn er ihr Lieblingsvetter wäre.

„Erinnert sich keiner von Euch an Rand?" Sie schaute sie erwartungsvoll an. „Naja, ich nehme an, dass das nicht überraschend ist." Dann blickte sie liebevoll in Rands schöne Augen und erklärte ihm: „Lord Pagan war fürchterlich abgelenkt, da dies sein erstes Turnier auf Rivenloch war. Sir Colin? Er war halbblind vor Liebe für meine Schwester Helena. Und Deirdre ... nun ..." Sie flüsterte ihm zu: „Sie ist schwanger." Dann tippte sie sich an die Stirn, wobei sie anzeigte, dass Deirdres Zustand sie verwirrt haben könnte.

„Wie bitte?", kreischte Deirdre.

Bevor ihre Schwester eine Waffe ziehen und sie wegen der Beleidigung herausfordern konnte, strich Miriel mit der Hand liebevoll über Rands Ärmel. „Aber ich konnte Sir Rand unmöglich vergessen. Er wurde im ersten Gefecht verletzt und war bewusstlos. Ich habe mich um ihn im Morbroch Zelt gekümmert. Wir wurden ... Freunde."

Zu Ihrer Zufriedenheit bemerkte sie, dass Rand bei ihrem Spielchen mitmachte. „Gute Freunde", sagte er und zwinkerte ihr zu. „Fürwahr, ich glaube, dass diese hübsche Dame mein Leben gerettet hat."

Pagan war in keiner Weise von ihrer anrührenden Geschichte ins Wanken gebracht worden. „Warum seid Ihr zurückgekommen?"

Rand zögerte nur einen winzigen Augenblick. „Miriel, meine Liebe, habt Ihr es ihnen nicht erzählt?"

Sie lächelte schwach. Beim Heiligen Kreuz! Was hatte er nur vor?

Er klackte mit der Zunge und legte seine Hand auf ihren Arm. „Mein ängstlicher kleiner Engel." Dann erzählte er den anderen: „Lady Miriel hat mich gebeten, dass ich zurückkomme, um ihr den Hof zu machen."

„Wie bitte?", platzte Pagan heraus.

Miriel hielt die Luft an.

Colin schüttelte verwirrt den Kopf.

Deirdre starrte Miriel direkt an, als wenn sie ihr so die Wahrheit entlocken könnte.

Bevor irgendjemand etwas sagen konnte, brach Miriel ihr Schweigen. „Das stimmt. Ich wollte, dass er zurückkommt. Tatsächlich", fügte sie hinzu, da sie sich durch ihre Begleitung gestärkt fühlte, „bestand ich darauf, dass er zurückkommt. Und wenn es Euch jetzt nichts ausmacht, der arme Mann war den ganzen Vormittag unterwegs und hat noch nichts gegessen." Kopfschüttelnd zog sie ihn in Richtung Burg. „Wir haben wahre Rivenloch Gastfreundschaft gezeigt. Bei Gott! Helena hat ihn mit einem Schwert begrüßt."

Colin runzelte die Stirn. „Ihr habt Helena kennengelernt?"

Als Rand nickte, musterte Colin ihn von Kopf bis Fuß. „Und Ihr habt keine Wunden davongetragen?"

Rand schaute entsetzt. „Ich versichere Euch, dass ich niemals mit einer Frau kämpfen würde."

Zu Rands Überraschung schmunzelte Colin. „Dann, mein Junge, habt Ihr die richtige Rivenloch Schwester gewählt, um Ihr den Hof zu machen."

Pagan war nicht so amüsiert. „Niemand hat ihm die Erlaubnis erteilt, ihr den Hof zu machen."

Zorn kochte wieder in Miriel hoch. Sie brauchte niemandes Erlaubnis. Für wen hielt sich Pagan eigentlich?

Glücklicherweise mischte Deirdre sich ein, bevor Miriel explodierte. „Ich sehe da keine Probleme", sagte sie und legte beruhigend eine Hand auf Pagans Arm. „Er kommt aus gutem Hause. Sie kennen sich bereits. Und Miriel ist alt genug. Schließlich", erinnerte sie ihn, „wurde sie diesen Sommer fast einem Mann versprochen, den sie nicht liebte."

Dieser Mann war Pagan höchstpersönlich gewesen. Er knurrte bei diesem direkten Hinweis.

Deirdre lächelte ihre Schwester verschwörerisch an. „Es ist nur gerecht, dass man ihr erlaubt, ihre eigene Wahl in dieser Sache zu treffen."

Pagan knurrte leise etwas über sture schottische Frauen.

„Außerdem", fügte Deirdre hinzu, „wird Sung Li zweifellos auf die beiden aufpassen."

Als wenn ihre Worte die Dienerin heraufbeschworen hätten, erschien Sung Li mitten auf dem Burghof mit einer Platte voll Essen auf dem Arm.

Miriel seufzte. Sie hatte ihren Willen bekommen. Rand hatte die Erlaubnis, ihr den Hof zu machen. Aber angesichts der Gegenwart von Sung Li würde es ihr nicht möglich sein, mittels Zärtlichkeiten etwas über Rands Motive herauszufinden.

Rand überlegte, wie viele Überraschungen ihn noch in Rivenloch erwarteten. Zuerst war er von einer Kriegerin zum Kampf herausgefordert worden. Dann hatte ihm die liebliche Lady Miriel, die fast so gut lügen konnte wie er, einen Kuss gestohlen. Und wenn er sich nicht ganz täuschte, war die Dienerin, die mit dem Frühstück herbeigeeilt war, eine Kuriosität aus dem Orient.

Die hutzelige alte Frau mit den weißen Zöpfen bot ihm mit einem Nicken Weißbrot und weichen Käse an. „Ihr müsst nach Eurer langen Reise hungrig sein."

Rand wusste nicht, wie sie hatte erraten können, dass es eine lange Reise gewesen war. Aber er hatte Hunger, und der Duft von frischem Brot sorgte dafür, dass ihm das Wasser im Mund zusammenlief.

„Wir frühstücken im Garten", beschloss Miriel, die offensichtlich darauf aus war, sich von ihrer einmischenden Familie zu entfernen.

„Wenn Ihr fertig seid, Sir Rand", sagte Lord Pagan, „dann kommt zum Übungsplatz. Dort könnt Ihr Euch nützlich machen. Ich nehme doch an, dass Ihr mit einer Klinge umgehen könnt?"

Rand wusste, dass er besser nicht angeben sollte, insbesondere, wenn er mit einem der berühmten Ritter von Cameliard sprach. „Ich komme zurecht."

Pagan war offensichtlich skeptisch und der Blick, den er mit Deirdre tauschte, zeigte dies auch.

Rand lächelte zu sich selbst. Wenn sie wüssten, wie gut

er mit dem Schwert umgehen konnte, würden sie ihn wahrscheinlich anflehen, der Lady Miriel den Hof zu machen. Eine Dame konnte keinen besseren Beschützer haben.

Der Garten war von Mauern umgeben und lag neben dem Übungsplatz. Obwohl er zu dieser Jahreszeit kahl und leer war, schien die kleine alte Dienerin wild entschlossen zu sein, Rand jeden einzelnen Zoll zu zeigen.

„Ich bin sicher, dass Ihr den Garten nicht gesehen habt", sagte sie und fügte hinzu, „beim letzten Mal, als Ihr zu Besuch wart."

Miriel und er schauten einander an. Hatte die alte Frau ihre Täuschung durchschaut?

„Außerdem", sagte ihm die Dienerin, „wenn Ihr lernt, was im Garten wächst, kann ich Euch morgen schicken, um das zu holen, was ich für die Hochzeit brauche."

„Sung Li!" Schimpfte Miriel. „Er ist kein Küchenjunge."

„Oh aye", sagte die Dienerin. „Er ist Euer, wie war das noch, *Freund*?"

Als wollte sie diese Beziehung beweisen, steckte Miriel ihren Arm durch seinen und sagte: „Sir Rand macht mir den Hof."

Die freche Dienerin knurrte missbilligend und führte sie dann den Gartenweg entlang. „Das sind Pastinaken."

„Oh", sagte er und täuschte Interesse vor, wobei er ein warmes Stück Brot verschlang.

„Und dies sind Rosen", fuhr die alte Frau fort und fügte mit Sarkasmus hinzu: „Diese werdet Ihr natürlich schneiden, um sie Eurer ... geliebten Dame zu schenken."

„Sung Li", warnte Miriel.

Sie sahen überhaupt nicht wie Rosen aus. Im Augenblick waren sie nichts anderes, als ein Bündel Stöcke, deren Köpfe abgeschnitten worden waren.

„Fürwahr?“, bemerkte Rand. „Meine Liebe, möchtet Ihr ein Bündel dieser dornigen Äste für Euer Haar?“

Miriels Mund zuckte amüsiert und trotzig hob sie ihr Kinn in Richtung Sung Li. „Vielleicht möchte ich das.“

Die Dienerin knurrte verärgert und setzte dann wieder ihre Führung fort.

„Grünkohl!“, rief Rand, als sie an den bekannten Pflanzen, die in jedem winterlichen Garten wuchsen und bei jedem Abendessen in Schottland serviert wurden, vorbeikamen.

„Jedes Kind kennt Grünkohl“, höhnte die Dienerin. „Ihn gibt es überall.“

„Aye, überall im Gegensatz zu meiner schönen Miriel“, gurrte er, wobei er zum einen die Dame an seinem Arm amüsieren und zum anderen die Dienerin ärgern wollte. Es war jedoch keine Lüge. Lady Miriel war ein selten schöner Anblick mit ihrer blassen Haut, ihren kristallblauen Augen, ihrem dunklen, glänzenden Haar und dem süßen Kirschmund ...

„Eisenhut.“

„Eisenhut?“, murmelte er abwesend und fing Miriels Blick auf. Sie biss sich auf die Lippe, um nicht zu lachen und er senkte den Blick auf ihre wohlschmeckenden Lippen, wobei sein Verlangen, sie zu küssen offensichtlich wurde.

Sung Li fügte mit sarkastischer Gastfreundschaft hinzu: „Vielleicht möchtet Ihr ein wenig davon probieren.“

„Ähm“, sagte er und blickte immer noch auf Miriels verführerischen Mund. „Vielleicht später.“

„Pah.“ Die alte Frau zeigte auf eine Reihe seltsamer Pflanzen mit Blättern, die wie Paddel aussahen. „Ihr wisst bestimmt nicht, was *das* ist.“

Interesse vortäuschend runzelte er die Stirn mit großer

Ernsthaftigkeit. „Nay." Aber während Sung Li erklärte, dass dies *Kailaan* sei, ein ehrbares Gemüse aus ihrer Heimat, blickte er immer wieder auf seine verführerische Begleitung. Ihre Augen wirkten weich und verträumt und er verspürte eine sofortige Anspannung in seiner Hose, als ihn das Verlangen durchfuhr.

„Und was ist mit diesen?", fragte Sung Li selbstzufrieden und nickte in Richtung eines Beets mit Pflanzen, die aussahen wie große grüne Rosen.

Rand wurde Sung Lis Spielchen langsam leid und verdrehte die Augen, was Miriel zum Lachen brachte.

Sung Li drehte sich um, stemmte die Fäuste in die Hüften und schnauzte ihn an: „Ihr *Zhi*!"

Rand runzelte die Stirn und versuchte ernst zu bleiben. „Ich *Zhi*", wiederholte er.

Miriel lachte erneut. Es war ein wunderbarer Klang und ihre Zähne strahlten so weiß wie Perlen. „Sung Li hat Euch gerade als Kind bezeichnet."

Ungläubig hob Rand eine Augenbraue aufgrund der Frechheit der Dienerin, die zustimmend nickte.

„Ein Kind?" Er zwar ein einfacher Söldner und ein Bastard, aber er war auch ein richtiger Ritter. Keine Dienerin hatte das Recht, ihn zu beleidigen.

„Ihr seid beide Kinder", entschied Sung Li.

Die freche Dienerin forderte es förmlich heraus, dass man ihr Schläge erteilte.

Aber bevor er sie schimpfen konnte, bellte Miriel: „Sung Li!"

Frustriert hob die Dienerin die Hände. „Ich bin fertig mit Euch. Ihr hört mir heute nicht zu, Miriel. Sagt mir doch, wenn Ihr erwachsen geworden seid."

Mit einem royalen Rascheln ihrer Röcke eilte die kleine Dienerin an ihnen vorbei zum Tor hinaus.

Rand war heilfroh, als sie alte Schachtel endlich weg war. Es war offensichtlich, dass Lady Miriel ihn wollte und das verwöhnte Weib war es wahrscheinlich gewöhnt, zu bekommen, was sie wollte. Er würde ihrer Aufforderung nur allzu gerne nachkommen. Insbesondere, da das so gut in seinen Plan passte.

Nachdem das Tor geschlossen war, wandte er sich dem hübschen Mädchen zu und musterte sie langsam von Kopf bis Fuß. „Für mich seht Ihr erwachsen aus."

„Wirklich?", fragte sie kokett.

„Oh aye", murmelte er mit einem leichten Grinsen. „Ihr fühlt Euch an wie eine Frau." Er hob ihre Hand und rieb sie leicht an seiner Wange. „Ihr riecht wie eine Frau." Er beugte sich hinab und atmete den blumigen Duft ihres Haares ein. „Und Ihr schmeckt definitiv wie eine Frau." Er blickte hinab auf ihren Mund und leckte sich hungrig die Lippen; dann senkte er den Kopf, bis sein Atem über ihr Kinn strich. „Auch wenn Ihr Leute wie ein böses Kind ausspioniert."

Er knabberte ein oder zweimal an ihren Lippen und küsste sie dann richtig, während sie vor Vergnügen leise stöhnte. Er ließ ihre Finger los und legte seine Hände um ihr Gesicht, wobei er sich an ihrer seidigen Haut, ihrem langen Haar und ihren zierlichen Ohrmuscheln erfreute.

Seine Lenden pochten, als sie eifrig reagierte, ihren Mund öffnete, ihren Kopf neigte und ihre Finger über seiner Brust ausbreitete. Sie war auf jeden Fall eine Frau, die wusste, was sie wollte und wie sie es bekam. Ermutigt von ihrem Enthusiasmus legte er einen Arm um ihre Schultern und zog sie näher an sich heran, wobei er mit seiner Zunge zärtlich zwischen ihre Zähne eintauchte.

Er strich mit seiner Handfläche über ihren Rücken bis seine Hand an ihrer Taille liegen blieb. Aber ihn dürstete nach mehr. Er drückte die Wölbung in seiner Hose gegen ihren Bauch und streckte seine Hand tiefer, um sie näher an sich heranzuziehen, wobei er ihren Po umfasste.

Im nächsten Augenblick wurde er von den Füßen gerissen. Und er lag flach auf dem Rücken. Neben ihm befand sich das Beet mit dem – wie hieß es noch? Ach ja, *Kailaan*.

KAPITEL 4

„Was zum ...?"

Miriel blickte mit einer Mischung aus Zufriedenheit und Entsetzen auf ihn herab. Das hatte sie nicht tun wollen. Tatsächlich raste ihr Herz immer noch von Sir Rands Kuss. Aber sie konnte es nicht zulassen, dass er sich solche Freiheiten nahm, denn wenn sie das tat, würde sie vielleicht seine wahren Beweggründe nicht herausfinden, warum er sie überhaupt umwarb.

„Heilige Maria!", rief sie mit vorgetäuschter Überraschung. „Seid Ihr über die Rosen gestolpert?"

Natürlich war er nicht über die Rosen gestolpert. Er war über das Bein gestolpert, das sie ihm gestellt hatte.

Er blinzelte, setzte sich auf und war völlig verwirrt.

Bevor er sich zu viele Gedanken machen konnte über das, was passiert war, streckte sie ihm die Hand hin, um ihm hoch zu helfen. „Vielleicht seid Ihr vor Hunger ohnmächtig geworden. Möchtet Ihr noch ein Stück Weißbrot? Sung Li hat die Platte dagelassen."

„Ich habe keinen Hunger", sagte er, während er auf die Füße kam, wobei er den Boden inspizierte und versuchte herauszufinden, über was er gestolpert war.

„Sicher nicht?" Sie strich den Schmutz von seiner Schulter und sagte vorsichtig: „Im Wald schient Ihr mir hungrig zu sein."

Er schaute sie genau an. „Wirklich? Wie kommt ihr darauf?"

Sie schluckte. Wenn Rand lächelte, sah er unwiderstehlich gut aus. Seine Grübchen wirkten jungenhaft und seine Augen funkelten wie Sterne. Aber jetzt, da er sie dunkel und fragend anstarrte, erschien er auch gefährlich.

Sie zwang sich zu einem ungezwungenen Schulterzucken. „War es nicht das, was Ihr im Wald gemacht habt? Habt Ihr nicht nach etwas Essbarem gejagt?"

Er kniff die Augen ein wenig zusammen und sie hatte das Gefühl, dass er versuchte, ihre Gedanken zu lesen. Dann löste er den Griff an ihrer Hand und Heiterkeit kam zurück in seinen Blick. „Ihr wisst ganz genau, was ich im Wald gemacht habe, meine Liebe."

Bei der Erinnerung errötete Miriel. *Das* hatte sie nicht gemeint.

„Und wann immer Ihr schauen wollt, was in meiner Hose ist ..."

Nervös zog sie ihre Hand zurück. „Sir, wir haben mit dem Werben erst begonnen", schimpfte sie ihn. „Ihr seid zu schnell. Ich bin schließlich eine Jungfrau. Vielleicht später, wenn wir uns besser kennen ..."

„Besser kennen?" Er nahm eine Locke ihres Haares und wickelte sie um seinen Finger. „Nun, Mylady, ich hätte gedacht, wenn Ihr mich Tag und Nacht in Morbrochs Zelt gepflegt habt, dass Ihr alles an mir kennt."

Oh Gott, die Lüge ging ihm über die Lippen wie Honig, der von einem Kamm tropfte. Sie hatte ihn nie gepflegt. Das hatte sie erfunden. Und er wusste es. Tatsächlich fing sie an zu überlegen, warum der hinterlistige Knappe wirklich nach Rivenloch gekommen war.

Er hob eine Locke ihres Haares und küsste sie. „Verzeiht mir, Mylady, wenn ich Euch Angst gemacht habe. Ich werde versuchen, meine Leidenschaft in Zukunft besser zu zügeln." Mit der Rückseite eines Fingers strich er über ihre Wange. „Auch wenn es teuflisch hart wird." Dann beugte er sich vor, um ihr ins Ohr zu flüstern. „Teuflisch hart."

Es gab keinen Zweifel, was er damit meinte. Bei Gott, er war wirklich ein Mann. Für solche Obszönitäten hätte sie ihm in sein gut aussehendes Gesicht schlagen sollen. Aber das würde ihr nichts nützen. Wenn sie Informationen aus ihm herauslocken wollte, musste sie sein Spiel mitspielen. Also lächelte sie vorgetäuscht ängstlich.

„Keine Angst, meine Liebe." Er küsste sie wohlwollend auf die Stirn. „Ich werde mich jetzt verabschieden, bevor Eure schlecht gelaunte Dienerin berichtet, dass wir ohne Begleitung sind. Eure Familie scheint nicht sehr verständnisvoll zu sein und da ich zum Übungsplatz kommen soll ..." Er seufzte. „Es wird mir wie eine Ewigkeit vorkommen, bis wir uns wiedersehen."

Mit einem hinterhältigen Grinsen und einem oberflächlichen, aber anzüglichen Blick verabschiedete er sich und schritt durch das Gartentor. Miriel war zufrieden, als sie bemerkte, dass der Wappenrock des Knappen einen Fleck aufwies, wo er mit dem Hintern im Dreck gelandet war.

Als Rand weg war, fing sie sofort an, Ränke zu spinnen. Sie musste herausfinden, was für eine Bosheit er plante. Wo waren seine Habseligkeiten? Sie hatte ein Paket mit Proviant bei seinem Gepäck auf seinem Pferd gesehen.

Etwas in dem Paket würde ihr vielleicht einen Hinweis geben. Wo befand es sich jetzt?

Es war wahrscheinlich immer noch auf dem Pferd.

Miriel verteilte das restliche Weißbrot an die Vögel, verließ heimlich den Garten und machte sich auf den Weg zu den Ställen. Vorsichtig schaute sie um die Ecke zum Übungsfeld und sah, dass Rand mit dem Schwert gegen Pagan kämpfte. Deirdre und Helena lehnten am Zaun und schauten zu. Aus Neugier beobachtete sie sie in einen Augenblick lang.

Er war nicht besonders gut.

Nicht, dass es etwas ausmachte. Schließlich würde er ja nicht ihr Ehemann werden. Aber sie konnte sehen, dass seine Unbeholfenheit Pagan ärgerte und ihre Schwestern tuschelten besorgt miteinander.

Sie nahm an, dass sie sie nicht so hart hätte verurteilen sollen. Aber manchmal konnten sie unerträglich erdrückend sein, doch das war ja nur, weil sie sich um sie sorgten. Zum Teil war es auch ihre eigene Schuld, weil sie über so viele Jahre vorgegeben hatte, hilflos zu sein. Aber was hätte sie anderes tun sollen? Diese von allen angenommene Verletzbarkeit hatte sie in die Lage versetzt, heimlich die Abläufe in Rivenloch zu kontrollieren, Zugang zu den Gerüchten von Dienstboten zu bekommen und verdächtige Fremde wie Rand zu überwachen, ohne dass diese es merkten.

Sie war verantwortlich für die Buchhaltung der Burg, aber noch nicht einmal ihre Schwestern konnten einschätzen, was das beinhaltete. Sie verwaltete sämtliche Waren und Dienste, war für den Zahlungsverkehr verantwortlich und überwachte die Vorräte an Getreide und Tüchern, Bier und Waffen sowie

Fleisch und Feuerholz. Und sie stellte sicher, dass die Konten immer ausgeglichen waren, was nicht so einfach war, wenn man bedachte, wie gern ihr Vater spielte. Die Tatsache, dass sie es so einfach aussehen ließ, wiegte alle im Glauben, dass sie im Wesentlichen machtlos und schwach war.

Aus diesem Grund konnte sie einfach am Stalljungen vorbei mit einem ängstlichen Lächeln in den Stall gehen und er ließ sie mit einem Nicken eintreten und fragte noch nicht einmal, was sie wollte.

Als sie Rands Stute gefunden hatte, war ihre Lockerheit verschwunden. Es war ein temperamentvolles Tier und sie musste es erst einmal beruhigen, bevor sie die Box betreten konnte.

Seine Sachen lagen in der hintersten Ecke - der Proviant, eine dicke Wolldecke und sein Sattel. Sie zog das schwere Gepäck durch das Stroh ins Sonnenlicht und kniete sich, um den Inhalt zu betrachten.

Der größte Teil des Inhalts war normal und in keiner Weise belastend. Es handelte sich um zusätzliche Kleidung, einen eisernen Kochtopf, einen Löffel, einen Feuerstein, einen hölzernen Becher, ein paar Messer, ein Seil und andere Dinge, die jeder Reisende mit sich führen würde. Weiter unten befanden sich Streifen aus Leinen und ein Bündel Kräuter, die wahrscheinlich zu medizinischen Zwecken eingepackt worden waren. Als sie noch weiter nach unten wühlte, fand sie eine kleine Börse voller Silber und ein Paar getragene Lederhandschuhe. Dann stießen ihre Finger auf eine schwere Metallkette.

Sie zog sie heraus und hielt sie hoch gegen das Licht. Dabei runzelte sie die Stirn. Vor ihren Augen klirrten ein Paar unheilvolle Handfesseln aus Eisen.

Das Klacken einer Zunge hinter ihr erschreckte sie und sie steckte die Fesseln schnell wieder in das Gepäck.

„Habt Ihr etwas Nützliches gefunden?“ Sie blickte hoch und sah, dass Rand mit verschränkten Armen und einem Grinsen über ihr stand.

Bei Gott! Wie hatte er es geschafft, sich so an sie heran zu schleichen?

„Ich ... ich ...“, stotterte sie. „Warum übt Ihr nicht mit Pagan?“

Er zuckte mit den Schultern. „Er hatte keine Geduld mehr mit mir.“ Er hob eine Augenbraue. „Warum durchsucht Ihr meine Sachen?“

„Ich habe sie nicht durchsucht.“ Sie schluckte. Sie hatte genau das getan. „Ich hatte ...“ Sie bekam eine Eingebung. „Ich hatte nur überlegt“, sagte sie leise, senkte ihren Blick und strich mit der Fingerspitze über das Gepäck, „ob Ihr mir vielleicht ... etwas mitgebracht habt.“

Voller Zweifel kniff er die Augen zusammen, was zeigte, dass er nicht von ihrer Aussage überzeugt war, aber er schien bereit, sich im Zweifelsfall zu ihren Gunsten zu entscheiden. „Ihr meint ein Zeichen meiner Zuneigung? Irgendein Geschenk?“

Sie saugte ihre Unterlippe zwischen ihre Zähne in einer schüchternen Geste, die immer den Beschützerinstinkt bei Männern hervorrief.

Aber er schmunzelte nur, hockte sich neben sie und stopfte seine Sachen wieder zurück in sein Gepäck. „Gieriges Weib.“

Miriel täuschte Beschämtheit vor, aber als er das Gepäck schloss und gegen die Stallwand lehnte, überlief sie ein Schauer der Unbehaglichkeit. Warum würde er etwas so furchtbares wie Handfesseln mit sich führen?

Er rieb sich das Kinn. „Vor einer Weile habe ich die Dienerinnen von einem Markttreiben reden hören."

„Ein Markttreiben? Aye, in der Stadt. In zwei Wochen." Sie kniff die Augen zusammen und versuchte herauszufinden, was er vorhatte.

„Ich verspreche Euch, dass ich Euch dort etwas kaufen werde, meine Liebe." Er nahm ihr Kinn liebevoll zwischen Daumen und Finger. „Ein Geschenk für die hübscheste Dame in ganz Schottland."

Ihre Lippen bebten vor Unsicherheit. Sie musste sein einnehmendes Lächeln ignorieren. Der Mann hatte Handfesseln in seinem Gepäck. Was zum Teufel hatte er vor?

Er neigte den Kopf und kniff ein Auge zusammen. „Außer natürlich nur, wenn Ihr mir das Silber aus dem Gepäck nicht gestohlen habt."

Sie keuchte und gab vor beleidigt zu sein. „Was? Glaubt Ihr, dass ich Geld stehlen würde?" Und noch während sie beleidigt reagierte, spürte sie, wie sie errötete. Sie hatte schließlich wirklich in seinen Sachen herumgewühlt. Er hatte das Recht, argwöhnisch zu sein.

Aye, dachte Rand, die hübsche kleine Dame war definitiv eine Diebin. Sie hatte wahrscheinlich schon Dutzende Herzen mit diesem unschuldigen Lächeln und den großen blauen Augen, die jeden Moment in Tränen ausbrechen konnten, gestohlen.

Sie konnte Rand nichts vormachen. Er kannte diese Art von Frau sehr gut. Sie war die Art von Frau, die ihre Zuneigung nur zu ihren Gunsten einsetzte und anbetende Blicke und Küsse für seidene Schleifen und wertvollen

Schmuck verhandelte, wobei sie einen Liebhaber nach dem anderen in den finanziellen Ruin stürzte. Sie war die Art von Weib, die einen lieben und verlassen konnte, ohne Reue zu spüren. Und das war perfekt für seine Pläne.

Trotzdem war das Mädchen ein wenig zu neugierig für sein Wohlbehagen.

„Ich scherze nur", versicherte er ihr mit einem Zwinkern und streckte seine Hand nach ihrer aus.

Vorsichtig legte sie ihre Hand in seine Handfläche und er stand auf, um ihr auf die Füße zu helfen. Er schlug das Stroh von ihren Röcken und genoss es im Geheimen, dass er ihr dabei auf den Hintern schlagen konnte, woraufhin sie keuchte.

Er täuschte Unschuld vor, ließ sie los und bückte sich dann, um sein Gepäck an sich zu nehmen. „Könnt Ihr mir zeigen, wo ich meine Sachen ablegen kann?", fragte er und fügte dann hinterlistig hinzu, „irgendwo, wo sie in ... Sicherheit sind."

Das Mädchen errötete erneut, obwohl er nicht wusste, ob aus Scham. „Natürlich."

Er nahm das Gepäck und folgte Miriel zur Burg.

Pagan hatte Rand erlaubt, mit den anderen Rittern in der großen Halle zu nächtigen, obwohl er ihn nach Rands schwacher Vorstellung beim Schwertkampf wahrscheinlich lieber bei den Hunden hätte schlafen lassen. Jetzt bewunderte er das Wackeln von Miriels Hüften, während sie vor ihm über den Burghof lief und Rand wünschte sich, dass er ein Bett mit der faszinierenden Dame teilen könnte.

Das wird schon noch, versprach er sich selbst. Miriel war definitiv eine leidenschaftliche Frau und sie neigte auch dazu, aufreizend zu sein. Sie war die Art von Weib, die sich ihm wie eine Dirne einen Augenblick hingeben und im nächsten Moment ihre Jungfräulichkeit vorschieben würde.

Wenn er bei ihr liegen würde, wäre es zu ihren Bedingungen. Und er *wollte* bei ihr liegen. Es gab nur wenige, die Rand widerstanden, wenn er seinen ganzen Charme spielen ließ. In ein oder zwei Tagen, dachte er mit einem lüsternen Grinsen, würde Lady Miriel seine Laken zerknittern und seinen Namen in den lieblichsten Tönen flöten.

Als er die große Halle von Rivenloch betrat, war Rand beeindruckt. Viele helle Fahnen und silberne Schilde zierten die Wände. Frisches Schilf verlieh dem Raum einen angenehmen Duft und Talgkerzen an den Wänden tauchten die Halle in ein warmes, einladendes Licht. Diener eilten hin und her, kümmerten sich um das Feuer im Kamin und schrubbten den Ruß von den Wänden, wobei sie Eimer, Körbe und Bündel in der Halle hin und her trugen, die Treppe zum Turm hinauf und in die Lagerräume nach unten stiegen.

„Das sind die Vorbereitungen für das Hochzeitsmahl", erklärte Miriel, als sie an ein paar Dienerinnen vorbeikamen, welche die Eichentische auf dem Podium mit Tüchern und einem Topf Bienenwachs polierten.

Rand nickte. Die Zeremonie in zwei Tagen könnte in der Tat für seine Mission ein Glücksfall sein. Welcher Dieb könnte den Börsen der abreisenden Hochzeitsgäste widerstehen, die wahrscheinlich von der Feier dann noch unter Kopfschmerzen litten? Wenn Rand die Wälder am Morgen nach dem Fest genau im Auge behielt, konnte er sicher sein, dass er den Räuber fangen würde.

„Ihr könnt Eure Sachen hier ablegen", sagte Miriel zu

ihm und öffnete einen großen Eichenschrank entlang der Wand, der mit vielen ähnlichen Gepäckstücken gefüllt war.

Als Rand seine Habseligkeiten darin ablegte, kam ein Junge auf sie zu. „Mylady, der Wein ist aus dem Kloster geliefert worden, aber der Koch sagt, dass es zu wenig ist."

„Zu wenig? Um wie viel?"

Der Junge verzog sein Gesicht und versuchte, sich zu erinnern. „Zwei Dutzend?"

Miriel keuchte. „Zwei Dutzend? Seid Ihr sicher? Das ist nur die Hälfte dessen, was ich bestellt habe."

„Aye, zwei Dutzend zu wenig."

Während Miriel auf ihrer Lippe kaute und überlegte, was sie tun sollte, kam eine weitere Dienerin zu ihr, eine alte Frau mit einem Gesicht, das aussah wie ein vertrockneter Apfel.

„Der verfluchte Gewürzhändler!", schimpfte sie. „Jetzt will er plötzlich mehr Geld für seine Waren."

Miriel runzelte die Stirn. „Nun, er kann nicht mehr Geld bekommen."

„Das habe ich ihm auch gesagt."

„Und?"

„Er hat gesagt, dass er dieses Mal höhere Kosten hat, weil sein Schiff von Piraten angegriffen wurde."

„Das ist nicht mein Problem."

Die faltige alte Frau zuckte mit den Schultern und Miriel biss frustriert die Zähne zusammen.

Dann näherte sich ein Paar, eine kräftige Frau, die selbstzufrieden aussah, während sie einen dünnen Mann hinter sich herzog, der besorgt seine Kappe in der Hand drehte.

„Los", sagte die Frau, „sagt der Herrin, was Ihr gemacht habt."

„Es tut mir leid, Mylady", sagte er, "aber einer der Hunde hat sich losgerissen und ... und ..."

Die Frau verschränkte ihre Arme über ihrer großen Brust. „Er hat über die ganzen Tischdecken gepinkelt."

„Das wollte er nicht", argumentierte der Mann. „Warum hingen sie überhaupt über den Büschen?"

„Zum Lüften, Ihr großer Tölpel."

Miriel hob die Hand, um für Ruhe zu sorgen und wandte sich dann zu Rand. „Es tut mir leid."

„Ihr habt alle Hände voll zu tun."

„Ich bin für die Haushaltsführung der Burg verantwortlich", erklärte sie. „Wahrscheinlich werde ich in den nächsten beiden Tagen mit den Hochzeitsvorbereitungen sehr beschäftigt sein."

„Kann ich irgendwie helfen?"

„Nicht wirklich. Sofern Ihr nicht die Hunde verhören wollt."

Er grinste über ihren trockenen Humor. „Es ist solch schönes Wetter, meine Liebe, ich glaube, ich werde ein wenig spazieren gehen und Euer großartiges Rivenloch erkunden." Er nahm ein paar Dinge aus seinem Gepäck, nickte den anderen zu und entschuldigte sich, hörte aber noch, wie die kräftige Frau verwundert wiederholte: „Meine Liebe?"

Rand lächelte zu sich selbst. Er konnte sein Glück kaum fassen. Nicht nur hatte er einen Grund gefunden, in Rivenloch zu sein, ein Grund, der jung, verführerisch und hübsch anzusehen war, aber scheinbar war das Mädchen viel zu beschäftigt, um allzu sehr auf ihn zu achten und so hatte er die Zeit und Muße, dem Gesetzlosen auf die Spur zu kommen.

Er verschwendete keine Zeit, nahm sein Schwert, ein

paar Dolche und die Handfesseln, sowie sein Silber, um es außer Reichweite der neugierigen Miriel zu entfernen und machte sich auf den Weg, den Wald zu Fuß zu erkunden.

Die Wälder von Rivenloch waren auf eine sehr wilde Art wunderschön. Moos bedeckte die Steine und die Stämme der Kastanien und Zedern und dämpfte das Geräusch seiner Schritte, während er den Weg inspizierte. Neben ihm beugten sich die Spitzen der Farne unter dem Gewicht der Libellen und über ihm sprangen braune Eichhörnchen von Ast zu Ast mit ihren Backen voller Eicheln. Pilze drängten sich wie kahlköpfige alte Männer zu Füßen der alten Eichen. Der Nebel hatte sich jetzt fast aufgelöst und hier und da, wo die Sonnenstrahlen bis auf dem Boden reichten, hielt die eine oder andere Echse oder Maus inne, um die Wärme aufzunehmen.

Es war die Art von Ort, wo man sich vorstellen konnte, dass alle möglichen Kobolde und verzauberte Elfen dort lebten. Fürwahr, Rand glaubte schon fast den übertriebenen Erzählungen über den von ihm gesuchten Gesetzlosen, die besagten, dass der Mann fast unsichtbar, so schnell wie der Blitz und so still wie der Tod war und vielleicht war er eine solche Waldkreatur.

Rand schüttelte den Kopf. Es war kein Wunder, dass die Lords von dem Räuber terrorisiert wurden, wenn man ihm solche unmöglichen Talente zusprach und ihm einen solch ominösen Namen gab. Der *Schatten*. Zweifellos war er ein normaler Sterblicher, der verzweifelt war und in Wirklichkeit einen bescheidenen Namen wie Wat oder Hob trug.

Aber bis jetzt hatte Rand noch nicht einmal eine Spur finden können, dass er in den letzten paar Stunden zum Jagen vorbeigekommen wäre. Keine Krümel oder

Eichhörnchen Karkassen lagen am Wegesrand. Das Moos auf den Steinen war nirgendwo durch das Gewicht eines Räuberarsches zerdrückt. Kein Rauchgeruch hing in der Luft. Keine Äste waren zu einem Unterschlupf verbogen worden. Keine menschlichen Exkremente befleckten die Blätter. Es gab nichts, was darauf hinwies, dass irgendjemand überhaupt in dem Wald Schutz gesucht hatte.

Er untersuchte gerade einen durchgebrochenen Zweig auf dem Weg, als er wieder das Kribbeln an seinem Nacken verspürte, das ihm sagte, dass er nicht allein war.

Um keinen Verdacht zu erregen, hob er vorsichtig einen toten Ast am Wegesrand auf und begann, die Zweige abzureißen, wobei er ein Liedchen summte. Als er fertig war stieß er ihn ein paar Mal in den Boden, um seine Nützlichkeit als Gehstock zu prüfen. Die ganze Zeit war er äußerst aufmerksam und achtete auf das geringste Geräusch und suchte nach einem flackernden Licht.

Hinter ihm. Er war sich sicher, dass der Störenfried hinter ihm war.

Ein Liedchen pfeifend ging er weiter den Weg entlang und ließ seine Börse von seinem Gürtel hängen, damit das fröhliche Klirren von Münzen den Räuber in Versuchung führen würde.

Er wusste, dass der Dieb ihm folgte, obwohl er selbst viel zu viel Krach machte, um einen Verfolger zu hören. Wo der Weg einen kurzen Augenblick verschwand, ließ er eine Silbermütze auf den Boden fallen und ging weiter, als wenn er den Verlust nicht bemerkt hätte.

Aber anstatt den Weg weiterzugehen, duckte er sich hinter die Büsche, hielt seinen Gehstock fest und wartete darauf, dem nichts ahnenden Gesetzlosen aufzulauern.

In dem Augenblick, als er etwas Blaues sah, sprang er vor. Aber zu seinem Entsetzen war der Schurke, mit dem er zusammenstieß, weder Wat noch Hob. Es war Lady Miriel.

Er war sich nicht ganz sicher, was als Nächstes passierte. Einen Augenblick sprang er auf sie zu und versuchte vergeblich abzubremsen. Im nächsten Augenblick wurde er mit einer noch größeren Kraft nach vorn geschleudert, an ihr vorbei in die gegenüberliegenden Stechpalmen, als wenn der Gehstock ein Eigenleben angenommen und ihn dorthin katapultiert hätte.

„Oh! Rand!"

Nach einem Augenblick völliger Verwirrung schaffte er es, sich aus den Büschen zu befreien und zuckte zusammen, als die dornigen Zweige seine Wange zerkratzten. Was zum Teufel war da gerade passiert?

Miriel stand mit zitternden Händen voller Unschuld vor ihm, aber der Rand einer Silbermünze war zwischen ihren Fingern sichtbar. „Geht es Euch gut?"

KAPITEL 5

Miriel wusste nicht, warum sie sich gebückt hatte, um die Münze aufzuheben. Vielleicht war es auch nur ihr Instinkt, der darauf beruhte, dass sie viele Jahre lang jede Münze auf der Burg hatte sparen müssen. Aber jetzt hegte sie den Verdacht, dass es eine Falle gewesen war. Rand hatte gespürt, dass ihm jemand folgte und er hatte die Münze absichtlich fallen lassen, um die Person zu überfallen, die sie aufhob.

Der Tölpel hatte Glück, dass er nicht mehr als sein Gleichgewicht verloren hatte. Wenn er sie so erschreckte, könnte er weit größere Verletzungen erleiden als ein paar Kratzer. Wenn sie nicht im letzten Augenblick noch aufgepasst hätte, hätte sie ihm seinen Arm brechen können oder ihn mit einem scharfen Schlag an sein Kinn in die Bewusstlosigkeit befördern können.

Nicht, dass er das nicht verdiente. Ihre Instinkte hatten sich als richtig erwiesen. Der Knappe führte etwas im Schild.

Sie war ihm jetzt schon eine Weile gefolgt. Es hatte nicht lange gedauert, bis sie die Probleme auf der Burg gelöst hatte. Sie hatte einen Jungen zu einem anderen

Kloster wegen mehr Wein geschickt. Mit Tränen hatte sie den Gewürzhändler überzeugt, seinen Preis zu senken. Außerdem hatte sie vorgeschlagen, dass der Mann, der für die Hunde verantwortlich war, die schmutzigen Leinendecken selbst waschen sollte.

Dann hatte sie sich weggeschlichen, um Rand hinterher zu spionieren. Er suchte den Wald so gründlich ab wie ein Jäger, der hinter einem Wildschwein her ist.

Was zum Teufel suchte er?

„Rand?", fragte sie mit vorgetäuschter Sorge.

„Es geht mir gut." Verwirrt runzelte er die Stirn. „Seid Ihr?"

Sie nickte.

„Was ...?", fragte er und inspizierte den Weg, um zu sehen, über was er gestolpert war.

„Der Boden ist sehr rutschig", improvisierte sie. „Bei dem vielen Moos und dem Schlamm ist es ein Wunder, dass man hier überhaupt gehen kann."

„Hm." Er benutzte den Gehstock, um auf die Füße zu kommen, warf ihn dann beiseite und schüttelte den Kopf, um ihn wieder klar zu bekommen und seine Haltung wieder zu erlangen. „Was macht Ihr hier, Mylady? Es ist nicht sicher, allein im Wald umherzulaufen."

„Ich habe Euch ... gesucht", sagte sie ausweichend. „Ich hatte Angst, dass Ihr Euch vielleicht verlaufen habt."

Amüsiert hob er eine Augenbraue. „Verlaufen?"

„Oh." Und als wenn sie sich plötzlich erinnerte, streckte sie ihm die Münze hin. „Und ich glaube, dass Ihr das hier fallen gelassen habt."

„Fürwahr?" Er befühlte seine Börse und prüfte, ob sie ein Loch hatte. „Nay, ich glaube nicht, dass sie mir gehört."

Sie schaute entsetzt. Er log. Sie musste ihm gehören.

Silbermünzen sprießten nicht wie Pilze auf einem Waldweg. „Wem könnte sie sonst gehören?"

Er streckte die Hand aus, aber statt die Münze zu nehmen, legte er ihre Hand in seine, schloss ihre Finger um die Münze und zwinkerte ihr zu. „Wenn Ihr sie gefunden habt, gehört sie Euch, Mylady."

„Ich werde keine Silbermünzen nehmen, die mir nicht gehören."

„Ach! Eine Frau mit hohen moralischen Werten."

Es hatte nichts mit moralischen Werten zu tun. Es ging um den Zwang, den sie nach Gleichgewicht hatte; ein Zwang, der ihr durch ihre Ausbildung in chinesischer Kriegskunst antrainiert worden war. „Es ist nur, dass ich nicht ausgeglichene Konten nicht ertragen kann."

„Dann müsst Ihr sehr gut in der Verwaltung des Haushalts sein."

Sie versuchte, sich nicht geschmeichelt zu fühlen. Sich Schmeicheleien hinzugeben machte einen schwach. Und doch war es befriedigend, wenn ihr Talent, das sonst scheinbar niemand bemerkte, anerkannt wurde. Sie senkte den Blick, um die heimliche Freude in ihren Augen zu verbergen.

„Wartet", sagte er.

Sie blickte wieder hoch.

Er runzelte die Stirn, als er ihre Hand öffnete und hob die Münze dann hoch, um sie genauer zu inspizieren. „Hmm." Er drehte sie hin und her. „Hmm." Dann drehte er sie auf ihrer Handfläche um und betrachtete beide Seiten noch einmal. „Hmm ... hmm."

„Wie bitte?"

Er starrte sie sehr ernst an und vertraute ihr dann an: „Ich glaube, dies ist keine normale Münze."

„Was meint Ihr damit?"

Er schüttelte den Kopf. „Ich habe noch nie so eine gesehen."

Sie runzelte die Stirn und inspizierte die Münze dann selbst. Sie schien völlig normal zu sein. „Aber –"

„Fürwahr, ich glaube, dass die Münze gar nicht aus diesem Königreich stammt." Wieder schloss er ihre Finger um die Münze, schaute sich um, um sicherzustellen, dass niemand lauschte und flüsterte dann ernsthaft: „Das ist eine Feenmünze."

Einen Augenblick sah er so ernst aus wie auf einer Beerdigung.

Viele Gedanken gingen ihr durch den Kopf. Der Mann war verrückt. Oder verwirrt. Sie waren ganz allein hier draußen. Und er hatte Fußfesseln in seinem Gepäck.

Langsam begannen seine Augen schalkhaft zu funkeln und sie merkte, dass der Knappe seinen Spaß mit ihr trieb.

Sie sollte nicht darauf eingehen. Solche Schwindeleien waren kindisch. Und manipulativ. Und bösartig. Aber trotz aller Bemühungen war die Erheiterung auch schon bald in ihrem eigenen Blick zu sehen.

„Wirklich? Feensilber?", wiederholte sie.

„Oh aye", versicherte er ihr mit ernster Miene. „Sie müssen die Münze auf dem Weg abgelegt haben ... um Euch zu mir zu führen."

Miriel unterdrückte ein Lächeln. Dieser Knappe war ein begabter Geschichtenerzähler, fast so begabt wie sie. „Fürwahr?"

„Hmm." Obwohl er die Stirn runzelte, waren Lachfalten an seinen Augen zu erkennen. „Aber schade, dass Ihr mich so schnell gefunden habt", sagte er mit einem Seufzer. „Ansonsten hätten sie vielleicht eine ganze Spur von Silbermünzen hingelegt."

Sie hob eine Augenbraue. „So viel?“

„Oh aye.“

„Nun, wir können es nicht zulassen, dass die Konten der Feen nicht ausgeglichen sind.“ Mit einem bösartigen Glitzern in den Augen nahm sie die Münze in ihre Faust und machte sich bereit, sie in die Büsche zu werfen.

„Nay!“ Er ergriff sie am Arm.

Sie grinste. Kein Mann ließ sich gern seine Silbermünzen wegnehmen.

Aber anstatt seine Täuschung aufzugeben, improvisierte er schnell. „Die Münze war ... für einen *Dienst*.“ Dann wandte er sich zu ihr mit einem strahlenden, siegesgewissen Lächeln. „Und gut angelegt, wenn sie Euch zu mir geführt hat.“ Er hob ihre Hand und platzierte einen ritterlichen Kuss auf die Rückseite.

Bei Gott, er war gut. Sein Geplänkel war fast so charmant, wie es auch verdächtig war.

Sie steckte die Münze in ihre Börse und legte ihre Hand freundschaftlich in Rands.

„Also“, fragte sie so beiläufig wie möglich, während sie ihre Hände hin und her schwangen bei ihrem Spaziergang entlang des Waldweges. „Was habt Ihr hier gemacht?“

Er zuckte mit den Schultern. „Ich bin gelaufen, habe die Gegend erforscht und die Schönheit von Rivenloch in mich aufgenommen.“ Die Art und Weise, wie sein Blick auf ihr Gesicht fiel, ließ wenig Zweifel daran, von welcher Schönheit er sprach.

Sie wandte den Blick ab und strich mit einem Finger über einen moosbedeckten Ast. „Ihr wart so lange weg, dass ich dachte, Ihr wärt Forellen angeln oder Vieh stehlen oder nach etwas ... jagen gegangen.“ Sie schaute seitwärts, um seine Reaktion zu sehen.

Einen Augenblick musterte er sie, bevor er antwortete, als würde er überlegen, wie viel sie gesehen hatte. „Fürwahr, ich war auf der Jagd."

Sie blinzelte, blieb auf dem Weg stehen und war offensichtlich von seiner Offenheit erschrocken. „Fürwahr?"

„Aye." Er lächelte sie verlegen an. „Ich war auf der Jagd nach Blumen." Er senkte seinen Blick und grub einen Zeh in den Erdboden. „Ich hatte gehofft, Euch ein kleines Zeichen meiner Liebe zu überreichen. Aber leider fand ich nicht eine Blüte."

Miriel runzelte die Stirn. Blumen?

Er ergriff ihre Hand und schüttelte voller Reue den Kopf. „Und so bin ich hier und war so lange weg, dass ich Euch Sorgen bereitet habe." Er hob ihre Hand an seine Lippen und küsste ihre Fingerspitzen als Entschuldigung. „Und habe Euch gezwungen, nach mir zu suchen ..." Er küsste die Knöchel ihrer Finger. „Ganz allein im Wald ..." Er küsste die Rückseite ihrer Hand. „Wo alle möglichen Arten von gefährlichen Kreaturen umherstreichen."

Sie grinste und zog ihre Hand zurück. Sie war in diesem Wald herumgelaufen, seit sie ein kleines Mädchen war. Gefährliche Kreaturen ...

„Wilde Tiere", vertraute er ihr an und seine Augen funkelten dunkel, „die plötzlich hervorspringen und Euch fressen könnten." Er neigte den Kopf so, dass er in ihr Haar flüsterte und sein Atem strich warm über ihre Stirn. „Die Euren zarten Körper in Stücke reißen. Sich an Eurem süßen Fleisch laben." Er knurrte.

Der Knappe war unerträglich. Miriel verdrehte die Augen und ohrfeigte ihn. Aber er schien unverdrossen. Die Art und Weise, wie er sie jetzt mit seinen dunklen Augen anschaute, die wie Sterne funkelten, die durch die Wolken blitzten, brachte ihr wankelmütiges Herz zum Flattern.

Und doch versuchte sie, seinem Charme zu widerstehen. „Ich habe keine Angst vor wilden Tieren."

„Aber das solltet Ihr, Mylady", warnte er sie mit dramatischem Tonfall. „Sie sind stürmisch und unberechenbar. Man weiß nie, wenn eines ... angreifen wird." Bevor sie sich wappnen konnte, sprang er plötzlich vor, um spielerisch an ihrem Hals zu knabbern.

Sie atmete tief durch und zog sich zurück, aber vorher durchfuhr sie ein Zittern vor unerwünschter Lüsternheit. Atemlos entgegnete sie: „Dann sollten die wilden Tiere aufpassen, denn eine Dame hat auch Zähne."

Sein Grinsen wurde draufgängerisch. „Das mag sein. Aber im Gegensatz zu denen des wilden Tieres", sagte er und senkte den Blick auf ihren Mund, „sind Eure Zähne, Mylady, von den allerweichesten Lippen umgeben."

Sie hatte gar nicht die Absicht, sich so verwirren zu lassen. Die lüsterne Wärme seines Blicks, die leichte Heiserkeit seiner Stimme und die sinnliche Erinnerung an seinen Kuss brachten ihre sonst so ruhigen Gedanken durcheinander. Plötzlich schien es nicht mehr so dringlich, das Geheimnis seiner undurchsichtigen Aktivitäten zu lösen.

Ihr Blick wanderte zu seinem Mund. Wäre es wirklich so schlimm, seine Lippen noch einmal zu schmecken? Sie waren süß und weich und feucht. Er würde seine Arme um sie legen, sie nah an sich heranziehen und dann würde sie seine breite Brust an ihren Brüsten spüren. Seine Hände würden über ihren Rücken streichen und ihr Fleisch erwecken und sich vielleicht in ihrem Haar verheddern. Das wäre nicht unangenehm.

Außerdem, überlegte sie, musste sie die Täuschung nicht aufrechterhalten, dass er um sie warb? Was wäre überzeugender, als ihm ab und zu zu erlauben, sie zu küssen?

Er legte seine Hand um ihre Wange und streichelte ihre Unterlippe mit dem Daumen. Dann senkte er seinen Kopf, um etwas an ihrem Haar zu murmeln. „Fürwahr, Mylady, ein Kuss von Euch würde selbst das wildeste Tier zähmen." Er neigte ihren Kopf nach hinten und beugte sich vor, um einen Hauch von einem Kuss auf ihrem Mund zu platzieren.

Es war, als hätte ein Engel sie berührt. Oder ein Geist. Oder eine von Rands winzigen Feen. Fürwahr, wenn sie die Augen nicht einen Spalt geöffnet gehabt hätte, hätte sie geglaubt, dass sie sich den Kuss nur vorgestellt hätte, da er so hauchfein war.

Er war so gar nicht wie der, an den sie sich erinnerte. Sie erinnerte sich an das Herzrasen, die glühende Hitze und das atemberaubende Gefühl, das er zuvor in ihr ausgelöst hatte.

Er trat zurück und sie beugte sich weiter vor. Er zog seine Hand zurück und sie vergrub ihre Finger in der Vorderseite seines Wappenrocks. Und als er überrascht den Mund öffnete, kam sie vor, um nach seinen Lippen zu verlangen.

„Myl-"

Sie unterbrach ihn mit ihrem Kuss und dieses Mal stand es außer Frage, dass er ein echter Mann war. Sein Mund fühlte sich fest und wirklich unter ihrem an. Seine Haut vibrierte, als wenn ein Blitz durch seinen Körper fahren würde. Als sie ihre Finger wandern ließ und diese hoch bis an seine Brust kamen und am warmen Fleisch seines Halses zum Liegen kamen, spürte sie, wie sein Puls kräftig schlug.

Als er endlich aufgab und in ihren Mund seufzte und sie fest an sich zog, spürte sie die unverwechselbare Manifestation seiner Lüsternheit an ihrem Bauch und diese überzeugte sie vollends, dass er wirklich und von dieser Welt war.

Rand war mehr als willens, dem lüsternen Mädchen zu Gefallen zu sein. Schließlich hatte er behauptet, dass er gekommen war, um ihr den Hof zu machen.

Wenn sie bewundernde Blicke wollte, würde er sie mit seinen zum Schmelzen bringen.

Wenn sie sich nach süßen Worten sehnte, würde er sie mit blumigen Versen verführen.

Wenn es sie nach süßen Küssen dürstete, würde er sie an sich laben lassen, bis sie genug getrunken hatte.

Aber natürlich würde er erst einmal nicht weiter als das gehen. Wenn er ihrem Willen zu schnell nachgab, würde sie ihn vielleicht satthaben, bevor seine Arbeit abgeschlossen war.

Aber, bei Gott, er wollte sie.

Er wusste nicht, warum sie ein solch mächtiges Verlangen in ihm auslöste. Schließlich hatte er schon viele Frauen gehabt und einige von ihnen waren sicherlich ebenso willens und hübsch wie dieses schottische Mädchen. Es war auch erst einige Tage her, seit er bei einer Frau gelegen hatte. Ein Söldner mit Geld in seiner Börse musste nie lange auf eine angenehme Partnerin warten.

Aber dieses Mädchen hatte etwas, das ihn sowohl erfreute als auch vor Lüsternheit verrückt machte.

Vielleicht waren sie durch ihre Lügen einander viel schneller nähergekommen, als dies normalerweise der

Fall gewesen wäre. Oder vielleicht hatten sie auch ein ähnliches Naturell. Was auch immer der Grund war, ihre Kameradschaft der Täuschung hatte ein Eigenleben entwickelt. Ein Kuss von ihr ließ ihn erzittern wie einen unerfahrenen Jungen.

Als ihre Hand frech an seinen Nacken wanderte und an seiner Brust hinab zur Rückseite seiner Taille, dann an seine Hüfte, um ihm in den Po zu kneifen, merkte er, dass er auf gefährliche Weise die Kontrolle verloren hatte und ihm wurde bewusst, dass er von seiner Mission abgelenkt worden war.

Er löste sich mit ungewohnter Gewalt und hielt sie auf Armeslänge von sich weg, wobei er kaum zu Atem kommen konnte und versuchte, seine Lüsternheit zu unterdrücken.

Sie sah so verwirrt, so beraubt und so verstört aus, dass er sie fast zurück in seine Arme gezogen hätte.

Aber das wäre ein Fehler. Weitere Küsse würden warten müssen.

„Meine Liebe", keuchte er, „Ihr stellt mich auf eine harte Probe."

„Müsst Ihr Euch zurückhalten?", fragte sie und ihre Augen waren feucht vor Verlangen.

„Aye."

„Warum?"

„Ach Mylady", sagte er halb stöhnend und halb schmunzelnd, „wenn ich Eurer Bitte nachgebe, kann ich nicht der Mann sein, für den ich mich gerne halte."

Dann senkte sie den Blick und betrachtete den offensichtlichen Beweis seines Bedürfnisses. „Oh." Sie errötete sofort und trat einen weiteren Schritt zurück.

„Keine Angst, Mylady", sagte er. „Solch ein wildes Tier bin ich nicht." Er atmete tief durch. „Noch nicht."

Er hatte seinen Standpunkt klargemacht. Das Feuer in ihren Augen ließ nach und sie fing an, überall hinzusehen, außer zu ihm und verschränkte die Arme über ihrer Brust.

„Vielleicht sollten wir zur Burg zurückkehren", schlug er vor und richtete seine Hose, „bevor Eure wachsame Dienerin kommt, um zu sehen, ob ich Euch missbraucht habe."

Miriel nickte zustimmend und sah verlegen und recht begierig aus, den Wald zu verlassen. Sie ging an ihm vorbei, hielt dann inne und suchte in ihrer Börse nach der Silbermünze. Sie wandte sich um und drückte sie in seine Handfläche.

Er belohnte sie mit einem schiefen Grinsen. „Meine Liebe, meine Küsse kann man nicht kaufen." Er ergriff ihre Hand und drehte sie um, wobei er die Münze in ihrer Handfläche zurückließ.

Voller Sorge runzelte sie die Stirn.

Er unterdrückte ein Schmunzeln. Es gefiel ihm, die Lady Miriel aus der Fassung zu bringen. Diese kleine Spionin, die ihm im geistigen Wettstreit in nichts nachstand, war entzückend und entflammte ihn mit ihren Küssen; und sie war in der Lage, einen ganzen Burghaushalt bis auf den letzten Pfennig in Ordnung zu halten.

Fürwahr, er wünschte sich schon fast, dass er seinen Aufenthalt in Rivenloch verlängern könnte, um dieses faszinierende Mädchen besser kennenzulernen.

Ihre Unterhaltung wurde plötzlich durch die Schritte eines Eindringlings, der durch den Wald auf sie zu stapfte, unterbrochen. Schnell steckte Miriel die Münze wieder in ihre Börse.

„Miriel? Miriel!" Es war ihre lästige Dienerin, die dankenswerterweise etwas zu spät kam. „Miriel!"

Rand hatte keine Ahnung, wie eine kleine Frau so viel Krach machen konnte.

„Ich bin hier, Sung Li!" Miriels Stimme hörte sich etwas verärgert an.

Als die alte Schachtel zu ihnen aufschloss, kniff sie ihre Augen vorwurfsvoll in Richtung Rand zusammen und bahnte sich dann den Weg an ihm vorbei, um mit ihrem Schützling zu sprechen.

„Ihr solltet nicht umherwandern", sagte sie, stemmte die Fäuste in ihre Hüften und fügte dann demonstrativ hinzu: „Wo es wilde Tiere gibt."

„Das habe ich ihr auch gesagt", stimmte Rand zu und zwinkerte Miriel hinterlistig zu.

Man konnte schon fast sehen, wie der Zorn in der alten Frau aufstieg. „Ihr kommt jetzt mit", sagte sie und ergriff Miriels Unterarm.

Man musste Miriel zugutehalten, dass sie ihren Arm wegzog. „Sung Li, ich komme, wenn ich so weit bin."

Über mehrere Augenblicke tobte der Kampf zwischen den beiden mit Sung Lis zusammen gekniffenen Augen und Miriels finsterem Blick einer Herrin. Schließlich gab Miriel nach: „In Ordnung. Ich bin bereit."

Sung Li verschränkte ihre Arme über ihrer flachen Brust. „Ich bin froh, dass Ihr Euch losreißen könnt. Zwischenzeitlich wird die Burg nämlich mit Wein überschwemmt."

„Was meint Ihr damit?"

„Euer dummer Küchenjunge kann nicht zählen."

Miriel runzelte die Stirn. „Was hat er gemacht?"

„Er hat noch mehr Flaschen Wein herbeigebracht."

„Das ist in Ordnung. Ich habe ihm den Auftrag dazu erteilt."

„Noch achtzig Flaschen?“

„Verflucht.“

Miriel eilte an Rand vorbei und es waren nur noch blaue Röcke zu sehen. Wenn sie sich schon Sorgen machte, dass sie ihm eine Silbermünze schuldete, konnte er sich ihre Sorgen vorstellen, wenn sie zu viel Wein für die Hochzeit hatte.

Er ging ihr nach und ließ seine Suche im Wald erst einmal ruhen. Offensichtlich hatte in den letzten Tagen zumindest in diesem Teil der Wälder, von dem Lord Morbroch behauptete, dass alle dort ausgeraubt worden waren, keiner ein Lager aufgeschlagen. Möglicherweise lebte der Gesetzlose noch tiefer im Wald und kam nur heraus, um seine Überfälle durchzuführen und das bedeutete, dass Rand seine Suche in den nächsten paar Tagen würde ausweiten müssen.

Aber für den Moment war ihm eher gedient, mehr über den *Schatten* von den Leuten herauszufinden, die ihn am besten kannten – den Bewohnern von Rivenloch.

Kapitel 6

Als sie zur Burg zurückeilte, raste Miriels Herz vor lauter Panik ... oder war es Aufregung? Sie wusste es nicht. Aber sie war abwechselnd verärgert und dann auch wieder dankbar für Sung Lis Unterbrechung. Oh Gott, sie hatte sich noch nie so warm und trunken und übermütig gefühlt, als in dem Augenblick, als sie in Rands Armen lag, außer beim Genuss von zu viel Bier. Aber auch hatte sie sich noch nie so verletzbar gefühlt. Seine Umarmung hatte sie sich zugleich mächtig und schwach fühlen lassen. Ihr Körper fühlte sich stark an und doch schien es ihr, als wollten ihre Knie unter ihr nachgeben.

Es war ein wunderbares Gefühl. Und doch auch furchteinflößend.

In der Kriegskunst war Selbstkontrolle alles entscheidend. Das hatte Sung Li sie gelehrt. Kontrolle über die eigenen Gefühle war wesentlich. Am wichtigsten war die Herrschaft über den eigenen Körper.

Miriel hatte jahrelang daran gearbeitet und gelernt Schmerzen, Erschöpfung und Zweifel auszublenden; so hatte sie ihre physische und mentale Stärke erhöht, sich auf ihre Körperbeherrschung konzentriert und ihren Verstand wie ein Schwert geschärft.

Wie konnte etwas so Einfaches wie ein Kuss ihre Konzentration so ohne Weiteres zerstören? Wie konnten ein einziges Lächeln, ein Zwinkern oder das Nicken eines Fremden sie derart aus der Fassung bringen? Wie konnte die Berührung seiner Hand das Gleichgewicht ihres Chi derart stören?

Aye, beschloss sie. Sung Li war zur rechten Zeit erschienen. Miriel brauchte ein wenig Zeit allein ohne Rand, um zu meditieren und ihre Gefühle wieder zu ordnen.

Sie wusste, was sie tun musste. So wie sie Schmerzen, Erschöpfung und Zweifel besiegt hatte, musste sie sich gegen Rands Einfluss stählen. Sung Li hatte oft gesagt, dass man die Angst nur besiegt, wenn man sie annimmt, anstatt vor ihr davonzulaufen.

Sie würde Rand also annehmen. Oft. Und gründlich. Bis sie ihn schließlich erobert hatte.

Als sie an der Burg ankam, glaubte Miriel, dass sie die Kontrolle wiedererlangt hatte. Nach einem schnellen Mittagessen machte Rand sich auf den Weg zum Übungsplatz um mit den Rittern von Rivenloch zu üben und ohne seine verwirrende Anwesenheit begann Miriel wieder Anweisungen in der großen Halle zu geben und ihre Ruhe und gelassene Autorität kehrten zurück.

Am Abend hatte Miriel sich wieder gesammelt und freute sich tatsächlich auf Rands Gesellschaft beim Abendessen. Dort erschien er lachend mit frisch gewaschenem Gesicht und noch etwas feuchten Haaren in Gesellschaft von Sir Rauve. Er trug einen braunen Surcot, der farblich perfekt zu seinen Augen passte und sie musste sich zwingen, ruhig zu bleiben.

Es war lächerlich, wie schnell ihr Körper auf seine Gegenwart reagierte. Schließlich hatte sie den Mann gerade erst kennengelernt. Aber sie brauchte ihre ganze Willenskraft, um nicht von dem Tisch auf dem Podium aufzuspringen und sich in seine Arme zu stürzen, als wollte sie verkünden, dass er zu ihr gehörte. Es war wirklich widerlich und doch konnte sie ihre Gefühle ebenso wenig aufhalten, wie sie den Regen stoppen konnte.

Als er sie sah, leuchtete sein Gesicht auf und er lächelte. Er kam zu ihr, nahm ihre Hand und küsste diese auf der Rückseite. „Ich habe Euch vermisst, meine Liebe."

Seine Worte hatten eine größere Wirkung auf sie, als sie bereit war zuzugeben, aber sie wollte ihn dies bestimmt nicht wissen lassen. Schnell zog sie ihre Hand zurück. „Pah! Zweifellos haben Pagan und Colin Euch auf dem Übungsplatz so sehr beschäftigt, dass Ihr gar keine Zeit hattet, mich zu vermissen."

Er grinste und setzte sich neben sie. „Sie haben mich beschäftigt. Aber jedes Mal, wenn ich mein Schwert gezogen habe, geschah dies, um zu Euren Ehren zu kämpfen, Mylady."

„Fürwahr?", knurrte Pagan. „Dann passt Ihr besser gut auf Eure Ehre auf, Miriel."

„Pagan!", schimpfte Deirdre.

„Er ist eben nicht besonders gut", antwortete Pagan schulterzuckend.

Colin trat hinter sie und schlug Rand auf die Schulter. „Er wird sich verbessern. Erinnert Ihr Euch, wie die Ritter von Rivenloch waren, als wir ankamen?"

Helena stand dicht hinter ihrem Bräutigam und schlug ihm so fest auf den Hintern, dass er quiekte. „Die Ritter von Rivenloch waren durchaus fähig zu kämpfen, als Ihr hierherkamt, Normanne."

„Jetzt hört auf, Ihr beiden", sagte Deirdre schmunzelnd „Schon jetzt ein Ehestreit, obwohl Ihr noch nicht einmal verheiratet seid."

Als Miriels Vater kam, erhoben sich Pagan und Rand höflich, um ihn an seinen Platz zu geleiten. Miriel hoffte, dass Lord Gellir nichts gegen Rand haben würde. Wegen seines schwachen geistigen Zustands machten ihm fremde Gesichter an seinem Tisch manchmal Angst.

„Wer soll heiraten?", fragte Lord Gellir und schaute verwirrt auf die Personen um ihn herum.

Pagan antwortete laut und vernehmlich. „Colin und Helena werden in zwei Tagen heiraten, Mylord."

„Und er kann nicht kämpfen?"

„Colin kann kämpfen", antwortete Pagan. „Miriels neuer Freier kann nicht kämpfen."

Deirdre protestierte erneut. „Pagan!"

„Nun, er kann es wirklich nicht."

Lord Gellir wandte sich langsam um, um Rand anzuschauen. „Wer ist das hier?"

Rand lächelte und streckte die Hand aus. „Ich bin Sir Rand von Morbroch, Mylord."

„Ihr könnt nicht kämpfen?"

Miriel hatte genug gehört. „Was macht es denn schon aus?", fragte sie ungeduldig und legte ihre Serviette auf ihren Schoß. „Warum interessiert es hier jeden so sehr, ob er kämpfen kann oder nicht? Kämpfen ist nicht alles. Ich bin sicher ..."

„Wie bitte?", brüllte Lord Gellir.

Miriel zuckte zusammen.

Deirdre schritt ein und legte eine Hand beruhigend auf Lord Gellirs Arm. „Vater, das ist Miriel", erklärte sie. „Du weißt doch, dass Miriel mit Kämpfen nichts im Sinn hat."

„Miriel?“, murmelte er.

„Aye“, versicherte sie ihm. „Und das hier ist Sir Rand, Miriels ... Freund."

Miriel merkte gar nicht, dass sie die Luft angehalten hatte. Aber als Lord Gellir sich entspannte, seufzte sie erleichtert. Sie wollte auf keinen Fall ihren Vater verärgern. Lord Gellir stammte von den Wikingern ab und war ein Krieger durch und durch und obwohl seine glorreichen Tage längst vorbei waren, hatte er seinen Kampfgeist nie verloren. Die Wichtigkeit einer Schlacht infrage zu stellen war, als würde man seine Existenz infrage stellen.

Dankenswerterweise befand sich Lord Gellir in einem Zustand, in dem er sofort wieder vergaß, über was er gesprochen hatte. Aber manchmal war er unberechenbar. Sie betete, dass er Sir Rand keine peinlichen Fragen stellen würde.

„Und was habt Ihr mit meiner Tochter zu schaffen?“

Solche Fragen eben.

Miriel lächelte gezwungen. „Ich habe ihn beim Turnier kennengelernt, Vater. Erinnert ihr Euch an das Turnier?“

Er knurrte. „Ich dachte, du hättest gesagt, dass er nicht kämpfen könnte.“

„Er ... er ...“

Rand rettete sie. „Ich wurde im Gefecht von meinem Pferd gestoßen, Mylord. Ich bekam überhaupt keine Gelegenheit, in dem Turnier zu kämpfen.“

Pagan knurrte leise: „Dem Herrn sei Dank dafür.“

Deirdre stieß ihn mit dem Ellbogen.

Rand musste die Beleidigung gehört haben, aber er war zu höflich, um darauf zu reagieren. Stattdessen nahm er Miriels Hand in seine und lächelte ihren Vater an. „Eure Tochter hat mich gerettet.“

„Deirdre oder Helena?", fragte Lord Gellir.

„Miriel, Mylord."

„Miriel? Miriel kämpft nicht." Angewidert schüttelte Lord Gellir den Kopf, als die Diener anfingen, das Abendessen zu servieren und ein Hammelgericht auf die Teller zu füllen. „Keiner kann mehr kämpfen."

Miriel spürte, wie sie errötete. „Ich habe nicht gekämpft, Vater. Ich habe ..." Verflucht, war sie im Begriff, ihren Vater anzulügen? Aye, aber hatte sie eine andere Wahl? Sie und Rand hatten sich diese Geschichte gemeinsam ausgedacht und jetzt mussten sie sich daran halten. „Ich habe seine Wunden behandelt."

„Sie war mein rettender Engel, Mylord", fügte Rand hinzu und tätschelte ihre Hand. „Sie passte auf mich auf, tupfte den Schweiß von meiner Stirn und brachte mir zu essen und zu trinken ..."

Colin grinste. „Ich dachte, Ihr wärt bewusstlos gewesen."

„Das war er auch", warf Miriel schnell ein.

„Sie hat mir versichert, dass sie mich gepflegt hat", berichtigte Rand.

„Und ich habe seine Verbände gewechselt", fügte sie hinzu.

„Fürwahr?", fragte Helena hinterlistig. „Und wo wurdet Ihr verwundet, Sir Rand?"

„Am Arm", antwortete Miriel.

„Am Bein", antwortete Rand gleichzeitig.

„Am Arm und am Bein", sagte Miriel. „Es war eine sehr ... sehr schwere Verletzung."

„Fürwahr", sagte Deirdre und runzelte mit vorgetäuschter Sorge die Stirn.

Daraufhin folgte ein langes, unbehagliches Schweigen.

Plötzlich brach Colin in Gelächter aus und die anderen kicherten über ihren Tellern. Er hob seinen Becher zu Rand. „Ich wäre auch gern zwei Tage bewusstlos gewesen, wenn ich solch eine hübsche Krankenschwester gehabt hätte."

Helena knuffte Colin an der Schulter.

Auch Rand hob grinsend seinen Becher.

Miriel versank vor Scham fast im Boden. „Ihr glaubt, dass Rand ... Ihr glaubt, dass ich ..."

Rand setzte seinen Becher ab und nahm ihre Hand zwischen seine. „Liebling, wir können es eigentlich auch genauso gut jetzt beichten."

„Beichten?" Das lief überhaupt nicht gut. Ganz und gar nicht.

„Es stimmt, dass ich nicht ganz so bewusstlos war", gab er zu. „Schließlich müsste ein Mann schon sehr dumm sein, wenn er sich lieber auf dem Turnierplatz zusammenschlagen ließ, statt unter den heilenden Händen eines schönen Mädchens zu leiden. Habe ich nicht Recht?"

Miriel spürte, wie ihr Gesicht feuerrot wurde. Niemand würde seiner Geschichte jetzt noch glauben. Jeder wusste, dass Miriel nicht die Art von Frau war, die sich in fremden Zelten mit fremden Männern aufhielt.

Aber zu ihrer Überraschung lachten die meisten Männer am Tisch und hoben sogar ihre Becher zum Gruß. Noch nicht einmal ihre Schwestern schritten zu ihrer Verteidigung ein.

Miriel senkte den Kopf, um ihren Zorn in einem Becher Wein zu ertränken. Jetzt würde sie niemanden mehr überzeugen, dass sie schon beim Turnier mit Sir Rand geliebäugelt hatte. Insbesondere, wenn sie ihm doch so offenkundig vor Zeugen heute Morgen einen Kuss gestohlen hatte.

Plötzlich hatte sie keinen Hunger mehr. Es war einfach, mit ihrer eigenen Täuschung zu leben. Aber es war weitaus schwieriger, wenn man in die Täuschung eines anderen verstrickt wurde, insbesondere, wenn diesem ihr Ruf völlig einerlei und er äußerst kreativ bei seinen Erzählungen war.

Glücklicherweise schwand das Interesse an Miriels pflegerischen Fähigkeiten und Rands Kampftalent recht schnell. Schon bald wandte sich die Unterhaltung normalen Dingen zu – Helenas anstehende Hochzeit, die große Menge an Lachs im See in diesem Jahr, die Reparaturen an der Kirche und der Diebstahl von zwei von Lachanburns Kühen.

Gerade als Miriel anfing, sich bei dem normalen Rivenloch Geschwätz in Sicherheit zu wiegen, beschloss Lord Gellir Rand auf sein Lieblingsthema anzusprechen.

„Hat Euch schon jemand von unserem lokalen Gesetzlosen erzählt?“

Der Themenwechsel kam so unerwartet, dass Rand sich fast an einem Stück Fleisch verschluckte. Er vermied es noch gerade so und spülte es mit einem Schluck Wein herunter.

„Nay“, antwortete er, runzelte die Stirn und versuchte, interessiert auszusehen. „Gesetzloser, sagt Ihr?“

Aber Miriel, das wohlmeinende, aber störende Weib, lehnte sich vor, um sie zu unterbrechen. „Vater, ich bin mir sicher, dass er kein Interesse daran hat.“ Sie erklärte Rand: „Es handelt sich zum größten Teil um wilde Gerüchte und Spekulationen, die völlig aus dem Verhältnis geraten sind.“

Rand lächelte sie angespannt an. Er überlegte, wie

unhöflich es wohl wäre, wenn er seine Hand über ihren Mund legen würde, damit Lord Gellir fortfahren könnte.

„Obwohl", sagte Pagan sein Messer schwingend, „ich immer noch der Meinung bin, dass es der *Schatten* war, der das englische Trebuchet zerstört hat."

Plötzlich sprachen alle im Raum durcheinander und man konnte keinen mehr richtig verstehen. Jeder schien eine andere Meinung zu der Sache zu haben.

„Ich habe ihn einmal gesehen", warf Colin ein. „Das war in der Kate, in der Helena mich als Geisel gefangen hielt."

Rand blinzelte. Hatte er Colin richtig verstanden? Helena hatte ihn als Geisel gefangen gehalten? Bei Gott, diese Rivenloch Frauen waren fürwahr unerschrocken.

Obwohl er nach außen nur geringes Interesse zeigte, achtete Rand nichtsdestotrotz auf jedes einzelne Wort.

Helena fügte hinzu: „Er ließ eines seiner Messer zurück."

„Seiner Messer?", fragte Rand.

Sie nickte. „Schmale, schwarze Dolche. Er lässt einen zurück, nachdem er seine Opfer ausgeraubt hat."

„Nicht immer", murmelte Miriel.

„Nicht immer", stimmte Deirdre zu. „Aber es ist sein Markenzeichen."

Abwesend stocherte Rand in seinem Essen. „Wirklich? Und warum ist das so?"

Der alte Mann nahm Rands Einladung dankend an, als wenn er geduldig auf jemanden gewartet hätte, der ihn darum bitten würde, eine geschätzte, altbekannte Geschichte zu erzählen. „Der *Schatten*", begann er und seine hellblauen Augen leuchteten auf wie Saphire in der Sonne, „ist so schnell wie der Blitz. Behände wie eine Flamme. Fast unsichtbar."

„Fast unsichtbar“, murmelte Miriel, „und doch behaupten so viele, dass sie ihn gesehen hätten.“ Sie verdrehte die Augen.

Lord Gellir fuhr fort und breitete seine langen, knochigen Arme aus, um der Geschichte noch mehr Betonung zu verleihen. „Er kleidet sich ganz in schwarz. Von Kopf bis Fuß. Schwarz wie die Nacht, bis auf einen schmalen Schlitz, aus dem seine funkelnden Augen herausschauen wie die des Teufels.“

Er bekreuzigte sich dann und alle bis auf Miriel machten die Geste nach; ihr schien die dramatische Erzählung ihres Vaters furchtbar peinlich zu sein.

Bis jetzt beschrieb Lord Gellir nur das, was Rand bereits in Erfahrung gebracht hatte. Der Gesetzlose, der als der *Schatten* bekannt war, war schnell, wendig und offensichtlich in schwarz gekleidet. Aber wie Miriel glaubte auch Rand nicht, dass der Mann teuflische oder mystische Eigenschaften besaß.

„Er kann sich drehen wie ein Akrobat“, sagte Lord Gellir, „und dabei auf den Füßen landen und bevor sein Opfer sich versieht, hat er ihm seine Börse abgeschnitten ... oder seine Kehle durchgeschnitten.“

Miriel seufzte angewidert. „Er hat noch nie irgendjemandem die Kehle durchgeschnitten, Vater.“ Sie runzelte die Stirn in Richtung Rand und versuchte ihn zu überzeugen. „Wirklich nicht. Eigentlich ist er recht harmlos.“

„Keiner weiß, wo er wohnt“, meinte Lord Gellir. „Er erscheint aus dem Nichts, führt seine Missetaten durch und verschwindet dann im Wald ... wie ein *Schatten*.“

„Hat ihn noch nie jemand fangen können?“, fragte Rand. „Hat es noch keiner versucht?“

Helena und Deirdre schauten sich ganz kurz an, sodass Rand es fast verpasst hätte.

Dann zuckte Deirdre mit den Schultern. „Miriel hat Recht. Im Wesentlichen richtet er keinen Schaden an."

„Tatsächlich", fügte Helena hinzu, „hat er noch nie die Leute von Rivenloch wirklich belästigt."

Deirdre kicherte. „Außerdem, über was sollte unser armer Vater noch reden können, wenn wir seinen liebsten Gesetzlosen einsperren?"

Rand wünschte sich, dass der alte Mann weitersprechen würde, aber scheinbar war sein verwirrtes Hirn schon wieder woanders. Er war damit beschäftigt, einen Krümel Brot aus seinem langen, weißen Bart zu picken.

„Es könnte ihn sowieso niemand fangen", sagte Colin. „Er ist vielleicht klein, aber er ist so listig wie ein Fuchs."

„Schlüpfrig wie ein Aal", stimmte Pagan zu.

Helena machte weiter: „Schneller als ein ..."

„Aber sicherlich hat es schon mal jemand versucht." Rand versuchte, oberflächlich zu klingen, aber er wollte das Thema auch nicht fallen lassen. „Keiner kann so ..." Er hob die Hände zur Betonung und sein Finger blieb an seinem leeren Becher hängen, wobei er ihn vom Tisch schlug.

Er hätte auf dem Boden fallen müssen. Aber Miriels Hand schoss nach vorne und fing ihn einen Augenblick, bevor er dort landete, auf. Einen kurzen Augenblick lang trafen sich ihre Blicke, er war überrascht und sie schuldbewusst. Dann ließ sie den Becher fallen.

Mit verdammender Verzögerung landete er auf dem schilfbedeckten Steinboden.

KAPITEL 7

„Oh!", rief Miriel. „Wie tollpatschig von mir."

Verdammt, dachte sie. Wie hatte sie so unachtsam sein können? Nicht, weil sie den Becher fallen gelassen hatte, sondern weil sie ihn gefangen hatte. Rand hatte alles gesehen. Und er wusste sicherlich, dass das, was sie getan hatte, fast unmöglich war. Wohlerzogene, demütige, sanfte Mädchen fingen kein Geschirr im Handumdrehen auf.

Sung Li hatte alles von seinem Platz bei der Dienerschaft mit zunehmendem Interesse und Verdruss beobachtet, so wie er es immer tat, wenn die Unterhaltung zu der übertriebenen Legende über den *Schatten* kam und er starrte Miriel an.

„Lucy!", rief Miriel. „Bringt mehr Wein und holt Sir Rand einen neuen Becher."

Sie bückte sich, um den Becher vom Boden hoch zu heben, aber als sie ihn Lucy reichte, traf ihr Blick wieder auf Rands und sie wusste zweifelsfrei, dass er alles gesehen hatte. Er runzelte argwöhnisch die Stirn und seine Augen waren voller Spekulation.

Jetzt würde sie sich eine gute Erklärung ausdenken müssen.

Oder ...

Sie könnte ihn betrunken machen.

Wenn sie ihn betrunken genug machte, würde er vielleicht alles vergessen – die beschämende Unterhaltung über seinen Mangel an kämpferischen Fähigkeiten, die dummen Geschichten ihres Vaters über den *Schatten* und seine kurze Begegnung mit Miriels flinken Fingern.

Fürwahr, Männer betrunken zu machen war eine abstoßende Strategie, die Helena oft einsetzte. Wenn sie funktionierte, wenn Miriel Rands Erinnerung auslöschen könnte, hätten sie die Gelegenheit morgen noch einmal neu anzufangen. Und dieses Mal würde sie daran denken, ihre Talente für sich zu behalten, und die hilflose folgsame Dame zu spielen, die noch nicht einmal eine Taube mit einem gebrochenen Flügel in einem Käfig fangen konnte.

„Lasst die Flasche hier", bat sie Lucy, als die Dienerin mit dem Wein und dem Becher zurückkam.

Rand hob eine Augenbraue.

„Jetzt haben wir reichlich", erklärte sie und füllte seinen Becher bis an den Rand. „Außerdem müsst Ihr die echte Rivenloch Gastfreundschaft kennenlernen."

Er schaute sie misstrauisch an, nahm dann die Flasche und füllte auch ihren Becher. „Es ist nicht gastfreundlich, einen Mann alleine trinken zu lassen."

Sie lächelte schwach, als er ihr zuprostete. So hatte sie sich das nicht gedacht. Aber sie nahm an, dass es unhöflich wäre, abzulehnen.

Eine halbe Stunde und fünf Trinksprüche später wünschte sie sich, dass sie abgelehnt hätte. Selbst Deirdre bemerkte, dass sie schwankte.

„Miri", flüsterte sie, „ich glaube, dass du genug getrunken hast."

Miriel runzelte die Stirn. „Ich entscheide, wann ich genug getrunken habe", flüsterte sie zurück.

„Benimm dich nicht wie ein bockiges Kind", zischte Deirdre.

„Du benimmst dich wie ein Kind", zischte sie zurück.

Deirdre verdrehte die Augen, aber Miriel hatte das Gefühl, dass ihre Schwester vielleicht Recht hatte. Das Problem bei dieser Taktik war, merkte sie, als sie sich ein wenig zu nah zu Rand neigte und ihren Becher mit einem lauten Knall an seinen stieß, dass sie nicht Helena war. Helena konnte Männer unter den Tisch trinken. Miriel fühlte sich schon nach ihrem zweiten Becher schwindelig.

Aber Rand hielt mit ihr bei jedem Becher mit. Schon bald würde sein Verstand so benebelt sein wie ihrer. Und sie war sicher, dass er dann alles über ... vergessen würde.

Was sollte er noch mal vergessen?

Sie konnte sich einfach nicht erinnern und das erschien ihr plötzlich schrecklich lustig. Sie kicherte, während sich alle um sie herum unterhielten. Rand lachte über einen Scherz und die Mischung dieses herrlichen Geräuschs mit dem süßen Wein sorgte dafür, dass sie sich benebelt und schwindelig fühlte. Alles schien so angenehm zu sein. Die große Halle war hell und voller Heiterkeit. Das Essen war lecker und reichlich. Alle schienen sich sehr wohl zu fühlen. Sie wusste nicht, warum sie sich solche Sorgen gemacht hatte.

Sie kicherte glücklich und legte dann eine Hand über ihren Mund. Oh Gott, hatte sie gerade so gerülpst?

Rand grinste sie an und sie grinste zurück. Bei Gott, dachte sie, als sie ihn von der Seite ansah und mit einem Finger über den Rand ihres Bechers strich, er sah wirklich gut aus. Seine Augen ähnelten poliertem Topas. Die Grübchen in seinen Wangen waren entzückend. Und sein Mund ...

Heilige Maria, sie wollte ihn küssen.

Und das würde sie ihm auch sagen.

Sie beugte sich nah genug, um in ihm ins Ohr zu flüstern und hielt ihr Gleichgewicht mit einer Hand auf seinem Bein. Seine Reaktion zeigte ihr, dass sie mehr als sein Bein berührt hatte.

Sie hätte ihre Hand sofort zurückziehen müssen. Aber der Wein hatte ihre Reflexe wohl verlangsamt. Und ihr Urteilsvermögen zerstört.

Seine Schenkel und sein Gemächt fühlten sich warm und biegsam unter ihrer Handfläche an und sie lächelte, als sie sich daran erinnerte, wie dunkel und geheimnisvoll, verboten und schön er ausgesehen hatte, als er seine Hose im Wald heruntergelassen hatte. Nay, sie wollte ihn noch nicht loslassen.

Rand spürte, wie reine Lust ihn erschauern ließ. Sicherlich hatte Miriel ihn dort nicht absichtlich berührt. Es war nur ein Versehen. Aber das freche Mädchen schien es nicht eilig zu haben, ihre Hand zurückzuziehen.

Nicht, dass er erpicht darauf war. Nichts war so aufregend wie die dreiste Berührung einer begehrenswerten Frau. Sie hatte ihre Hand auf sein anschwellendes Gemächt gelegt, während sie ihn mit einem lüsternen Blick verführte.

Aber hier war weder die Zeit noch der Ort für so etwas, insbesondere wenn ein Dutzend Paar argwöhnische Augen jede von Rands Bewegungen beobachteten.

Er nahm an, dass er selbst schuld war. Er hatte sie betrunken machen wollen in der Hoffnung, dass das ihre Zunge lösen würde. An der Art und Weise, wie Miriel den Becher in der Luft aufgefangen hatte, war etwas Unnatürliches und Verdächtiges und er beabsichtigte herauszufinden, wie sie sich solche Reflexe angeeignet hatte.

Aber Miriel war eine zierliche junge Frau und ein halbes Dutzend Becher Wein waren offensichtlich genug, um mehr zu bewirken, als nur ihre Zunge zu lösen. Tatsächlich schien sich die angenehme junge Frau in ein wildes lüsternes Biest verwandelt zu haben.

Nicht, dass es ihm etwas ausmachte. Insbesondere, wenn sie ihn mit feurigem Verlangen anblickte, wie gerade jetzt.

Aber ihr Vater müsste nur nach unten schauen und ihre Schwestern Miriels Gesichtsausdruck bemerken, um festzustellen, dass etwas im Gange war.

Sehr zögerlich nahm er ihre Hand und legte sie vorsichtig aber bestimmt zurück in ihren eigenen Schoß. Sofort runzelte sie verwirrt die Stirn und ihre Unterlippe begann zu zittern.

Ihre großen blauen Augen füllten sich mit Tränen und ihr zierliches Kinn begann zu beben. Er hatte Angst, dass sie jeden Augenblick anfangen würde, laut zu schluchzen. Deirdre blickte finster, als sie den Kummer ihrer Schwester bemerkte. Selbst auf die Entfernung spürte Rand, wie Sung Lis eisiger Blick auf ihm ruhte.

Er musste etwas unternehmen.

Er hob wieder ihre Hand und drückte sie liebevoll gegen seine Wange. „Miriel, meine Liebe“, sagte er besorgt, „Ihr seht erschöpft aus. Möchtet Ihr, dass ich Euch jetzt zu Eurem Zimmer begleite?“

Sie blinzelte ihn an, als wenn er sie in einer fremden Sprache angesprochen hätte und sagte dann hoffnungsvoll: „Mein Zimmer?“

Natürlich brachte das alle am Tisch zum Schweigen. Alle blickten ihn plötzlich finster an. Das Verlangen, das nun wieder in Miriels Augen zu sehen war, war nicht besonders hilfreich in der Situation. Ihre Familie glaubte zweifellos, dass er ihr angeboten hatte, bei ihr zu liegen.

„Miriel?“, fragte Deirdre.

Miriel würde ihm keine Hilfe sein mit ihrem lüsternen Blick. Er würde seine Absichten selber klarstellen müssen.

„Schließlich“, sagte er laut genug, so dass alle, einschließlich der neugierigen Sung Li ihn hören konnten, „habt Ihr morgen einen anstrengenden Tag vor Euch. Ihr braucht Euren Schlaf.“

„Schlaf?“, beschwerte sich Miriel. „Aber ich will nicht –“

Bevor sie etwas Verfängliches sagen konnte, half Rand ihr schnell aufzustehen.

Als er seine Flucht antreten wollte, ergriff Deirdre ihn am Arm und zischte ihm zu: „Ihr führt sie die Treppe hinauf und mehr nicht. Verlasst sie an der Tür, ansonsten werdet Ihr meine Klinge heute Nacht noch zu spüren bekommen.“

Er gab vor, beleidigt zu sein. „Natürlich.“

Im schwesterlichen Gleichklang bedachte Helena ihn auch noch mit einem warnenden Blick.

Dann verabschiedete er sich eilig von allen und zog Miriel an seinem Arm weg.

Es war nicht einfach. Sie schlurfte und wankte und stolperte über ihre Röcke. Ihre bemerkenswerten Reflexe, mit denen sie seinen Becher mitten in der Luft gefangen hatte, waren weg.

Er lächelte und schüttelte den Kopf. Er würde daran denken müssen, sie nicht noch einmal dazu zu ermutigen, so viel zu trinken. Zumindest nicht in Gesellschaft anderer.

Schwerfällig stiegen sie die Steintreppe hoch. Miri lehnte sich entweder schwer auf ihn oder hielt sich an der Wand fest und kicherte alle paar Stufen.

„Wartet", keuchte sie und drückte ihn gegen die Wand. „Da ist noch etwas, was ich Euch erzählen will."

Er grinste. So betrunken wie sie war, war sie immer noch entzückend. Und verführerisch. Und unvergleichlich.

Sie runzelte die Stirn und versuchte sich zu erinnern, was sie hatte sagen wollen. Dann kam es ihr wieder. Sie tätschelte seine Brust und schaute mit ernstem Blick zu ihm hoch. „Ich will Kishoo."

Amüsiert verzog er den Mund. Kishoo?

Er ergriff ihr Kinn und strich ihr mit dem Daumen leicht über die Unterlippe. „Wenn ich Euch einen Kuss gebe, erzählt Ihr mir dann eine Geschichte?"

„Eine Geschichte?" Ihre Augenlider senkten sich und er war sich nicht sicher, ob dies der Wirkung des Weins oder der Berührung seiner Finger zuzuschreiben war.

„Aye, eine Geschichte von Rivenloch." Er strich über eine dünne Falte an ihrem Kinn. „Etwas Abenteuerliches." Er streichelte die weiche Haut unter ihrem Ohr und sie erschauderte sichtbar. „Ich weiß. Erzählt mir eine Geschichte über ... den *Schatten*."

Ihre Augen weiteten sich. „Warum ... warum wollt Ihr etwas über ihn hören?"

Er zuckte mit den Schultern. „Auf dem Übungsplatz und beim Abendessen habe ich schon alles über die großartigen Abenteuer des Lord Pagan und Sir Colin gehört."

Sie grinste.

„Erzählt mir eine Geschichte, meine Liebe?", murmelte er und spielte mit den weichen Locken an ihrem Nacken.

Sie runzelte ein wenig die Stirn, als wenn sie gegen das Vergnügen seiner Berührung ankämpfen würde. „In Ordnung. Aber zuerst will ich einen Kishoo."

Diesen Wunsch erfüllte er ihr gern. Er hatte Deirdre zwar versichert, dass er Miriel nur bis zu ihrer Zimmertür begleiten würde, aber er hatte keine Versprechen abgegeben hinsichtlich dessen, was er auf dem Weg dahin tun würde. Er legte eine Hand um ihre schmale Taille und zog sie fest an seine Brust und an das Ungeheuer in seiner Hose, das mit jedem Augenblick kühner wurde.

Sie keuchte vor Verlangen. Er hatte vorgehabt, sie kurz und kräftig zu küssen, so dass sie mit der Geschichte anfangen könnte.

Es sollte nicht sein. Als er den nach Wein schmeckenden Nektar ihrer Lippen, den flüssigen Honig ihrer Zunge und ihr nacktes, göttliches Verlangen schmeckte, war er verloren.

Die Lüsternheit überkam sie beide und entfachte ihr Blut so schnell wie der Blitz den Sommerweizen.

Sie neigte den Kopf, um tiefer in ihn hinein zu tauchen, seufzte seinen Namen zwischen den Küssen und zog ihn näher, bis er die Rundungen ihrer Brüste und die Konturen ihrer Rippen und Hüften spürte.

Er war noch nie so schnell entflammt worden. Er hatte noch nie so schnell die Kontrolle verloren.

Er wusste, dass er aufhören sollte. Später würde noch genug Zeit für Liebeleien sein. Er verschwendete wertvolle Zeit, die er besser dazu verwendet hätte, Informationen zu sammeln.

Aber er konnte nicht anders. Er hatte das Gefühl, dass er an einem Abgrund stand und seinen Sturz nicht mehr aufhalten könnte. Sein Verlangen tobte wie eine Lawine. Sie klammerte sich an ihn, als ginge es um ihr Leben. Sie keuchte, während sie vom Brunnen seiner Leidenschaft trank, während er von ihr nippte und zunehmend schwindelig vom Rausch ihrer Küsse wurde.

Er war so berauscht, dass er gar nicht bemerkte, dass sie nicht mehr allein waren.

„So!“

Das Geräusch erschreckte ihn so sehr, dass er zurücksprang und sich den Kopf an der Wand stieß. Er hatte seinen Dolch schon fast gezogen, als er merkte, dass es nur Sung Li war.

„Verflucht“, knurrte er, steckte den Dolch wieder ein und rieb sich den Kopf. Oh Gott, die verdammte Dienerin hatte sich so still wie ein Geist angenähert.

Miriel hatte keine Angst. Sie war zornig. „Sung Li!“, schimpfte sie.

Die alte Frau ignorierte sie und sprach Rand an. „Das verstehen die Ritter von Morbroch also unter Ehre.“

Er errötete bei ihrer Bemerkung.

„Es ist nicht seine Schuld, Sung Li“, sagte Miriel und torkelte ein wenig. „Es war meine Idee.“

Sung Li schürzte ihre vertrockneten Lippen. „Ihr habt gar keine Ideen. Ihr seid betrunken.“

Miriels übertriebenes Keuchen bestätigte ihre Worte nur.

„Ihr habt Recht“, stimmte Rand zu und streckte eine Hand aus, um Miriel zu stützen. „Ich hätte ihre Schwäche nicht ausnutzen sollen.“

„Schwäche?“, fragte Miriel. „Ich bin nicht schwach!“

Bevor Rand sich entschuldigen konnte, bevor er überhaupt denken konnte, machte Miriel irgendetwas an der Rückseite seines Knies und er sackte zusammen. Bevor er sich versah, saß er mit dem Hintern auf der harten Steinstufe, stöhnte vor Schmerz und überlegte, wie er dahin gekommen war.

„Miriel!", zischte Sung Li.

„Oh", sagte Miriel und schlug eine Hand an ihre Wange. „Das hätte ich wahrscheinlich nicht tun sollen."

Sung Li schaute finster und verschränkte die Arme über der Brust.

„Entschuldigung", sagte Miriel zu ihm. Dann versicherte sie der Dienerin mit einem hörbaren Flüstern: „Es ist in Ordnung. Er wird sich an nichts erinnern. Er ist betrunken." Sie beugte sich zu ihm herab und zwinkerte ihm zu. „Ihr seid betrunken." Dann stolperte sie den Rest der Treppe hinauf und winkte ihm zu. „Gute Nacht."

Als sie außer Sichtweite war, starrte Sung Li ihn, an, als wollte sie ihn an Ort und Stelle windelweich prügeln. So seltsam dies auch anmutete, wenn man bedachte, wie klein die Dienerin im Vergleich zu ihm war, fing Rand an zu überlegen, ob sie nicht genau dazu in der Lage sein könnte.

Aus diesem Holz waren die einzigartigen Frauen von Rivenloch also geschnitzt. Sie waren stark und besaßen einen starken Willen. Und sie hatten ein seltsames Paarungsverhalten, indem sie die Männer zu Duellen herausforderten, ihre Freier als Geiseln festhielten ... und alte, klapprige Dienerinnen dazu anstifteten, mögliche Freier zu verprügeln.

„Es wird nicht wieder vorkommen, Sung Li", versicherte ihr Rand.

Plötzlich fokussierten sich ihre schwarzen Augen auf

ihn wie Dolche, die ihn mitten ins Herz trafen. „Oh, aye. Das wird es." Die glühende Intensität machte ihn unbehaglich. Es war, als wollte sie in seine Seele schauen. „Zwischen Euch ist ein Funke übergesprungen", sagte sie. „Aber dieser Funke entzündet kein Feuer." Sie hob ihre weißen Augenbrauen. „Er reicht nur für *Huo Yao*."

Rand blickte finster. Ihre Worte waren Unsinn. Aber er war trotzdem fasziniert.

„*Huo Yao*", wiederholte sie und schaute böse, während sie nach einer Übersetzung suchte. „Feuer ... Metalle. Feuer. Mineralien."

„Feuerstein?", versuchte er zu raten.

Ungeduldig schüttelte sie den Kopf. „Ihr habt kein Wort dafür in Eurer Sprache. Aber es ist mächtiger als Feuer. Ihr solltet aufpassen", riet sie ihm. „Passt auf, dass Ihr Euch nicht verbrennt."

Er nickte. Er verstand jetzt. Dies war Sung Lis Version der Warnung, die er bereits von Miriels Geschwistern erhalten hatte. Mehrfach. Miriel musste der wertvollste Edelstein in der Krone Rivenlochs sein, wenn alle sie beschützen wollten.

Vor Leid.

Vor Schaden.

Vor ihm.

Kein Wunder, dass das arme Mädchen Männer im Wald abfing, bevor sie sich der Musterung durch ihre Familie unterziehen mussten.

Sung Li ging dann an ihm vorbei und erklomm die Treppe mit stiller Anmut. Rand blieb noch eine Weile auf der Stufe sitzen und massierte sich seinen angestoßenen Po. Es war erbärmlich. Er hatte den *Schatten* noch nicht einmal zu Gesicht bekommen, aber angesichts der

Anstrengungen auf dem Übungsplatz und den Mühen des Werbens fühlte er sich schon jetzt ziemlich mitgenommen.

Das wäre nicht der Fall, entschied er, wenn er nicht von dem Mädchen mit den kastanienbraunen Locken und den funkelnden Augen so vollständig abgelenkt wäre. Er wusste nicht, wie sie es geschafft hatte, sein Herz im Sturm zu erobern, aber er war sicher, dass es nicht passiert wäre, wenn er sich auf etwas anderes als ihre rosigen Wangen und ihren Busen konzentriert hätte.

Als er beim Aufstehen vor Schmerzen zusammenzuckte, beschloss er, dass sie es aber allemal wert war. Miriel war nicht nur sehr schön. Nicht nur begehrenswert. Sie war einzigartig. Er hatte solch ein - wie hatte Sung Li es genannt? - *Huo Yao* gefühlt.

Er wünschte sich schon fast, dass er ihr richtig den Hof machen könnte. Das war natürlich eine lächerliche Idee. Sie war eine Adlige, die Tochter eines Lords. Und er war eigentlich nur ein Vagabund mit dem Namen eines Bastards und einem geliehenen Titel. Er wanderte umher, nahm Arbeit an, wo er welche fand und machte sich so viele Feinde wie er Freunde fand. Er war als Bräutigam einer Frau, ob adlig oder nicht, völlig ungeeignet.

Aber das hielt ihn nicht davon ab, hin und wieder davon zu träumen, sesshaft zu werden, sein Söldnerleben hinter sich zu lassen und ein liebliches, junges Mädchen zu finden, die ihm das Bett wärmen, seine Kinder bekommen, ihm das Haus und das Herz wärmen und ihn immer mal wieder auf den Po werfen würde, wenn er es brauchte.

Kapitel 8

„Was werdet Ihr ihm sagen?“, fragte Sung Li.

Miriel zuckte zusammen und zog sich die Decke über den Kopf. „Ruhe.“

Ihr tat an diesem Morgen alles weh. Ihr Kopf. Ihre Augen. Sogar ihre Zähne. Und Sung Li hatte die Fensterläden aufgerissen und das helle Sonnenlicht hereingelassen, als Miriel gerade einschlafen wollte.

„Was werdet Ihr sagen?“, quengelte Sung Li und zog trotz Miriels Protesten die Decke weg.

„Ich weiß es nicht“, jammerte sie. „Was macht es schon aus? Er wird sich wahrscheinlich eh nicht mehr erinnern können. Es war nur ein Becher.“ Vielleicht würde Sung Li sie jetzt in Ruhe weiterschlafen lassen.

„Becher? Becher? Welcher Becher?“

Oh Gott, Sung Li hörte sich an wie ein Huhn, ein Huhn mit einem sehr lauten, beharrlichen Gackern.

„Der Becher, den er hat fallen lassen. Der, den ich gefangen habe.“

Sung Li schüttelte sie fest an der Schulter und verschlimmerte die Schmerzen in ihren Gelenken noch mehr. „Wacht auf.“

Schließlich gab Miriel winselnd auf. „Was denn?“

„Und was Ihr auf der Treppe gemacht habt?“

„Welche Treppe?“ Miriel drückte ihre Fingerspitzen an ihre pochenden Schläfen.

„Erinnert ihr Euch nicht?“

Miriel blickte finster gegen das Sonnenlicht. Sie erinnerte sich an etwas. Etwas auf der Treppe. Etwas Angenehmes.

Oh, aye, sie hatte Rand geküsst.

Bei der Erinnerung verzog sich ihr Mund zu einem Lächeln. Er hatte wunderbar geschmeckt – wie Honig, nay, eher wie Wein. Seine Arme hatten sie umschlungen wie ein warmer, weicher Umhang aus Lammwolle. Und sie hatte den dicken Dolch seines Gemächts gespürt, wie er ihn gegen ... drückte.

„Ihr werdet Folgendes sagen“, befahl Sung Li.

Miriel seufzte.

Sung Li fuhr fort: „Das ist nur ein alberner Trick, den meine Schwestern mir beigebracht haben.“

Miriel runzelte die Stirn. Etwas war auf der Treppe passiert und sie begann sich jetzt daran zu erinnern. Oh Gott, das war noch nicht möglich, oder? Sicherlich konnte sie nicht so betrunken gewesen sein. Aber als sie sich mit zunehmender Deutlichkeit wieder erinnerte, wurde ihr klar, dass sie tatsächlich so betrunken gewesen war. Rand hatte ihr vorgeworfen, dass sie schwach sei und sie hatte den armen Mann auf seinen Hintern befördert. „Oh.“

„Oh.“ Sung Li schüttelte angewidert den Kopf. „Mehr habt Ihr nicht zu sagen? Oh?“

„Es tut mir leid, *Xian Sheng*.“

Es tat ihr leid. In ihrer Trunkenheit hatte sie das Schlimmste getan. Sie hatte Sung Li in Gefahr gebracht.

Jetzt verstand sie, worum er sie bat. Sie nickte und übte die Lüge. „Es ist nur ein alberner Trick, den ich von meinen Schwestern gelernt habe."

Sung Li knurrte und war halbwegs zufrieden mit ihrem Spruch. „Und jetzt steht auf. Wir machen jetzt Tai-Chi."

Miriel stöhnte.

Wie sich herausstellte, brauchte Miriel ihre einstudierte Lüge überhaupt nicht. Sie sah Rand den ganzen Morgen gar nicht. Sie war den ganzen Vormittag über in der großen Halle mit den Vorbereitungen für Helenas Hochzeit beschäftigt und alle gingen ihr aus dem Weg. Glücklicherweise braute Sung Li ihr einen Kräutertee, um ihre Schmerzen zu lindern, damit sie einigermaßen effizient arbeiten konnte.

Sie überwachte die Diener bei den Reinigungsarbeiten und dann dekorierten sie die Halle mit Zedernästen und Beeren von der Stechpalme und mit Heidekraut. Sie stellte sicher, dass ausreichend Kerzen, Tischtücher und Becher für die Gäste vorhanden waren. Und sie notierte die Lebensmittel, die aus dem Lager und der Speisekammer geholt wurden, um sicher zu gehen, dass nichts davon abhandenkam.

Am späten Morgen erschien Rand schließlich am Eingang zur großen Halle. Beim Anblick seines jungenhaften Lächelns und seinen heiteren braunen Augen zog sich Miriels Herz plötzlich zusammen. Sofort überkam sie die sündige Erinnerung. Sie konnte sich gleich wieder den Geschmack seiner Lippen, die Beschaffenheit seiner Haare und den Geruch seiner Haut vorstellen.

Sie biss sich auf die Lippe und zwang sich, ruhig zu

werden. Sie musste ihre Reaktionen besser unter Kontrolle bekommen. Das war von äußerster Wichtigkeit. Letzte Nacht hatte sie mit dem Feuer gespielt und sich erlaubt, impulsiv zu handeln und sie hatte Glück, dass sie unbeschadet davongekommen war.

Vielleicht hätte sie in der Zukunft nicht so viel Glück.

Sie musste sich gegen Rands Gegenwart wappnen. Ganz gleich, wie sehr seine Augen funkelten oder wie entzückend seine Grübchen waren.

Außerdem, sagte sie sich, als sie einen Wandleuchter befestigte, war dies der Tag vor der Hochzeit ihrer Schwester. Sie hatte keine Zeit für unnützes Geschwätz. Oder lange Blicke voller Verlangen. Oder hungrige, heiße, leidenschaftliche Küsse.

Scheinbar hatte sie keinen Grund, sich Sorgen zu machen. Rand schien entschlossen, ihr aus dem Weg zu gehen. Er hielt sich am Rand der Aktivitäten, half hier und da und warnte oder lobte, wo dies vonnöten war.

Sein Charme war wahrlich erstaunlich. In nur einem Tag hatte es der schlaue Knappe geschafft, sich wie ein ernsthafter Freier unter die Bewohner von Rivenloch mischen.

Oder er war ein gerissener Fuchs.

Das machte ihn für die vertrauensseligen Leute von Rivenloch wie die Dienerin, die gerade über seine übertriebene Verbeugung kicherte, wahrlich sehr gefährlich.

Miriel kniff die Augen zusammen und schlug den Staub von ihren Händen. Es war Zeit einzuschreiten. Sie konnte es sich nicht leisten, dass liebeskranke, geschwätzige Dienerinnen ihm zu Füßen lagen. Wer wusste denn, welche Geheimnisse sie vielleicht offenbaren würden.

Aber gerade in dem Augenblick verkündeten die Wachen die Ankunft der ersten Übernachtungsgäste für die Hochzeit und Miriel war damit beschäftigt, diese willkommen zu heißen. Sie stellte sicher, dass ihre Pferde einen Platz im Stall bekamen, bestellte Speisen und Getränke für sie und lud sie ein, am Kamin Platz zu nehmen. Diese Pflichten oblagen immer Miriel, da sie die umgänglichste der Schwestern war.

Erst ungefähr eine Stunde später sah sie Rand erneut in der großen Halle und als sie merkte, mit wem er sich unterhielt, fuhr ihr ein plötzlicher, scharfer und unangenehmer Schmerz durch die Brust.

Lucy Campbell.

Lucy bedeutete Ärger. Sie war zu vollbusig für ihr eigenes Wohl und sie schien Schwierigkeiten zu haben, ihren Vorbau in ihrem Kleid zu behalten. Sie hatte ein freches Lächeln und einen hinterlistigen Blick, den sie zu ihrem Vorteil nutzte und ihre rosigen Wangen und unordentlichen Locken ließen sie immer aussehen, als wenn sie gerade vom Vögeln gekommen wäre. Und meistens war das auch der Fall.

Schlimmer noch, Lucy Campbell war eine unverbesserliche Schwätzerin. Sie konnte ihre Lippen ebenso wenig zusammengepresst halten wie ihre Beine. Rand bräuchte ihr nur zuzuzwinkern und dann würde sie ihm alles sagen, was er wissen wollte.

Lucy stand jetzt am Eingang zur Speisekammer und steckte kokett eine Locke hinter ihr Ohr, während Sir Rand sich an die Wand neben sie lehnte, lächelte und sich mit ihr unterhielt.

Bei dem Anblick wurde Miriel heiß.

Sie sagte sich, dass es sich nicht um Eifersucht handeln

konnte. Schließlich gehörte Rand ihr ja nicht, zumindest nicht wirklich. Ihre Werbung war ja nur eine Täuschung, oder nicht?

Aber etwas an der offensichtlichen Liebäugelei erhitzte Miriels Blut.

Es musste Zorn sein. Lucy war ihre Dienerin. Am nächsten Tag sollte Helenas Hochzeit sein. Und das faule Weib verschwendete wertvolle Zeit, indem sie mit Miriels ... Sir Rand schwätzte und ihm schöne Augen machte.

Und umwarb Lucy nicht angeblich Sir Rauve, überlegte sie, während sie die Halle durchquerte?

„Lucy!", zischte sie und erschreckte die Dienerin. „Habt Ihr schon mit dem Käse angefangen?"

„Aye, Mylady."

„Aye?" Sie bezweifelte es. Lucy tat nur selten etwas, um das sie nur einmal gebeten worden war.

„Aye."

Miriel runzelte die Stirn. „Was ist mit dem Taubenschlag? Ist er gereinigt worden?"

„Das habe ich gestern gemacht, Mylady."

Miriel blinzelte überrascht. Was war nur los mit Lucy? Sonst waren ihre Antworten an Miriel wesentlich dreister. Und scheinbar hatte das Mädchen endlich gelernt, die obere Schnürung an ihrem Surcot zuzubinden. „Der Met. Habt Ihr –"

„Den Met habe ich schon nach oben gebracht."

„Oh." Sie blickte zu Rand, der von dem harten Ton, den sie mit Lucy anschlug überrascht schien. „Und was habt Ihr dann in der Speisekammer gemacht?"

Lucy schaute völlig unschuldig. „Ich habe nur den Speck aufgehängt, wie Ihr gesagt habt, Mylady."

„Ähm. Nun ja. Gut." Aber Miriel fühlte sich immer noch

so irritiert wie eine Katze im Nordwind. Sie ergriff Lucy am Ellenbogen und steuerte sie weg von Rand und außerhalb seiner Hörweite. „Und dann habt Ihr beschlossen, den Rest des Tages zu vertrödeln", flüsterte sie, „und mit den Gästen zu liebäugeln."

„Ich habe nicht getrödelt", zischte Lucy, „und ich habe nicht geliebäugelt. Er hat mich angesprochen. Was hätte ich sonst tun sollen? Außerdem", sagte sie und blickte verträumt, „ihr müsst Euch keine Sorgen machen. Ich habe jetzt meinen eigenen Mann. Ich werde Euren nicht stehlen."

Miriel spürte, wie sie errötete. „Über was habt Ihr dann geredet?"

Sie zuckte mit den Schultern. „Nichts. Er hat nur Fragen über Rivenloch gestellt. Die Burg. Die Bewohner der Burg."

„Hat er etwas über mich gefragt?"

„Nay."

Miriel konnte nicht anders, als sich zu ärgern. Heilige Maria, sie kannte Rand erst seit knapp zwei Tagen und schon hatte sie ihm zweimal nachspioniert und sein Gepäck durchwühlt. Warum war er nicht neugierig?

„Gibt es sonst noch etwas?", fragte Lucy.

Miriel schüttelte den Kopf. Dann überlegte sie es sich anders. „Aye. Da ist noch etwas. Bringt Sir Rauve einen Becher Bier. Er hat hart auf dem Übungsplatz gearbeitet."

„Aye, Mylady." Dem Leuchten in Lucys Augen nach zu urteilen könnte man glauben, dass Miriel sie gebeten hätte, am Tisch des Königs Platz zu nehmen.

Vielleicht würde Miriel eines Tages einen Mann finden, der ihre Augen so zum Leuchten bringen würde, wie Helenas es taten, wenn sie ihren Bräutigam anschaute, und Deirdres, wenn sie über ihren Ehemann sprach.

Sir Rand brachte Miriels Augen jedenfalls nicht zum

Leuchten. Nay, er weckte völlig andere Gefühle in ihr. Misstrauen. Amüsiertheit. Verärgerung. Und ein unerklärliches Verlangen.

Bei der Erinnerung an seine Küsse zitterte sie und wandte sich dann um, um zu sehen, wohin ihr willkommener und gleichzeitig ungebetener Freier gegangen war. Er kam gerade die Kellertreppe hinauf. Und er war nicht allein. In Begleitung von nicht einer, sondern gleich zwei kichernden Dienerinnen trug er einen Sack Hafer über der Schulter und war auf dem Weg durch die Halle zur Tür hinaus.

Sie spürte, wie sich die Haare in ihrem Nacken aufstellten. Was hatte der verfluchte Knappe nur vor? Wollte er bis Sonnenuntergang mit jeder Dienerin in Rivenloch geliebäugelt haben?

Es war ihr einerlei. Und das war es wirklich. Und das würde sie so lange wiederholen, bis sie es auch glaubte.

Sie wollte nur wissen, was Sir Rand auf der Burg zu schaffen hatte. Sie wollte herausfinden, über was er mit den Frauen von Rivenloch sprach. Sobald sie herausfand, warum er zur Burg gekommen war, würde sie ihn wie einen leeren Teller beiseite stellen.

Kapitel 9

Von dem Augenblick an, als der Hahn am Hochzeitsmorgen krähte und die Sonne die gefrorene Erde in einem silbernen Licht erscheinen ließ, lief Rand so nachdenklich auf dem nasskalten Burghof vor der Kapelle auf und ab wie der Bräutigam selbst. Er trug die feine Kleidung, die er sich von Sir Colin geliehen hatte.

Wo war Miriel? Fast alle Burgbewohner hatten sich bereits für die Zeremonie versammelt. Sie hätte schon längst hier sein sollen.

Als die Tore der Burg geöffnet wurden, blieb Rand stehen und betrachtete die Gäste, die durch das Tor eintraten. Das waren Rivenlochs Nachbarn. Vielleicht könnte er von ihnen nützliche Informationen hinsichtlich des *Schattens* bekommen.

Er hatte mit fast jedem in der Burg gestern gesprochen. Morgens hatte er in der großen Halle ausgeholfen und nachmittags mit den Hunden, im Taubenschlag, den Ställen und der Waffenkammer geholfen und dabei hatte er sich mit einigen Dutzend Schotten und Normannen im Haushalt unterhalten können.

Die Diener waren einstimmig der Meinung, dass der *Schatten* klein war, schwarz trug und schnell wie der Blitz war, obwohl nur wenige ihn tatsächlich jemals gesehen hatten. Niemand war jemals ernsthaft von dem Gesetzlosen verletzt worden. Vielleicht waren sie deshalb so zögerlich, ihn zu verfolgen. Wenn der *Schatten* ihnen nichts zuleide getan hatte oder ihnen niemals etwas gestohlen hatte, warum sollten sie dem Dieb etwas Böses wollen?

Fürwahr, wenn Rand nicht die Aussage einiger Lords gehört hätte, hätte er vielleicht geglaubt, dass der *Schatten* nur eine Legende wie *Georg und der Drachen* oder *Beowulf* war. Der Räuber schien übernatürliche Kräfte zu haben. Rand hatte nur wenige Informationen über den wahren Charakter des Gesetzlosen, den er suchte, erfahren.

Bis er spät gestern Abend allein mit Lord Gellir gesprochen hatte. Der alte Mann hatte am Feuer gesessen und Rand hatte ihn gefragt, ob er denn jemals den *Schatten* selbst gesehen hatte. Die Augen des Lords waren vor Schalkhaftigkeit aufgeleuchtet und er hatte Rand hinterhältig angegrinst.

„Ich glaube wir haben den *Schatten* alle schon einmal gesehen“, sagte er geheimnisvoll. „Der Gesetzlose ist unter uns, aye, direkt unter unserer Nase.“ Dann kicherte er in seinen Bart, als wenn er einen heimlichen Scherz gemacht hätte.

Unglücklicherweise war das alles, was Rand aus dem alten Mann herausbekam. Danach war Lord Gellirs schwacher Verstand wieder vom Thema abgekommen und er war eingeschlafen.

Aber mit dieser Behauptung hatte er Rand den Eindruck vermittelt, dass der *Schatten* nicht nur mit den Leuten von Rivenloch ein Bündnis pflegte. Er war vielleicht sogar einer von ihnen. Jemand, der klein, beweglich und schnell war. Bei dem Gedanken konnte Rand die halbe Nacht nicht schlafen, während er über die Möglichkeiten nachdachte. Er dachte immer wieder daran, ganz gleich wie absurd es auch war und wie sehr er es aus seinem Kopf verbannen wollte, dass er jemand in Rivenloch, der klein, beweglich und schnell war, recht gut kannte.

Er seufzte zum hundertsten Mal, kratzte sich am Hals und begann wieder auf und ab zu gehen. Es war eine absurde Idee und doch ...

„Guten Morgen", hörte er plötzlich eine Stimme hinter sich.

Rand sprang vor Schreck fast aus seiner Hose. Er wusste nicht, wie Miriel es geschafft hatte, sich an ihn heranzuschleichen. Aber als er sich umdrehte, um sie zu schimpfen, fand er keine Worte und sein Misstrauen über sie wurde wie eine Wolke im Wind zerstreut.

Sie sah so schön aus wie eine Rose, trug einen dunkelroten Surcot, das tief ausgeschnitten war und ihre helle Haut offenbarte. Um den Hals trug sie eine Silberkette mit einem kleinen Rubin, der über ihrem Busen hing, als wollte er ihn verhöhnen. Ihr Haar war in winzigen Zöpfen geflochten und hochgesteckt und hinten fiel es in unzähligen Locken über den Rücken. Aber am schönsten war das schalkhafte Funkeln in ihren lebhaften blauen Augen.

Miriel grinste selbstzufrieden und freute sich diebisch, dass sie Rand erschreckt hatte, da sie sich an diesem Morgen besonders viel Mühe mit ihrem Aussehen gegeben hatte, und offensichtlich hatte sie den Knappen völlig aus der Fassung gebracht.

Sie hatte ihr eigenes Chi an diesem Morgen mit

Meditation und Tai-Chi wieder ins Gleichgewicht gebracht. Sie war bereit, dem gutaussehenden Knappen mit klarem Kopf und festem Herzen gegenüber zu treten. Sie würde es nicht zulassen, dass Sir Rand von Morbroch ihre innere Ruhe störte.

„Mylady, Ihr seht ...", fing er an.

Sie hob eine Augenbraue. Würde er jetzt irgendein abgedroschenes, unaufrichtiges, übertriebenes Kompliment von sich geben? Das wäre das, was ein Mann, der vorgab ein Freier zu sein, tun würde. Und angesichts seines heißen Blicks, während er sie musterte, könnte er sogar mehr oder weniger meinen, was er sagte.

„Ihr seht ... ausgeruht aus", sagte er.

Enttäuscht runzelte sie die Stirn. „Ausgeruht?", wiederholte sie. Fiel ihm nichts Besseres ein? Vielleicht war sie nicht so schön wie Deirdre oder so üppig gebaut wie Helena, aber sie hatte fast eine Stunde schon allein an den Locken gearbeitet.

Dann sah sie die Schalkhaftigkeit in seinen Augen. Der Kerl zog sie absichtlich auf.

Er grinste, neigte sich zu ihr und flüsterte: „Ihr seht atemberaubend aus."

Trotz aller Bemühungen zum Gegenteil, wurde ihr Puls schneller, als würde sie ihm glauben und sie merkte, dass sie auf sein Lächeln reagierte und die Kontrolle verlor.

Der Knappe sollte verflucht sein. Er war zwar nicht so perfekt doppelzüngig wie sie, aber er war verdammt gut. Es würde ein langer Tag voller Herausforderungen werden.

Helenas Hochzeit ging wie im Nebel vorbei. Miriel konnte sich anschließend an nichts von dem erinnern, was gesagt worden war. Vielleicht lag es daran, dass Rand während der Zeremonie so nah bei ihr blieb und sie mit seiner männlichen Wärme und dem würzigen Duft seiner Haut ablenkte.

Aber vielleicht lag es auch daran, dass, als sie mit den anderen Zeugen zusammen standen, während Helena und Colin ihr Eheversprechen gaben, Rand heimlich mit ihrer Hand das Beiliegen simulierte, wobei er ihre Finger mit seinen verschlang, die Rückseite ihrer Hand mit dem Daumen streichelte und zarte Muster auf ihrer Handfläche nachzeichnete, bis sie befürchtete, dass sie vor Verlangen ohnmächtig werden würde.

Sie konnte nichts tun, um ihn aufzuhalten, ohne die Aufmerksamkeit ihrer beschützerischen Schwestern auf sich zu ziehen.

Sie konnte ihn nicht anschnauzen. Sie konnte seine Hand nicht wegschlagen. Und sie konnte ihm definitiv keinen Kinnhaken verpassen und ihm ein Bein stellen, so dass er auf dem Boden der Kapelle gelandet wäre.

Irgendwie schaffte es Miriel, die Zeremonie zu überstehen, ohne in Ohnmacht zu fallen oder gewalttätig zu werden. Aber das Hochzeitsmahl erwies sich als eine noch größere Herausforderung. Von dem Augenblick an, als Rand und sie zusammen am Tisch auf dem Podium saßen, spielte er die Rolle des ergebenen Freiers zur Vollendung.

„Erlaubt mir, Mylady“, gurrte er und fütterte sie mit Kuchen aus seiner Hand.

Sie lächelte süß und nahm einen Bissen, aber nicht ohne ihm warnend in den Finger zu beißen.

Erschrocken atmete er ein und zog einen finsteren Blick von Deirdre auf sich.

„Meine Liebe", schimpfte sie gutgelaunt, „achte darauf, dass du nicht die Hand beißt, die dich füttert."

Jetzt starrte Helena sie auch an. Miriel zwang sich zu lächeln. „Ich versichere Euch, dass es nur ein liebevolles Knabbern war."

„Hm."

Helena verdrehte die Augen, als Rand Miriels Hand ergriff und die Rückseite liebevoll küsste. Miriel musste ihn gewähren lassen, während er seinen Daumen langsam hin und her über ihre Finger strich und sie gleichzeitig erregte und ärgerte.

Mit seiner freien Hand nahm er eine Flasche vom Tisch. „Möchtet Ihr noch Wein, Liebling?"

Sie hätte am liebsten die ganze Flasche in einem Zug getrunken. Vielleicht würde sie das beruhigen. Aber Deirdre passte genau auf. Also versetzte sie ihm spielerisch einen kleinen Schlag. „Versucht Ihr, mich betrunken zu machen, mein Lieber?"

Er roch an ihrem Haar. „Nur mit meiner Zuneigung, Liebste."

Jetzt verdrehte Deirdre die Augen und Miriel musste sich auf die Zunge beißen, damit sie an dem Schmalz seiner Worte nicht erstickte.

Er ließ ihre Hand los und stellte die Flasche wieder ab. Einen Augenblick lang genoss Miriel einen Aufschub von seinem Angriff. Dann drehte er das Ende einer ihrer winzigen Zöpfe zwischen seinem Daumen und den Fingern. Langsam aber sicher fing er an, sie damit zu sich heranzuziehen.

Miriel biss die Zähne zusammen. Sie musste zwar den Schein wahren, aber sie würde sich nicht fangen und ins Boot ziehen lassen wie ein Lachs von einem Angler. Mit einem Funkeln in ihren Augen, das eher schalkhaft als liebevoll war, verwickelte sie ihre eigenen Finger in eine Locke an seinem Nacken und zog langsam immer fester, bis er vor Schmerzen zusammenzuckte.

Als er sie verwirrt anblickte, zog sie ihre Hand zurück und täuschte Unschuld vor.

Auch er ließ nun ihren Zopf los und einen Augenblick lang glaubte sie, dass sie ihren Standpunkt klargemacht und er verstanden hätte. Bis er anfing, sie auf ihrer nackten Schulter zu streicheln. Hin und her. Immer wieder hin und her.

Miriel umklammerte ihren Speisedolch. Sie hob ihn langsam vom Tisch hoch.

Rands Finger blieben plötzlich wie erstarrt auf ihrer Schulter liegen, während er die Klinge betrachtete. „Meine Liebe", sagte er mit einem angespannten Lächeln, „erlaubt mir."

Er legte seine Hand über ihre auf dem Dolch. Einen Augenblick lang kämpften sie um die Kontrolle der Waffe.

„Miri?" Helena runzelte besorgt die Stirn und alle am Tisch wurden still. Verflucht. Wenn Helena den Verdacht hegte, dass Miriel irgendwie in Bedrängnis war, würde sie von ihrem Platz hochspringen, ihr Schwert ziehen und mit Rand auf dem Tisch kämpfen.

Leise seufzend lockerte Miriel den Griff am Dolch und erlaubte Rand, ihn ihr weg zu nehmen.

„Eine Scheibe oder zwei?", fragte er unschuldig und hielt den Dolch über das Fleisch auf dem Teller, den sie sich teilten.

„Eine", antwortete sie und fügte mit zusammen gebissenen Zähnen hinzu: „Mein Geliebter."

Beruhigt wandten sich Helena und Deirdre und alle

anderen wieder ihrem Essen zu und waren völlig ahnungslos, dass Rand heimlich Krieg mit Miriels Gefühlen führte.

Als seine Hand unter ihre Locken schlüpfte und sie zärtlich am Nacken streichelte, wobei ihr Schauer über den Rücken liefen, wusste sie, dass sie ein ernsthaftes Problem hatte.

Durch ihre schweren Lider sah sie Sung Li an einem der unteren Tische. Er blickte Miriel finster an. Mit einem Blinzeln versuchte sie, ihre Gedanken zu ordnen. Ihr *Xian Sheng* hatte ihr einst erklärt, dass ein kluger Krieger wusste, wann er sich zurückziehen sollte.

Vielleicht war es jetzt an der Zeit. Wenn sie sich jetzt physisch aus Rands Gegenwart entfernte, könnte sie vielleicht wieder einen klaren Kopf bekommen.

„Ich ... ich schaue mal nach dem Met", sagte sie und ihre Stimme war heiserer, als sie erwartet hatte.

„Kommt schnell zurück", antwortete er zwinkernd.

Rand musste zugeben, dass er das Katz-und-Maus-Spiel doch sehr genoss. Miriel war ein unheimlich kluges Mädchen, aber sie hatte sich in eine viel intimere Beziehung mit ihm manövriert als sie ursprünglich beabsichtigt hatte. Das machte Rand überhaupt nichts aus, obwohl es Miriel anscheinend sehr nervös machte.

Er lehnte sich zurück und beobachtete, wie sie vom Tisch wegging. Sie ging mit schnellen Schritten, als würde sie vor einem knurrenden Hund fliehen und ihre Röcke bauschten sich hinter ihr auf wie ein rotes Segel. Er grinste. Sie war vielleicht schalkhaft und schlagfertig, aber das schöne Mädchen mit den weiblichen Kurven war kein feiger Gesetzloser. Es war dumm von ihm gewesen, sich das vorzustellen.

In der Zwischenzeit musste er herausfinden, wer der wirkliche Missetäter war. Da Miriel weggegangen war, war dies eine gute Gelegenheit, sich mit einigen von Rivenlochs Gästen zu unterhalten.

Obwohl Rand großes Talent hatte, anderen Informationen zu entlocken, merkte er schnell, dass man kein Blut aus einem Stein quetschen konnte.

Er hörte halbherzig zu, während einer der Männer von Lachanburn die Geschichte über seine Begegnung mit dem *Schatten* zum wiederholten Mal erzählte.

„... schwarz wie Kohle ... flink wie ein Fuchs ... und er hinterließ eine Kälte wie im Norden ..."

Ein weiterer Junge von Lachanburn erzählte: „Nicht viel größer als ein Kind."

Und ein dritter mischte sich ein: „Aber der beste Akrobat, den Ihr jemals gesehen habt."

Rand nickte. Das brachte ihn nicht weiter. Sie erzählten alle die gleiche Geschichte. Vielleicht hatte er mehr Glück bei den Frauen.

Die Damen von Mochrie waren erfreut, ihn kennen zu lernen und zwar so erfreut, dass Miriels Schwestern Rand finstere Blicke zuwarfen. Deirdre und Helena hielten ihn vielleicht nicht für einen geeigneten Freier für ihre kleine Schwester, aber sie billigten es auch nicht, wenn er mit anderen Frauen liebäugelte, während er behauptete, Miriel zu umwerben.

Er lächelte ihnen verlegen zu. Man konnte ihm wohl kaum die Schuld geben, dass die Mochries so freundlich zu ihm waren. Er konnte nichts dafür, wenn Frauen von seinen Grübchen entzückt waren.

„Der *Schatten?*", fragte eine der Damen von Mochrie und flatterte mit den Wimpern. „Ich habe ihn nicht mit eigenen Augen gesehen. Aber ich habe gehört ..."

„Er ist nicht von dieser Welt", fügte eine andere Dame geheimnisvoll hinzu und legte eine Hand auf Rands Ärmel.

Die erste nickte zustimmend.

Die Frau neben ihr zitterte. „Er muss furchtbar gefährlich sein."

„Schrecklich", stimmte eine vierte Dame zu und drückte die Hand gegen ihre Brust. „Ich hätte so große Angst, ihm im Wald zu begegnen."

„Fürwahr", sagte die erste. „Wir sind schließlich nur schwache Frauen." Um dies zu untermauern, biss sie sich auf die Lippe.

Die zweite Frau strich mit ihren Fingern über Rands Ärmel, als wenn sie die Muskeln darunter bemessen wollte. „Ich wette, dass Ihr keine Angst habt, Sir Rand."

Die anderen gurrten zustimmend und Rands Lächeln wurde angespannt, als er merkte, dass sich ein Knoten von anhimmelnden Frauen um ihn bildete.

Aus dem Augenwinkel sah er, dass Rettung nahte. Miriel kam wieder aus dem Keller hoch. Um sich zu befreien, winkte er ihr zum Gruß.

Sie blickte hoch, aber als sie ihn in der Mitte der Damen von Mochrie sah, kniff sie die Augen zusammen, hob ihr Kinn, ignorierte ihn völlig und wandte sich anderen Gästen zu.

Das jämmerliche Weib! Sicherlich konnte sie doch sehen, dass er gefangen war. Eine der Frauen hing an seinem Arm, eine andere hatte seine Hand ergriffen und alle redeten auf einmal auf ihn ein.

„Myladys", sagte er und zog seine Hand vorsichtig

zurück, als er endlich etwas sagen konnte, „ich muss mich nun leider verabschieden."

Sie protestierten und es dauerte eine ganze Zeit, bevor er sich Gehör verschaffen konnte. Schließlich konnte er sich von ihnen lösen, aber er musste versprechen, sie am nächsten Morgen durch den Wald zu begleiten.

Das war in der Tat ein Glücksfall, weil er nach einer Entschuldigung gesucht hatte, um durch den Wald zu gehen in der Hoffnung, dem *Schatten* zu begegnen.

Er strahlte wegen seines Erfolgs und als er an den Hunden vorbeikam, streichelte er einen hinter seinen Ohren, während er Miriel beobachtete, wie sie pflichtbewusst ihre Runde durch die Halle machte.

Sie schaute, um sicher zu gehen, dass alle Becher gefüllt waren und strich einem der rothaarigen Kinder von Lachanburn über die Haare. Sie drückte einer alten Frau die Hand und schob einen Teller, der am Tischrand stand, zurück in die Mitte. Dann hob sie ein kleines Kind hoch, das sich beim Fallen das Knie gestoßen hatte und rückte eine Girlande an der Wand wieder zurecht.

Wie hatte er den Verdacht hegen können, dass sie der *Schatten* sei? Miriel war von Natur aus hausgebunden und fürsorglich. Und unwiderstehlich, beschloss er und ließ seinen Blick über ihren schönen Hintern wandern.

Während er durch die Halle schlenderte, sich zu ihr schlich und sie dann um die Taille ergriff, wollte er Rache für ihren vorherigen Verrat. Aber statt eines angenehm überraschten Keuchens erntete er sofort einen Stoß in die Rippen mit ihrem Ellbogen und er musste sich vor Schmerz keuchend vornüberbeugen.

„Oh!", rief sie. „Es tut mir leid. Geht es Euch gut?"

Einen Augenblick lang konnte er nicht sprechen. Der

Schlag hatte ihm den Atem genommen. Oh Gott, das Weib hatte spitze Ellbogen und er war sich nicht sicher, dass sie sich wirklich anhörte, als würde es ihr leidtun. Er würde morgen einen dunkelblauen Fleck dort haben, wenn das Mädchen ihm nicht auch noch eine seiner Rippen gebrochen hatte.

„Ich ... bin ausgerutscht", sagte sie.

Wenn das ein Ausrutscher war, wollte er nicht wissen, was sie tat, wenn sie ihm wirklich wehtun wollte.

„Nay, es ist meine eigene Schuld", röchelte er. „Ich hätte Euch nicht erschrecken sollen. Ich hatte vergessen, wie schnell Ihr seid."

„Was meint Ihr damit?"

„Eure Reflexe."

„Meine was?", quiekte sie. „Ich weiß nicht, von was ihr sprecht. Sung Li behauptet, dass ich ... tollpatschig sei."

„Tollpatschig?" Er atmete tief durch, während er die verletzte Stelle massierte. Einen Augenblick später war der Schmerz weg und er konnte sich wieder aufrichten. „Ihr schient mir neulich Abend nicht so tollpatschig zu sein, als Ihr meinen Becher mitten in der Luft aufgefangen habt." Er lehnte sich näher zu ihr hin und murmelte: „Auch nicht, als Ihr mich später auf der Treppe geküsst habt."

Sie erstarrte und platzte heraus: „Das ist nur ein alberner Trick, den meine Schwestern mich gelehrt haben."

Er grinste. „Das Auffangen? Oder der Kuss?"

Sie errötete. Bei den Heiligen, gab es etwas Schöneres als das Erröten eines Mädchens? „Weder noch. Beides."

Er schmunzelte. Er blickte sich in der Halle um, um sicherzugehen, dass keiner ihrer Wächter ihn gerade im Blick hatte und dann strich er ihr eine Locke ihres Haares aus der Stirn. „Dann muss ich mit Euren Schwestern sprechen, meine Liebe. Sie haben vielleicht sehr interessante Informationen, die sie mit mir teilen sollten."

Sie senkte ihren Kopf und wies seine beschwichtigende Geste zurück. „Ich dachte, dass Ihr bereits mit Ihnen gesprochen hattet." Ihre Worte klangen recht unschuldig, aber ihre Stimme hatte einen spitzen Unterton, als sie hinzufügte: „Habt Ihr in den letzten beiden Tagen nicht mit fast allen Damen von Rivenloch, Lachanburn und Mochrie gesprochen?"

„Aber meine Liebe", sagte er überrascht, „seid Ihr eifersüchtig?"

Ihr Blick wurde weich und verträumt, aber Rand sah ein schalkhaftes Funkeln darin, das andere Männer vielleicht nicht bemerkt hätten. Sie wandte ihre Aufmerksamkeit seiner Brust zu und strich kokett mit den Fingern über seinen Surcot. „Es wäre mir nur lieber, wenn Ihr nur mit mir sprechen würdet."

Er hätte fast laut gelacht, aber stattdessen senkte er seine Lider in sinnlicher Zustimmung, neigte sich näher zu ihr und murmelte: „Und was soll ich Euch sagen?"

Sie strich sich ganz kurz mit der Zunge über die Unterlippe und plötzlich sehnte er sich danach, dies auch zu tun. Und dann zuckte sie nur mit den Schultern. „Was habt Ihr denn zu *ihnen* gesagt?"

„Wem?" Er konnte sich kaum noch konzentrieren, da er die volle Kraft ihrer Verführung zu spüren begann.

„Zu all den Frauen."

Er blickte herab auf ihren verführerischen Mund, der so rosa, so feucht und so einladend war und er lächelte ihr spitzbübisch zu. „Ich habe ihnen erzählt, dass ich es nicht abwarten könnte, mit meinen Fingern durch Euer Haar zu streichen, meine Lippen auf Eure zu drücken und meine Arme um Eure … zu legen."

Sie kniff ihn am Arm. „Das habt Ihr nicht gemacht." Sie schürzte die Lippen und schmollte charmant. „Ich wette, dass Ihr überhaupt nicht von mir gesprochen habt."

Fürwahr, da hatte sie Recht. Er hatte überhaupt nicht nach ihr gefragt. Was gab es denn da auch zu fragen? Er wusste ja schon, dass sie schön, freundlich, intelligent, entzückend und ein wenig bösartig war. Mehr musste er nicht wissen. Außerdem verfolgte er einen gefährlichen Gesetzlosen und kein begehrenswertes Weib.

Aber wenn ein Mann zugab, dass er an etwas anderes dachte als seine Geliebte, gerade wenn er doch um sie warb, machte er den größtmöglichen Fehler.

„Natürlich habe ich von Euch gesprochen, meine Liebe", log er. „Ich will doch alles über Euch wissen. Wie Eure Kindheit war. Wo Ihr gerne spazieren geht. Was Ihr zum Frühstück mögt. Eure Lieblingsfarbe."

Sie kniff die Augen zusammen. „Und was ist meine Lieblingsfarbe?"

Er blickte sie an und antwortete: „Ich hoffe, dass es braun ist."

„Braun?"

„Aye", antwortete er und verzog den Mund zu einem schiefen Grinsen, „die Farbe meiner Augen."

Miri widerstand dem Verlangen zu stöhnen. Stattdessen zwang sie sich zu ihrem süßesten Lächeln und gurrte: „Jetzt ist es meine Lieblingsfarbe."

Der Kerl sollte verflucht sein, denn schon wieder zerstörte er ihr Chi und ihr Urteilsvermögen noch dazu. Selbst indem sie ihm direkt in die Augen starrte, konnte sie nicht sagen, ob er die Wahrheit sagte oder nicht. Sicherlich meinte er es nicht ernst, aber die Verehrung in seinem Blick schien echt zu sein. War er wirklich verliebt oder einfach nur teuflisch schlau? Es war unmöglich zu sagen.

Aber wenn jemand die Wahrheit herausfinden konnte, war es Miriel. Sie würde herausfinden, was er vorhatte, selbst wenn sie dafür schamlos mit ihm liebäugeln musste.

„Was ist mit Euch?", fragte sie und senkte kokett ihre Wimpern.

„Mit mir?"

„Was ist Eure Lieblingsfarbe?" Er würde natürlich blau nehmen, die Farbe ihrer Augen.

Stattdessen ließ der Schurke seinen Blick anzüglich zu ihren Lippen schweifen. „Rosenrot."

Ihr Herz flatterte bei der ungebetenen Erinnerung an seinen Kuss und widerwillig spürte sie, wie sie errötete.

Verflucht. Dies würde schwieriger werden, als sie gedacht hatte.

Sie zwang sich zu einem ungezwungenen Schulterzucken. „Die Damen von Mochrie haben rosenrote Lippen. Vielleicht ist das der Grund, warum ihr Euch zu ihnen gesellt habt."

„Sind ihre Lippen rosenrot?", fragte er und hob eine Augenbraue. „Ich weiß es nicht. Sie haben nicht lange genug aufgehört zu schwatzen."

Miriel unterdrückte ein Lächeln. Die Damen von Mochrie waren berüchtigt für ihre Geschwätzigkeit. sie fragte beiläufig: „Und über was haben sie geschwätzt?"

Er schaute sich schnell um und nahm dann ihr Kinn zwischen Daumen und Finger und neigte ihren Kopf so, dass er ihr lüstern in die Augen schauen konnte. „Nichts, was so unterhaltsam wäre wie unsere Unterhaltungen, meine Liebe."

Vorsichtig befreite sie sich aus seinem Griff. Das lief

überhaupt nicht gut. Der Kerl verwandelte ihre Fragen in eine Liebäugelei.

„Aber das, was sie gesagt haben, muss in der Tat sehr faszinierend gewesen sein", entgegnete sie. „Es schien, dass Ihr Euch kaum von ihnen losreißen konntet."

Er grinste und strich ihr mit der Fingerspitze herablassend über die Nase. „Ich stehe jetzt bei Euch, mein eifersüchtiger kleiner Liebling. Das ist das Wichtigste."

Sie biss die Zähne zusammen und unterdrückte das Verlangen, ihm in den Finger zu beißen. Der hinterlistige Fuchs sollte verflucht sein. Er befreite sich schon wieder aus ihrer Falle. Sie zwang sich zu einem unverfänglichen Lächeln. „Aber was hattet Ihr sie gefragt, dass Ihr sie zu einer so langen Unterhaltung angespornt habt, mein Liebling?" Dann fügte sie noch hinzu: „Ich kann die Damen von Mochrie sonst kaum zum Sprechen bewegen." Das war eine himmelschreiende Lüge. Die Damen fingen bei der geringsten Kleinigkeit an zu schwatzen. Aber das wusste Rand ja nicht.

„Aha", sagte er. „Über welches Thema sprechen Frauen denn am liebsten?"

Miriel hielt den Atem an, während sie auf seine Antwort wartete und fing im Stillen an zu raten. Heimliche Liebesaffären? Verborgene Schätze? Burgverteidigungsanlagen?

Er schmunzelte und meinte: „Sich selbst natürlich."

Miriel fand ihn nicht sonderlich amüsant und sie glaubte ihm nicht einen Augenblick. „Wirklich?", fragte sie. „Und diese Damen, die Euch alles über sich erzählt haben, wie hießen sie noch?"

Er blinzelte.

Das hatte sie sich gedacht.

Während er zögerte, lächelte sie ihn trügerisch süß an, küsste ihre eigene Fingerspitze und drückte sie gegen seinen vernichtend geschlossenen Mund.

Sie klackte mit der Zunge und schwebte davon zu ihrem Platz an der Seite ihrer Schwestern an dem Tisch auf dem Podium. Trotz ihres selbstzufriedenen Abgangs, war sie viel besorgter, als sie sich traute zuzugeben. Rand von Morbroch erwies sich als ein ernstzunehmender Gegner.

Miriel erkannte seine ausweichende Taktik, da sie diese selbst verwendete. Über die Jahre hatte sie gelernt, den Verhören ihrer Schwestern oder ihres Vaters durch Ablenkung und einer ruhigen Haltung auszuweichen. Es waren die gleichen Fähigkeiten, die man auch in effektiver Kriegsführung brauchte, die Sung Li sie gelehrt hatte.

Aber sie war noch nie jemandem begegnet, der diese Taktiken verstand und sie gegen *sie* verwenden konnte. Es machte sie wahnsinnig und war so frustrierend, wie wenn man ein mit Schlamm bedecktes junges Schwein fangen wollte. Sie schienen beide aus dem gleichen Holz geschnitzt zu sein und nachdem sie nun mit Worten fachmännisch vorgestoßen und ausgewichen waren wie ein Krieger mit dem Schwert, war Miriel erst einmal völlig erschöpft und kein Stück weiter bei der Entwirrung seiner Geheimnisse.

Schlimmer noch, sie fing an zu befürchten, dass Sir Rand von Morbroch dieses Spiel der Täuschung besser spielen konnte als sie.

Kapitel 10

Früh am Morgen lagen die meisten noch müde von den Feierlichkeiten am Abend zuvor im Bett. Aber nicht Rand. Er war auf einer Mission. Heute würde er vielleicht endlich auf den *Schatten* treffen.

Am Kamin schlang er ein Frühstück bestehend aus Haferkeksen mit Butter und dünnem Bier hinunter und betrachtete dabei die Reste der Feierlichkeiten - zerbrochene Becher, verwelkte Blumen, schnarchende Hunde mit vollen Bäuchen, abgebrannte Kerzen, weggeworfene Knochen und hier und da eine unerschrockene Maus auf der Suche nach Futter im Schilf auf dem Boden.

Scheinbar würde Miriel viel Arbeit mit ihren Wirtschaftsbüchern haben. Rand lächelte matt, als ihm ein Bild ihres schönen, schalkhaften und unwiderstehlichen Gesichts in den Kopf kam.

Seine Geliebte erwies sich als bewundernswerte Gegnerin. Es war schwierig genug, die echte Verfolgung eines kriminellen mit der vorgetäuschten Verfolgung eines Liebhabers in Einklang zu bringen. Aber wenn Lüsternheit und Eifersucht dazu kamen, um die Sache komplizierter zu machen und wenn die unnachgiebige Miriel der Wahrheit immer näherkam, fiel Rands Täuschung schneller auseinander, als die eines Priesters in einem Bordell.

Nicht, dass ihm ein paar harmlose Lügen etwas ausgemacht hätten. Das war Teil seiner Arbeit. Er weigerte sich, sich deswegen schuldig zu fühlen. Außerdem war Miriel auch nicht gerade ohne Sünde. Auch ihr gingen die Lügen leicht über die Zunge.

Er kannte Frauen wie Miriel. So entzückend sie auch schienen, wenn sie seine Zuneigung gewonnen hatten, würden sie ihn gehen lassen, ohne eine Träne zu vergießen. Für sie ging es nur um die Eroberung.

Das verstand er. Sein eigenes Leben war auf der Jagd begründet. Es gab nichts Aufregenderes, als die Beute zu umzingeln, ihr näherzukommen, sie zu überlisten und schließlich zu fangen.

In der Zwischenzeit würde er eine Verführung über sich ergehen lassen müssen, die einen trockenen Mund bei ihm verursachte, sein Herz zum Rasen brachte und seine Eier vor nicht erwidertem Verlangen schmerzen ließ.

Zumindest heute Morgen hatte er eine Pause von Miriels Liebreizen. Gemäß der finster dreinblickenden Sung Li, die mit den Hühnern aufgestanden sein musste, lag das Mädchen noch im Bett und wollte auch nicht gestört werden.

Die Damen von Mochrie hingegen konnten es gar nicht erwarten, ihre Begleitung zu treffen. Sie kamen schwatzend die Treppe herunter und Rand überlegte, ob sie im Schlaf wirklich aufhörten zu sprechen. Seine Gegenwart in der großen Halle erfreute sie so sehr, wie sie Sung Li ärgerte, die sofort wieder hoch zu Miriels Zimmer eilte, wahrscheinlich um ihrer Herrin mitzuteilen, dass er ein herumtreiberischer Mistkerl war.

Das konnte Rand nicht verhindern, aber mit ein bisschen Glück würde er heute den *Schatten* fangen. Sobald diese Aufgabe erledigt war, konnte Rand seine Tarnung fallen lassen, Miriel das geben, was sie beide wollten, oder zumindest einen ordentlichen Vorgeschmack darauf, sich liebevoll von ihr verabschieden und sich auf den Weg zurück nach Morbroch begeben, um seine Belohnung abzuholen.

Es sah so aus, als könnte er dieses Ziel heute Morgen erreichen. Wenn sich sein Verdacht bestätigte, dass der Räuber über die Ankunft und Abreise der Hochzeitsgäste Bescheid wusste, war ihm auch bekannt, dass die Mochries ein leichtes Ziel waren. Sie hatten beim Spiel mit Lord Gellir eine recht große Summe Geld gewonnen, wurden von nur zwei bewaffneten Kriegern begleitet und würden daher keinen großen Widerstand leisten. Welcher Dieb könnte einer solch verführerischen Beute widerstehen?

Ihre Gruppe bestand insgesamt aus zwölf Personen – fünf junge Frauen, zwei Männer, drei Kinder, eine alte Frau und er selbst. Als sie sich auf den Weg in den Wald machten, gingen die Männer vorn und hinten und Rand in der Mitte, was die verliebten Mädchen außerordentlich freute. Aber nachdem er einer Viertelstunde dem unaufhörlichen Geschwätz und nervenaufreibenden Gekicher zugehört hatte, wünschte er sich fast, dass er einen anderen Posten übernommen hätte. Er konnte kaum denken und schon gar nicht lauschen, ob ein Eindringling in der Nähe war.

Nichtsdestotrotz konzentrierte er seinen Blick auf die Bäume und achtete auf einen beweglichen Schatten oder die Bewegung eines Blattes. Zweimal wurde er von einer erschrockenen Wachtel, die aus dem Gebüsch stürmte, getäuscht. Einmal dachte er, er würde ein verdächtiges Flackern in den Ästen sehen, aber es stellte sich als die

Spiegelung eines Kettenanhängers von einer der Frauen heraus.

Er begann schon zu zweifeln, dass er den Räuber treffen würde. Vielleicht hatte er den falschen Clan gewählt. Vielleicht bevorzugte der *Schatten*, Reisende in kleineren Gruppen anzugreifen. Vielleicht hätte Rand den Lachanburns folgen sollen.

Gerade als sie durch eine sonnendurchflutete Lichtung kamen, hörte er, wie der Mann vorne tief einatmete. Sofort legte Rand seine Hand an sein Schwert.

Als der Mann stehen blieb, wurde die Reihe zusammengedrängt und jeder stieß mit der Person vor sich zusammen, wobei Rand in der Mitte gefangen war.

Rand war kein Mann, der voreilige Schlüsse zog. Alles Mögliche konnte dafür verantwortlich sein, dass der Mann stehen geblieben war. Ein Wildschwein. Ein englischer Kundschafter. Eine Silbermünze auf dem Weg.

Aber bevor er überhaupt schauen konnte, was vor ihnen lag, ging ein ängstliches Flüstern wie ein eisiger Wind durch die Reihe.

„Es ist der *Schatten*."

„*Schatten*."

„Der *Schatten*."

Bis Rand sich von den anderen gelöst und sein Schwert gezogen hatte, lag der Mochrie Mann vorn bereits auf dem Bauch auf dem Boden.

Rands Nasenflügel bebten. Bei Gott! War er tot?

Nay, der Mann bewegte die Finger und kratzte im Dreck. Er war nur ohnmächtig.

Und über ihm stand der Gesetzlose, der als der *Schatten* bekannt war, mit der Börse bereits in seiner behandschuhten Hand.

Wie alle behauptet hatten, war er ganz und gar in Schwarz gekleidet, trug Lederhandschuhe und weiche Lederstiefel. Seine Arme und Beine waren mit mehreren Lagen schwarzen Tuchs bedeckt, das auch um seinen Kopf gewickelt war und nur einen schmalen Schlitz zur Atmung und zwei weitere für seine Augen frei ließ. Darüber trug er eine Art enganliegenden Surcot mit einer Schärpe - ein Kleidungsstück, das eine Vielzahl von Waffen verbergen konnte.

Aber Rand war nicht eingeschüchtert. Obwohl der *Schatten* dem Teufel erstaunlich ähnlich sah, war es klar, dass er ein Sterblicher war und zwar ein recht zierlicher Sterblicher.

„Halt!", rief Rand und hob sein Schwert.

Der Dieb blickte lange genug hoch, dass Rand ein dunkles Funkeln in seinen verschleierten Augen sehen konnte. Dann sprang der Mann mit plötzlicher und unerklärlicher Beweglichkeit hoch und schwang sich durch die Äste und landete neben dem Mann am Ende der Reihe.

Rand drehte sich um. Der Dieb war wirklich schnell. Aber sicherlich war Rand noch schneller. Und dieses Mal würde er nicht warten, dass der Kerl sich bewegte. Er griff an und schwang sein Schwert.

Bevor er zwei Schritte machen konnte, hatte der *Schatten* den zweiten Mann der Mochries auch außer Gefecht gesetzt, ihm den Arm hinter dem Rücken verdreht, seine Börse abgeschnitten und sie gefangen, bevor sie auf den Boden fallen konnte.

Während Rand erstaunt zuschaute, schob der Räuber den Mann mit dem Kopf zuerst gegen einen Baumstamm, so dass er besinnungslos wurde und steckte dann beide Börsen in die Taschen seines seltsamen Gewands. Dann stellte er sich Rand gegenüber und neigte seinen Kopf, als wollte er fragen, ob Rand sicher war, dass er ihn herausfordern wollte.

Rand war kein Feigling. Der Mann war vielleicht schnell, aber er war klein. Seine einzige Waffe war ein schmaler Dolch gegen Rands Breitschwert. In diesem Fall würde rohe Gewalt Erfolg haben.

„Beiseite!“, befahl er den Frauen und Kindern. Es hieß, dass der *Schatten* niemals jemanden tödlich verwundete, aber Rand wollte kein Risiko eingehen.

Auf seinen Befehl hin liefen die Mochries folgsam weg vom Weg.

Der *Schatten* nickte ihm leicht zu, wie um ihn höhnisch zu grüßen und Rand gewann den Eindruck, dass der Mann unter den Lagen schwarzen Tuchs grinste.

Rand beabsichtigte, dieses Grinsen aus dem Gesicht des Gesetzlosen zu schlagen. Mit einem finsteren Blick trat er einen Schritt vor.

Wenn er geblinzelt hätte, hätte er den schnellen Tritt verpasst, den der *Schatten* gegen seinen Schwertarm zielte. Er konnte seine Hand gerade noch zurückziehen, um seine Waffe festzuhalten, als er den Stiefel des *Schattens* auf seinen Fingern spürte.

Er hatte keine Zeit, um verwundert zu sein. Im nächsten Augenblick griff der *Schatten* mit einem etwas zu kurz geratenen Schlag an, der Rands Kinn nur verfehlte, weil er seinen Kopf reflexartig nach hinten streckte.

Der nächsten Abfolge von Schlägen konnte Rand nicht ausweichen. Wie eine Stechpuppe, die sich aus ihrer Verankerung gelöst hatte, schoss der Fuß des *Schattens* vor und erwischte ihn in den Rippen. Durch den Schlag war Rand gezwungen, sich vornüber zu beugen und er erwischte eine Faust direkt am Kinn. Dann benutzte der Gesetzlose beide Hände, um ihn nach hinten zu schieben.

Irgendwie schaffte Rand es, auf den Füssen zu bleiben, obwohl er sich zurückziehen musste, um den Angriff zu beenden und sich zu sammeln.

In der Zwischenzeit wartete der *Schatten* wie ein frecher Junge mit den Armen selbstgefällig und herausfordernd über der Brust verschränkt.

Rand drehte das Schwert in seiner Hand. Mit einem Gebrüll, das Männer normalerweise in die Flucht schlug, schwang er die flache Seite der Klinge mit genug Kraft nach vorn, um den Gesetzlosen außer Gefecht zu setzen.

Aber der bewegliche Dieb ließ sich auf dem Boden fallen, als das Schwert vorbei zischte und Rand drehte sich fast um die eigene Achse, als seine Klinge ihr Ziel verfehlte.

Dann schlug er zweimal diagonal nach unten, aber der *Schatten* sprang beide Male flink beiseite.

Jetzt war Rands Entschlossenheit erregt. Das war doch lächerlich. Er war ein erfahrener Krieger. Und der Dieb war nicht viel größer als ein Kind. Rand hatte alle Vorteile in Bezug auf Kraft, Größe und Reichweite auf seiner Seite. Sicherlich konnte er den Gesetzlosen in die Knie zwingen.

Er atmete tief durch und fing an, den Räuber zu umkreisen, wobei er das Schwert vor sich schwang und den besten Winkel für einen Angriff berechnete.

Der Dieb verhöhnte ihn offensichtlich, indem er sein viel kleineres schwarzes Messer schwang und anfing, Rands schleichende Schritte nachzuahmen.

Hinter ihm hörte Rand, wie eine der Frauen kicherte und das feuerte seine Verärgerung mit dem Kerl nur noch an.

Dann erkannte er seine Chance. Die Aufmerksamkeit des *Schattens* wurde leicht abgelenkt, als eines der

Mädchen mit einem anderen flüsterte. Plötzlich stieß Rand vor und beabsichtigte, ihm entlang der Rippen einen harmlosen Schnitt zuzufügen, der ihn außer Gefecht setzen würde.

Nicht nur duckte sich der Dieb unter dem Stoß weg, aber gleichzeitig warf er seine eigene Waffe durch die Luft in Richtung Rands Kopf; nicht nah genug, um ihn zu verletzen, jedoch nah genug, um ihn abzulenken.

Als Rand erschrocken vom Funkeln der Silberklinge seinen Kopf zurückzog, passierte etwas. Er war sich nicht ganz sicher, was.

Aber in den nächsten verwirrenden Augenblicken, wurde er an mehreren Stellen getroffen, und das Schwert aus seiner Hand geschlagen und er fiel so leicht auf den harten Boden wie ein Kegel.

Rand lag verwundert auf seinem Rücken, war atemlos und starrte auf die Äste, die über ihm hingen.

Wie zum Teufel war das passiert? Wie konnte es sein, dass ein kleiner Kerl in schwarzen Lumpen, bewaffnet mit einem winzigen Messer, der durch die Bäume kletterte wie ein Affe, nicht nur seiner Festnahme entgangen war, sondern ihn besiegt hatte?

Ihn. Rand la Nuit. Erfahrener Krieger. Geschätzter Schwertkämpfer. Ehrenwerter Held. Und einer der angesehensten Söldner in ganz Schottland.

Einen Augenblick lang konnte er nichts anderes tun, als dort außer Atem zu liegen, während sich der *Schatten* am Ast eines nahen Baumes hochschwang und den Finger schimpfend hob. Während er zuschaute, warf der Dieb irgendein kleines, rundes Objekt an Rands Brust und sprang dann plötzlich herab, um fort in den Wald zu huschen.

Nach einer gefühlten Ewigkeit konnte Rand schließlich wieder tief durchatmen. Er hustete ein paar Mal, wobei das, was der *Schatten* ihm zugeworfen hatte, abgeschüttelt wurde. Dann stützte er sich auf seine Ellbogen.

„Geht es Euch gut?", fragte eine der Frauen von Mochrie. In ihrer Stimme schwang offensichtlich nicht mehr so viel Bewunderung mit. Sie war scheinbar genauso enttäuscht wie er.

Er nickte gnädig. Aber innerlich kochte er. Der freche Dieb hatte ihn gedemütigt. Ihn überlistet. Ihn ausmanövriert und ihn wie einen Tölpel aussehen lassen.

Schlimmer noch, scheinbar waren die Damen von Mochrie nicht von der Art und Weise, wie Rand sie verteidigt hatte, beeindruckt.

„Habt Ihr ihn gesehen?", fragte eine von ihnen eifrig.

„Aye, kaum", antwortete eine andere. „Er bewegte sich so schnell wie ... wie ..."

„Wie ein Blitz."

„Nay", sagte eine andere verträumt, „so schnell wie der ... *Schatten*."

Die anderen Frauen stimmten ihr leise zu.

„Wie er wohl unter der Maske aussieht?"

„Blond", rätselte eine von ihnen.

„Nay, schwarze Haare, passend zu seiner Kleidung."

„Ich wette, dass er fürchterlich hässlich ist. Warum sollte er sonst sein Gesicht bedecken?"

„Um seine Identität zu verbergen, Dummkopf."

„Und glaubt Ihr, dass wir ihn kennen?", fragte eine von ihnen mit großen Augen.

„Nay. Niemand, den ich kenne, kann so kämpfen."

„Ich glaube, dass er die Maske trägt", gurrte eine von ihnen, „weil er geheimnisvoll erscheinen will."

„Aye, geheimnisvoll."

„Tatsächlich wette ich, dass er teuflisch gut aussieht."

Die Frauen kicherten und hielten die Hände vor den Mund.

„Er erinnert mich an –"

„Meine Damen!" Rand hatte genug gehört.

Die hirnlosen Weiber hatten keine Ahnung, wie knapp sie einem Unglück entronnen waren. Wenn der Dieb beschlossen hätte, sie zu verletzen oder zu verstümmeln oder zu töten, hegte Rand keinen Zweifel, dass er es auch geschafft hätte.

Und jetzt zuhören zu müssen, wie sie den Missetäter verherrlichten, als wenn er bewundert werden müsste ...

Er schüttelte den Kopf, stand auf und zuckte zusammen angesichts seiner Verletzungen.

„Seid Ihr unversehrt?", fragte er sie demonstrativ.

Sie nickten.

Eine besonders dreiste Dame fügte hinzu: „Ich glaube nicht, dass der *Schatten* jemals einer Frau etwas zuleide tun würde."

Rand kochte vor Zorn. Sie waren dumm, wenn sie glaubten, dass ein Gesetzloser einem Ehrenkodex folgen würde. Bei den Eiern des Teufels! Selbst die Söldner, die er kannte, umgingen die Prinzipien der Ritterlichkeit, wo sie nur konnten.

Der *Schatten* war sicherlich sehr fähig. Und das alarmierte und erzürnte Rand. Er wusste jetzt, dass der *Schatten* eine ernsthafte Bedrohung war. Der Gesetzlose hatte heute vielleicht nur ein bisschen Silber gestohlen und die Damen mit seinen Tricks unterhalten. Aber es war völlig offen, was er tun würde, wenn es ihm zu langweilig wurde, nur Geldbörsen zu stehlen. Es gab keinen großen

Unterschied zwischen dem Abschneiden von Börsen und dem Durchschneiden von Kehlen.

Aye, beschloss er, während die Mochrie Krieger noch ein wenig angeschlagen wieder zu sich kamen und ihre Waffen einsammelten, er wollte diesen Missetäter fangen.

Jetzt ging es nicht mehr nur um die Belohnung.

Es war eine Frage der Ehre.

„Schaut!", rief eine der Frauen. „Dort ist sein Dolch!"

Rand schaute finster, als die Damen loseilten, um das schmale schwarze Messer, das in einem Eichenstamm steckte, zu untersuchen. Unglaublicherweise fingen sie an, sich wegen des Dings zu streiten, als wäre es das Geschenk eines Helden. Rand konnte nur noch die Augen verdrehen.

Einer der Mochrie Männer schlug ihm tröstend auf die Schulter. „Zumindest hattet Ihr die Gelegenheit, gegen ihn zu kämpfen." Er schüttelte den Kopf. „Der Mann bewegt sich schneller als ein Mönch auf der Flucht aus einem Bordell."

Der zweite Mann gesellte sich zu ihnen. „Aye, Ihr habt Glück, dass er Euer Geld nicht genommen hat."

Rand runzelte die Stirn und fühlte seine Börse. Es stimmte. Der *Schatten* hatte ihn nicht bestohlen. Aber lag das daran, weil Rand sich so gut verteidigt hatte oder hatte der Dieb einfach kein Interesse an seinem Geld?

„Braucht Ihr Geld, um nach Hause zu kommen?", fragte Rand.

Der erste Mann schüttelte den Kopf. „Nay. Das war sowieso nur unser Gewinn."

„Gewinn?"

„Aye", erklärte ihm der zweite Mann, „Geld, das wir gestern Abend gewonnen haben."

Die Männer dankten Rand für sein Angebot und für

seinen bewundernswerten Versuch mit dem Schwert, aber Rand dachte schon wieder über das nach, was sie gesagt hatten. Er starrte in den Wald, wo der Gesetzlose verschwunden war.

Der *Schatten* musste irgendwie mit Rivenloch verbunden sein. Irgendjemand bei dem Abendessen gestern, jemand der am Tisch gespielt hatte, musste einen Weg gefunden haben, seine Verluste zurückzubekommen. Könnte es sein, dass der *Schatten* sich anheuern ließ, dass er Vergeltung für einen von Rivenlochs Bewohnern übte?

Es war schwer, sich so etwas vorzustellen. Die Ritter von Cameliard waren in ritterlichen Kreisen hochangesehen und berühmt für ihre Ehre und Loyalität. Und die Männer von Rivenloch, mit denen er gesprochen hatte, schienen zu stolz zu sein, um sich solcher Taktiken unter der Hand zu bedienen.

Aber Rand hatte schon viel schlimmere Männer erlebt. In der Umgebung, in der er umherreiste, kam er in Berührung mit Missetätern der schlimmsten Art, Männer, die einen angrinsten und auf die Schulter schlugen, während sie einem ein Messer in den Rücken schoben. Er hatte Männer gesehen, die einst freundlich und friedlich gewesen waren, doch aufgrund eines grausamen Aktes gegen ihre Familien nach einer Art von Rache verlangten, die nur ein Teufel ausführen konnte.

Rand zog die Grenze bei kaltblütigem Mord. Er weigerte sich, ein bezahlter Attentäter zu sein. Aber obwohl er sich schämte, es zuzugeben und sich nicht gern daran erinnerte; als junger und verzweifelter Söldner hatte er manchmal bei dieser Art von Vergeltung mitgemacht und Missetäter in die Hände solcher Männer geliefert, hatte sich dann abgewandt und war weggegangen, während sie ihre Bezahlung einforderten und zweifellos ihren Platz in der Hölle sicherten.

Daher hatte Rand gelernt, dass alle Männer fehlbar waren. Ehre war zerbrechlich. Loyalität war flüchtig. Mit der richtigen Motivation konnten Helden in einem kurzen Augenblick zu Gesetzlosen werden.

War Habgier genug Motivation für einen Mann, einen Räuber wie den *Schatten* anzuheuern, um die Gegend zu terrorisieren?

Ganz sicherlich. Und es war die Aufgabe von Männern wie Rand, sie aufzuhalten.

Die Mochrie Männer schlichteten den Streit der Frauen schließlich, indem sie das Messer des *Schattens* einem Jungen gaben, der mit ihnen reiste, auch wenn es den Damen nicht gefiel. Aber als Rand sich bückte, um sein Breitschwert vom Waldboden aufzuheben fanden die Frauen etwas Neues, das ihr Interesse weckte.

„Was ist das?" Eine der Damen zeigte auf ein glänzendes Objekt, das auf dem Boden neben ihm lag.

„Es gehört mir", behauptete eine Dame.

„Ich habe es zuerst gesehen!"

„Nay, habt Ihr nicht. Ich-"

„Meine Damen!" Rands Verärgerung wurde nur noch von seiner Neugier übertroffen. Er hob das Ding selber auf, bevor sie sich darum prügelten.

Es war eine Silbermünze.

Eine der Frauen keuchte. „Ist es das, was der *Schatten* Euch zugeworfen hat?"

Er runzelte die Stirn. Das musste es sein. Aber warum?

„Es muss ein Ehrenzeichen sein", vermutete einer der Krieger. „Er hat Euch bezahlt, weil Ihr ihm einen guten Kampf geleistet habt."

„Wie romantisch“, seufzte eine der Frauen.

„Ich wusste, dass er ein ritterlicher Mann ist“, behauptete eine andere.

„Vielleicht werden wir ihn eines Tages wiedersehen.“

„Ich verabschiede mich jetzt.“ Rand war am Ende mit seiner Geduld. Er drehte die Münze einmal um und ließ sie aus dem Sichtfeld der eifersüchtigen Damen von Mochrie in seine Börse fallen. Dann steckte er sein Schwert in die Scheide und nickte zum Abschied.

Er hatte vor, heute wieder auf dem Übungsfeld zu arbeiten, sich bei den Männern von Rivenloch einzuleben, sich ihre Kameradschaft zu verdienen und ihr Vertrauen zu gewinnen. Heute Abend würde er beim Spielen mitmachen und die anderen Spieler genau beobachten. Und er würde versuchen, sich nicht von dem atemberaubenden Mädchen, das ihm immer wieder in den Kopf kam, ablenken zu lassen.

Kapitel 11

Miriel war gerade dabei, die Abrechnungen auf ihrem Schreibtisch fertigzustellen, als Sung Li hinter sie trat und ein verspätetes Frühstück mit Haferkeksen und Butter brachte.

„Scheinbar ist Euer Freier ... talentierter, als er Euch hat glauben machen."

Miriel zuckte zusammen, hielt ihren Blick aber auf ihre Bücher gerichtet. Es machte sie nervös, wenn Sung Li über Sir Rand sprach. Offensichtlich verabscheute er den Mann und würde alles tun, um ihn loszuwerden. Aber Miriel wollte ihn noch nicht loswerden, nicht, bevor sie nicht wusste, was er im Schilde führte. „Talentiert?"

„Er kann recht gut mit dem Schwert umgehen."

Miriel schluckte schwer. Sung Li hatte Recht. „Kann er das?" Sie zuckte mit den Schultern und tauchte ihre Feder in die Tinte, um die letzte Zahl auf der Seite zu schreiben. „Vielleicht hatte er sich verbessert, weil Pagan mit ihm geübt hat. Pagan ist ein sehr guter Lehrer."

„So etwas lernt man nicht in zwei Tagen", meinte Sung Li und stellte den Korb mit den Haferkeksen neben Miriels Büchern ab. „Er wurde damit geboren."

„Aber warum würde er seine Fähigkeiten herunterspielen?" Sie stellte die Frage eher an sich selbst als an Sung Li. „Warum würde er Unfähigkeit vortäuschen?"

„Warum würdet Ihr das machen?", fragte Sung Li.

Sie runzelte nachdenklich die Stirn. „Die beste Waffe ist die, von der niemand weiß, dass man sie besitzt."

„Genau. Das Überraschungselement."

„Hmm." Miriel pustete auf den letzten Eintrag in ihrem Wirtschaftsbuch, um ihn zu trocknen, schloss dann das Buch und schob es beiseite.

„Warum interessiert Euch überhaupt sein Schwertkampf? Mit Schwert oder ohne, Ihr wisst, dass ich ihn von den Beinen holen kann."

„Pah! Manchmal seid Ihr zu sehr von Euch überzeugt", warnte Sung Li, „wie ein Entenküken, das glaubt, dass es fliegen kann, nur weil es schwimmen kann."

Miriel teilte einen Haferkeks und schmierte eine dicke Schicht Butter darauf. „Wenn ich zu sehr von mir überzeugt bin", sagte sie und lächelte Sung Li unterwürfig an, „dann ist das nur, weil ich den besten Lehrer der Welt habe."

„Pah." Sung Li fiel niemals auf Miriels Schmeicheleien rein. Er war ein weiser alter Mann, der alles durchschaute, *fast* alles.

„Außerdem", sagte Miriel und hielt inne, um an ihrem Haferkeks zu knabbern, „ ich dachte, dass Ihr Euch freuen würdet, wenn ich einen Freier habe, der gut mit dem Schwert umgehen kann."

Er kniff die Augen zusammen und verkündete: „Jene, die täuschen, haben etwas zu verbergen."

Miriel starrte den alten Mann an.

Manchmal hörten sich seine Worte schrecklich tiefsinnig und geheimnisvoll an.

Andere Male verkündete er nur das Offensichtliche.

Diese Aussage gehörte zu Letzteren. Sie öffnete den Mund, um mit ihm zu streiten und ihm zu sagen, dass sie *natürlich* auch etwas zu verbergen hatten und dann überlegte sie es sich anders. Niemand stritt jemals mit Sung Li, zumindest nicht, wenn man einen stundenlangen Vortrag über die Weisheit des Orients vermeiden wollte.

„Ihr solltet zum Übungsplatz gehen", sagte Sung Li. „Beobachtet ihn und studiert ihn."

Miriel nahm einen weiteren Bissen, um nicht gleich antworten zu müssen. Sie vermutete, dass es kein Schaden sein konnte, Rand heute beim Kämpfen zu beobachten. Fürwahr, es war immer ein Vergnügen, einen gutaussehenden Ritter zu beobachten, wie er sein Schwert schwang, nach vorne stürzte, zustieß, keuchte und schwitzte.

Aber sie vermutete, dass Sung Li mehr wusste, als er ihr erzählte. Seine Anweisung war weniger ein Vorschlag als ein Befehl. Und sie spürte eine argwöhnische Warnung in seiner Stimme.

„In Ordnung, *Xian Sheng*", gab sie nach, „wenn Ihr darauf besteht."

Schließlich war sie froh, dass sie sich eine Stunde freigenommen hatte, um vom Zaun des Übungsfelds aus zu beobachten, wie Pagan mit Rand die Übungen durchging. Sie nahm an, dass Rands Freundlichkeit den Männern gegenüber bei den Übungskämpfen ebenso aufgesetzt war wie seine Unfähigkeit, mit dem Schwert umzugehen. Aber er war verdammt gut, fast so gut wie sie. Sie musste sein Talent bewundern.

Er täuschte großes Interesse an Pagans Ratschlägen vor, ahmte die Bewegungen, die Rauve ihn lehrte perfekt nach und hörte sogar auf Deirdres Empfehlungen, wie er sein Schwert halten sollte.

Sein Schwertkampf hatte sich merklich verbessert, wobei Miriel wusste, dass auch dies Berechnung war. Schließlich schmeichelte einem Lehrer nichts so sehr wie die stetige Verbesserung seines Schülers unter seinen Fittichen.

Miriel bemerkte seine zurückhaltenden Schwünge, die Schläge, die weit daneben gingen und das verzögerte Parieren, das zu knappen Verfehlungen des Ziels führte.

Er minimierte seine Fähigkeiten absichtlich. Er hatte größere Fähigkeiten an Kraft und Geschwindigkeit. Er hielt sie nur zurück, weil keine Notwendigkeit bestand, sie hier zu demonstrieren.

Deirdre gesellte sich zu ihr. „Er wird langsam besser."

„Findest du?" Miriel gab vor zu schmollen. „Helena hat gesagt, dass er wie ein kleines Mädchen kämpft."

„Von Helena ist das schon ein Kompliment. Du hättest sie kämpfen sehen sollen, als sie ein kleines Mädchen war."

„Was ist hier los?"

Nichts und niemand konnte Helena lange vom Übungsplatz fernhalten, noch nicht einmal die gemeinsame Zeit im Bett mit ihrem Bräutigam an ihrem Hochzeitsmorgen. Sie eilte außer Atem herbei und legte einen Arm um jede ihrer Schwestern.

Miriel seufzte. „Glaubst du, dass er jemals gut genug kämpfen wird, um mich zu beschützen?"

Helena lächelte sie hinterlistig an. „Magst du denn den gutaussehenden Jungen?"

Miriel blickte wieder über das Feld, wo Rand mit Sir Rauve kämpfte. Er war ein gutaussehender Mann, auch wenn er ein verlogener Knappe war. Er hatte breite und kräftige Schultern. Außerdem hatte er eine breite Brust und war unterhalb der Taille, wo sein Gürtel geschnallt war, schlank. Sein dunkles Haar hing ihm in feuchten Locken im Gesicht und Schweiß tropfte, während er sich drehte und mit scheinbar endloser Energie angriff. Als Sir Rauve den Kampf beendete, leuchtete Rands Gesicht mit einem strahlenden Lächeln, das seine Zähne zeigte, auf.

Miriels Herz flatterte, als Verlangen sie ungewollt durchfuhr. Oh Gott, der Knappe sah besser aus, als es einem Mann erlaubt sein sollte. Trotzdem versuchte sie, die Ruhe zu bewahren, als sie heiser zugab: „Er sieht sehr gut aus."

„Und er ist freundlich", sagte Deirdre.

„Aye." Er benahm sich auf jeden Fall freundlich, half den Dienern und redete geduldig mit ihrem Vater.

„Und großzügig", fügte Helena hinzu.

„Hmm." Großzügig? Er hatte Miriel seine Silbermünze geschenkt. Aber damit hatte er wahrscheinlich ihre Zuneigung kaufen wollen. Er hatte auch angeboten, die Damen von Mochrie an diesem Morgen zu begleiten und das war definitiv nicht aufgrund seiner Großzügigkeit. Welcher Mann würde nicht anbieten, einen Haufen schmeichelnder Frauen zu begleiten?

„Mutig", sagte Deirdre.

Miriel schaute sie an. „Mutig?"

„Hast du es denn noch nicht gehört, Miri?" Deirdres Augen glitzerten plötzlich vor Freude und sie richtete sich zu ihrer vollen Größe auf, um die Neuigkeiten zu erzählen. „Dein Freier, Sir Rand von Morbroch, hat heute Morgen keinen Geringeren als den *Schatten* herausgefordert."

Miriel legte eine Hand an ihre Brust. „Wie bitte?"

Helena glaubte es nicht. „Nay."

„Aye. Die ganze Burg ist in heller Aufregung.“ Deirdre runzelte die Stirn. „Hat es dir niemand erzählt, Miri?“

Miriel zerknitterte den Halsausschnitt ihres Surcots. „Wurde er ... wurde er verletzt?“

„Oh nay, nay“, versicherte Deirdre ihr schnell. „Du kennst doch den *Schatten*. Nur ein paar Kratzer und ein bisschen verletzter Stolz. Aber eine Sache war interessant.“ Sie kam näher heran, um ihnen beiden zuzuflüstern. „Der *Schatten* hat ihm etwas als Anerkennung hinterlassen.“

„Eines seiner Messer?“, rätselte Miriel.

„Nay. Eine Silbermünze. Eine Anerkennung für Rands guten Kampf.“

Helena grinste. „Pah! Eine Anerkennung?“

Miriel runzelte die Stirn. „Eine Anerkennung? Hat er das gesagt?“

Deirdre nickte. „Scheinbar hat er einen ziemlich harten Kampf mit dem Gesetzlosen ausgetragen.“

„Oder so behauptet er zumindest“, sagte Helena zweifelnd.

„Ich glaube nicht, dass er übertreiben würde“, argumentierte Deirdre. „Schließlich gab es ein Dutzend Zeugen.“

„Eine Anerkennung?“, fragte Miriel erneut.

Helena kicherte. „Vielleicht war es sein Unvermögen, das ihn zu einer einzigartigen Herausforderung für den *Schatten* gemacht hat.“

„Unvermögen?“ Miriel hob eine Augenbraue.

Helena ignorierte sie und scherzte mit Deirdre: „Vielleicht sollten wir ab jetzt Kinder schicken, um gegen den Räuber zu kämpfen, wenn er so leicht –“

„Hel!" Deirdre stieß sie an die Schulter und nickte bedeutungsschwer in Richtung Miriel.

Aber Miriel war nicht beleidigt.

Sie kochte vor Zorn.

Rand hatte es geschafft, seine Spielchen von diesem Morgen in eine Tat von heroischen Ausmaßen umzuwandeln und die Gelegenheit genutzt, zu sofortiger Berühmtheit bei den Bewohnern der Burg zu kommen und sich in die Ränge der Ritter einzuschmeicheln. Sogar ihre älteste Schwester war überzeugt, dass er ein Held war. Wie zum Teufel hatte der Knappe das geschafft?

„Ich habe es nicht so gemeint, Miri", entschuldigte sich Helena. „Es ist einerlei, ob er kämpfen kann oder nicht. Du hast ja immer noch uns, um dich zu beschützen."

Deirdre runzelte die Stirn. „Hel will damit nur sagen, dass es nur wichtig ist, dass du ihn liebst. Du liebst ihn doch, oder?"

Miriel kniff die Augen zusammen und schaute zu dem Mann, der siegesgewiss auf dem Platz grinste. Sie würde ihm das Grinsen schon aus dem Gesicht treiben, selbst wenn sie jede Waffe in ihrem Arsenal benutzen musste. Sie verzog ihren Mund zu einem angespannten Lächeln und sagte: „Aye. Ich liebe ihn sehr."

Rand spürte, dass Miriel ihm zuschaute, während er sich drehte und duckte und einige von Kenneths Schlägen abwehrte. Er wünschte sich schon fast, dass das schöne Mädchen weggehen würde. Es war schwierig genug sich darauf zu konzentrieren, dass sein Übungskampf gut, aber nicht zu gut war, dass er einige Schläge parierte, aber nicht alle – ohne die Last ihres bewundernden Blicks auf ihm.

Es juckte ihn ein wenig, vor ihr anzugeben und sein ganzes Können zu zeigen, denn die meisten Frauen, die seine Schnelligkeit und Kraft sahen, standen anschließend staunend mit offenem Mund da. Die meisten Frauen, außer denen von Mochrie, die Zeuge gewesen waren, wie er an diesem Morgen vom *Schatten* deutlich besiegt worden war.

Er hatte niemandem von dieser Auseinandersetzung erzählen wollen. Aber die Verletzung an seinen Armen konnten nicht leicht erklärt werden, insbesondere, wenn Pagan ihn mit diesem vorwurfsvollen Blick ansah. Da sie alle Miriel beschützen wollten, überlegte der Mann wahrscheinlich, ob sie Rand diese Verletzung zugefügt hatte, als sie sich gegen seine Annäherungsversuche wehren musste.

Und so hatte er verlegen gebeichtet, was passiert war, da er davon ausging, dass sie die Geschichte sowieso von den Mochries erfahren würden.

Er war überrascht, lass die Männer von Rivenloch fasziniert waren anstatt über seinen missratenen Kampf zu scherzen. Sie wollten jede Einzelheit darüber wissen. Scheinbar hatte schon lange niemand mehr mit dem *Schatten* gekämpft. Und als er ihnen erzählte, dass der Gesetzlose eine Silbermünze hinterlassen hatte, um für das Vergnügen zu bezahlen, waren sie völlig aus der Fassung.

Es war Rand peinlich. Tatsächlich hatte er eher den Eindruck, als sei die Münze eine höhnische Geste gewesen und keine Anerkennung. Aber darüber wollte er mit den Leuten auf der Burg nicht streiten. Wenn sie einen Held aus ihm machen wollten, warum sollte er ihnen das versagen?

Außerdem diente ihm die Geschichte, den Respekt der Ritter zu erhaschen, was ihm sicherlich zu einem guten Platz am Spieltisch an diesem Abend verhelfen würde.

Über Kenneths Kopf hinweg sah er Miriel wieder am Zaun stehen. Sie winkte ihm und versuchte, seine

Aufmerksamkeit zu erhaschen. Er winkte zurück und Kenneth, der glaubte, dass er angreifen wollte, schob Rands Arm mit seinem Schild weg. Ohne Überlegung reagierte Rand sofort. Er drehte sich erst weg und kam dann wieder herum und traf Kenneth hart an der Schulter mit dem Schaft seines Schwerts.

Kenneth fiel nach hinten und hielt sich seinen verletzten Arm, wobei er vor Überraschung blass geworden war.

„Oh! Kenneth. Geht es Euch gut?" Im Stillen fluchte Rand über sich selbst. Er war so von der lächelnden Schönheit am Zaun abgelenkt gewesen, dass er seinen Kopf völlig verloren hatte. Verflucht. Er hätte Kenneth ernsthaft verletzen können.

„Sch-schon gut."

„Ich weiß nicht, wie das passiert ist", sagte Rand und log nur zur Hälfte.

Kenneth lächelte ihn schwach an. „Ihr habt einen ganz schön harten Schlag", sagte er zur Ermutigung.

Rand zuckte zusammen. Kenneth hatte ja keine Ahnung. Er knurrte eine Entschuldigung, steckte sein Schwert umständlich zurück in die Scheide und entschuldigte sich, um zu der Dame zu gehen, die diese ganze Ablenkung verursacht hatte.

„Ihr werdet immer besser", meinte Miriel, als er zum Zaun kam.

Oh Gott, sie war atemberaubend. Sie trug einen blauen Surcot, der perfekt zur Farbe ihrer Augen passte. Ihr Haar war zu einem ordentlichen Zopf geflochten und ein passendes Band eingearbeitet. Er sehnte sich danach, den Zopf und das Band zu öffnen, damit ihre kastanienbraunen Haare in Wellen über ihre Schultern fallen könnten.

Er kletterte auf die untere Strebe des Zauns, damit ihre

Köpfe auf einer Höhe waren. „Ihr werdet schon bald besser als Pagan sein", gurrte sie.

Er schmunzelte und zog dann seinen Lederhandschuh mit den Zähnen von der Hand. Wenn er wollte, wäre er schon jetzt besser als Pagan. Er schüttelte den Kopf mit aufgesetzter Bescheidenheit. „Wohl kaum."

„Aye", beharrte sie. „Selbst meine Schwestern sind beeindruckt."

„Eure Schwestern." Daraufhin musste er lachen. Es fiel ihm immer noch schwer zu glauben, dass sie überhaupt Schwerter schwingen durften. „Und was ist mit Euch?" Er zog seinen zweiten Handschuh aus.

Schüchtern senkte sie den Blick. „Ich war von Anfang an beeindruckt."

Als sie wieder hochblickte, waren ihre Augen dunkel vor Sehnsucht. Sein eigenes Verlangen stieg mit erstaunlicher Geschwindigkeit in ihm auf, als ihr Blick ihn wie eine Flamme berührte. Ein lüsternes Feuer stieg in ihm auf, eine Feuersbrunst, die drohte, schnell außer Kontrolle zu geraten.

Er zwang seine Stimme zu einer Ruhe, die er nicht fühlte. „Ich dachte, Ihr seid gegen das Kämpfen."

Sie lehnte sich vor, bis sie nur noch wenige Zentimeter entfernt war und flüsterte dann: „Es ist nicht das Kämpfen, was mich beeindruckt hat."

„Fürwahr?"

Sie senkte ihren Blick auf seinen Mund, biss sich dann kokett auf ihre Unterlippe und ließ keinen Zweifel daran, was sie an ihm beeindruckt hatte.

„Mylady, Ihr spielt mit dem Feuer."

Eine Ecke ihrer kirschroten Lippen verzog sich zu einem wissenden Lächeln.

Es war gut, dass er ein Kettenhemd trug, denn sonst

hätten alle seine Lüsternheit sehen können. Oh Gott, er hatte noch nie eine Frau so sehr küssen wollen. Sie küssen und streicheln, sie auf das Gras legen und ...

„Wollt Ihr mit mir kommen?", lockte sie ihn.

Er fand kaum die Kraft zu nicken, aber er schaffte es noch, über den Übungsplatzzaun zu klettern.

Rand war der Meinung, dass er alles erledigt hatte, was er an diesem Morgen schaffen wollte – er hatte den *Schatten* getroffen und sich bei den Rivenloch Rittern beliebt gemacht. Heute Abend würde er spielen und weitere Untersuchungen anstellen. In der Zwischenzeit, hatte er viel Zeit, um sich lohnenderen Beschäftigungen zu widmen.

Miriel verschlang ihre Finger mit seinen. Sie musste wirklich ein lüsternes Weib sein, beschloss er, wenn sie die Tatsache ignorierte, dass er erhitzt und schmutzig vom Übungsfeld war und wahrscheinlich nach Leder und Schweiß stank. Sie zog ihn trotzdem mit sich mit und lächelte verräterisch, als sie an den Ställen vorbeikamen.

„Wo bringt Ihr mich hin?"

„An einen Ort, wo uns niemand hören kann."

Er grinste.

Sie blieb vor dem Taubenschlag stehen und verkündete an alle, die es hören konnten: „Erlaubt mir, Euch die guten Tauben zu zeigen, welche die Cameliards mitgebracht haben, Sir Rand."

Rands Mund zuckte amüsiert. Er überlegte, ob sie irgendjemand etwas vormachte. „Aber gerne, Mylady. Nichts interessiert mich mehr als eine gute Taube." Als sie durch die Eichentür traten, fügte er leise hinzu: „Und Ihr, meine Liebe, seid die schönste Taube, die ich jemals gesehen habe."

Die Tür fiel hinter ihnen zu und das Innere wurde nur

noch von dem Sonnenlicht erhellt, das durch die Schlitze zwischen den Holzbrettern des Taubenschlags nach innen fiel. Die Tauben begannen zu gurren und der süße Duft von frischem Stroh verminderte den normalerweise widerwärtigen Gestank im Taubenschlag.

Miriel verschwendete keine Zeit. Sie strich mit den Händen über die Vorderseite seines Wappenrocks und drückte ihn vorsichtig gegen die geschlossene Tür, um dann liebevoll in seine Augen zu schauen.

„Ich habe noch nie einen ... einen Helden geküsst", keuchte sie.

„Ein Held?"

„Aye", sagte sie und legte ihre Finger auf seine Schultern, als wollte sie deren Breite einschätzen. „Ich habe gehört, was Ihr gemacht habt."

„Das? Das war nichts."

„Oh nay. Das war großartig." Sie legte ihre Handfläche an die Seite seines Halses. „Die ganze Burg spricht davon."

Er schlang seine Arme um sie und verschränkte seine Finger über der Wölbung ihres Hinterns.

Er könnte ihr die Wahrheit sagen – dass er bei dem Kampf mit dem *Schatten* gedemütigt worden war. Dass der Gesetzlose ihn überlistet und bei jeder Gelegenheit ausmanövriert hatte. Dass die Erzählungen seiner Heldentaten sehr übertrieben waren.

Aber es war recht angenehm, Miriels Verehrung zu ertragen. Wenn sie glauben wollte, dass er ein Held war, warum sollte er sie enttäuschen?

„Erzählt mir, was passiert ist", flehte sie ihn an und drehte sich in seiner Umarmung, sodass ihr Kopf an seiner Brust ruhte und ihr Hintern sich an seine Lenden drückte. „Alles. Lasst nichts aus."

Er grinste und legte sein Kinn auf ihrem Kopf ab.

„Wie Ihr wünscht, Mylady." Sein Kinn glitt hinunter, bis er an ihrem Haar murmelte und sie merkte, wie sein Atem an ihrem Ohr entlang strich. „Die Wälder sind dunkel und finster", begann er, „und so still wie der Tod."

„So still wie der Tod? Ich dachte, ihr wärt mit den Damen von Mochrie dort gewesen."

„Stimmt." Er fügte hinzu: „Aber sie haben sehr leise geschwatzt ... als ich plötzlich mitten im Wald ein Kribbeln in meinem Nacken spürte." Er strich mit einer Hand über ihren Rücken und streichelte ihren Nacken. Sie zitterte.

„Natürlich legte ich eine Hand an meinen Schwertgriff."

Er legte seine Hände wieder um ihre Taille. Sie bedeckte sie mit ihren eigenen. Ihre Handflächen fühlten sich weich und zart auf seinen angeschlagenen Knöcheln an.

„Ich blickte durch die Bäume und suchte nach dem Störenfried, wobei ich die kleinste Bewegung eines Blattes oder das Beugen eines Zweiges beobachtete. Aber zwischen den Ästen bewegte sich nichts."

„Noch nicht einmal Spatzen?"

Tatsächlich waren Spatzen da gewesen. Er erinnerte sich, dass er überlegt hatte, wer mehr gezittert hatte, die Spatzen oder die Damen von Mochrie. Er schüttelte den Kopf. Spatzen würden die Dramatik der Geschichte vermindern. „Es war zu früh am Morgen für Spatzen."

„Und was war mit –"

„Oder für Mäuse oder Eichhörnchen oder etwas anderem."

„Eulen."

„Nay. Keine Eulen." Er runzelte die Stirn. Wollte das Mädchen absichtlich seine Geschichte lächerlich machen?

„Sprecht weiter."

Er räusperte sich und gurrte dann: „Ich habe so eine Art Instinkt für Gefahr. Und mein Instinkt sagte mir, dass wir verfolgt wurden. Mit angehaltenem Atem habe ich mich langsam Schritt um Schritt vorgearbeitet, wobei ich die Hände fest am Griff meines Schwertes hatte, bis ..." Plötzlich warf er die Arme nach oben und erschreckte Miriel, die daraufhin kreischte. „Da war er plötzlich. Er war aus dem Nichts auf den Weg gesprungen. Der *Schatten*."

Miriel drehte sich wieder in seinen Armen und wandte sich ihm mit angsterfülltem Blick zu. „Ihr müsst entsetzliche Angst gehabt haben."

Stoisch ruhig blickte er auf sie herab. „Ein Mann wagt es nicht, sich zu einem solchen Zeitpunkt der Angst hinzugeben."

Sie seufzte ehrfürchtig. „Wie sah er aus? War er so, wie ihn alle beschreiben? War er ganz in Schwarz gekleidet?"

„Oh aye, so schwarz wie ein Rabe, klein, aber flink und so tödlich wie der Sensenmann."

„Was habt Ihr dann gemacht?"

„Zuerst habe ich sichergestellt, dass die Frauen und Kinder in Sicherheit waren."

Sie runzelte neugierig die Stirn. „Und hat der *Schatten* geduldig gewartet, während Ihr das gemacht habt?"

Er hielt inne. Er konnte nicht umhin zuzugeben, dass der *Schatten* schon zwei Börsen geschnappt hatte, bevor Rand sich überhaupt dem Missetäter zuwenden konnte. „Während ich mich um ihre Sicherheit kümmerte, haben die beiden Männer von Mochrie ehrenhaft gegen den Dieb gekämpft."

„Also haben zwei voll bewaffnete Ritter gegen einen kleinen Dieb gekämpft?"

Er blickte sie finster an. Irgendwie verstand sie nicht richtig. „Er war ein unglaublich schwer fassbarer kleiner Dieb."

„Aha."

„Bis ich mich um die Sicherheit der anderen gekümmert hatte, waren die Männer von Mochrie ihm schon zum Opfer gefallen."

Ihre Augen weiteten sich. „Oh Gott! Wurden sie verwundet? Verstümmelt? Getötet?"

Rand wusste nicht, wie Miriel es schaffte, seine heldenhafte Geschichte zu zerstören, aber sie war dabei, sämtliche Herrlichkeit aus ihr heraus zu holen.

„Sie wurden ... ausgeraubt."

„Oh." Schon ließ die Bewunderung in ihren Augen nach.

„Seid Ihr sicher, dass Ihr das alles hören wollt?", fragte er und ließ seinen Blick langsam über ihr hübsches Gesicht wandern. „Mir fallen viel angenehmere Dinge ein, die ich mit meiner Zunge machen könnte."

Ihre Augen wurden einen Augenblick lang glasig und er sah, wie sie schluckte. Seine Worte zeigten offensichtlich Wirkung bei ihr.

„Küsst mich", drängte er sie flüsternd.

Bekümmert runzelte sie die Stirn. „Ich ... ich ..."

„Nur ein Kuss", keuchte er. „Dann erzähle ich die Geschichte zu Ende."

Sie wandte ihren Blick auf seinen Mund und überlegte und dann nickte sie. „Einen."

Er nahm ihr Gesicht in seine Hände und drückte einen liebevollen, keuschen Kuss auf ihren Mund.

Der Geschmack von Miriels Lippen war all die Verletzungen, die er an diesem Morgen erlitten hatte, wert gewesen. Ihr Mund war weich und warm, tröstete seinen verwundeten Stolz und nährte seinen hungrigen Körper.

So schwierig es auch war sich zurückzuhalten, er wollte zu seinem Wort stehen. Einen Kuss.

Aber Miriel wollte ihn nicht loslassen. Mit einem leisen Seufzen drückte sie sich noch tiefer in seine Umarmung und ergriff seinen Wappenrock in ihren Fäusten. Sie brachte ihn dazu, seinen Mund zu öffnen, legte ihre Lippen über seine und steckte sogar die Spitze ihrer Zunge in seinen Mund.

Es war, als würde ihn der Blitz durchfahren, ihm einen Schock versetzen und ihn lähmen. Sein Verstand und sein Wille ließen ihn im Stich. Er konnte ihr nicht mehr widerstehen. Und er wollte es auch nicht.

Nur das plötzliche Flattern einer Taube erschrak sie so sehr, dass sie auseinanderstoben. Miriel stolperte nach hinten und ihre überraschte Miene spiegelte seine eigenen Gefühle. Was zwischen ihnen passierte, schien ihnen beiden ein Mysterium zu sein, irgendeine seltsame Naturgewalt, die nicht zu erklären war.

Sie erlangte ihre Fassung wieder, bevor er es tat, atmete tief durch und wischte sich mit ihrer zitternden Hand über ihren nassen Mund. „Einen Kuss", sagte sie, um sich selbst ebenso wie ihn zu erinnern.

Rand wusste, dass es länger dauern würde, bis sich sein tierisches Verlangen beruhigte, aber er würde sich beruhigen, wenn das ihr Wunsch war. Er konnte es sich nicht leisten, hier die Kontrolle zu verlieren, wo sie jederzeit erwischt werden konnten. Jetzt war nicht der richtige Zeitpunkt, leichtsinnig zu werden.

„Wo waren wir stehengeblieben?", fragte er mit einem leichten Lächeln.

Dieses Mal kam sie vorsichtiger zu ihm und wandte sich

um, um ihren Kopf an seine Brust zu legen. Er legte einen Arm um ihre Taille und den anderen um ihre Schultern, wobei er seinen Unterarm leicht auf ihrem Busen liegen ließ und sie streckte ihre Hand hoch, um ihre Finger um diesen Arm zu legen. Seltsamerweise schien dies die natürlichste Position auf der Welt zu sein. Jeder der sie sah, hätte gedacht, dass sie schon seit Jahren Geliebte waren.

„Ihr habt gerade erzählt, wie der *Schatten* Euch ausgeraubt hat."

Er zögerte einen Moment, sammelte sich und schüttelte dann den Kopf. „Mich nicht. Er hat mich nicht ausgeraubt."

„Hat er nicht? Warum nicht? Habt Ihr kein Geld?"

Das schelmische Mädchen wusste es doch besser. Sie hatte schließlich seine Sachen durchwühlt. „Ich hatte Geld. Aber nachdem ich mit ihm fertig war, beschloss der *Schatten* wohl, dass ich die Mühe nicht wert war."

„Mit ihm fertig war?" Ihre Finger drückten fester um seinen Unterarm. „Was habt Ihr gemacht?"

Es fiel ihm schwer, sich zu erinnern. Nicht nur, weil alles so schnell passiert war, sondern weil er von der verführerischen Dame in seinen Armen völlig abgelenkt war.

Er wollte keine Geschichten erzählen. Er wollte seine Handfläche von Miriels Schulter auf ihre Brust gleiten lassen und ihr zartes Fleisch in seine Hand nehmen und spüren, wie sie stöhnte.

„Rand?"

„Aye?"

„Was ist wirklich passiert?"

Er schluckte schwer. Wenn er die Geschichte vielleicht schnell erzählte, könnten sie sich angenehmeren Dingen zuwenden. „Nichts. Ich habe mein Schwert gezogen und es vor dem Gesetzlosen geschwungen. Ich habe vor Angst geschrien und bin in den Wald gerannt."

„Wirklich? Und dafür hat er Euch zur Anerkennung eine Silbermünze hinterlassen?"

Er zuckte zusammen. Er hatte die Silbermünze vergessen. „Nay. Ich nehme an, dass der Kampf ein wenig länger gedauert hat." Er drückte ihre Schultern leicht. „Ich wollte Euch nur nicht mit dem Kampf langweilen."

„Ich bin nicht gelangweilt", beharrte sie. „Ich möchte jede Einzelheit wissen."

Er seufzte. Das hatte er befürchtet. Er konnte sich nicht an jede Einzelheit erinnern. Aber wenn er ihr schon nicht die Wahrheit über den Kampf sagen wollte, konnte er ihr auch alles Mögliche erzählen.

„Als die Frauen und Kinder den Weg sicher verlassen hatten", murmelte er und atmete den sauberen Duft von Miriels Haar ein, „wandte ich mich um, um den Räuber zu stellen." Mit dem Daumen strich er langsam über ihre Schulter. „Er war gedrungen und hässlich wie ein schwarzer Käfer, der frisch aus der Erde gekrabbelt ist. Und in seinem hässlichen Gesicht hatte er die kleinen schwarzen Augen des Teufels."

„Hässlich?"

„Oh aye, so hässlich wie die Sünde."

„Ich dachte, der *Schatten* trug eine Maske."

Sein Daumen erstarrte plötzlich. „Aye. Stimmt." Er streichelte sie wieder weiter. „Aber es gibt Kreaturen, deren Seelen so hässlich sind, dass die Hässlichkeit aus jeder Pore ihrer Körper herausfließt. Ich bin sicher, dass er eine dieser Kreaturen ist."

Mit dieser Erklärung schien sie zufrieden zu sein. Aber er würde vorsichtiger sein müssen. Es war eine

Herausforderung, eine vernünftige Geschichte zu erzählen, wenn sein Schwanz an den festen Po einer jungen Frau gedrückt war.

Er steckte seine Nase in ihr Haar und flüsterte: „Bevor ich überhaupt mein Schwert heben konnte, sprang der Missetäter mit gefletschten Zähnen vor wie ein angreifendes Wildschwein."

„Der *Schatten* hat scharfe Zähne?"

„Nay, ein Wildschwein hat scharfe Zähne."

„Was hatte der *Schatten* dann?"

„Was meint Ihr damit?"

„Ein Schwert? Eine Keule? Einen Streitflegel?" Ihr Griff wurde fester und sie wappnete sich für das Schlimmste. „Einen Streithammer?"

Er blickte sie finster an. „Ich glaube, er hatte eines seiner Messer."

„Meint Ihr einen dieser winzigen kleinen Dolche?"

„Sie sind nicht winzig. Sie sind ... sie sind ... recht scharf."

„Hm. Erzählt weiter."

Verwirrt versuchte er, wieder Kontrolle über die Geschichte zu erlangen. „Es war unmöglich zu sagen, welche Waffen er hatte oder auch nicht hatte und was er in seiner teuflischen Kleidung versteckt hatte, weil er sich so schnell wie der Wind bewegte." Um dies zu demonstrieren, drehte er sie schnell in seinen Armen, ergriff sie an den Schultern und starrte sie an. „So ungefähr."

Sie hatte große Augen. „Hattet Ihr ... Angst?" Ihr Blick fiel wie von selbst langsam auf seinen Mund. Und unter ihren sinnlichen Augenlidern sah er, wie ihr Hunger langsam größer wurde.

Sein Körper reagierte sofort. Sehnsüchtig blickte er auf

ihre vollen Lippen. Wie er sich doch danach sehnte, diesen entzückenden, warmen und nährenden Mund zu küssen.

„Vor was sollten wir Angst haben?", flüsterte er und seine Gedanken wanderten weg vom *Schatten.* „Es ist nur ein harmloser …"

Rand wusste nicht, wie sich ihre Münder trafen. Wie ein Magnetstein und Eisen wurden sie einfach zueinander gezogen. Und als der Kuss einmal begonnen hatte wollte er, dass er niemals enden würde.

Miriel wusste, dass sie im Begriff war zu ertrinken. Sie spürte, wie das Verlangen sie in die Tiefe zog und die Leidenschaft über ihrem Kopf zusammenschlug. Und doch konnte sie nichts machen, um dies aufzuhalten.

Und sie wollte es auch gar nicht.

Dies war die Harmonie, nach der ihr Körper sich sehnte, das Gleichgewicht ihres Chi. Auch wenn das Gefühl sie so schwindelig machte wie das erste Mal, als Sung Li sie hatte üben lassen, kopfüber an einem Ast zu hängen, war es doch irgendwie *richtig*.

Plötzlich macht es nichts mehr aus, was Rand war, welche Fähigkeiten er verbarg, welche Lügen er erzählte und welche Bedrohung er darstellte. So wie das Blut in ihren Adern sprudelte, ihr Fleisch vor Lüsternheit in Flammen stand und ihr Herz raste, wusste sie, dass dieser Mann die Vollendung ihres Kreises war, das Yang für ihr Ying.

Irgendwie fanden ihre Arme den Weg um seinen feuchten Nacken und zogen ihn näher an sich heran. Der Geruch von Schweiß und Leder und Kettenhemd hing noch an ihm. Der Duft war unleugbar männlich, fremd und berauschend.

Er schmeckte leicht nach Bier, aber vorwiegend nach Leidenschaft und sie trank vom Brunnen seines Verlangens, um ihren eigenen Durst zu löschen. Ihre Zungen liebäugelten miteinander, paarten sich und tanzten zusammen wie Schmetterlinge. Ihre Münder labten sich an einem Festmahl, als würden sie göttlichen Nektar zu sich nehmen.

Mit einer Hand löste er die Schleife an ihrem Zopf und öffnete ihr Haar, bis sie spürte, dass es in Wellen über ihren Rücken fiel. Dann tauchte er mit den Fingern in ihr Haar, legte seine Hand um ihren Kopf und seine Fingerspitzen streichelten sie, bis ihre Kopfhaut kribbelte.

Seine mit der Rüstung bedeckte Brust war wie eine Steinmauer gegen ihre Brüste und sie sehnte sich danach, seinen Wappenrock wegzuziehen und ihm das Kettenhemd auszuziehen, um an den schmiegsamen Mann darunter zu gelangen.

Sie spürte, wie seine Finger sich an der Rückseite ihres Surcots zu schaffen machten und an ihrem Rückgrat hinunterglitten, während seine andere Hand über ihre Hüfte strich. Als er besitzergreifend ihren Po ergriff, keuchte sie, machte aber keine Anstalten, sich loszureißen. Tatsächlich drückte sie ihre Hüften noch fester an ihn und verschmolz in seiner Umarmung.

Er stöhnte an ihren Lippen und das Geräusch ließ ihre bereits erweckte Weiblichkeit beben. Als er seine Hand an die Vorderseite ihres Halsausschnitts legte und seine Finger an ihrem Schlüsselbein entlang tanzten, begannen ihre Brustwarzen voller Erwartung zu kribbeln. Auf ihrem Surcot glitt seine Handfläche tiefer und tiefer, bis er damit ihre Brust umfasste und deren Gewicht zärtlich in seine Hand nahm.

Ihre Gefühle spielten verrückt, sie stöhnte und genoss die Ekstase seiner Berührung, sehnte sich danach, den Stoff zwischen ihnen wegzureißen und wollte mehr.

Er gab ihr mehr. Als wenn er ihre Gedanken lesen könnte, löste er die Bänder ihres Surcots und öffnete das Oberteil und dann, während sie in atemloser Erwartung litt, glitten seine Finger unter ihre Kleidung und strichen zärtlich über ihr brennendes Fleisch.

Als er mit einer Fingerspitze die empfindliche Spitze ihrer Brust berührte, keuchte sie bei der Intensität der Hitze. Und als die Hand auf ihrem Po nach unten in die Kluft zwischen ihren Beinen glitt, konnte sie kaum noch aufrecht stehen.

Alles, außer dem Verlangen verschwand um sie herum. Die Tauben. Der Taubenschlag. Ihre Hemmungen.

Rand war ihre Meditation. Sie konzentrierte sich nur auf ihn. Sie wollte sich mit ihm verbinden, in ihn hinein schmelzen und in ihn hineinklettern, bis sich ihre Seelen unentwirrbar verheddert hatten.

Aber das Schicksal griff ein.

Gerade als sie im Begriff war, nachzugeben, wurde der Taubenschlag plötzlich in helles Sonnenlicht getaucht und das zog sie auseinander.

„Hallo?" Es war Sir Rauve.

Geübt zupfte Rand Miriels Surcot zurecht und stellte sie zum Schutz hinter ihn. „Sir Rauve." Seine Stimme war heiser vor unerfülltem Verlangen.

„Sir Rand?", fragte Rauve.

Miriel war noch aus der Fassung und verwirrt und versteckte sich hinter Rand, wobei sie versuchte, ihr Haar und ihren Surcot in Ordnung zu bringen.

Bevor Rand antworten konnte, fuhr Sir Rauve knurrend fort: „Lucy? Seid Ihr das?"

„Es ist nicht Lucy, Rauve", antworte Rand schnell.

„Oh." Nach einer unbehaglichen Stille fügte er hinzu: „Ich sollte Lucy hier treffen."

„Sie ist nicht hier."

„In Ordnung. Entschuldigt."

„Auf Wiedersehen, Rauve."

„Ach. Aye."

Als Sir Rauve weg war, hatte sich Miriels Herz schon fast wieder von der Störung erholt. Aber das plötzliche Sonnenlicht hatte mehr gemacht, als sie nur zu erschrecken. Es hatte auch Licht auf ihre eigene Dummheit geworfen.

Sie hatte ihren Kopf verloren. Ihre Kontrolle. Ihr Gleichgewicht. Wie Rand sie dazu überlistet hatte, dass sie glaubte, er wäre die Vervollständigung ihres Geistes, wusste sie nicht. Aber jetzt im klaren Sonnenlicht und trotz des tiefen Wassers der Verführung, in das sie gefallen war, merkte sie, dass es alles nur eine Illusion gewesen war.

Sie bebte vor Scham und Ekel vor sich selbst, schnürte ihren Surcot, schlug den Staub aus ihren Röcken und bereitete sich darauf vor, sich kurz und knapp von ihm zu verabschieden.

Sie erwartete ein selbstgefälliges Grinsen bei ihm, als er sich umdrehte, ein wissendes Hochziehen seiner Augenbraue und einen selbstzufriedenen Gesichtsausdruck. Schließlich musste er glauben, dass sie ihm nun ausgeliefert war.

Sie war in keiner Weise auf seine wahren Gefühle vorbereitet, als ihre Blicke sich trafen. Seine Augen leuchteten so weich wie Kerzenlicht, waren dunkel vor

Sehnsucht und zärtlich vor Reue. Seine Nasenflügel bebten noch und seine Lippen waren geöffnet und vom Küssen geschwollen. Aber das zärtliche Verständnis in seinem Blick brachte sie völlig aus der Fassung.

Sie hatte Anziehung vorgetäuscht, seit sie ein kleines Mädchen war. Jedes Mal, wenn sie von den Männern von Rivenloch einen Gefallen wollte, senkte sie kokett den Blick, biss sich auf ihre Lippe und lächelte unterwürfig. Aber der Blick auf seinem Gesicht war nicht vorgetäuscht. Dessen war sie sich sicher. Und es war mehr als reine Lüsternheit.

Seine Augen funkelten vor Verwunderung und einer seltsamen Zuneigung, die er unmöglich vortäuschen konnte.

Rand hatte sie zwar hilflos vor Verlangen gemacht.

Aber sie hatte ihn direkt ins Herz getroffen.

Kapitel 12

Am Abend knackte und zischte das Feuer im Kamin. Miriel schaute in die Flammen und strich mit dem Finger abwesend über den Rand ihres Bechers. Hinter ihr warfen die Diener den knurrenden Hunden die abgenagten Knochen vom Abendessen zu. Schatten hüpften im flackernden Feuer, als würden sie auf den Saiten von Bonifaces Laute tanzen. Aber Miriel war in Gedanken ganz weit weg.

Was, wenn sie wegen Rand falsch lag? Was, wenn er ihr gegenüber doch Gefühle hegte?

Aye, er hatte die Geschichte erfunden, dass er sie bei dem Turnier kennengelernt hatte und zurückgekommen war, um ihr den Hof zu machen. Aber was, wenn seine Betrügereien ein Eigenleben entwickelt hatten?

Vielleicht war er im Begriff, sich in sie zu verlieben.

Das Ganze brachte sie fast um den Verstand.

Normalerweise durchschaute sie einen Mann sofort. Sie konnte Unaufrichtigkeit in den Augen erkennen, Unehrlichkeit in der Stimme heraushören und die kleinste Abweichung von der Wahrheit in der Haltung eines Mannes erkennen.

Aber Rand war ein Rätsel. Entweder war er außergewöhnlich gut in seiner Täuschung oder er täuschte sie gar nicht. Es war unmöglich zu sagen. Seit jenem erdbebenartigen, seelenerschütternden Kuss im Taubenschlag hatte sie angefangen, an ihrem Urteilsvermögen zu zweifeln.

Sie konnte sein Gesicht nicht vergessen, als sie sich trennten, mit dieser seltsamen Mischung aus Sehnsucht und Verletzbarkeit in seinen Augen, ein Gesichtsausdruck, der zu offen und ehrlich, zu unsicher und zu aufrichtig war, um nicht echt zu sein. Durch Sir Rauves Störung war eine Gelegenheit verloren gegangen und die Reue in Rands Blick verriet mehr als nur einfache Enttäuschung.

Wenn er meinte, was seine Augen offenbarten, wenn sie ihm wirklich etwas bedeutete, wenn seine Werbung sich als echt herausstellte, spürte Miriel, dass ihre Welt nie wieder die gleiche sein würde. Sie würde ins Wanken geraten, wie ein Kreisel, der drohte umzufallen und das war ein Gedanke, der sie sowohl ängstigte als auch berauschte.

Bonifaces Virelai wurde plötzlich von einem Protestschrei vom Spieltisch übertönt. Miriel schaute hoch. Einer der beiden Herdclay Brüder, die noch von Helenas Hochzeit zurückgeblieben waren, hatte schon wieder gewonnen.

Sie seufzte. Sie war froh, dass die beiden morgen abreisten. Die Herdclays hatten die unangenehme Angewohnheit, ihre Becher bei jedem Mal, wenn sie gewannen, zu leeren und das taten sie an diesem Abend häufig und so wurden die beiden Trunkenbolde zunehmend rüpelhaft und anstößig.

Rand war ein ruhiger und höflicher Spieler. Er spielte neben ihrem Vater und freute sich nicht übermäßig über seine Gewinne und fluchte auch nicht, wenn er verlor. Die Männer von Rivenloch schienen ihn gut aufgenommen zu haben, lachten mit ihm, knufften ihn mit den Ellenbogen und berieten ihn, als er gegen Lord Gellir wettete.

Selbst ihre Schwestern mochten Sir Rand. Deirdre schien zu glauben, dass er sich als Freier Hoffnung machen konnte, aber vielleicht lag es nur an ihrem Zustand, dass ihr Herz liebevoller geworden war. Obwohl Helena viel weniger Vertrauen in Rands kämpferische Fähigkeiten hatte, schien sie ihn trotzdem für einen anständigen Mann zu halten, einer, der ihre Freundschaft, wenn nicht sogar ihren Respekt verdient hatte.

Nur Miriel hatte Zweifel und diese wurden an diesem Abend immer weniger, wenn sie zu ihm hinschaute und seine lachenden Augen, sein strahlendes Lächeln, sein unordentliches Haar und seinen verführerischen Mund sah.

Wie könnte sie ihm nicht vertrauen?

Vielleicht, weil er ihr so ähnlich war.

Miriel hatte Geheimnisse. Geheimnisse über ihre Fähigkeiten, ihr Wissen und ihre Handlungen. Geheimnisse über ihre Kraft und ihre Natur und ihren *Xian Sheng*, Sung Li. Sie übte die Autorität über sämtliche Angelegenheiten auf der Burg aus. Sie unterhielt sogar einen Geheimgang von der Burg aus.

Welche Geheimnisse verbarg Rand? Waren seine Geheimnisse nur eine Dehnung der Wahrheit oder Konstrukte eines Meisters der Täuschung?

Sie beobachtete ihn, wie er zwei weitere Silbermünzen an Lord Gellir abgeben musste. Rand zuckte bescheiden die Schultern und nahm den Verlust hin, während seine Mitspieler ihm tröstend auf den Rücken schlugen. Dann, als würde er ihren Blick spüren, schaute er zu Miriel und zwinkerte ihr liebevoll zu, bevor er sich wieder dem Spiel zuwandte.

Heilige Maria, selbst diese kleine Geste beschleunigte ihren Puls. Bilder aus dem Taubenschlag schossen ihr in den Kopf und schoben vernünftige Gedanken beiseite.

Als sie an seinen Kuss dachte, kribbelten ihre Lippen. Sie erinnerte sich an die Wärme seines Atems. Ihre Brüste zogen sich zusammen, als würde sie die zärtliche Berührung seiner Hände erneut spüren und ihr Kleid wurde ihr zu eng. Sie zitterte. Tief in ihrem Leib stieg Verlangen auf.

Sie trank noch einen Schluck Bier, um die lüsternen Erinnerungen hinunterzuspülen. Es war nicht weise, wenn das Vergnügen die Vernunft störte.

Sie riss sich zusammen und betrachtete Rand wieder, aber dieses Mal mit kühler, ruhiger und gesammelter Berechnung.

Im Geiste zählte sie seine Eigenschaften auf. Er war freundlich. Gutmütig. Respektvoll. Ehrbar. Großzügig. Geduldig. Bei Tisch war er höflich. Er war ein guter Zuhörer. Er ging behutsam mit Tieren um. Und mit Kindern. Und mit ihr.

Sie seufzte. Wie könnte er nicht aufrichtig sein? Es war fast unmöglich zu glauben, dass ein solch unschuldiges und gutaussehendes Gesicht einen Betrüger verbergen könnte.

Aber das konnte man auch von Miriel behaupten.

Miriel war nicht bösartig. Oder hinterhältig. Oder grausam. Aber auf ihre Art und Weise war sie betrügerisch. Trotz ihres Gefühls für Disziplin, wusste sie, dass es immer die Möglichkeit gab zu schweigen. Das würde sie in der Tat sehr gefährlich machen.

War Rand gefährlich? Besaß er eine Macht, die er vielleicht ebenfalls einsetzen könnte? Sie wollte mit ganzem Herzen glauben, dass seine Motive edel waren.

Still wie eine Katze schlich Sung Li sich heran und meinte: „Er spielt so gut wie er kämpft."

Miriel grinste. „Er verliert doch fast in jeder Runde."

„Wirklich?"

Miriel runzelte die Stirn. War Sarkasmus in der Stimme des alten Mannes zu hören oder war er nur wieder geheimnisvoll?

„Oder", fügte Sung Li hinzu und hob bedeutungsschwer die Augenbrauen, „opfert er sein Geld nur, um etwas Wertvolleres zu gewinnen?"

„Was meint Ihr damit?"

„Er verliert absichtlich."

Miriel wollte es nicht zugeben, aber als sie ihn über die letzte Stunde beobachtet hatte, wie er mit den Männern von Rivenloch und den Herdclay Brüdern spielte, hatte auch sie den Verdacht gehegt. Scheinbar bei jeder Wette, bei der Rand drei Münzen gewann, verlor in der nächsten Runde vier.

„Indem er verliert", erklärte Sung Li, „hat er die Freundschaft Eures Vaters gewonnen."

Sung Li hatte Recht. Lord Gellir behandelte Rand schon fast mit väterlicher Zuneigung, strich ihm über das Haar und tätschelte seinen Unterarm. „Vielleicht ist er einfach nur freundlich", meinte Miriel.

„Vielleicht seid Ihr freundlich", antwortete Sung Li. „Ihr habt eine Schwäche für den Jungen, die Euch blind macht."

„Er ist kein Junge. Und ich bin nicht blind."

„Pah."

Rand blickte wieder mit einem schiefen Grinsen, das eines seiner entzückenden Grübchen zeigte, zu ihr hin und Miriel musste sich zusammenreißen, dass sie nicht auf der Stelle dahin schmolz.

Sung Li schüttelte angeekelt den Kopf. „Geblendet von einem hübschen Gesicht."

„Er ist nicht hübsch. Er ist ..." Er war prächtig. Großartig. Atemberaubend schön. Wie ein dunkler Engel. Oder ein römischer Gott. Aber das würde sie nicht zu Sung Li sagen. „Ausreichend."

„Ausreichend genug, um Euch in Gefahr zu bringen."

Miriel errötete. Ihr Abenteuer mit Rand im Taubenschlag hatte sich tatsächlich gefährlich angefühlt. Aber sie war eine Frau, die sich gut unter Kontrolle hatte. Rand konnte zwar ihre Gefühle aufwühlen und ihr Herz berühren, aber wenn es wirklich gefährlich wurde, war sie mehr als fähig, sich selbst zu verteidigen.

Vom Spieltisch war ein triumphierendes Lachen zu hören, das von dem Murren der Verlierer begleitet wurde. Die Herdclays hatten es geschafft, einen großen Teil des Silbers auf ihre Seite des Tisches zu bringen und sie hielten sich nicht zurück, ihre Schadenfreude zu zeigen. Rand legte seine Hand tröstend auf Lord Gellirs Ärmel, aber Miriels Vater war bereits im Begriff am Tisch einzuschlafen.

Miriel seufzte. Nachdem einer der Diener Lord Gellir zu Bett gebracht hatte, würde sie seine Verluste zusammenrechnen. Sie würde sich morgen um die Buchhaltung kümmern.

Sung Li kniff die Augen zusammen und musterte die Herdclay Brüder. „Sie sind wie junge Hähne, die auf einem winzigen Misthaufen krähen."

„Das ist kein winziger Misthaufen. Es sieht so aus, als hätten sie sehr viel Geld von meinem Vater gewonnen."

Sung Li blickte finster. „Ich bin froh, dass das Ungeziefer abreist."

„Aye." Sie erlaubte sich ein schalkhaftes Lächeln. „Obwohl sie besser auf ihr Geld auf der Reise aufpassen sollten. Es wäre eine schöne Beute für den *Schatten*."

„Glaubt Ihr, dass der *Schatten* schon so bald wieder einen Beutezug riskieren würde, wo er doch jetzt einen Herausforderer hat?"

„Ein Herausforderer? Meint Ihr Rand?" Sie grinste. „Der *Schatten* amüsiert sich doch nur mit Sir Rand. Bis jetzt hat noch niemand den *Schatten* herausgefordert und gewonnen."

Danach schwieg Sung Li und Miriel konnte seine Gedanken nur noch erraten. Mit seinem Glauben an Karma hoffte er wahrscheinlich, dass die Herdclays einem Unglück zum Opfer fallen würden, sei es durch den *Schatten* oder jemand anderen.

Miriel musste dem zustimmen. Sie waren schon ein unangenehmes Pärchen. Aufgrund der Tatsache, dass sie ihre Schadenfreude so offen zeigten, dass sie einem kranken alten Mann das letzte bisschen Silber abgenommen hatten, wobei dessen einzige Freude im Leben das Glücksspiel war, verdienten sie jedes Unglück, das sie erleiden könnten.

Die Sonne war noch nicht aufgegangen. Aber Rand hatte sich bereits hinter einer moosbedeckten Eiche nahe dem Zugang zu den Wäldern positioniert. Die Herdclays würden schon bald hier entlangkommen.

Drei Rivenloch Jungen am Spieltisch gestern Abend

waren von ähnlicher Statur wie der *Schatten*. Wenn einer von ihnen tatsächlich der Gesetzlose war, würde er wissen, dass die Gewinne der Herdclay Brüder recht groß gewesen waren. Er würde auch wissen, dass die beiden an diesem Morgen allein durch den Wald kommen würden.

Dieses Mal plante Rand, die Reisenden heimlich zu verfolgen und Abstand zu halten. Ferner hegte er den Verdacht, dass die Brüder seine Begleitung nicht zu schätzen wüssten und als Beleidigung empfinden würden. Zudem wusste Rand, dass zwei Männer ein verführerischeres Ziel wären als drei. Und drittens, auch wenn er es nicht gerne zugab, brauchte er jeden Vorteil für den Kampf gegen den *Schatten*, einschließlich des Vorteils der Überraschung.

Die Warterei war der schwerste Teil. Er erlaubte sich zu gähnen, hörte aber sofort auf, als eine Eule nah genug an ihm vorbeiflog, um sein Haar zu zerzausen.

Er erstarrte plötzlich. Vielleicht war die Eule von einem Gesetzlosen, der in Schwarz gekleidet war, aufgescheucht worden. Noch längere Zeit danach konnte er seinen Puls in den Ohren hören, während er angestrengt auf jede Bewegung in den Blättern und Ästen achtete. Aber kein Räuber sprang aus den Bäumen.

Es dauerte noch eine ganze Stunde, bis die Sonne aufging und die Herdclays auftauchten. Die Brüder stampften laut den Weg entlang und brüsteten sich immer noch mit dem Erfolg vom Abend zuvor. Es würde einfach sein, sie zu verfolgen. Sie waren so damit beschäftigt, dem Klang ihrer eigenen Stimmen zu lauschen, dass sie ihn niemals hören würden. Tatsächlich waren die lauten Kerle ein solch einfaches Ziel, dass er schon fast versucht war, sie selbst auszurauben.

Als sie an die Stelle kamen, wo er dem *Schatten* schon einmal begegnet war, zog Rand leise sein Schwert und betrachtete die Bäume genau, wobei er dieses Mal bereit war, den Gesetzlosen zu überrumpeln. Aber der *Schatten* schlug nicht zu.

Auch nicht in der nächsten Kurve. Und nicht dort, wo der Weg bergab verlief und an einer Quelle vorbeiführte. Auch nicht in den dichten Haselnussbüschen, wo ein Räuber sich leicht verstecken konnte.

Rand beschloss, dass der *Schatten* verschlafen haben musste und eine hervorragende Gelegenheit für einen Gewinn verpasste, als er einen empörten Aufschrei von einem der Brüder hörte.

Er schlich sich nach vorn, blieb aber außer Sichtweite, bis er eine kleine schwarz gekleidete Person zwischen den Brüdern auf dem Weg vor ihm erblickte.

Der *Schatten*.

Sein Herz raste bei der Aufregung, aber Rand zwang sich trotzdem zu Geduld. Er versteckte sich hinter einer Kiefer und schaute durch die Äste, während der Gesetzlose die Herdclays konfrontierte.

Rand hatte den *Schatten* schon gestern für beeindruckend gehalten, aber heute war er noch erstaunlicher. Die Brüder kämpften bewundernswert um ihre Gewinne und griffen den Räuber von beiden Seiten koordiniert mit ihren Schwertern an. Aber sie hatten keine Chance gegen die schnellen Manöver des *Schattens*, seinen unheimlichen Gleichgewichtssinn, seine ungewöhnlichen Angriffe und Verteidigungen und die Art und Weise, wie er von den Bäumen sprang und scheinbar in der Luft tanzte.

Rand verstand jetzt, warum die Frauen von Mochrie von dem Gesetzlosen so angetan waren. Und warum die

Leute von Rivenloch keine Eile hatten, den Dieb zu fangen. Es war faszinierend, ihm zuzuschauen.

Tatsächlich war Rand so damit beschäftigt, die Brüder zu beobachten, wie sie vergeblich versuchten, den Angriff des *Schattens* abzuwehren, dass er fast seine Gelegenheit verpasste, den Missetäter zu fangen.

Innerhalb weniger Augenblicke warf der *Schatten* einen Bruder in das Gestrüpp und legte den anderen flach auf den Bauch und er selbst trug nicht einen Kratzer davon. Er steckte die Börsen in seine Kleidung, während er den Weg entlang auf Rand zukam.

Rand musste jetzt handeln. Er atmete tief durch, straffte seinen Griff am Schwert und bereitete sich darauf vor, den Dieb zu überfallen.

Gerade als er seine Knie beugte, um zu springen, hörte er ein dumpfes Geräusch in dem Baumstamm neben ihm, was ihn einen Augenblick lang ablenkte. Aber der Augenblick reichte.

Etwas schlug hart gegen sein Handgelenk und er lockerte den Griff an seinem Schwert. Er schaffte es, die Waffe festzuhalten, aber ein zweiter Schlag an die Rückseite seiner Beine brachte ihn auf die Knie auf dem Waldboden, während etwas Schwarzes vor seinen Augen vorbeihuschte.

Er traute sich nicht, blind mit dem Schwert nach vorne zu stürzen. Er wollte den *Schatten* fangen und ihn nicht umbringen. Stattdessen schwang er seine linke Faust herum mit der Absicht, irgendeinen Teil des Räubers in Reichweite zu erwischen. Unglaublicherweise traf er nur Luft.

Der flinke Dieb war hochgesprungen und hielt sich an einem Ast weiter oben fest, wobei er seine Beine hob, um

Rands Schlag auszuweichen. Jetzt schwang er sich zurück mit der klaren Absicht, Rand beim Schwung nach vorne zu stoßen.

Aber Rand erahnte den Angriff rechtzeitig. Er warf sich nach rechts, ließ sein Schwert fallen und wandte sich schnell um, um den Räuber an den Beinen zu fassen. Dann zog er fest und lockerte den Griff des Mannes an dem Ast.

Der *Schatten* fiel nach vorn in einen Busch, wobei Rands Arme immer noch seine Beine umklammerten. Einen kurzen siegesgewissen Augenblick lang glaubte Rand, dass er es geschafft hatte. Er hatte allein den schwer fassbaren, berüchtigten Gesetzlosen gefangen.

Aber der verfluchte Dieb war so schlüpfrig wie eine Forelle. Trotz Rands stahlhartem Griff, schaffte es der *Schatten*, sich zu drehen und frei zu schlängeln und als Abschiedsbeleidigung schlug er Rand ans Kinn.

Obwohl der Schlag plötzlich kam und Rands Kopf dabei nach hinten gebogen wurde, war es kein Schlag, der ihn außer Gefecht setzte. Tatsächlich gewann Rand den Eindruck, wie die Leute auf der Burg bereits gesagt hatten, dass der Gesetzlose nicht wirklich jemanden verletzen wollte.

Aber das hieß nicht, dass er nicht immer noch eine Bedrohung war.

Rand ergriff sein abgelegtes Schwert und bereitete sich vor, den Mann erneut anzugreifen.

Nicht entmutigt davon, dass er fast gefangen worden war, sprang der *Schatten* fest auf seine Füße, stellte sich mit erhobenen Armen auf den Weg und schien bereit für den Kampf.

Rand war hin- und hergerissen zwischen Erledigung seiner Mission auf die effektivste Art und Weise und der

Befolgung der Regeln der Ritterlichkeit; er entschied sich für Letzteres. Der *Schatten* war unbewaffnet. Bei aller Fairness konnte Rand seine Waffe nicht gegen ihn benutzen. Er warf sie beiseite und ballte stattdessen seine Hände zu Fäusten.

„Kommt schon, Affe", lockte er. „Kämpft wie ein Mann."

„Fangt ihn!", rief einer der Herdclay Brüder.

„Aye, lasst ihn bezahlen!", warf der andere ein.

Rand warf ihnen einen flüchtigen Blick zu. Er war sicher, dass sie ihm nicht aus Ritterlichkeit nicht halfen, sondern aus mangelndem Mut.

Er blickte wieder zu dem *Schatten*. Als wenn er es unheimlich genießen würde, neigte der Gesetzlose seinen Kopf und lockte Rand mit seinem Finger.

Rand war stolz darauf, ziemlich schnell von Begriff zu sein. Obwohl er nur begrenzte Erfahrungen im Kampf mit dem *Schatten* hatte, hatte er bereits den Kampfstil des Mannes zur Kenntnis genommen. Er war raffiniert und schnell, wich geschickt aus und erteilte Schläge mit der Präzision eines gut geschossenen Pfeils. Und er benutzte seine Füße. Seine *Füße*. Es war fürwahr eine seltsame Art zu kämpfen.

Aber Rand hatte den Vorteil von Größe und Kraft. Wenn er es schaffte, einen mächtigen Schlag ins Ziel zu bringen, würde er den Gesetzlosen lange genug bewusstlos haben, um ihm die Handfesseln anzulegen.

Mit diesem Gedanken sprang Rand nach vorn und richtete einen kräftigen Schlag gegen den Kopf des Mannes.

Aber wo einen Augenblick zuvor noch sein Kopf gewesen war, war er im nächsten schon nicht mehr. Schlimmer noch, als seine Faust am Kopf des *Schattens* vorbeiflog, ergriff der Mann irgendwie Rands Arm und schob ihn noch weiter, wobei er seinen eigenen Schwung benutzte, um ihn aus dem Gleichgewicht zu bringen.

Bis er sich wieder gefangen hatte, stand der *Schatten* schon wieder bereit für die nächste Aktion.

„Nun kommt schon, Mann!“, brüllte einer der Herdclays. „Zeigt ihm, wo der Hammer hängt.“

„Schickt den schwarzen Teufel zurück in die Hölle!“

Rand biss die Zähne zusammen. Wenn er mit dem *Schatten* fertig war, würde er gern die feigen Brüder auch noch drannehmen.

Rand betrachtete seinen Gegner und versuchte, den besten Ansatz auszumachen. In seiner Jugend als Bastard in einem adligen Haushalt hatte er Fähigkeiten erworben, welche über die hinausgingen, welche die meisten Ritter lernten. Er konnte mit den Fäusten kämpfen, ringen und primitive Waffen benutzen, die kein ehrbarer Ritter anrühren würde.

Mit einem bedrohlichen Knurren warf er sich nach vorn und wollte den Räuber packen. Da er halb erwartete, dass der Mann im letzten Augenblick zur Seite treten würde, streckte er die Arme weit aus wie ein Fischer, der ein breites Netz auswirft.

Zu seiner Überraschung trat der *Schatten* nicht beiseite. Stattdessen stellte er sich Rands Angriff, rollte sich dann plötzlich rückwärts auf den Boden und nahm Rand dabei mit. Der Mann stellte seine Füße auf Rands Bauch, während sie zusammen stürzten und Rand spürte, wie seine Beine in die Luft flogen und sein Kopf Richtung Erde tauchte. Zur Selbstverteidigung rollte er sich zu einem Ball auf. Als er auf dem Boden aufkam, brach er sich nicht das Genick, sondern landete stattdessen mit einer Rolle auf dem Rücken.

Er dachte, dass der *Schatten* dann wie am Tag zuvor durch den Wald fliehen würde. Vielleicht würde der Gesetzlose ihm sogar noch eine Silbermünze zuwerfen als Dank für den Kampf. Ein kurzen lächerlichen Augenblick lang überlegte Rand, ob er sich als Söldner zur Ruhe setzen und davon leben sollte, alle paar Tage mit dem *Schatten* zu kämpfen. Dann schüttelte er den Kopf und stand auf, um die Lage zu beurteilen.

Der *Schatten* hatte die Stellung gehalten statt zu fliehen. Er genoss das Gefecht wohl.

Aber für Rand war dies eine ernste Angelegenheit. Sein Lebensunterhalt hing von seinem Ruf ab. Er konnte sich in dieser Sache keinen Fehlschlag leisten. Zu viele Lords wussten von seiner Mission. Wenn er Erfolg hatte, würde er vielleicht wieder für seine Dienste gerufen werden. Aber wenn er scheiterte ...

Er verbannte den Gedanken sofort aus seinem Kopf. Er konnte es sich einfach nicht leisten zu scheitern.

Scheinbar war die großartige Fähigkeit des *Schattens,* dass er Rands eigene Kraft gegen ihn verwendete. Also hatte er keine Kraft aufgewendet. Tatsächlich würde er den Gesetzlosen dazu verführen, ihn dieses Mal zuerst anzugreifen.

Er drehte den Kopf ein wenig und machte ein paar leichte Schläge, um den *Schatten* näher zu sich zu locken.

Als der Räuber endlich angriff, benutzte er nicht die Fäuste, sondern seinen verfluchten Fuß. Rand neigte rechtzeitig seinen Kopf nach hinten, um dem vollen Aufprall zu entgehen, aber der *Schatten* hatte bereits den Vorteil ergriffen, ging voran auf ihn zu und zwang ihn rückwärts den Weg entlang.

Rand parierte ein paar Schläge seines Angreifers, die

dieser nicht mit der Faust, sondern mit seinen offenen Händen erteilte. Seltsamerweise waren sie genauso drängend und kräftig.

Schließlich wiederholte der Räuber seinen Tritt und dieses Mal war Rand darauf vorbereitet. Er zog seinen Kopf außer Reichweite und mit beiden Händen ergriff er den Fuß des *Schattens* und fing ihn mitten im Tritt auf.

Er hätte den Gesetzlosen in dem Augenblick einfach hochheben können, weil dieser so leicht war und ihn von seinem Fußgelenk aus an einer Hand hängen lassen können und mit der anderen die Handfesseln von seinem Gürtel nehmen können.

Aber der *Schatten* hatte eine andere Strategie im Kopf. In dem Augenblick, als Rand sein Bein hob, schnellte das andere Bein des Diebs hoch und er drehte sich rückwärts in der Luft und verpasste Rand einen ordentlichen Schlag ans Kinn, als er sich von seinem Griff befreite.

Rand handelte nur noch instinktiv und stürmte vor, um einen letzten verzweifelten Versuch zu machen, seine Beute zu ergreifen. Was auch immer sein Arm berührte, der Dieb verlor mitten im Sprung das Gleichgewicht. Als der *Schatten* landete, kam sein Knie auf dem Rand eines spitzen Steins auf dem Weg auf.

Rand zuckte vor Mitleid zusammen. Es würde eine unangenehme Verletzung sein, wenn nicht sogar die Kniescheibe des Mannes gebrochen worden war. Aber Rand wollte seinen Vorteil nicht verlieren. Er rannte vor und versuchte, den verletzten Kerl mit den Armen zurückzuhalten.

Aber in dem Augenblick, als Rands Fingerspitzen gegen das schwarze Tuch strichen, sprang der Dieb hoch in die Bäume und kletterte von Ast zu Ast, als hätte er gar keine

Verletzung davongetragen, bis er in den Wäldern verschwunden war.

„Oh, sehr gut", beschwerte sich einer der Brüder.

„Ihr wart keine Hilfe“, knurrte ihn Rand an.

„Es war ja schließlich auch nicht Euer Geld.“

Auf Händen und Knien auf dem Weg und nur um Haaresbreite davon entfernt, seine Beute zu fangen und diese im nächsten Augenblick zu verlieren, hatte Rand keine Geduld mit den Jungen.

Er kniff die Augen zusammen und knurrte: „Ich schlage vor, dass Ihr schnell geht, bevor ich Eure hohlen Köpfe zusammenschlage.“

Er hatte Recht. Sie waren Feiglinge. Empört drehten sie sich eilig um und rannten den Weg entlang.

Als sie weg waren, stand Rand langsam auf. Aber in dem Augenblick, als er auf die Füße kam, sah er etwas.

Ein frischer Tropfen Blut schmückte den Stein, wo der Gesetzlose sein Knie aufgeschlagen hatte.

Er streckte die Hand vor, um es mit der Fingerspitze zu berühren und rieb es dann zwischen Finger und Daumen.

Trotz seines mutigen Abgangs, hatte sich der *Schatten* bei seinem Sturz verletzt. Das bedeutete, dass seine Identität leicht zu entdecken sein müsste. Rand musste nur herausfinden, welcher der Männer vom Spieltisch jetzt humpelte.

KAPITEL 13

Miriel wusste nicht, warum Sung Li den ganzen Tag in der Burg umher humpelte. Er weigerte sich, ihr zu sagen, was ihm fehlte. Es war schon seltsam, dass ihm überhaupt etwas fehlte. Tatsächlich hatte ihr *Xian Sheng* sie alles über Kräuter, Meditationen und Druckpunkte gelehrt, mit denen man Schmerzen abwenden konnte. Miriel verwendete dieses Wissen sehr oft, wenn sie Verletzungen bei Übungen davontrug und daher war ihre Schmerzgrenze äußerst hoch. Ansonsten würde sie heute selbst durch die Burg humpeln.

Aber es machte keinen Sinn, Sung Li nach seiner Unpässlichkeit zu fragen. Er mochte es nicht, wenn man ihn an seine Gebrechlichkeit erinnerte.

Es war zugegebenermaßen einfach, Sung Lis Probleme aus ihrem Kopf zu verbannen, da dieser mit Gedanken an Sir Rand von Morbroch schwirrte.

Wer zum Teufel war er?

Er war mit Sicherheit nicht der wohlerzogene, freundliche und sentimentale Freier, der er vorgab zu sein.

Der Tölpel hatte an diesem Morgen wieder den

Schatten verfolgt und dieses Mal war er mit mehr als ein paar Kratzern und blauen Flecken zurückgekehrt. Aus diesem Grund sah sie jetzt die Regale im Lager nach Heilkräutern durch.

Sicherlich hatte sich der Kerl nicht so schlimm verletzt. Er hatte keine Knochen gebrochen, nur wenig Blut verloren und es war wenig mehr verletzt als nur sein Stolz. Aber er bestand darauf, den verwundeten Soldaten zu spielen und das bedeutete, dass sie gezwungen war, seine Heilerin zu spielen.

Sie seufzte und tippte mit dem Finger auf eine Ampulle mit dem Extrakt der dunkelroten Distel und biss sich nachdenklich auf die Lippe. Vielleicht wäre es gar nicht so eine schlimme Sache, sich um Rands Verletzung zu kümmern. Man sagte, dass Männer auf dem Krankenbett manchmal Dinge erzählten, die sie niemals einem Priester anvertrauen würden. Unter ihrer Fürsorge würde sie vielleicht herausfinden, wer der wirkliche Rand von Morbroch war.

Als sie zufrieden mit ihrer Ausbeute an Heilmitteln war steckte sie noch eine Extraflasche mit Zeitlosengewächs für Sung Li ein. Der sture alte Mann wollte vielleicht nicht zugeben, dass seine Gelenke ihm Probleme bereiteten, aber sicherlich würde er ein Heilmittel nehmen, für das er nicht weit laufen musste.

Sie fand Rand in der Waffenkammer, wo er sich mit Colin und Pagan unterhielt.

„Tatsächlich hatte ich gar nicht erwartet, auf den Gesetzlosen zu treffen“, erzählte Rand ihnen gerade, als sie draußen stand und zuhörte. „Ich war nur den Herdclays gefolgt, um sicherzugehen, dass sie keinen Unfug anstellten.“

„Die beiden sind richtige Angeber", sagte Colin.

„Von der schlimmsten Sorte", stimmte Pagan zu.

„Ich freue mich schon fast, dass sie ausgeraubt wurden", fügte Colin hinzu.

„Aber Ihr hättet nicht allein mit dem *Schatten* kämpfen sollen", meinte Pagan zu Rand. „Ihr hättet noch schlimmere Verletzungen erleiden können als diese."

„Und für was?", spottete Colin. „Für ein bisschen Silber, das den Jungen von vornherein gar nicht gehörte."

„Ich nehme an, dass ich nicht so erzogen wurde, dass ich einem Kampf aus dem Weg gehen würde", murmelte Rand.

„Selbst wenn Ihr in der Minderheit seid?", fragte Pagan so diplomatisch wie möglich.

Rand antwortete mit humorlosem Gelächter. „In meinem Haushalt war ich immer in der Minderheit."

Miriel runzelte die Stirn. Was meinte er damit? In seinem Haushalt? War er nicht im Haushalt von Morbroch aufgewachsen? Und in der Minderheit? Die Ritter von Morbroch waren edle Kämpfer, aber Rivenloch hatte sie bei dem Turnier deutlich besiegt. Rand konnte sich bei ihnen nicht in der Minderheit gefühlt haben.

Hunderte von Fragen schossen ihr durch den Kopf.

Sie trat durch die Tür und war unvorbereitet auf die Tatsache, dass Rand dort mit nacktem Oberkörper stand. Mit einem Keuchen, bei dem sie fast ihre Ampullen fallen ließ, wandte sie schnell den Blick ab, aber nicht, bevor sich das Bild seiner breiten, bronzefarbenen Brust unzerstörbar in ihren Kopf gebrannt hatte.

„Lady Miriel", sagte Pagan und nickte.

Colin grinste und warf Rand sein Hemd zu. „Hallo Miri."

„Endlich kommt mein rettender Engel", seufzte Rand

und hielt das Hemd so vor sich, dass es nur zur Hälfte seine goldene Haut bedeckte.

Sie spannte ihr Kinn an. Sie durfte dem albernen Flattern ihres Herzens nicht nachgeben. Sie hatte schon öfter Männer mit nacktem Oberkörper gesehen. Rand sah nicht so anders aus.

Vielleicht hatte er ein paar mehr Muskeln. War ein wenig breiter. Und war vielleicht eher geformt wie der makellose Körper von Adonis. Aber ...

Sie schüttelte den Kopf ungeduldig und zwang dann ihre Füße weiterzugehen. Sie war nur hier, um sich um seine Verletzung zu kümmern und Informationen zu sammeln und sonst nichts. Mit diesem Ziel drückte sie seine steinharte Schulter nach unten, so dass er flach auf einer Bank lag, damit sie seine Wunden in Augenschein nehmen konnte.

„Wo tut es weh?"

Eine Seite von Rands Mund verzog sich nach oben zu einem langsamen Grinsen. Hinter ihnen unterdrückte Colin ein Lachen.

Pagan räusperte sich. „Vielleicht sollten wir zum Übungsfeld zurückgehen, Colin." Ernst fügte er hinzu: „Benehmt Euch, Rand, sonst schimpft mich meine Frau."

Rand salutierte ihm und Miriel widerstand dem Verlangen, die Augen zu verdrehen. Oh Gott, wenn sie nicht selbst zugegen sein konnten, postierten ihre Schwestern Wachen.

Als Pagan und Colin weg waren, strich Rand mit dem Finger über seine Unterlippe. „Hier, meine Liebe", flüsterte er.

Trotz ihrer besten Absichten setzte Miriels Herz einen Schlag aus. Bei Gott, der Kerl verschwendete keine Zeit. Ihr

Blick wanderte zu seinem verführerischen Mund, der einladend geöffnet war und sie biss sich auf ihre Lippe.

„Ich glaube, meine Lippe ist gerissen", sagte er.

Einen Augenblick lang starrte sie ihn nur an. Dann schüttelte sie schnell den Kopf. „Natürlich." Sie durchsuchte ihre Behälter und fand die Bockshornklee Salbe. Sie tat ein wenig auf ihre Fingerspitze und trug sie auf seiner Lippe auf.

„Ich habe einen ordentlichen Schlag ans Kinn bekommen", gab Rand zu, „obwohl nichts gebrochen zu sein scheint."

Sie drückte vorsichtig darauf. Als sie an eine schmerzhafte Stelle kam, zuckte er zusammen. „Nur eine Beule."

„Auf dem Weg zurück zur Burg habe ich nachgedacht", sagte er, als sie die Rosmarinsalbe an seinem Kinn auftrug. „Ihr hattet Glück, dass Ihr nicht auch den *Schatten* getroffen habt an jenem Tag, als ich Euch zuerst im Wald sah."

Ihr Finger tauchte in die Salbe und sie trug sie auf seiner Wange auf. Dabei drückte sie wohl ein wenig zu fest zu.

„Oh. Entschuldigt." Verdammt, sie musste vorsichtiger sein. Sie tupfte die überschüssige Salbe weg. „Was wollt Ihr damit sagen?"

„Ihr scheint beide eine seltsame Schwäche dafür zu haben, Euch in Bäumen zu verstecken."

Rand musterte Miriel genau aus dem Augenwinkel. Abgesehen von einem leichten Zucken ihrer Lippe zeigte sie keine sichtbare Reaktion auf seinen Kommentar.

Das hatte er auch nicht erwartet. Aber ihm war der

Gedanke gekommen, als er von seiner Begegnung mit dem gelenkigen Gesetzlosen zurückhumpelte, dass der *Schatten* nicht die einzige Person war, die er in den Ästen des Waldes von Rivenloch getroffen hatte.

Er wusste aber, dass dies ein lächerlicher Gedanke war. Es war ausgeschlossen, dass Miriel der *Schatten* war. Miriel war lieblich, zart und hilflos. Sie mochte den Kampf nicht. Es war unmöglich, dass die fürsorgliche junge Frau, die seine Verletzungen mit solch zarten Händen behandelte, sie ihm auch zugefügt haben könnte. Nay, sie war nicht der *Schatten*.

Trotzdem hätte er gern einen kurzen Blick auf ihr Knie geworfen.

„Ich habe mich nicht in den Bäumen versteckt", erzählte Miriel ihm, während sie eine ölige Substanz auf einen Kratzer auf seiner Schulter tupfte. „Ich habe ein Kätzchen aus dem Baum gerettet."

Er lächelte. Sie war gut. Die Lüge war ihr locker und schnell über die Lippen gegangen. Aber er wusste es besser. Ein Kätzchen in einem Baum hätte ohne Unterlass miaut, ähnlich wie die Damen von Mochrie ohne Unterlass schwatzten. „Ein Kätzchen gerettet?"

„Aye." Sie zuckte mit den Schultern. „Ihr seid ein Ritter. Ich bin mir sicher, dass Ihr schon öfter zur Rettung hilfloser Kreaturen geeilt seid."

Plötzlich fiel ihm eine unangenehme Erinnerung ein und er runzelte die Stirn. „Als kleiner Junge habe ich einmal eine Katze gerettet. Mein Vater hatte das arme Ding halb totgetreten."

Er verkrampfte und überlegte plötzlich, ob er nicht zu viel gesagt hatte. Aber schon bald fuhr sie mit ihrer Behandlung fort und trat hinter ihn, um sein geschundenes

Rückgrat zu untersuchen. „Euer Vater muss ein grausamer Mann gewesen sein."

Er zuckte mit den Schultern. „Nicht schlimmer als die meisten anderen, nehme ich an." Er hoffte, dass seine Lügen so glatt klangen wie ihre. Tatsächlich war sein Vater ein betrunkener Rohling, ein böser, hinterhältiger, egoistischer Grobian gewesen, der ihn in seiner Kindheit terrorisiert hatte.

„Und Eure Mutter?"

Rands Erinnerungen an seine Mutter waren bittersüß. Sie hatte Rand nie schlecht behandelt. Tatsächlich hatte sie dafür gesorgt, dass er im adligen Haushalt der Familie seines Vaters aufwuchs. Aber sie hatte beim Missbrauch ihres Mannes weggesehen und war schließlich zu schwach, um treu zu sein. „Meine Mutter starb, als ich vierzehn war."

„Ach. Habt ihr Brüder? Schwestern?"

Stirnrunzelnd schaute er über seine Schulter. „Was seid Ihr doch so neugierig heute."

Sie zuckte mit den Schultern. „Ihr wisst alles über meine Familie. Ich weiß nichts über Eure."

„Aha. Nun, ich habe vier Brüder."

„Ist das alles?"

„Reicht das nicht?"

„Ich meine, erzählt mir von ihnen. Wie sind sie so? Sind sie herrisch wie meine Schwestern oder verehren sie den Boden, auf dem Ihr wandelt?" Er zuckte zusammen, als sie eine brennende Paste auf die Rückseite seiner Schulter auftrug. „Würde ich sie mögen?"

„Nay!", sagte er heftiger als beabsichtigt. „Nay." Der Gedanke, dass seine verkommenen Halbbrüder die unschuldige Miriel trafen war unvorstellbar.

„Fürwahr?“ Sie strich mit dem Finger leicht über seinen Arm. „Sehen sie besser aus als Ihr?“

Er ergriff ihr Handgelenk, bevor er merkte, dass sie ihn nur necken wollte. Als sie keuchte, lockerte er seinen Griff, hob ihre Hand und küsste die Rückseite. Er klackte mit der Zunge. „Gutaussehend? Ist das alles, was Euch interessiert? Ich dachte, Ihr liebt mich wegen meines Verstands.“

Miriel liebte seinen Verstand wirklich. Aber sie hatte nicht vor, dies zuzugeben. Sie lernte gerade einige interessante Dinge über Sir Rand, der möglicherweise aus Morbroch stammte oder auch nicht und sie wollte nicht so weit vom Thema abkommen.

Also gab sie sich unschuldig. „Euer Verstand? Oh, nay. Es ging immer nur um Euer Aussehen. Euer gelangweilter Blick und Eure adlige Nase. Euer Lächeln und ...“

„Macht weiter. Sagt es.“

„Was bitte?“

„Meine Grübchen.“

„Eure was?“

„Meine Grübchen. Die Damen lieben meine Grübchen.“

Sie runzelte die Stirn. „Habt Ihr Grübchen?“

Er grinste und schüttelte den Kopf, wobei er diese berühmt-berüchtigten Vermögenswerte offenbarte. Oh Gott, sie waren *wirklich* entzückend.

„Erzählt mir mehr“, bat sie ihn und entdeckte einen Kratzer an seinem Ohr und tupfte ein wenig Dill Salbe darauf. „Wie wart Ihr als kleiner Junge?“

Er seufzte. Scheinbar erzählte Rand nicht gern über seine Jugend, was bedeutete, dass sie recht unangenehm gewesen sein musste. Tatsächlich hatte sie angefangen, daran zu zweifeln, dass er überhaupt aus dem Morbroch Haushalt stammte. Die Morbrochs waren fröhliche, wohlgesinnte Leute. Jeder, der eine Katze halb tottreten würde, wäre bei ihnen an seinen Daumen aufgehängt worden.

„Ich denke, ich war wie jeder andere Junge. Mit zwei hatte ich ein Schwert in der Hand. Mit drei bekam ich mein erstes Pferd. Ich habe meine Nase ein paar Mal in Dinge gesteckt, die mich nichts angingen und habe dafür ein paar Narben abbekommen. Mit zehn habe ich ein Mädchen geküsst. Ich lag das erste Mal bei einer Frau –"

Sie schlug ihm auf den Hinterkopf.

„Autsch!" Er schmunzelte.

Sie steckte den Korken wieder auf das Glasfläschchen. „Seid Ihr fertig?"

„Fertig?"

Sie hob eine Augenbraue. „Wenn ihr nicht noch einen Niednagel habt, der versorgt werden muss."

Er grinste.

Sie sammelte ihre Fläschchen ein und warf ihm von der Seite einen Blick zu, als er sein Leinenhemd überzog, wobei sie beobachtete, wie sich seine Muskeln herrlich anspannten. Sie schätzte zwar seinen Verstand, aber der Anblick seines nackten Oberkörpers bewirkte etwas tief in ihrem Inneren.

Sie glaubte, dass sie das Geheimnis des Sir Rand von Morbroch nun endlich entwirrt hatte. Tatsächlich war er nicht der, der er zu sein behauptete. Aber sie wusste jetzt, warum er wegen seiner Identität gelogen hatte. Und die bewegende Wahrheit dieser Lüge hinterließ ein weiches, warmes Glühen in ihr, das drohte, ihre Seele zu schmelzen.

Auf dem Weg zur Tür hielt sie inne, lächelte ihm

freundlich zu und warnte ihn hintergründig. „Fordert den *Schatten* nicht noch einmal heraus. Kein Mann kann ihn besiegen. Ihr werdet Euch bei dem Versuch nur noch mehr verletzen."

Mit diesen Worten ging sie selbstgefällig hinaus und war sich sicher, dass Rand ebenso harmlos wie charmant war.

Er war kein Spion, kein Krimineller und kein Saboteur, der plante, die Burg zu untergraben. Er war nur ein verlorener kleiner Junge, der ein zu Hause suchte. Wo auch immer er hergekommen war, sein Leben war dort jämmerlich gewesen. Er hatte einen grausamen Vater gehabt, eine abwesende Mutter und Brüder, über die er lieber nicht sprach. Es war jetzt klar, warum er nach Rivenloch gekommen war.

Er wollte zu ihnen gehören.

Wahrscheinlich hatte er gehört, dass die berühmten Ritter von Cameliard sich mit den Männern von Rivenloch verbündet hatten. Für einen talentierten Krieger gab es keine erstrebenswertere Truppe. Aber er konnte wohl kaum einfach an das Tor reiten als Mann ohne Titel oder Empfehlung und erwarten, dass er ohne weiteres aufgenommen wurde. Also war Rand hierhergekommen und im Wappenrock eines vertrauten Nachbarn erschienen, um sich in Rivenloch beliebt zu machen.

Er hatte über alles gelogen.

Und er log weiter.

Aber es waren harmlose Lügen.

Er log, nachdem er übermäßig beim Spielen gewonnen hatte und Erschöpfung vortäuschte und sich zurückzog.

Er log, als er großes Interesse vortäuschte und der Geschichte ihres Vaters über die Schlacht von Burnbaugh zum vierten Mal lauschte.

Und er log, wenn er behauptete, er sei kein guter Kämpfer. Miriel wusste es besser. Er schien sich zu verbessern und hatte sich sogar qualifiziert, dass er einen Übungskampf gegen Rivenlochs Besten, den Lord Pagan höchstpersönlich, austragen durfte. Aber jetzt wusste sie, dass seine scheinbare Unfähigkeit auf Höflichkeit beruhte. Er hatte seine Fähigkeiten absichtlich untertrieben, um sich bei den Männern beliebt zu machen.

Das erschien ihr völlig sinnvoll. Wenn er in Rivenloch als begnadeter Kämpfer angekommen wäre, der die besten Ritter besiegen könnte, hätte er sich schnell Feinde gemacht. Durch das Herunterspielen seiner Talente, hatten die meisten der Männer ihm nur zu gern mit Ratschlägen geholfen, damit er seine Fähigkeiten verbessern könnte und schließlich waren sie stolz, als sie Zeugen seiner Verbesserung wurden.

Es war genial und wohl kaum bösartig, ebenso wie sein scheinbares Interesse, das Gespenst Rivenlochs, den *Schatten,* fangen zu wollen. Er schien Pagan und Colin wirklich Freude machen zu wollen und er nahm an, dass das Fangen des lokalen Gesetzlosen ihm einen Platz unter den Rittern sichern würde.

Aber wusste nicht, dass er bereits von ihrer Familie akzeptiert worden war. Ihr Vater behandelte ihn wie einen Sohn. Colin und Pagan scherzten mit ihm, als wäre er ihr Bruder. Und ihre Schwestern warfen ihm keine finsteren Blicke mehr zu, jedes Mal, wenn er Miriels Hand ergriff. Tatsächlich hatten sie ihm erlaubt, sie am Wochenende ohne Begleitung mit zum Markttreiben zu nehmen.

Er hatte sich in ihr Leben gezaubert und war im Begriff, den Weg zu Miriels Herz schnell zu erobern.

KAPITEL 14

Für Rand waren die nächsten paar Tage unerträglich frustrierend. Auch wenn er gute Fortschritte machte, das Vertrauen der Leute von Rivenloch zu gewinnen, kam er der Identifizierung des Gesetzlosen kein Stück näher.

Wenn ein Junge die richtige Größe zu haben schien, war er unweigerlich so gesund wie ein Pferd. Wenn man jemanden mit einem verletzten Bein sah, war die Person zu groß oder zu dick oder zu alt oder zu weiblich, um der *Schatten* zu sein.

Nicht, dass er den Gedanken außer Acht ließ, dass der Dieb eine Frau sein könnte. Das Leben bei den Kriegerinnen von Rivenloch hatte ihn gelehrt, unvoreingenommen an die Dinge heranzugehen.

Aber Lady Miriel strich er definitiv von seiner Liste der Verdächtigen.

Rand lächelte, während er beobachtete, wie Lord Gellir die Würfel erneut warf, was einen lauten Aufschrei von den Männern, die sich um den Spieltisch drängten, hervorrief. Danach wurden Münzen vom Verlierer an den Gewinner geschoben.

Lady Miriel war verantwortlich, dass Rands Reise nach Rivenloch jede Silbermünze seiner Belohnung wert war. Nun, da Helenas Hochzeit vorüber war, schien sie mehr Zeit für ihn zu haben.

Vor zwei Tagen hatte sie ihn zu einem angenehmen Spaziergang um den See eingeladen. Die Luft war kühl und ruhig, Wasserläufer hüpften auf der Oberfläche des tiefen grünen Sees herum und hier und da platschte eine Forelle und durchbrach die Stille, um ein Insekt zu schnappen. Am Wasserrand standen Farne, die wie Wäscherinnen gebogen waren und dünne Schilfhalme bewegten sich, während die Frösche zwischen den Halmen hüpften, als sie von den Spaziergängern gestört wurden. Im Schatten einer hohen Tanne und abseits von Sung Li, die darauf bestanden hatte, sie trotz ihrer schmerzenden Knochen zu begleiten, tranken sie Wein und aßen Käse und Weißbrot.

Gestern hatten die drei Schwestern Rand bei Morgengrauen geweckt und ihn zum Angeln am Fluss mitgenommen. Das Ganze endete damit, dass sich die vier nass spritzten, aber sie schaffen es trotzdem, ein paar Dutzend Forellen zu fangen, die für das Abendessen ausreichten.

An diesem Morgen hatte Miriel ihn zum Damespiel herausgefordert. Ritterlich hatte er sie gewinnen lassen und als sie es merkte, musste er noch einmal spielen. Auch dieses Mal besiegte sie ihn.

Er lächelte bei der Erinnerung.

„Über was grinst Ihr?“, fragte Colin und riss ihn aus seinen Gedanken. „Ihr habt gerade verloren.“

Rand blickte auf die Würfel und schüttelte den Kopf. „Es sieht so aus, als wäre ich fertig für heute.“

Das war auch ganz gut so. Er war so abgelenkt von

seinen Gedanken an Miriel, dass er es überhaupt nicht bemerken würde, wenn der *Schatten* in diesem Augenblick in seiner schwarzen Kleidung neben ihm säße.

Miriel saß an ihrem Schreibtisch bei Kerzenlicht und befasste sich mit den Wirtschaftsbüchern, aber es fiel ihr schwer, sich zu konzentrieren und die Zahlen verschwammen vor ihren Augen.

Sie wusste nicht, wie das passiert war. Vielleicht war es der sorglose Spaziergang am See. Oder das Nassspritzen am Fluss. Oder die albernen Damespiele. Oder vielleicht ihr instinktives Verlangen, die Wunden eines kleinen Jungen mit einer jämmerlichen Kindheit zu heilen. In den letzten beiden Tagen hatte sie sich in Sir Rand verliebt.

Das Problem war, dass er sich auch in sie verliebte. Und er hatte nicht den blassesten Schimmer, wer sie wirklich war.

Er fühlte sich von der Frau, die so kokett mit ihm liebäugelte, leicht errötete und keiner Spinne etwas zuleide tun würde, angezogen. Wenn er jemals die Wahrheit entdeckte ...

Sie schloss die Augen. Sie konnte ihm die Wahrheit nicht sagen. Und doch konnte sie sie auch nicht auf ewig verbergen.

Sie öffnete wieder die Augen, überprüfte die Zahlenreihe zum zehnten Mal und versuchte, sie zu verstehen.

Völlig entnervt darüber, wie lange die Buchhaltung an diesem Abend dauerte, schüttelte sie den Kopf und murmelte: „Konzentriere dich, du alberne Kuh. Je schneller du fertig bist, desto schneller kannst du nach oben gehen."

Rand war oben und verlor wahrscheinlich gerade noch mehr Geld an ihren Vater. Sie lächelte und dachte, dass es doch gut war, dass der *Schatten* ihm die Münze zugeworfen hatte. Der arme Mann würde sie vielleicht schon bald brauchen. Insbesondere, wenn er wie zuvor beim Damespiel gegen sie absichtlich verlor.

Sie konzentrierte sich wieder auf das Wirtschaftsbuch, das vor ihr lag, und las die Zahlen leise vor sich hin und kritzelte weitere auf das Pergament beim Flackern der Kerze.

Tatsächlich war sie so konzentriert auf die Seite, dass sie nicht hörte, wie jemand das Zimmer betrat.

„Das ist also Euer Arbeitszimmer", sagte er leise.

Sie erschrak so plötzlich, dass sie das Tintenfässchen umstieß. Schnell stand sie auf und hob erschrocken ihre Arme, als sie merkte, wer es war. Eilig nahm sie ihre Arme wieder herunter und legte eine Hand an die Brust.

„Mist", sagte sie leise.

„Entschuldigt." Um Verzeihung bittend eilte er nach vorn, um das Tintenfässchen wieder aufrecht zu stellen. Tinte war bereits auf das Leinentuch gelaufen, aber dankenswerterweise nicht auf das Wirtschaftsbuch.

Abgesehen von ihrem Schrecken, brachte Angst ihr Blut in Wallung, während sie sich wieder auf ihren Stuhl setzte. Bei Rands Anblick schlug ihr Herz schneller, wie er dort stand, kräftig und gut aussehend mit seinem dunklen Haar, das sich verführerisch um seine Ohren ringelte, und seiner Haut, die im Kerzenlicht golden schimmerte, seine Augen, die vor Heiterkeit und Verehrung glänzten.

Und die Tatsache, dass sie allein in der Privatsphäre ihres Arbeitszimmers waren, wo sie nur die Tür schließen musste, um völlige Abgeschiedenheit sicherzustellen ...

Heilige Maria, dieser Umstand sorgte für lüsterne Gedanken.

„Ihr arbeitet zu schwer", meinte er.

Einen Augenblick lang konnte sie ihn nur erstaunt anstarren. Er war die erste Person, der dies auffiel. Der Rest der Burgbewohner, einschließlich ihrer Schwestern, schien zu glauben, dass sie hier herunterkam, um zu trödeln oder ein Mittagsschläfchen zu machen. Sie verstanden nicht, wie anspruchsvoll ihre Arbeit war.

Rand trat hinter sie, legte seine Hände auf ihre Schultern und begann, ihre angespannten Muskeln zu massieren. „Es ist schon fast Mitternacht, meine Liebe."

„Wirklich?" Ihre Stimme brach angesichts des gefährlichen Vergnügens, das bei der Berührung seiner Hände durch ihren Körper fuhr. Seine tröstliche Behandlung ließ ihre Vorsicht schon bald schwinden. Sie schloss die Augen und stöhnte ungewollt.

Er schmunzelte. „Gefällt Euch das?"

Aye, es gefiel ihr. Seine Hände waren kräftig und seine Fingerspitzen fanden schnell die Stellen, wo ihre Muskulatur wirklich fest war. Er rieb diese beharrlich, als wenn er sie zum Nachgeben zwingen wollte und sie fand weder den Willen noch das Verlangen, ihm zu widerstehen.

Mit einer abschließenden Umarmung an ihrem Rücken sagte er: „Ich fürchte, dass ich Euch mit meiner Spielerei noch mehr Arbeit gemacht habe."

Als sie sprach, hörte sich ihre Stimme schon fast an, als wenn sie zu einer anderen Frau gehören würde, die weit aus träger war als sie. „Habt Ihr meine Konten aus dem Gleichgewicht gebracht, Ihr lästiger Knappe? Habt Ihr meinem Vater sein ganzes Geld geraubt?"

„Nay, er hat recht viel von mir gewonnen."

„Er hat gewonnen?“ Sie lächelte. „Mein Vater gewinnt nie.“

„Heute Abend hat er gewonnen und mich ordentlich geschlagen.“

„Spielt morgen Abend wieder mit ihm und ich bin sicher, dass Ihr alles zurückgewinnen werdet.“

„Wirklich? Und wie wollt Ihr das verrechnen?“

Sie zuckte mit den Schultern. „Ich finde immer einen Weg, die Konten auszugleichen.“

„Es sieht schwierig aus.“ Er zeigte auf das Wirtschaftsbuch. „Was sind all diese Kritzeleien?“

Sie grinste ihn träge an. Das war noch ein Novum. Keiner interessierte sich sonderlich für ihre Buchhaltung, solange der Burghaushalt problemlos funktionierte. Niemand schaute jemals in ihre Wirtschaftsbücher. Aber sie hatte großen Respekt vor dem faszinierenden Zahlensystem und der Gedanke, Rand ihre Arbeit zu zeigen war aufregend.

„Könnt Ihr lesen?“, fragte sie.

Er zögerte.

„Das macht nichts“, versicherte sie ihm schnell. „Die meisten Ritter, die ich kenne, können es nicht.“

Besorgt runzelte er die Stirn. „Ich kann meinen Namen lesen. Aber sonst nicht viel.“

„Kommt, zieht Euch einen Stuhl heran und ich zeige es Euch.“

Miriel hatte kurz Bedenken, als ihr der Gedanke kam, dass sein Interesse vielleicht auch nur eine höfliche Lüge war und ob er seine Faszination nur vortäuschte, um ihr eine Freude zu machen. Aber schon bald saßen sie dicht nebeneinander über die Wirtschaftsbücher gebeugt und er runzelte konzentriert die Stirn, während sie ihm enthusiastisch weitere Einträge zeigte, die sie gerade gemacht hatte.

„Das ist schon fast, was Sung Li Karma nennen würde", erklärte sie. „Die Zahlen in der rechten Spalte müssen immer mit jenen in der Linken ausgeglichen sein."

„Was steht da?"

„Dies ist eine Aufzeichnung über das, was wir ausgegeben haben. Hier steht der Wein, den wir vom Kloster für Helenas Hochzeit gekauft haben. Und hier befindet sich die Summe, die wir für Gewürze bezahlt haben." Sie ließ ihren Finger die Liste entlang gleiten. „Die Bezahlung für den Priester. Ein neuer Kochtopf. Seidene Laken."

„Seidene Laken?"

Miriel schmunzelte. Die Laken waren ein Hochzeitsgeschenk, ein Scherz von Deirdre, bei dem sie sich über Helenas Beschwerden über ihren verwöhnten normannischen Ehemann lustig machte. „Ein Geschenk für die Braut und den Bräutigam."

„Und was sind das hier für Zahlen?" Er zeigte auf die Zahlen auf der rechten Seite.

„In diese Spalte schreibe ich die Einnahmen."

Er blickte sie finster an. „Da sind viel weniger als in der anderen Spalte."

Für einen Mann, der nicht lesen konnte, war er recht aufmerksam. „Aye, weniger Einträge, aber die Summen sind höher. Hier stehen die Einnahmen vom Verkauf der Wolle an das Kloster. Hier sind die Pachteinnahmen. Und hier sind die Gewinne vom Spieltisch nach dem Hochzeitsmahl."

„Ich verstehe." Er legte den Arm um ihre Schulter und zeigte auf die Seite. „Und wo zeichnet Ihr die Verluste auf?"

Miriel erstarrte. „Die Verluste?“

„Aye.“

Das hatte sie noch nie jemand gefragt. Die meisten Leute auf der Burg konnten weder lesen noch rechnen und daher hatten sie kein Interesse an Miriels Wirtschaftsbüchern. „Also“, zögerte sie, „wie ihr wisst, bringen die Männer von Rivenloch ihre Gewinne immer wieder zurück.“

„Aber was ist mit den Mochries und den Herdclays?“

Miriel strich sich mit der Zunge über die Lippen. Da Rand nicht lesen konnte, konnte sie sich eigentlich sonst was ausdenken und er würde es glauben. Sie zeigte auf einen Eintrag, der den Einkauf von Talgkerzen aufzeichnete und sagte: „Die Verluste kommen hierher in die linke Spalte.“

„Hm."

Miriel hasste es, ihn anzulügen, aber Rand wurde langsam zu neugierig. Sie konnte ihm schließlich kaum erklären, dass sie die Verluste von Rivenloch niemals aufzeichnete. Und auch nicht warum sie dies nicht tat.

„Bei den Heiligen“, sagte sie, „das muss alles schrecklich langweilig für Euch sein.“

Damit schlug sie das Wirtschaftsbuch zu.

„Überhaupt nicht, meine Liebe“, versicherte ihr Rand. Tatsächlich war Miriels kühne Täuschung alles andere als langweilig. Er war froh, dass er den Umweg über ihr Büro gemacht hatte. Diese manipulative Buchführung war in der Tat äußerst verdächtig. „Wie könnte ich gelangweilt sein, wenn Ihr hier neben mir seid?“ Er grinste sie salbungsvoll an.

Das gerissene Weib hatte ihn wegen des Wirtschaftsbuchs angelogen.

Natürlich hatte er auch sie angelogen, dass er nicht lesen könnte.

Er wusste, warum er sie getäuscht hatte. Aber was verbarg sie? Und warum gab es keine Einträge über das Geld, das ihr Vater beim Spielen verlor? Waren seine Verluste so peinlich für Miriel, dass sie sie nicht aufzeichnen wollte? Oder handelte es sich um eine größere List? Etwas, was mit einem bestimmten Gesetzlosen aus dem Wald zu tun hatte?

Er hoffte, dass ersteres der Fall war. Es schmerzte ihn, sich vorzustellen, dass die schöne Frau neben ihm mit den großen blauen Augen und dem arglosen Lächeln in ihrem bescheidenen Büro eine betrügerische Buchhaltung ausheckte.

Und es beunruhigte ihn noch mehr, sich vorzustellen, dass Miriel möglicherweise mit dem *Schatten* zusammenarbeitete.

Aber er musste die Wahrheit herausfinden. Und um das zu tun, musste er noch mehr täuschen und schwindeln.

Rand hatte schon vor langer Zeit festgestellt, dass schmeichelnde Worte und eine zärtliche Berührung die Ehrlichkeit bei Frauen hervorbrachten. Er nahm an, dass diese ihre Entschlossenheit, ihn anzulügen verminderten. So sehr er es auch hasste, eine so freche Manipulation bei einer Frau zu verwenden, an der ihm wirklich etwas lag, war sie doch effektiver als Drohungen.

Außerdem, tröstete er sich, hatte Miriel die gleiche Art von Täuschung benutzt. Sie hatte ihn schließlich an jenem ersten Tag am Wappenrock ergriffen und ihm einen Kuss aufgezwungen.

Rand drehte seine Finger in den Locken an ihrem Hals

und murmelte: „Wäre es zu sündhaft, zuzugeben, dass ich mich gefreut habe, Euch hier allein anzutreffen?“ Er sah, dass sie bei seiner Berührung zitterte und sein eigenes Fleisch zog sich in Reaktion darauf zusammen. „Fürwahr, ich hatte Angst, dass Eure aufdringliche Dienerin mich wegjagen würde.“

„Sung Li?“ Miriels Stimme war heiser und leise. Zweifellos genoss sie sein Streicheln.

Mit einer Fingerspitze strich er entlang der Seite ihres Halses bis an den Rand ihres Ohrs und erfreute sich an dem bebenden Seufzen, das sie daraufhin von sich gab.

„Aye.“ Er beugte sich nah an sie heran, um an ihrem Ohr zu schnüffeln. Oh Gott, sie roch so köstlich wie Rosen in der Sonne. „Was fehlt dem Weib überhaupt? Sie humpelt in der Burg herum wie ein lahmer Hund.“

Er empfand es als töricht, die Frage zu stellen. Der Gedanke, dass Sung Li diejenige war, die verletzt worden war, dass Miriels tatterige Dienerin in Wahrheit ein Gesetzloser mit den Reflexen einer Katze war, war lächerlich. Aber Rand hatte den Ruf, dass er gründlich jede Spur, selbst lächerliche, verfolgte. Er war nicht bereit, irgendeine Möglichkeit auszuschließen.

„Sie ist eine alte Frau“, sagte Miriel seufzend, „und sie hat alte Knochen.“

„Aha.“ Er drückte einen Kuss auf Miriels Hals und genoss den Duft ihrer Haut und ihren schnellen Puls dort. „Habt Ihr kein Lager mit Heilmitteln, um solch ein Leid zu lindern?“, murmelte er und wusste sehr wohl, dass dem so war. Schließlich hatte sie ihn mit diesen erst vor wenigen Tagen behandelt.

„Heilmittel?“, sagte sie mit schwacher Stimme. „Hmm, aye.“

Seine Finger schlüpften unter ihren Halsausschnitt und streichelten langsam das zarte Fleisch über ihrer Brust und dabei fragte er wie nebenbei: „Führt Ihr die auch alle in Eurem Wirtschaftsbuch auf?"

„Hmm?"

„Die Heilmittel. Seid Ihr dafür verantwortlich?"

„Aye."

Oh Gott, sie war wunderschön, wie sie dort im Kerzenlicht saß und ihr Gesicht vor Verlangen gerötet, ihre Augen halb geschlossen waren und ihren Nasenflügel bebten. Er wollte bei ihr liegen. Jetzt.

Er biss die Zähne zusammen, um das Verlangen zu vertreiben.

„Beim Heiligen Kreuz, Mylady", keuchte er, „Ihr müsst in der Tat einen brillanten Verstand haben." Er bewegte seine Finger Zoll um Zoll nach unten, bis sie gefährlich nahe an ihre Brustwarzen strichen. „Sind Eure Aufzeichnungen wirklich vollständig? Schreibt Ihr den Namen von jedem, der wegen eines Heilmittels kommt, auf?"

Sie antwortete mit einem heiseren Seufzen, dass die Lüsternheit direkt in seine Lenden schickte.

Er zwang seine Stimme zu einem heiseren Flüstern. „Habt Ihr die Salben, die Ihr für mich gestern Morgen verwendet habt, auch im Buch aufgezeichnet?"

„Aye."

„Mit meinem Namen daneben?"

„Aye."

Er nickte. Mehr musste er nicht wissen. Mit diesem Wissen konnte er sich in Miriels Arbeitszimmer schleichen, wenn sie nicht da war und die Wirtschaftsbücher durchsehen, jenes finden, in welchem sie die Vorräte der Burg aufzeichnete und entdecken, wer in den letzten paar

Tagen Heilmittel geholt hatte. So würde er eine Liste mit Verdächtigen zusammenstellen können.

Jetzt hatte er, was er brauchte. Zumindest das, was sein Verstand brauchte. Seine Lenden waren eine andere Angelegenheit.

In den letzten paar Tagen hatte Rand gelitten und den höflichen Freier gespielt, obwohl er sich wahrlich danach sehnte, Miriel in der nächsten dunklen Ecke zu vögeln. Sein Mund hungerte nach ihr. Seine Nasenflügel bebten bei ihrem Duft. Sein Körper sehnte sich nach der Berührung ihrer weichen Brüste.

Er hatte gegen die Sehnsucht angekämpft. Der Zwischenfall im Taubenschlag hatte ihm verdeutlicht, dass er hinsichtlich des bezaubernden Mädchens ernsthaft verletzbar war. Sung Li hatte Recht. Wenn er Miriel berührte, entzündeten sich mehr als Funken zwischen ihnen.

Selbst jetzt, als Miriel den Kopf drehte, um seinen Mund mit Sehnsucht in den Augen zu betrachten, spürte er das Feuer, das an seinen Adern züngelte.

Aber er traute sich nicht, seinen Bedürfnissen nachzugeben. Noch nicht. Nicht, wenn dies so leicht zu Sorglosigkeit führen könnte. Trotz der Schmerzen zwischen seinen Beinen plante er, die Dame ritterlich nach oben zu tragen bis hin zu ihrer Zimmertür und ihr keusch eine gute Nacht zu wünschen.

Zumindest war das seine Absicht, als er seine Finger von ihrem Busen wegzog. Bis sich die Dame in die tiefsten Ecken seiner Seele mit ihren lockenden Augen einbrannte und murmelte: „Küsst mich."

Er schluckte schwer und sein Blick fiel von allein auf ihre kirschroten Lippen. Oh Gott, sie waren verführerisch. Weich und voll und wohlschmeckend.

Er vermutete, dass ein Kuss nicht schaden könnte. Insbesondere, da sie die Idee dazu hatte. Das war das Mindeste, was er tun konnte, wenn man bedachte, wie grausam er ihr Vertrauen missbraucht hatte. Außerdem war er sich sicher, dass er seine animalischen Instinkte bei einem Kuss unter Kontrolle haben würde.

Er hatte Unrecht.

Miriel wusste, dass sie einen Fehler machte, aber das hielt sie nicht davon ab. Die Hitze in ihrem Blut ließ die Stimme ihres Verstandes verstummen. Ihre Haut fühlte sich an, als würde sie brennen und sie dürstete nach dem Nektar seines Kusses.

Es wäre schließlich nur ein Kuss.

Die Tatsache, dass es fast Mitternacht war und sie sich allein in der Privatsphäre ihres Arbeitszimmers befanden und dass niemand sie stören würde, hätte keine Auswirkung auf ihr Urteilsvermögen, sagte sie sich. Sie wollte nur ihren Durst mit einem Schluck seiner Zuneigung löschen.

Die erste Berührung seiner Lippen versicherte ihr, dass es nicht einfach werden würde, aufzuhören. Ihre Münder trafen sich mit einer lodernden Hitze, die sie verschmelzen ließ wie Erze in einem Schmelztiegel. So wie ihre Zungen sich ineinander verschlangen, so taten es auch ihre Gliedmaßen. Mit den Fäusten ergriff sie seinen Wappenrock, während er seine Finger in ihr Haar tauchte. Immer wieder strebte sie seinem Mund entgegen und suchte nach noch größerer Nähe und vollständiger Intimität.

Ihr Herz schlug so heftig wie das eines gefangenen

Spatzen, als er sie näher an sich heranzog. Sie neigte sich nach vorn und legte ihren Mund auf seinen und ihre Arme besitzergreifend um seinen Hals, wobei sie sich so fest in seine Umarmung drückte, dass sie den Stuhl und den Stapel Wirtschaftsbücher umwarf.

Aber das war nicht von Belang. Nur der Mann, in dessen Seele sie gerade eintauchte, war wichtig.

Plötzlich streckte er die Hand mit schockierender Vertraulichkeit nach unten, um ihren Po zu umfassen und er hob sie auf seinen Schoß. Sie keuchte angesichts der Wärme seiner muskulösen Oberschenkel unter ihr; dort spürte sie eine Hitze, welche die Lagen an Wolle und Leinen zwischen ihnen durchdrang. Mit den Fingern fuhr sie durch sein dichtes Haar und neigte seinen Kopf, um besseren Zugang zu seinem warmen, nassen und schmackhaften Mund zu erhalten.

Aber als ihr Blut begann vor Verlangen zu kochen und ihre Finger verzweifelt nach Erleichterung ihrer Lüsternheit suchten, spürte sie, wie er sich zurückzog. Zuerst war es kaum spürbar und nur eine Verlangsamung ihrer Küsse und eine Lockerung seiner Umarmung Aber schon bald legte er seine Hand um ihr Kinn und zog sie vorsichtig weg, wobei er heftig an ihrem Mund stöhnte.

„Miriel ... meine Liebe ... wir dürfen nicht ..."

Trotz der schwelenden Leidenschaft in seinen Augen, der aufrichtigen Reue in seinen atemlosen Worten, war es doch wie eine ernüchternde Ohrfeige. Sie wusste, dass er Recht hatte. Wenn sie jetzt nicht aufhörten, würden sie niemals aufhören. Ihre Leidenschaft war wie ein außer Kontrolle geratenes Feuer, das die Heide abbrannte.

Sie leckte sich ihre vom Küssen geschwollenen Lippen, schloss die Augen, nickte ihm bedauernd zu und zog dann ihre zitternden Finger aus seinem Haar. Dann wiegte er sie und hielt sie fest an seiner Schulter, während sie beide wieder zu Atem kamen.

Als sie ihre Lider in Richtung Wand hob, weiteten sich ihre Augen.

Verdammt! Als sie die Wirtschaftsbücher umgestoßen hatte, war auch der Wandteppich verrutscht. Er hing jetzt schief und aus diesem Blickwinkel konnte man ganz klar den zackigen Rand der Mauer und die Dunkelheit dahinter sehen. Dies war der Eingang zu Miriels Geheimgang.

Ihr stockte der Atem. Oh Gott, was könnte sie jetzt tun? Jeden Moment würde er seinen Kopf drehen und ihn sehen. Soweit durfte sie es nicht kommen lassen.

Mehrere Möglichkeiten gingen ihr durch den Kopf.

Sie könnte Übelkeit vortäuschen. Nay, es wäre geschmackvoller, in Tränen auszubrechen. Das konnte sie gut. Vielleicht würde er in Sorge um sie das offene Loch in der Wand ihres Arbeitszimmers übersehen.

Nay, das war zu unsicher.

Sie könnte alle Kerzen umwerfen in der Hoffnung, dass der Raum ganz dunkel würde. Aber wenn sie nicht ausgingen, könnten sie ein Feuer entfachen.

Sie könnte ihn bewusstlos schlagen. Sie kannte einige strategische Druckpunkte, die ihn sofort zusammenbrechen lassen und ihr Zeit geben würden, den Teppich wieder gerade zu rücken. Aber es würde unmöglich sein, ihm später seine Bewusstlosigkeit zu erklären.

Nay, sie musste ihn irgendwie ablenken.

Aber wie lenkte man einen Mann am besten ab?

Darauf gab es eine einfache Antwort. Aber es tatsächlich zu tun, war eine andere Sache.

Sie zuckte bei dem Gedanken an die Unschicklichkeit eines solch lüsternen Verhaltens zusammen, legte kühn ihre Hand auf die Wölbung zwischen Rands Beinen und drückte vorsichtig zu.

KAPITEL 15

„Mädchen!“, knurrte Rand keuchend und war von ihrer Berührung aufgeschreckt. Aber der Schock verwandelte sich schnell in Lüsternheit und er stöhnte vor Vergnügen, als sie ihn weiterhin besitzergreifend festhielt.

Bei Gott, das Weib war bösartig. Und sie spielte mit unfairen Mitteln. Es war schwer genug, seine Leidenschaft einzudämmen, ohne dass sie ihn so verhöhnte.

„Aye?“, seufzte sie an seinem Ohr.

Er erschauderte. Sie strich jetzt mit der Handfläche mit sinnlicher Langsamkeit über die gesamte Länge seines Gemächts. Das verfluchte Weib wusste genau, was sie tat. Er war ihr ausgeliefert.

Aber das Spielchen konnte er auch spielen.

Er hob eine Hand an die Seite ihres Surcots und umfasste ihre Brust.

Jetzt war es an ihr zu keuchen, aber sie machte keine Bewegung, um ihn aufzuhalten. Stattdessen neigte sie sich überrascht nach vorn und versuchte ihn umzuleiten, indem sie ihn wieder in einen Kuss verwickelte.

Dieses Mal zog er zurück und schaute sie verführerisch

an, während sein Daumen über die Stelle strich, wo seines Erachtens nach ihre Brustwarze sein musste.

Sie stöhnte und schloss die Augen, während er fühlte, dass ihre Brustwarze sogar unter dem Surcot unter seiner Berührung erwachte. Wie zur Vergeltung für seinen Angriff, griff sie noch weiter nach unten, um seine Eier zu wiegen.

Er knurrte, während sich seine Beine unwillkürlich spreizten und ihr Streicheln willkommen hießen. Das kleine Weib kannte ihre Macht und er sah an dem Funkeln in ihren Augen, dass sie diese Macht nicht freiwillig abgeben würde.

Er würde sicherstellen müssen, dass sie es nicht konnte. Er schob seine Hand zu ihrer anderen Brust und zupfte an ihrer Brustwarze, bis sie sich in Ekstase auf ihre Unterlippe biss.

Aber er hatte noch nicht gewonnen. Sie schnüffelte an seinem Hals und arbeitete sich hoch zu seinem Ohr und dann steckte das hinterhältige Weib ihre Zungenspitze in die empfindlichen Vertiefungen dort und eine Welle überwältigenden Verlangens schien selbst seine Knochen zu schmelzen.

Dann hielt er sich nicht mehr zurück und legte seine Hand mit gezielter Präzision zwischen sie beide und drückte auf die weiche Verbindung zwischen ihren Oberschenkeln, wo er wusste, dass sie sich nach ihm sehnte.

Sie atmete laut ein und er schmunzelte triumphierend. Aber als sie anfing, unter seinem Wappenrock nach den Schnüren seiner Hose zu suchen, verschwand seine gute Laune.

Scheiße, wollte sie ...

Seine Frage wurde einen Augenblick später beantwortet, als sie die Schnüre löste und anfing in seiner Hose zu wühlen. Seine meuterischen Hüften neigten sich nach vorn und zeigten ihren Händen den Weg.

Jedoch selbst mitten in seinem eigenen intensiven Vergnügen schaffte er es, einen Gegenangriff auf dem Weg zu bringen. In lüsterner Rache hob er ihre Röcke und tauchte seine Hand in das weiche Haar, das ihre Weiblichkeit bewachte.

Erstaunt schrie sie auf und im nächsten faszinierenden Augenblick wurde ihre Leidenschaft schon fast gewalttätig. Ihr freier Arm legte sich um seinen Hals und sie drückte ihre Lippen auf seine. Er stöhnte an ihren Zähnen, als ihre Hand das nackte Fleisch seines Schwanzes fand und ihn aus seiner beengten Kleidung befreite.

Obwohl er kaum denken konnte, schaffte er es trotzdem, seine Finger weiter in das Nest ihrer weichen Locken zu stecken, ihre unteren Lippen zu teilen und die Knospe dazwischen zu finden.

Sie schrie und zuckte zurück, als wenn er sie verbrannt hätte, erholte sich aber schnell und stieß ihre Hüfte nach vorn gegen seine Handfläche während sie ihn noch leidenschaftlicher küsste.

Sie wurde zum Tier, griff ihn an, knurrte und fauchte und verschlang ihn mit ihrem Mund, während sie unablässig seinen geschwollenen Schaft streichelte. Auf einen so unablässigen Angriff war er nicht vorbereitet und er lehnte sich kapitulierend nach hinten, was den dreibeinigen Schemel gefährlich ins Wanken brachte.

Er neigte sich und schlingerte und kurz bevor er umfiel, versuchte er, sie weg zu schieben, um sie zu retten, aber sie hing so beharrlich an ihm wie ein Hund an einem Knochen.

Als der Stuhl nach hinten umfiel, landeten sie beide gleichzeitig auf dem Boden.

Glücklicherweise wurde der Sturz zum größten Teil von einigen Säcken Korn abgefangen, obwohl Rand bezweifelte, dass er viel Schmerz gespürt hätte angesichts des Vergnügens, das dagegenwirkte. Zumindest hatten sie den Kuss unterbrochen, bevor sie aufkamen, sodass ihre Zähne keinen Schaden davontrugen.

Er dachte, dass der Sturz Miriel wieder zur Vernunft bringen würde und die Stimmung zerstören würde.

Er hatte Unrecht.

Als wenn nichts passiert wäre überschüttete sie ihn weiter mit Küssen auf seinen Mund, seinen Hals und seine Ohren. Sie ließ seinen Schwanz nicht einmal los und jetzt erforschte sie jeden Zoll und melkte ihn mit schamlosem Wagemut. Ihre Kühnheit trieb ihn fast in den Wahnsinn.

Unbeirrt fand seine Hand den Weg zu der süßen Stelle zwischen ihren Oberschenkeln. Inzwischen war sie feucht geworden und seine Finger schlüpften leicht in die weichen Falten. Sie stöhnte und schoss nach vorn, als wollte sie sich auf seiner Hand aufspießen.

Bei Gott, sie wollte mehr. Und er wollte es ihr geben.

Mit einem frustrierten Wimmern steckte sie ihre freie Faust in die vordere Öffnung seines Wappenrocks. Dann zog sie ihn mit sich, während sie auf ihren Rücken im Schilf rollte weg von den Kornsäcken und ihrem Schreibtisch und er ragte über ihr wie ein vergewaltigender Barbar.

Er fühlte sich auch barbarisch. Er hatte einen wilden Blick und war außer Atem und so hart wie eine Streitaxt.

Aber Miriel war keine Frau, die sich so leicht besiegen ließ. Eifrig nahm sie die Last seines Körpers auf ihrem an, legte ihre Beine um seinen Po und schlängelte sich in lieblicher Qual unter ihm.

Miriel keuchte, als Rands Finger wieder zu ihrer geheimsten Stelle vordrangen, und er sie spielte wie ein guter Lautenspieler sein Instrument, bis ihr Körper bei dieser außerordentlich erstaunlichen Musik vibrierte. Sie hatte noch nie etwas so Wunderbares, so berauschendes und so ... lähmendes gespürt.

Rands Berührung auf ihr war effektiver als jeder Druckpunkt. Jetzt war sie ihm ausgeliefert. Sie lief Gefahr, Kontrolle über die Situation zu verlieren. Und ihren Verstand gleich mit.

Ein Teil von ihr wollte in Panik weg von ihm. Ein anderer Teil von ihr wollte den ersten Teil zum Schweigen bringen und sich den exquisiten Gefühlen hingeben. Aber das konnte sie noch nicht.

Sie öffnete die Augen einen Spalt und blickte zur hinteren Wand. Sie waren jetzt fast außer Sichtweite des Tunnels. Noch eine Drehung zur Seite und sein Blick würde vollständig versperrt sein.

Sie atmete tief durch, als Rands Schwanz wieder in ihrer Hand zu pulsieren begann. Es war wirklich ein wundersames Ding, warm und weich und so wie es in ihrer Handfläche lag, als wenn es dorthin gehörte, erregte es sie unerklärlicherweise. Tatsächlich schien der pochende Schaft genauso empfindlich zu sein, wie ihre eigenen unteren Teile. Und das Beste war, dass es eine empfindliche Stelle war und eine Quelle der Ablenkung.

Wenn sie sich nur davon abhalten konnte, selbst abgelenkt zu werden.

Mit einem leisen lüsternen Knurren ließ sie ihn los und zog ihre Arme hoch zwischen sie, um ungeduldig an den Schultern seines Wappenrocks zu ziehen.

Er spürte sofort, was sie vorhatte. Als er seine Hände von ihr zurückzog, um das Kleidungsstück über seinen Kopf auszuziehen, hatte sie eine winzige Zeitspanne, in der sie wieder vernünftig denken konnte.

Zumindest nahm sie an, dass sie vernünftig denken könnte. Aber als sie seine nackte, breite, sonnengebräunte, muskulöse Brust sah, schwand ihr Verstand und sie konnte nicht widerstehen, die Hände auszustrecken, um ihn zu berühren.

Er stützte sich auf seine Arme und ließ sie forschen. Auf seiner Haut hatte sich ein dünner Schweißfilm gebildet und so glitten ihre Finger leicht über das geschmeidige Fleisch. Seine Brustwarzen waren dunkel und flach, aber als sie mit dem Daumen über eine davon strich, wurde sie sofort hart und verlieh ihr die seltsame Erregung von Macht. Eine gezackte Narbe lief diagonal über seine Brust und sie zog sie mit der Fingerspitze nach und folgte anschließend der feinen Linie dunklen Haars, die über seinem Nabel begann und nach unten führte.

Der plötzliche Anstieg seines Schwanzes an ihren Bauch hielt sie von der weiteren Erforschung ab und erinnerte sie, dass sie noch nicht außer Blickweite des Geheimgangs waren.

Mit einem heiseren Seufzen stieß sie ihn an seine Brust und drängte ihn zur Seite. Er drehte sich willig und sie fand sich neben ihm wieder, wobei sie errötete, als sie entdeckte, dass wenn ihre Hüften aneinander lagen, sie die Schwellung seines Schwanzes zwischen ihren Beinen fühlen konnte.

Er schloss die Augen und verzog das Gesicht, als würde sie ihn quälen und es war ein berauschendes Gefühl zu wissen, dass sie ihn mit nur einer Bewegung ihrer Oberschenkel kontrollieren konnte.

Aber er bewegte sich, um sich noch fester gegen sie zu drücken und als sein heißes Fleisch ihres berührte, fühlte es sich an, als würde Feuer durch ihre Lenden schießen.

Sie wölbte sich nach hinten und seine Hände legten sich um ihre Brüste und hielten sie so einen genüsslichen Augenblick lang fest, bevor er ihren Surcot aufschnürte und ihr über die Schultern herunterzog.

Das Leinen ihres Unterkleids kratzte an ihren Brustwarzen, als er ihren Surcot herunterzog. Als ihre Brüste schließlich von der Kleidung befreit waren, schlängelte sie sich auch aus den Armen und ließ den Stoff um ihre Taille hängen.

Seine Handflächen glitten über ihren Bauch und umfassten ihre nackten Brüste. Sie seufzte. Die Schwielen des Ritters fühlten sich fremd, grob und verboten an und doch war es, als würden seine Hände dorthin gehören und perfekt passen.

Plötzlich bewegte er eine Hand nach oben, um sie am Nacken zu fassen und zu einem Kuss heran zu ziehen. Nichts hätte sie für die Ekstase ihres verschmolzenen Fleisches vorbereiten können. Seine Brust fühlte sich schwer an ihren Brüsten an, ähnlich wie ein wärmendes und heilendes Bad.

Als ihre Lippen in Berührung kamen, entspannte sie sich gegen ihn und versank in den tröstlichen Gewässern der Verführung und genoss, wie die Wellen des Verlangens gegen ihre Haut plätscherten. Ihre Zungen vereinigten sich mit sinnlicher Langsamkeit, einer Langsamkeit, die ihrem schnellen Herzschlag nicht gerecht wurde.

Schließlich musste sie ihn die letzten paar Zoll nicht mehr weiter drehen. Er übernahm die Initiative, wiegte sie und rollte sie geübt zusammen herum, sodass er das Kommando übernehmen konnte.

Natürlich hätte sie jetzt die ganze Täuschung beenden können. Sie musste ihn nicht mehr ablenken. Das offene Loch war außer Sichtweite. Sie war sicher.

Sie konnte jetzt wieder die schüchterne Jungfrau spielen. Sie würde angesichts ihrer Indiskretion erröten und ihren Busen mit ihren Händen bedecken. Vielleicht könnte sie sogar ein paar Tränen herausquetschen.

Direkt nach Rands nächstem Kuss.

Oder zwei.

Oder fünf.

Oh Gott, sein Mund war unwiderstehlich zart und zugleich verlangend. Lüstern überlegte sie, wie sich seine Lippen wohl auf ihren Brüsten anfühlen würden.

Und als hätte er ihre Gedanken gelesen, ließ er seinen Mund von ihrem gleiten und küsste ihre Wange, ihren Hals, ihre Schulter und kam unweigerlich zu ihrer harten Brustwarze, während sie atemlos darauf wartete.

Nur ein Kuss auf ihrer Brust, nur um zu sehen, wie es sich anfühlen würde und dann würde sie ihn aufhalten.

Als seine Lippen sich um ihre feste Knospe legten, beugte sie ihren Kopf zurück und war erstaunt von dem Blitz, der durch ihren Körper fuhr und scheinbar alle äußerst empfindlichen Stellen miteinander verband. Ihr Mund blieb vor Staunen offenstehen, als er vorsichtig an ihr saugte und schließlich mit einem Zungenschlag aufhörte.

Natürlich konnte sie ihn nicht gehen lassen, solange sie nicht im Gleichgewicht war. Sie biss sich auf die Lippe und schwor sich, dass sie ihn gleich zwingen würde aufzuhören, aber vorher bot sie ihm ihre andere Brust.

Schmunzelnd kam er ihrer Bitte nach und umkreiste die Brustwarze mit leichten, leckenden Küssen bis sie ihre Brust zwischen seine Lippen stieß. Dieses Mal zog er fest an ihrer Brustwarze und es fühlte sich an, als wenn der Zug bis zu der Stelle zwischen ihren Beinen reichte, denn sie fing an, auch dort vor Verlangen zu zittern.

Schließlich ließ er sie mit einem weichen, nassen Küsschen los und blies zärtlich über ihre Brustwarze, wobei sie bei der kühlen Luft keuchen musste.

Jetzt, dachte sie. Jetzt würde sie ihn dazu bringen, dass er aufhörte.

Aber im nächsten Augenblick strichen seine Finger über die Locken an der Verbindung ihrer Oberschenkel; instinktiv hob sie ihre Hüften, um den Druck seiner Berührung zu erhöhen. Seine Hand fühlte sich so richtig auf ihr an, so tröstlich und gleichzeitig erregend.

Sie wusste, dass sie sich in Gefahr befand, aber sie konnte scheinbar nicht mehr zurück.

Dann teilten seine Finger ihre feuchten Falten und tauchten mit liebevoller Beharrlichkeit in ihren glatten, geheimen Hohlraum und ihre Gefühle schwappten hoch wie ein sprudelnder Fluss, der sie zu einem Abgrund trieb und sie konnte nichts mehr tun, außer zu fallen.

Sie musste etwas unternehmen, um ihn aufzuhalten, ganz gleich wie sehr sie sich danach sehnte, dass er fortfuhr. Und im steigenden Tumult ihrer Gefühle konnte sie nur noch an eine Möglichkeit denken, dass sie ihren Vorteil und die Kontrolle wiedererlangte, eine Möglichkeit fand, um ihn verletzbar zu machen und die Oberhand gewann.

Während er ihr weiterhin Vergnügen bereitete,

streckte sie heimlich wieder einen Arm unterhalb seiner Taille und ergriff seinen Schwanz erneut. Zu ihrer Befriedigung atmete er zischend ein.

Jetzt hatte sie ihn, dachte sie. Wie in einem guten Übungskampf hatte sie sehr schnell die Schwäche ihres Gegners ausgemacht und sich darauf gestürzt.

Einen kurzen Augenblick lang hatte sie ihn überrumpelt, er erstarrte und konnte sie nicht mehr weiter angreifen und sie genoss nun die Dominanz und streichelte seinen samtigen Schaft wie ein Lieblingshaustier.

Er erholte sich sehr schnell. Dieses Mal griff er sie überraschend heftig an. Seine Finger tanzten mit hektischer Virtuosität zwischen ihren Beinen, bis sie spürte, dass ihr der Vorteil unausweichlich aus den Händen glitt.

Jedoch noch während er ihren Körper dazu brachte, dass er sie verriet, stieß er selbst in ihre Hand und glitt über ihren Bauch, so dass es zu einer Reibung zwischen ihnen kam.

Ohne Vorwarnung steigerte sich eine seltsame Anspannung in ihr. Ihre Haut schien immer straffer zu werden und zu eng für den exquisiten Brunnen, der sich danach sehnte, aus seinem fleischigen Gefängnis hervor zu brechen.

In ihrer Hand wurde sein vom Schweiß schlüpfrig gewordener Schwanz noch härter, als er sich kühn an ihr rieb.

Plötzlich durchfuhr sie ein Vergnügen, dass so intensiv war, dass es schon fast schmerzte und sie wölbte ihren Körper nach oben. Einen Augenblick lang schien die Welt still zu stehen, während ihre Ekstase immer größer wurde.

Ihre Knochen erschauderten. Ihre Muskeln zogen sich

zusammen. Sie stöhnte und schrie und seufzte gleichzeitig, als ihr Körper mit halsbrecherischer Geschwindigkeit auf dem Weg in den Himmel war.

Nur am Rande wurde ihr bewusst, dass er mit ihr gekommen war. Sie stöhnte mit einer animalischen Leidenschaft, die sie erschaudern ließ und wand sich wild in den Qualen der Leidenschaft, bis ihre Hände und ihr Bauch schlüpfrig mit dem Beweis seines Höhepunkts wurden.

Anschließend lag Miriel schlaff unter Rand, so schlaff, als hätte sie den Druckpunkt auf ihrer Schulter gezwickt. Sie konnte kein Gelenk mehr bewegen. Sie konnte kaum die Augen offenhalten. Fürwahr, der einzige Beweis, dass sie noch lebte, war der Puls, der in ihren Schläfen pochte und ihr keuchender Atem.

Rand neigte seinen Kopf, um sie zärtlich auf die Stirn zu küssen. Sie spürte seinen unruhigen Atem und hörte das wortlose Murmeln der Zuneigung an ihrer Stirn. Aber sie hatte keine Kraft mehr, um ihm mehr als ein schwaches Lächeln zu schenken, eines, das dauerhaft auf ihrem Gesicht zu sein schien.

Eine seltsame Teilnahmslosigkeit umgab sie und sie glitt in einen angenehmen Nebel. Es war ihr einerlei, dass sie nackt auf dem Boden ihres Arbeitszimmers lag. Es war ihr einerlei, dass Rand über ihr wie ein erobernder Held ragte. Es war ihr sogar einerlei, dass sie sich wahrscheinlich wie eine lüsterne Dirne aufgeführt hatte.

Sie fühlte sich schön. Und weiblich. Und mächtig. Und wertgeschätzt.

Es war so, wie ihre Schwestern angeberisch gesagt hatten. Es war wunderbar mit einem Mann zusammen zu sein, der einen gernhatte. Es war göttlich, bei einem Mann zu liegen, der einen liebte. Aye, sie würde sein Liebesspiel mit der Zeit vielleicht reizvoll finden.

Mit allerletzter Willenskraft öffnete sie die Augen und blickte ihn an. Sein Gesicht war so voller Erstaunen, Dankbarkeit und Zufriedenheit und der Anblick wärmte ihr Herz. Rand hatte sie gern. Sie erkannte dies an der Verehrung in seinem Blick. Diese Erkenntnis machte sie waghalsig und impulsiv.

„Ich liebe Euch", keuchte sie.

Rand blieb das Herz stehen. Das hatte noch niemand zu ihm gesagt. Seine Mutter nicht. Und sein Vater mit Sicherheit auch nicht. Auch seine vielen Halbgeschwister nicht. Noch nicht einmal die Weiber, die er gelegentlich für ihre Gefälligkeiten bezahlte.

Die Worte waren ihm völlig fremd. Aber, ob es daran lag, dass er sich an seine jämmerliche Kindheit erinnerte oder an seiner derzeitigen Verletzbarkeit nach dem leidenschaftlichen Liebesspiel oder ob es einfach die aufrichtige Zuneigung in Miriels Augen war, sein Herz klammerte sich an die Worte, als wären sie ein Stück Treibholz im stürmischen Meer.

Er hatte einen Kloß im Hals und Tränen drohten in ihm aufzusteigen.

Liebte er sie auch? War es möglich? Er hatte sich darauf vorbereitet, dass sie ihn ablegen würde, wenn sie mit ihm fertig war. In tausend Jahren hätte er nicht erwartet, dass sie sagen würde, dass sie ihn liebte. Und jetzt wurde der Gedanke, eine dauerhafte Verbindung mit ihr einzugehen zu einer faszinierenden Möglichkeit.

Hier könnte er vielleicht ein Zuhause finden.

Ein echtes Zuhause mit einer liebevollen Frau und Kindern, Burgbewohnern, die ihn respektierten, eine Bruderschaft mit einer hervorragenden Kampftruppe und kein Grund mehr, das Leben eines Vagabunden zu führen, der ein Bastard war und seine Dienste an den höchsten Bieter verkaufte.

Es war schon fast zu unglaublich, um es sich vorstellen zu können.

Und doch würde er das alles verlieren, wenn er nicht die Kraft fand, dem Mädchen zu antworten.

Seine Stimme brach bei den ungewohnten Worten. „Ich liebe Euch auch, Miriel.“

KAPITEL 16

Als Rand mit Pagan und Colin auf dem Übungsplatz kämpfte, dachte er, dass er sich noch nie lebendiger gefühlt hatte. Er hielt nichts zurück, drehte sich, sprang und griff mit ungemildertem Überschwung an, wobei er mit den klugen Schwertkämpfern kaum mithalten konnte.

Aber ein Blick auf das hübsche Mädchen am Zaun und er wusste, dass er sich hinsichtlich der Übungskämpfe irrte. Es war Miriel, die ihn sich wirklich lebendig fühlen ließ.

Er grinste sie über das ganze Gesicht an und fast wurde ihm der Kopf abgeschlagen, als Pagan ihn mit dem Schwert angriff.

„Passt auf!", brüllte Pagan ihn an. „Und Ihr!", befahl er und zeigte mit der Spitze seines Schwertes auf Miriel. „Hört auf, meinen Mann abzulenken."

Meinen Mann. Rand gefiel das. Er war noch nie der Mann von irgendjemand gewesen. Er hatte immer nur kurze Zeit zu dem gehört, der den höchsten Preis für seine Dienste zahlte.

„Wenn ich bitten darf, Mylord?", fragte Rand Pagan und nickte in Richtung Miriel.

Pagan verdrehte die Augen und schüttelte den Kopf, steckte sein Schwert in die Scheide und wandte sich ab, um jemand anderen zu finden, den er herumkommandieren konnte.

Rand steckte seine eigene Waffe weg und kletterte auf den Zaun.

„Ich habe Euch vorhin gesucht", rief er ihr zu.

„Ich habe die Buchhaltung gemacht."

Fragend neigte er den Kopf. „Ich bin zu Eurem Arbeitszimmer gegangen. Es war abgeschlossen."

Tatsächlich versuchte er seit vier Tagen, heimlich in ihr Arbeitszimmer zu gelangen, um einen Blick in die Wirtschaftsbücher zu werfen. Wenn das Zimmer nicht wie eine Gruft versiegelt war, dann stand Sung Li Wache an der Tür. Man könnte glauben, dass sich der königliche Schatz darin befand. Miriel verbarg definitiv etwas.

„Manchmal schließe ich die Tür ab, wenn ich mich konzentrieren muss", sagte sie. Als er sich näher zu ihr hinneigte, nahmen ihre blauen Augen wieder diese neblige Schattierung an. Sie wollte ihn. „Sonst werde ich ... abgelenkt."

Das Mädchen trug heute ein einfaches braunes Kleid, aber das schmucklose Gewand verminderte ihre Schönheit nicht im Geringsten, insbesondere, wenn Rand sich so lebhaft daran erinnern konnte, wie sie darunter aussah.

Seine Lenden reagierten sofort und er lachte reuig. Die junge Dame war unersättlich. Sie hatten sich in jeder abgeschiedenen Ecke der Burg geküsst und umarmt. Aber dies war weder der rechte Zeitpunkt noch der richtige Ort zum Beiliegen.

Er hakte einen Fuß auf dem untersten Querstreben des Zaunes ein.

Sie ergriff ihn am Nacken und zog ihn nach vorn, um ihn zu küssen.

Ihre Köpfe ruhten Stirn an Stirn und er murmelte: „Ich bin geschwitzt. Ich habe mich nicht rasiert. Und ich stinke."

„Liebe macht blind", flüsterte sie.

Er grinste. „Und scheinbar auch unfähig, etwas zu riechen."

Sie leckte sich über die Lippen. „Aber vielleicht würde das Herumrollen in wohlriechendem Heu ..."

Er lachte tief in seinem Hals. „Die Ställe?"

Sie zuckte mit den Schultern.

„Kleiner Kobold", schimpfte er, aber sein Schwanz war bei dem Versprechen weiblicher Aufmerksamkeit schon im Begriff, hart zu werden. Vorsichtshalber sah er sich nach Zeugen um und nickte ihr dann zu. „Ihr geht zuerst."

Mit einem teuflischen Funkeln in ihren Augen spazierte sie vom Übungsplatz weg. Rand wandte ihr den Rücken zu und täuschte ein plötzliches Interesse an dem Schwertkampf zwischen Sir Rauve und Kenneth vor. Nach einer gewissen Zeitspanne ging auch er zielstrebig auf die Ställe zu, als wenn er vorhätte, nach seinem Pferd zu sehen.

Als er dort eintraf, blickte sie ihn von unter einem Haufen Stroh in einer leeren Box an und sah kokett, lüstern und entzückend aus.

„Miriel, Ihr freches Weib", schimpfte er, „was habt Ihr mit euren Kleidern gemacht?"

Sie war nicht vollständig nackt. Sie trug immer noch ihre Strümpfe, die ihr bis zu den Oberschenkeln gingen, was sie allerdings noch sündhafter aussehen ließ. Sie waren keine Abschreckung. Er fand genug nackte Haut, die er berühren und lecken und verschlingen konnte.

Als sie anfing, ihm mit ihren entzückenden Händen unter seinem Kettenhemd Vergnügen zu bereiten, musste er sich in seine Handknöchel beißen, um nicht hingerissen zu brüllen.

Sein Höhepunkt war so intensiv, dass er fürchtete, dass er den Pferden Angst machen und das Stroh in Brand setzen könnte. Erst ihr tröstendes Streicheln danach brachte ihn in die Normalität zurück.

Als sie sich vor ihn kniete und ihr Kleid wieder über den Kopf zog, murmelte sie: „Tatsächlich bin ich gekommen, um Euch zu sagen, dass ich heute sehr viel Arbeit habe."

Er lächelte und stützte sich auf seine Ellbogen, um sie anzuschauen. „Ihr habt eine interessante Art und Weise, mir das mitzuteilen. Ich wünschte, dass Ihr das jeden Tag so tun würdet."

Sie klackte mit der Zunge, aber er sah, dass seine Worte sie freuten. „Es ist nur, dass ich nicht mit Euch reiten gehen kann." Sie hatte versprochen, heute mit ihm entlang der Grenze von Rivenloch zu reiten.

Er wackelte lüstern mit den Augenbrauen. „Oh, ich glaube wir waren bereits reiten."

Ihre Augen weiteten sich mit vorgetäuschter Schockiertheit. „Sir!"

Er zwinkerte ihr zu und fing dann an, seine Hosen zuzubinden. Dann zwang er sich ernst zu sein. „In Ordnung. Dann gehen wir morgen."

„Morgen?"

Sie musterte ihn einen Augenblick lang und obwohl er versuchte, ein ernstes Gesicht zu bewahren, sah sie das schalkhafte Funkeln in seinem Blick sofort.

„Oh, nay, das werden wir nicht, Knappe." Sie gab ihm

einen leichten Schubs. „Ihr wisst ganz genau, dass morgen der Markttag ist und Ihr seid mit Eurer Ehre verpflichtet, mich dorthin zu begleiten."

Er seufzte. „Also kein Reiten morgen?" Vielsagend schob er seine Hüften vor und zurück.

Sie schlug ihm auf die Schulter und versuchte, nicht zu lachen.

Dann stand er auf, klopfte den Staub aus seinem Wappenrock und half ihr auf die Füße.

„Ich gehe zuerst", entschied sie und sie dachte schon wieder an ihre Arbeit. „Ich muss mit dem Koch sprechen. Einer der Jungen scheint Proviant aus der Küche zu stehlen."

„Wartet." Amüsiert nahm er sie am Arm, bevor sie los eilen konnte und klackte dann mit der Zunge. „Ihr habt offensichtlich noch niemals in einem Stall beigelegen."

Sie runzelte die Stirn.

Er drehte sie um. Ihr Haar war voller belastender Strohhalme. Vorsichtig sammelte er die Halme heraus, küsste sie dann auf den Kopf und gab ihr einen Klaps zum Abschied.

Sie versuchte, ihm einen bösen Blick zuzuwerfen, als sie ging, scheiterte aber. Er schüttelte den Kopf. Es hing zwar kein Stroh mehr in ihren Locken, aber an dem lüsternen Glühen ihres Gesichts konnte man zweifellos erkennen, was sie gerade getan hatte. Er hoffte, dass sie ihre aufdringliche Wache nicht treffen würde, bevor ihre verräterische Errötung nicht abgeklungen war.

Scheinbar verpasste sie Sung Li nur knapp. Als Rand einige Augenblicke später herauskam, sah er, wie die alte Frau am Übungsfeld entlang humpelte. Ihre Gelenke schienen ihr immer noch Probleme zu bereiten, obwohl sie nicht mehr so schwer humpelte wie noch vor ein paar Tagen.

Der Anblick der hutzeligen alten Dienerin erinnerte Rand, dass er immer noch der Möglichkeit nachgehen musste, dass Sung Li der *Schatten* sein könnte, auch wenn dies vielleicht lächerlich war.

Er kam nicht an die Wirtschaftsbücher heran, aber jetzt war die perfekte Gelegenheit, um Miriels Quartier zu durchsuchen. Während sie am Übungsplatz herumlief und Miriel mit Haushaltsangelegenheiten beschäftigt war, konnte Rand sich in ihre Zimmer schleichen und nach Beweisen suchen.

Abgesehen von Miriels Arbeitszimmer und den Räumen, die wertvolle Vorräte enthielten, standen die Türen von Rivenloch alle offen, was Rand faszinierend fand. Als Kind hatte er bei seinen Habseligkeiten geschlafen, damit seine gierigen Geschwister sie nicht stehlen konnten. Als Söldner schlief er nie ohne eine Hand auf seiner Börse und der anderen an seinem Schwert. Aber hier lebte niemand in Angst, dass er seine Sachen verlieren würde, außer wenn man den Proviant mit einrechnete, den der Küchenjunge wohl gestohlen hatte. Als Rand also die Treppen erklomm und den Gang zu Miriels Zimmer entlang schlenderte, wusste er, dass es offen sein würde.

Er stellte sich vor, dass ihr Zimmer eine Spiegelung des Mädchens selbst sein würde – ordentlich, hübsch, geschmückt in weichen Farben und mit dezenten weiblichen Nuancen. Vielleicht Blumen, die auf den verputzten Wänden aufgemalt waren. Oder Flaschen mit Düften auf einem Tisch. Schmetterlinge, die auf dem Rand der Bettdecke eingestickt waren. Oder Haarbänder, die an Haken hingen.

Aber als er sich durch die Tür schlich und sie schnell hinter sich schloss, dachte er, dass er im falschen Zimmer gelandet war.

Haarbänder in verschiedenen Farben hingen an Haken an der Wand. Und auf einem Eichentisch standen ein paar Fläschchen. Das Zimmer war definitiv ordentlich. Aber es sah in keiner Weise aus wie das Schlafzimmer der Tochter eines Lords.

Fürwahr, es sah aus wie eine Waffenkammer.

An zwei Wänden hing eine Ansammlung von Waffen, wie Rand sie noch niemals gesehen hatte. Mehrere Kurzschwerter mit breiten Klingen und lange Stöcke mit eingekerbten Köpfen bildeten den Anfang der Zurschaustellung. Daneben hingen zusammengefügte Stöcke, Streitflegel und Dolche in allen Größen mit Klingen, die sowohl gezackt als auch glatt waren, wobei einige so breit wie eine Axt und andere nicht breiter als ein Nagel waren. An der zweiten Wand befanden sich eine scheinbar geschärfte Schaufel, eine Sense, ein Stab wie eine Gabel und ein Stab mit einer großen Klinge in Form eines Halbmonds darauf. Kleine Stahlplatten waren in Formen geschmiedet, die Sternen ähnelten und Gabeln und Kreise bildeten einen Ring um ein bronzenes Schild, welches das Gesicht eines grinsenden wilden Tiers zeigte. Und zu guter Letzt wurde die Sammlung mit seidenen Fächern abgerundet, die nicht mit Blumen bemalt waren, sondern mit fauchenden Drachen mit scharfen Zähnen.

Nachdem Rand den Mund wieder geschlossen hatte, blickte er sich im Rest des Zimmers um. Es war definitiv Miriels Zimmer. Das waren ihre Haarbänder. Auf der Truhe am Fuß des Bettes lag das grüne Surcot, das er ihr gestern von den Schultern gezogen hatte. Und auf den beiden unteren Ecken des dunkelroten Baldachins über dem Bett war der Buchstabe M in Gold eingestickt.

Einen Augenblick lang konnte er die Möblierung ihres Zimmers nur anstarren und über das krasse Gegenteil ihres reinweißen Leinenunterkleids, das an einer Wand neben etwas hing, das aussah wie Neptuns bösartiger Dreizack, staunen.

Was zum Teufel war hier los?

Es war fasziniert, als sein Blick sehnsüchtig auf die scharfe Klinge eines der Kurzschwerter fiel, wobei er überlegte, wie wirkungsvoll die Waffe wohl wäre.

Er betrachtete sie spekulierend. Es war ein schönes Stück, geschmeidig und glatt, wobei die Klinge breit und flach war und haarfeine Gravierungen nahe dem Schaft aufwies und am Griff befand sich eine Schlaufe aus Stahl, welche die Hand umgab. Er überlegte, wie leicht die Waffe wohl sei. Sie hatte sicherlich nicht die Reichweite eines Breitschwerts, aber vielleicht machte seine Geschwindigkeit die mangelnde Länge wieder wett.

Es gab nur einen Weg, dies herauszufinden.

Das Schwert war leicht und zwar viel leichter als sein eigenes und er glaubte, dass er es mit viel mehr Kontrolle schwingen könnte aufgrund seiner reduzierten Größe. Es wäre nutzlos gegen eine längere Klinge, aber für den Nahkampf ...

Natürlich konnte der Stock mit dem Halbmond einen Feind fertig machen, bevor dieser überhaupt in Reichweite seines Schwertes kam. Rand hing das Kurzschwert zurück an die Wand und hob den seltsamen Speer an. Er prüfte die Klinge mit seinen Daumen. Bei Gott, sie war so scharf, dass sie einen Mann halbieren könnte.

Er war gerade dabei, dieses Teil zurückzustellen, als

sein Blick auf zwei Gabeln mit kurzen Griffen fiel. Er nahm die beiden Waffen, welche die Länge eines Unterarms hatten, von der Wand und prüfte ihr Gleichgewicht. Wahrscheinlich war es beabsichtigt, sie als Paar zu verwenden, aber seltsamerweise waren ihre Spitzen stumpf. Sie waren keine Waffen, um jemand zu erstechen.

Er stellte sie zurück an ihren Platz und betrachtete dann die seltsamen Metallsterne. Diese waren scharf und ihre Spitzen waren so fein geschliffen, dass sie fast durchsichtig waren. Aber sie besaßen keinen Griff. Wie wurden sie verwendet? Allein das Halten einer solchen Waffe führte doch nur dazu, dass sie in der Handfläche einer Person versenkt werden würden.

Und wie wurde der in Segmente geteilte Speer weiter unten entlang der Wand verwendet? Er bestand aus sieben Holzteilen, die mit Ketten verbunden waren. Wurde er wie ein Streitflegel benutzt und über dem Kopf geschwungen?

Er nahm das Teil von seinem Haken. Es war schwer und recht lang. Vielleicht war es eine Waffe, die man beim Reiten benutzte. Wenn ein Reiter das Ding in einem großen Kreis schwang, konnte niemand nahe genug kommen, um anzugreifen. Er ergriff das letzte Segment und hielt es über seinem Kopf und fing an, es langsam zu schwingen, so dass es um seine Füße kreiste. Langsam erhöhte er die Geschwindigkeit, bis es sich auf Kniehöhe um ihn drehte und dann höher. Es wäre eine hervorragende Waffe, denn der Aufprall des letzten Stück Holz bei hoher Geschwindigkeit würde in der Tat sehr hart sein.

Einen Augenblick später fand er heraus, wie hart.

Die Schlafzimmertür ging plötzlich auf und erschrak ihn. Als sein Arm zurückzuckte, kam das drehende Ding vom Kurs ab und stieß gegen den Pfosten von Miriels Bett mit einem lauten Knall und hinterließ zudem auch noch eine Delle im Eichenholz.

Rand glaubte nicht, dass er jemals in seinem Leben errötet war, aber jetzt erging es ihm so, als Miriel und Sung Li eintraten und er erwischt worden war, dass er ihr Zimmer unerlaubt betreten, sich lächerlich gemacht und das Mobiliar beschädigt hatte.

Einen langen Augenblick starrte Miriel ihn nur überrascht an und er starrte beschämt zurück, während sich die Waffe, die an seiner schuldigen Hand hing, sich um ihn herumwickelte und schließlich leblos auf den Boden fiel. Dann eilte Sung Li vor.

„Ihr seid ein *Zhi*!", zischte sie und riss ihm die Waffe aus der Hand. „Kennt Ihr keine Höflichkeit?" Die alte Frau blickte ihn finster an und hob den verbundenen Speer hoch. Einen Augenblick lang dachte er, sie würde ihn gegen ihn benutzen. Wenn sie das tat, war es wahrscheinlich nicht mehr, als er verdiente.

„Es tut mir ... es tut mir leid." Es tat ihm auch leid. Er wusste, dass man die Waffen eines anderen nicht berührte. Aber für einen Krieger wie ihn waren sie so unwiderstehlich ungewöhnlich und faszinierend, dass er den Verstand verloren hatte.

„Diese gehören mir", schnauzte Sung Li ihn an. „Ihr dürft sie nicht berühren. Niemals."

Er blinzelte. Die Waffen gehörten Sung Li? Wozu brauchte eine alte Dienerin Waffen wie diese? Außer, wenn sie sich gern als Gesetzlose in den Wäldern verkleidete ...

Sung Li hing den segmentierten Speer wieder an die Wand und beantwortete seine nicht gestellte Frage. „Sie gehörten meinen Vorfahren. Sie sind heilig. Niemand darf sie berühren."

Er nickte. Natürlich.

Manchmal ging Rands Fantasie einfach mit ihm durch. Die hutzelige alte Sung Li trieb sich nicht im Wald herum und schwang dort auch keine gefährlichen Waffen. Sie hingen ganz einfach nur an der Wand. Er hätte gleich darauf kommen können, dass sie aufgrund der seltsamen Markierungen, die wie das Kratzen einer Henne aussahen, der orientalischen Dienerin gehörten.

Es schien aber eine Verschwendung zu sein, solche herrlichen Waffen unbenutzt an eine Wand zu hängen.

„Sie sind ziemlich großartig", sagte er.

„Findet Ihr?", fragte Miriel.

„Oh aye, äußerst großartig."

Seine Antwort erfreute Miriel.

Als sie das Zimmer zuerst betraten, war sie natürlich schockiert gewesen, Rand darin zu finden und entsetzt, dass er ihr *Chut Ghie* schwang. Aber wenn man bedachte, dass er vielleicht aufrichtig an ihren Waffen interessiert war …

Sie hatte angefangen, chinesische Waffen zu sammeln an dem Tag, an dem sie Sung Li mit nach Hause brachte. Für alle anderen waren es einfache Kunstgegenstände, die Miriel gerne an ihre Wand hing und die sie zum Teil gewählt hatte, um Lord Gellir zu besänftigen, da er nie verstanden hatte, dass sie nicht gerne kämpfte. Das war die Geschichte, die sie jedem erzählte. Noch nicht einmal ihre Schwestern hegten den Verdacht, dass Miriel tatsächlich wusste, wie man sie benutzte.

Die Tatsache, dass Rand an ihnen interessiert zu sein schien, erleichterte und erfreute sie. Dürfte sie hoffen, dass er die gleiche Faszination für solche Dinge teilte? Vielleicht könnte sie ihn ja lehren, wie sie verwendet wurden.

Dann unterbrach Sung Li ihre Gedanken und behauptete, dass die Waffen ihm gehörten und plötzlich wurde ihr ihre wahre Situation bewusst. Sie konnte wohl kaum zugeben, dass sie eine grausige Sammlung chinesischer Waffen besaß. Wie könnte sie es erklären, dass die demütige Dame, in die Rand sich verliebt hatte, eine Blenderin war. Dass die wirkliche Miriel weder demütig noch sanftmütig war. Dass sie das *Kwan Dao* nehmen und einen Mann mit einem einzigen Schlag töten könnte.

Das hatte sie natürlich noch nie getan. Eine der wichtigsten Philosophien der chinesischen Kriegskunst beruhte darauf, dass Gewalt immer das letzte Mittel war. Tödliche Gewalt und kriegerische Fähigkeiten waren am wichtigsten, aber vorzugsweise sollte man weder das eine noch das andere benutzen.

„Was macht Ihr hier?", fragte Sung Li und wandte sich mit über der Brust verschränkten Armen zu Rand.

Das wollte Miriel auch wissen. Aber ihre Neugier wurde von Mitleid gemildert. Rand versuchte verzweifelt, sich anzupassen und das, was er getan hatte, war ihm offensichtlich unangenehm. Es war nicht nötig, dass er sich noch unbehaglicher fühlte.

„Ich habe ihn gebeten, mich hier zu treffen", log sie.

In Rands Augen war ein überraschtes Flackern zu sehen, aber er machte schnell mit bei ihrem Komplott. „Aye."

Sung Li kniff die Augen zusammen. „Wirklich? In Eurem Schlafzimmer?"

Miriel zuckte mit den Schultern. „Ich wollte nicht zum

Übungsplatz gehen." Sie rümpfte die Nase. „Dort ist es viel zu staubig."

„Oh, aye", stimmte Rand zu. „Wir wollen doch nicht, dass ihre hübschen Röcke schmutzig werden."

„Pah." Sung Li konnte sehen, dass Miriel wohl kaum hübsche Röcke trug. Fürwahr, sie trug nur ihren alten braunen Arbeitskittel. Und wenn er gewusst hätte, dass Miriel sich darin zuvor im Heu gerollt hatte, wäre er noch verärgerter gewesen. „Und für was wolltet Ihr Euch treffen?"

„Ähm ..." Rand blickte zu Miriel und wusste nicht, was er sagen sollte.

„Rand und ich", sagte sie und durchquerte das Zimmer, um ihn an die Hand zu nehmen, „gehen reiten."

Aus dem Augenwinkel sah sie, dass Rands Mund zuckte. Sie betete, dass er nicht lachen würde, denn, wenn er das tat, müsste sie es auch und dann würde ihre Täuschung auffliegen.

Sung Li schaute von einem zum anderen und war deutlich verärgert, aber es gab nichts, was er tun konnte. Obwohl er Miriels *Xiang Sheng* war, wenn sie den Kampf übten, war er nicht ihr Herr oder Meister. Fürwahr, vor Rand war er nur wenig mehr als eine Dienerin. Er konnte Miriel nicht befehlen, wohin sie gehen oder nicht gehen durfte.

Selbstgefällig hob Sung Li sein Kinn und sagte: „Aber was ist mit dem Heiler, Mylady? Habt Ihr nicht versprochen, ihn heute zum Kloster zu begleiten?"

Bei Gott! Das hatte sie völlig vergessen. Sie hatte angeboten, bei der Behandlung eines kranken Mönchs zu helfen. Das war der Grund, warum sie überhaupt den Ausritt abgesagt hatte. Darum war sie auch in ihr Zimmer gekommen, um einen Umhang und einige ihrer eigenen Heilmittel zu holen.

Aber anstatt ihre Niederlage einzugestehen, dachte sie schnell nach und strahlte Sung Li mit ihrem liebenswürdigsten Lächeln an. „Oh Sung Li, würdet Ihr das für mich übernehmen? Und für mich gehen? Wie freundlich von Euch. Ich wäre Euch so dankbar." Dann wandte sie sich um und fragte Rand: „Ist Sung Li nicht die wunderbarste Dienerin?"

„Wunderbar", stimmte Rand zu.

Die Falten auf Sung Lis Stirn wurden tiefer und seine Augen dunkler vor Zorn. Er konnte im Augenblick Miriel keine Befehle erteilen oder ihre Bitten verweigern, aber er könnte sie quälen, wenn sie am nächsten Tag übten. Sie konnte schon fast sehen, wie er sich qualvolle Übungen für sie ausdachte.

Aber das war es wert, um Rands Stolz zu retten. Und indem sie eine der Aufgaben an Sung Li delegiert hatte, die am meisten Zeit brauchte, würde Miriel jetzt mehr Zeit für ihren Freier haben.

„Ihr beeilt Euch besser", drängte sie die Dienerin und nahm schnell zwei Glasfläschchen von ihrem Tisch und gab sie Sung Li. „Hier ist die Medizin. Das Kloster kann sie behalten. Ich kaufe morgen wieder welche auf dem Markt."

Als sie Sung Li die Fläschchen geben wollte, ergriff er sie am Handgelenk, zwickte sie fest und starrte sie an.

Sie weigerte sich, aufzuschreien oder zusammenzuzucken. Sie verstand, dass Sung Li sein heftiges Missfallen kommunizierte. Aber das Spielchen konnte sie auch spielen.

Miriel streckte ihre andere Hand aus, um die Fläschchen augenscheinlich in seine Handfläche zu legen, aber stattdessen quetschte sie das Fleisch zwischen seinem Daumen und Fingern zwischen ihren kurzen Fingernägeln.

Einen Augenblick lang starrten die beiden einander stoisch an und keiner von ihnen war bereit, Schmerzen oder Niederlage zuzugeben.

„Grüßt den Priester von mir", sagte Miriel mit einem angespannten Lächeln.

„Genießt Euren Ausritt", antwortete Sung Li und lächelte zurück.

„Sagt Bruder Thomas, dass ich für seine Genesung bete."

„Achtet darauf, dass der Boden rutschig sein könnte."

„Vergesst Euren Umhang nicht."

„Kommt pünktlich zum Abendessen."

Rand beendete die Pattsituation. „Ich gehe und suche einen Zimmermann, um Euer Bett reparieren zu lassen."

Miriel ließ Sung Li los und drehte sich um. „Das wird nicht nötig sein." Und mit ihrem freundlichsten Lächeln durchquerte sie dann das Zimmer, um die Tür für Sung Li zu öffnen, wobei sie sich vorgetäuscht herzlich von ihm verabschiedete. „Ich wünsche Euch eine sichere Reise, Sung Li."

Als Sung Li an ihr vorbeiging, spürte Miriel, wie die Hitze seines Zorns von ihm ausströmte, fast wie die Hitze von einer Schmiede. Als er durch die Tür trat, wandte er sich um, um das letzte Wort zu haben und sie wahrscheinlich dafür zu schimpfen, dass sie Männer allein in ihrem Schlafzimmer empfing. Aber bevor er sprechen konnte, schloss sie die Tür vor seiner Nase. Sie drehte sich, lehnte sich gegen die geschlossene Tür und grinste Rand lüstern an.

Rand klackte mit der Zunge. „Was sind wir doch für Lügner."

„Lügner? Ich weiß nicht, von was Ihr sprecht." Sie fühlte sich recht selbstsicher, nachdem sie Sung Li erfolgreich herausgefordert hatte, spazierte zu Rand und strich mit den Fingern kokett über seinen Wappenrock. „Scheinbar habe ich doch Zeit für einen Ritt."

Ihr eigener Wagemut erregte sie und wurde noch durch das freudige Glitzern in Rands Blick vergrößert.

„Fürwahr?" Seine Stimme war heiser vor Verlangen und es gab keinen Zweifel, als sie sich anschauten, welche Art von Ritt sie vorhatten.

Sie lächelte über die Art und Weise, wie seine Augen dunkel und einladend und voller Zuneigung schienen und sie wusste, dass sie die richtige Entscheidung getroffen hatte.

Irgendwann würde sie schließlich ihre Jungfräulichkeit verlieren müssen. Und sie wollte sie niemandem mehr schenken als Rand.

Er ergriff ihre Finger, hob sie zu seinen Lippen und leckte langsam und anzüglich an ihnen, sodass sie erschauderte. „Euer Pferd ist bereit und wartet auf Euch, Mylady."

Kapitel 17

Rand beschloss, dass er wahrscheinlich der glücklichste Mann auf der Erde war. Miriel war ein Gottesgeschenk, eine Frau die für ihn und mit ihm log.

In diesem Augenblick wollte er nichts weiter. Es war einerlei, dass sie erst vor einer Stunde in den Ställen beieinander gelegen hatten. Auch machte es ihm nichts aus, dass sie ihn von seinen Pflichten ablenkte. Er hatte sogar das Interesse an Sung Lis exotischen Waffen verloren.

Der Versuchung, sich mit seiner Geliebten am helllichten Tag auf einem richtigen Bett auszustrecken und sich mit ihr vollends zu vereinen – Körper, Herz und Seele – konnte er unmöglich widerstehen.

Trotz der ungeduldigen Umarmungen, der keuchenden Küsse und dem aufgeregten Zupfen der kleinen Dirne an seinem Wappenrock schafften sie es irgendwie in das Bett. Er war entschlossen, zärtlich mit ihr umzugehen, ganz gleich, wie beharrlich ihr Bedürfnis war. Wenn es sein musste, konnte er der grausame Krieger sein, aber er war auch zu großer Zärtlichkeit fähig, insbesondere, wenn er bei einer Frau lag, die er verehrte.

Es war eine äußerst schwierige Aufgabe, denn überall, wo sie ihn berührte, brannte seine Haut anschließend vor Verlangen und mit jeder Faser seines Körpers sehnte er sich danach, die Flamme zu ersticken.

Aber er übte äußerste Zurückhaltung und ließ sich nicht von ihr hetzen, ganz gleich, wie sehr ihre Finger an seiner Kleidung zogen oder mit wie vielen Küssen sie ihn überschüttete. Natürlich erhitzte seine Zurückhaltung sie nur noch mehr. Schon bald schlug sie ein Bein besitzergreifend über ihn und versuchte im Bett auf ihn zu klettern.

„Ach, Mylady", stöhnte er und schmunzelte reuig, „wenn Ihr mit einem Galopp beginnt, wird es vorbei sein, bevor es überhaupt angefangen hat."

Ihre Augen sahen matt und blau wie Tannen in der Ferne aus, als sie sagte: „Vielleicht machen wir mehr als einen Ritt."

Er grinste. „Wirklich? Ihr seid eine ehrgeizige Frau."

Ein anderes Mal würde er es zulassen, dass sie ihn wie ein Schlachtross ritt und ihn nach ihrem Willen steuerte. Ein anderes Mal würde er ihr erlauben, ihn anzutreiben und zurückzuhalten und er würde ihr die vollständige Kontrolle überlassen. Aber bei ihrem ersten Mal, müsste er die Zügel in die Hand nehmen.

Er drehte sie auf den Rücken, wobei er ihre Beine zwischen seinen einschloss und ihre Hände ergriff, um sie zu beruhigen. Sie wimmerte verärgert. Die sture Füchsin wollte ihm offensichtlich nicht nachgeben.

„Lasst mich Euch reiten, meine kleine wilde Stute", lockte er sie. „Ich verspreche Euch, dass Euer Tag kommen wird."

Sie runzelte die Stirn, weil sie über ihren Abwurf

verärgert war, aber das hielt nicht lange an. Als er ihren Kittel öffnete und ihn mit seinen Zähnen herunterzog, um an ihren wohlschmeckenden Brüsten zu säugen, seufzte sie zufrieden. Als er ihr die Schuhe auszog und dann ihre Röcke hob, um ihre Strümpfe langsam auszuziehen, zitterte sie vor Entzücken.

„Ich will Euch ganz sehen", flüsterte er, „bei vollem Tageslicht."

Miriel war nicht schüchtern, was ihren Körper betraf und obwohl diese Eigenschaft nicht zu ihrem sanftmütigen Naturell passte, war er für ihre Schamlosigkeit dankbar. Sie war wie ein Schmetterling, der eifrig nackt und neu und schön aus seinem Kokon flatterte. Der Anblick, wie sie schamlos nackt auf der Decke lag, wobei ihre Haut im Sonnenlicht die Farbe von Honig annahm und ihr Haar unordentlich über das Kissen fiel und ihre Brüste klein, perfekt und einladend aussahen, raubte ihm den Atem.

Einen Augenblick lang starrte er sie nur an und nahm jeden Aspekt ihrer schönen Gestalt in sich auf - die zierlichen Knochen unterhalb ihres Halses, ihre glatte Bauchhöhle, die leichte Kurve an ihren Hüften, das weiche Dreieck mit kastanienbraunen Locken an der Verbindung ihrer Oberschenkel.

Dann sah er eine erst kürzlich verheilte Schnittwunde mit einem dunkelblauen Fleck auf einem ihrer Knie. Vor Schreck stockte ihm der Atem. Einen Augenblick lang konnte er nur auf die Markierung starren, während erstaunliche Gedanken durch seinen Kopf schwirrten.

Nay. Das konnte nicht sein. Miriel konnte nicht der *Schatten* sein. Die Verletzung war nur ein Zufall, mehr nicht.

Mit der Fingerspitze strich er leicht über die heilende

Wunde. „Wie habt Ihr Euch diese Wunde zugezogen, meine Liebe?“

Sie zog ihr Knie unwillkürlich zurück. „Das? Das ist nichts. Nur eine alte Verletzung.“

Er ergriff sie am Knöchel und streckte ihr Bein leicht, aber beharrlich, um ihr Knie genauer zu betrachten. „Das ist wesentlich mehr als nur ein blauer Fleck, würde ich sagen.“

„Ich bin ausgerutscht. Auf der Treppe.“

Er blickte ihr in die Augen. Sie waren groß und unschuldig. Sicherlich sagte sie die Wahrheit.

Dann runzelte sie die Stirn und biss sich auf die Unterlippe. „Ihr findet mich hässlich“, murmelte sie.

Rand blinzelte erschrocken. „Hässlich?“ Dachte sie das wirklich? Er empfand das glatte Gegenteil. „Oh, Mylady, ich finde Euch unvergleichlich schön. Jeden Kratzer, jede Kerbe und jede Sommersprosse.“ Wie um dies zu beweisen, küsste er sie ganz leicht auf das Knie. „Sie sind alle ein Teil von Euch.“

Oh Gott, wie hatte er sich jemals vorstellen können, dass das empfindsame Mädchen das sich ihm hier so lieblich anbot, ein harter Gesetzloser sein könnte?

Miriel errötete hübsch, während sie im Stillen fluchte. Verdammt! Wie hatte sie so sorglos sein können?

Die Verletzung an ihrem Knie war nur eine von einer Mehrzahl kleinerer Wunden, die man unweigerlich bei wöchentlichen Kampfübungen davontrug. Aber das konnte sie Rand wohl kaum erklären.

Eines Tages würde sie es tun. Eines Tages würde sie zugeben, dass die Waffen ihr gehörten. Eines Tages würde sie beichten, dass sie eine Meisterin chinesischer Kriegskunst war. Aber jetzt nicht. Nicht, während ihr sie anblickte, als wäre sie eine wertvolle und zerbrechliche Blume.

Glücklicherweise schien er die Lüge zu glauben, dass sie auf der Treppe gefallen war. Es war bestenfalls eine lahme Entschuldigung. Aber wenn man bedachte, dass sie hier nackt vor einem Mann lag, den sie erst vor weniger als zwei Wochen kennengelernt hatte, ihr Blut vor Verlangen kochte und sie bereit war, ihm das wertvollste zu geben, was sie anzubieten hatte, dann war es ein Wunder, dass sie sich überhaupt eine Entschuldigung hatte ausdenken können.

Unglücklicherweise war er noch nicht damit fertig, ihre Narben zu untersuchen.

Er fand eine auf ihrem Oberschenkel, die von einer Schnittverletzung von Sung Lis *Do* vor zwei Jahren herrührte.

„Was ist mit dieser?", fragte er.

Sie seufzte. Warum konnte er nicht weitermachen und sie verführen? Das war eine viel faszinierender Beschäftigung, als ihre Verletzungen aufzuzählen. „Ein Küchenmesser", log sie.

Er küsste sie dort auch und sie zitterte, als seine üppigen Locken leicht über ihre Oberschenkel strichen.

„Und hier?" Er berührte die Narbe weit oben auf ihrem anderen Oberschenkel, wo sie von einer *Fu Pa* getroffen worden war.

Sie bebte immer noch herrlich von dem sinnlichen Kitzeln seines Haars und empfand es als mentale Herausforderung, sich neue Lügen auszudenken. „Eine ... eine Kuh."

„Eine Kuh?“

„Das Horn einer Kuh. Die Art, wie ich sie gemolken habe, gefiel ihr nicht.“

Sie wusste, dass es eine lächerliche Erklärung war, aber sie konnte keine vernünftigen Gedanken mehr fassen. Und die Tatsache, dass er sich mit seinen Küssen immer weiter nach oben bewegte zu der Stelle, wo sie seine warme Zunge und seinen hungrigen Mund am meisten spüren wollte, sorgte dafür, dass es ihr einerlei war, ob das, was sie sagte, einen Sinn ergab.

Mit dem Daumen strich er über einen verblassten blauen Fleck auf ihrem Hüftknochen. „Und was ist hier passiert?

„Ich ... ich ...“ Dort hatte sie einen harten Tritt abbekommen, als sie sich nicht schnell genug geduckt hatte. „Daran kann ich mich nicht erinnern.“

Er strich mit der Zungenspitze über die Stelle. „Ihr könnt Euch nicht erinnern?“

„Sung Li sagt, dass ich ... tollpatschig bin. Wahrscheinlich ... bin ich gegen einen Tisch gestoßen.“

Er saugte leicht an der Stelle. Dann folgte er mit dem Mund der Kurve ihres Beckens, bis er an den Rand der Locken kam, die ihre Weiblichkeit schützten.

„Ihr wisst doch“, murmelte er, „dass ich Euch beim Beiliegen auch eine Verletzung zufügen muss?“

Miriel hatte keine Angst. Die Klinge in seiner Hose war nicht scharf. Nichts, was er tun könnte, könnte sie so sehr schmerzen, wie ein Schnitt von einem *Shuriken* oder *Foa Huen*. Tatsächlich freute sie sich darauf, von seiner festen, glitschigen Waffe aufgespießt zu werden. Warum quälte er sie mit seiner Ansprache?

Ein oder zwei Mal bewegte er seinen Kopf nach unten,

teilte ihre unteren Lippen und steckte seine Zunge dazwischen, wobei er die brandheiße Knospe ihres Bedürfnisses berührte und sie glauben machte, dass sie bei der Berührung aufblühen würde.

Als sie mit ihrer Geduld fast am Ende war und sie sich gezwungen fühlte, seinen Kopf zu ergreifen, um ihn zu zwingen, sie ganz und gar zu verschlingen, bewegte er sich von ihr weg und frustrierte sie noch mehr.

Während sie noch angesichts der vereitelten Befriedigung ihres Bedürfnisses keuchend dalag, setzte er sich auf den Bettrand und zog seinen Wappenrock über den Kopf. Sie unterdrückte ein verärgertes Stöhnen, während sie die Lagen an Rüstung musterte, die er trug. Verflucht, es würde eine Ewigkeit dauern, bis er ausgezogen war. Sicherlich wollte er sie nicht so lange warten lassen.

„Kommt jetzt zu mir", bat sie ihn und ihre Stimme war heiserer und fordernder, als sie beabsichtigt hatte.

Er lächelte sie schief an und eines seiner entzückenden Grübchen kam zum Vorschein. „Geduld, meine Liebe."

Warum ließ der Knappe sie so lange warten? An der Glut in seinem Blick erkannte sie, dass er es so sehr wollte wie sie. Sie beabsichtigte, die Verzögerung sofort aufzuheben. Als er begann, das Kettenhemd von seinen Schultern zu heben, streckte sie eine Hand darunter, um mit der Handfläche besitzergreifend gegen die Wölbung in seiner Hose zu drücken.

Er stöhnte und bei dem Geräusch durchfuhr eine Welle der Macht ihre Seele. Jetzt würde sie ihn nach ihrem Willen beugen.

Zu ihrer Überraschung widerstand er aber und schob ihre Hand vorsichtig, aber bestimmt weg, wobei seine Stimme vor Zurückhaltung zitterte. „Bei Gott", stöhnte er.

„Erlaubt mir zumindest, meine Rüstung abzulegen, Mylady."

Sie schaute finster vor Verärgerung. Es war ihr einerlei. Sie würde sich auch in voller Rüstung auf dem Rücken eines Pferdes mit ihm vereinen, wenn es ihre Erfüllung beschleunigte.

Während sie mit kaum verborgener Ungeduld wartete, warf er sein Kettenhemd ab und entfernte dann den wattierten Gambeson darunter. Peinlich genau legte er danach seine Eisenschuhe und Kniebuckel ab und öffnete dann den Gürtel, der seine Beinlinge oben hielt und ließ alles auf den Boden fallen. Schließlich zog er sein Leinenunterhemd und seine Hose aus, bis er endlich so nackt wie ein neugeborenes Baby vor ihr stand.

Aber er sah in keiner Weise aus wie ein Baby. Nay, er war äußerst männlich.

Wenn sie gedacht hatte, dass sie zuvor schon Verlangen nach ihm verspürt hatte, so war das nichts im Vergleich zu dem Gefühl, das sie jetzt empfand, als sie seinen großartigen Körper im goldenen Sonnenlicht erblickte.

Verdammt, er war wirklich großartig. Seine Schultern waren breit und kräftig, seine Arme mit Muskeln bepackt und seine Hände groß. Seine Brust hätte bedrohlich bei ihrer Breite und Stärke wirken sollen. Und doch sehnte sie sich danach, Zuflucht in seiner Umarmung zu finden. Sein flacher Bauch war nur wenig behaart und das wenige Haar glitzerte im Sonnenlicht. Er hatte schmale Hüften und die Kurve seines Pos ließ sie mit der Hand darüberstreichen wollen. Sie ließ ihren Blick zu seinen starken Beinen, seinen mächtigen Oberschenkeln und seinen fein gezeichneten Waden wandern. Heilige Maria, sogar seine Füße waren schön.

Aber nichts war mit dem dunklen Geheimnis des Schafts zu vergleichen, der stolz aus seinem Nest von trügerisch weichen Locken hervorragte und dort blieb ihr Blick haften.

„Mylady“, stöhnte er und ein Lächeln umspielte seine Lippen, „ich glaube, Ihr verschlingt mich mit Euren Augen.“

Reuig verzog sie den Mund. „Scheinbar ist das alles, was Ihr zulassen wollt.“

„Seid Ihr bereit für mich?“

Es war eine lächerliche Frage. Ihr Mund war trocken vor Durst nach ihm und ihr Herz raste. „Das wisst Ihr genau“, flüsterte sie.

„Ich will Euch nicht weh tun, meine Liebe“, sagte er, kam näher und streckte die Hand nach ihrem Knöchel aus und schob seine Hand langsam nach oben, wobei die Reibung an ihrem Bein himmlisch war. „Versprecht mir etwas. Versprecht mir, dass Ihr mich dieses eine Mal die Zügel führen lasst.“

Glücklich schloss sie die Augen und nickte und war bereit, ihm alles zu versprechen, wenn er nur fortfuhr, sie so zu berühren.

Rand schluckte schwer. Trotz seiner rücksichtsvollen Worte sehnte sich der Wolf in ihm, Miriel das zu geben, von dem sie glaubte, dass sie sich danach sehnte, alle Vorsicht in den Wind zu schlagen und sich auf ihren entzückenden Körper zu legen und in ihre einladende Weichheit einzutauchen.

Als er sich neben ihr auf dem Bett ausstreckte, spürte er die Hitze, die zwischen ihren nackten Körpern wie flüssiges Feuer floss, obwohl sie sich gar nicht berührten.

Obwohl er schon bei so manch lüsterner Gastwirtstochter, bei frechen Dirnen und neugierigen adligen Damen gelegen hatte, hatte Rand noch nie bei einer Jungfrau und auch nicht bei einer Frau, die ihm so viel bedeutete, gelegen. Er wollte keinen Fehler machen.

Er fuhr ihr mit den Fingern durch die Haare und zog sie nah genug an sich heran, um sie zu küssen. Aber das schalkhafte Mädchen war nicht zufrieden mit einem einfachen Kuss. Sie schlang ihren Arm um seinen Hals und verschmolz in seiner Umarmung.

Wo sie sich berührten, verbreitete sich eine wohlige Wärme. Und als sie ihre weichen Brüste gegen ihn drückte, fühlte es sich an, als würde ihr Fleisch verschmelzen. Es war ein völliges Wonnegefühl, in dem er sich nicht verlieren durfte, wenn er sanft bleiben wollte.

Er drehte sie beide um, bis er über ihr ragte. An ihrem lüsternen Blick konnte er erkennen, dass es nicht lange dauern würde, bis sie für sein Eindringen bereit war. Schon jetzt pochte ihr Puls und sie atmete schnell. Ihre Brustwarzen erwachten unter dem leichten Reiben an seiner Brust. Ihre prallen Lippen wurden bereits feucht vor Sehnsucht.

Er streckte die Hand nach unten und teilte die feuchten Blätter ihrer weiblichen Blüte, um den Weg für sich zu erleichtern.

Trotz ihres Versprechens klammerte Miriel sich an seine Schultern, stieß ihre Hüften nach oben und versuchte, sein Eindringen zu beschleunigen.

„Aye", stöhnte sie mit vor Sehnsucht heiserer Stimme.

„Noch nicht", flüsterte er.

Er begann, ihre geschwollene Knospe zu reiben und seine Finger wurden nass von den Säften ihres Verlangens und sie wölbte sich ihm einladend entgegen.

Bei Gott, es war eine Einladung, der er gern nachkommen wollte. Bald, schwor er sich, bald.

Langsam erhöhte er die Geschwindigkeit seiner Liebkosungen und drängte sie unerbittlich zu immer höheren Ebenen der Leidenschaft, bis sie begann, flach und erwartungsvoll zu atmen, da sie kurz vor ihrer Erlösung stand.

Erst dann legte Rand seinen schmerzenden Schaft in ihr nachgiebiges Fleisch und drückte nach innen gegen ihr Jungfernhäutchen.

Kurz vor ihrem Höhepunkt flüsterte Rand ihr ins Ohr. „Verzeiht mir."

In dem Augenblick, als sie unter der Ablenkung der ersten Zuckungen der Erlösung zitterte, tauchte er ganz in sie hinein. Sie zuckte zusammen, schrie aber nicht und befand sich noch in den Qualen ihrer Erlösung.

Es war gnädig, sie so zu nehmen und doch konnte Rand nicht anders, als zu bereuen, dass er ihr zartes Fleisch zerrissen hatte. Während er angesichts der reinen Wonne, dass er von der Weichheit umgeben war, zitterte, war er vorsichtig und blieb ruhig, um ihrem Körper die Möglichkeit zu geben, sich an sein Eindringen zu gewöhnen. Es war nicht einfach, da jeder Instinkt ihm sagte, dass er gegen die feuchte, warme Umgebung ihres Leibs kämpfen sollte.

Trotz ihres Versprechens, dass sie ihn die Zügel im Liebestanz in die Hand nehmen lassen würde, initiierte Miriel schließlich das langsame zurückziehen und eindringen, womit das schönste Beiliegen in Rands Leben begann.

Noch nie hatte er sich so zärtlich und doch so wild

gefühlt. Er passte sich Miriels Rhythmus an, obwohl sie wie eine Reitschülerin war, die noch nicht gewohnt war zu traben, aber entschlossen, über unentdecktes Land zu galoppieren.

Später würde Zeit sein, sie die Muße des Liebesaktes zu lehren. Jetzt würde er sich mit den Fingern in der Mähne des wilden Pferdes namens Lüsternheit verknoten und sich bei dem Ritt festhalten.

Ihre Leidenschaft stieg so schnell und mit solcher Kraft, dass ihre Paarung eine animalische Wildheit annahm. Das Bett ächzte unter jedem Stoß ihrer Hüften, als wenn es ihre wilden Schreie echote. Und als sie zusammen den letzten steilen Hügel ihrer sinnlichen Reise anstiegen, spürte Rand, dass die Welt um ihn herum verschwand und jetzt gab es nur noch seinen Durst, der gelöscht werden und die liebliche Miriel, die wunderschöne Frau, die das Feuer in ihm ersticken konnte.

Als das Mädchen spontan ihre Beine um ihn schlang und ihre Fersen in seinen Po drückte, zuckten seine Lenden zusammen und einen verzweifelten Augenblick lang befürchtete er, dass seine Leidenschaft davonspringen könnte und er sie zurücklassen würde.

Aber im nächsten magischen Augenblick wölbte sie sich hoch, keuchte erstaunt und sie erklommen den Gipfel des Verlangens gemeinsam.

Ein intensiver Blitz schien durch Miriels Körper zu fahren, als sie zu ihrem Höhepunkt kam. Ihr Körper bebte, als sie zuckend ihre Erlösung fand. Sie schrie vor reiner Ekstase und erwidertem Verlangen, während Rands Brüllen ihre eigene Befriedigung echote.

Dann brach sie zusammen – ohne Knochen, verbraucht und völlig verletzbar. Sie konnte noch nicht mal mehr die Kraft finden, ihre Augenlider zu heben. Aber trotz der Schwäche, der jeden ihrer Muskel befallen hatte, fühlte sie sich seltsamerweise sicher, beschützt und wertvoll in Rands Armen. Er dominierte sie zwar physisch, sowie er mit seiner größeren Stärke und seinem Gewicht über ihr ragte, aber auch er hatte in ihrer Umarmung kapituliert.

Als sie anschließend keuchend da lag und ihre Nerven immer noch mit sexueller Energie schwirrten, merkte sie, dass sie sich noch nie lebendiger und kräftiger gefühlt hatte. Dies war das perfekte Gleichgewicht, das perfekte Yin und Yang. Nicht nur in ihrem Körper, sondern auch in ihrer Seele. Wo sie noch verbunden waren, pulsierte sie noch von der Aufregung seines Eindringens. Sie lagen Brust an Brust und Hüfte an Hüfte und es schien fast, als wären sie ein Wesen.

„Habe ich Euch wehgetan?", flüsterte er ihr zu.

„Nay." Es war nur ein kleines Brennen gewesen wie die Wunde von einem *Woo Diep Do*. Fürwahr, das ungewohnte Eindringen in ihre persönlichste Stelle hatte sie weit mehr schockiert. Sie hatte nicht erwartet, dass sie sich so ... beherrscht fühlen würde.

Er zog sich ein wenig zurück. Aber jetzt hatte sie sich an ihn gewöhnt und wollte ihn nicht gehen lassen. Mit letzter Kraft legte sie ihre Ferse auf seinen Po und hielt ihn zurück.

„Bleibt", bat sie ihn leise und er kam ihrer Bitte nach.

Als sie die Augen langsam öffnete, starrte er mit einer unerklärlichen Miene auf sie herab. Staunen. Oder Freude. Oder Überraschung. Was auch immer es war, sie freute sich darüber und lächelte zu ihm hoch.

Sein Gesicht verzog sich langsam zu einem Grinsen und Miriel fühlte sich plötzlich ausgelassen und streckte die Hand hoch, um eines seiner Grübchen zu berühren.

Auch er musste sich so gefühlt haben, denn er runzelte die Stirn mit vorgetäuschter Ernsthaftigkeit und sagte zu ihr: „Das habe ich bei einem Messerkampf mit dem Teufel davongetragen."

„Oh aye?" Ihre Lippen zuckten, als sie ihren Finger zu dem anderen Grübchen bewegte. „Und dieses?"

„Der Teufel ist sehr schnell."

„Und scheinbar ist er auf Symmetrie bedacht." An seinem Kinn befand sich eine echte Narbe oder eher eine kleine Kerbe. Sie berührte sie mit der Fingerspitze. „Und was ist hiermit?" Dann fügte sie hinzu: „Die Wahrheit bitte."

„Die Wahrheit?"

„Aye."

„Ich bin vom Pferd gefallen und gegen einen Zaun gestoßen."

„Ihr seid vom Pferd gefallen?"

„Ich war erst drei Jahre alt", erklärte er.

Sie nickte. Nun, da sie ihre Narben mit ihm geteilt hatte, schien es nur recht, dass sie auch etwas über seine erfuhr. So wie er es gemacht hatte, hob sie ihren Kopf und küsste die verheilte Wunde.

Über der Augenbraue genau unter dem Haaransatz war eine dünne weiße Linie. „Und hier?"

„Da hat mich ein Räuber erwischt."

Sie zuckte zusammen und beugte seinen Kopf zu sich herunter, um die Narbe zu küssen. Dann untersuchte sie sein Gesicht mit ihren Fingern, wobei sie seine Haare zurückschob und über sein leicht stoppeliges Kinn rieb, während er geduldig ihre Aufmerksamkeiten ertrug. An der Seite seines Halses fand sie eine lange, oberflächliche Schnittwunde.

„Und das hier?"

Seine Augen wurden ernst und sie wünschte sie schon fast, dass sie nicht gefragt hätte.

„Mein ... Vater."

„Euer Vater?"

Plötzlich schien ihm unbehaglich zu sein und wieder wünschte sie sich, sie hätte sich auf die Zunge gebissen. Sie wollte die unbekümmerte Stimmung gewiss nicht verderben. Aber er antwortete ihr trotzdem.

„Es war ein Unfall. Er ... er ist mit seinem Schwert ausgerutscht, als wir geübt haben."

Sie spürte, dass das nicht alles war, aber vielleicht würde sie den Rest ein anderes Mal erfahren. Sie versuchte, ihn von seiner Ernsthaftigkeit abzulenken und schnüffelte an seinem Hals, wobei sie ihn mit ihrem Haar kitzelte und dann küsste sie die alte Verletzung.

Als er sich zurücklegte, ließ sie ihre Finger über seine Brust gleiten und suchte nach Makeln. Es gab keine. Aber auf seiner Schulter befand sich eine gezackte Narbe, die einige Zoll lang war. „Hier?"

„Von einem Pfeil."

Sie runzelte die Stirn. Das schien unwahrscheinlich. Die Wunde von einer Klinge konnte eigentlich nur so gezackt sein, wenn sie mit einer grausamen Bewegung des Handgelenks zugefügt worden wäre, aber Pfeilwunden waren im Allgemeinen sauber.

Als könnte er ihre Gedanken lesen, fügte er hinzu: „Die Spitze musste heraus gegraben werden."

Eine unerwartete Welle des Beschützerinstinkts stieg in ihr auf, während sie sich vorstellte, dass jemand in Rands

Fleisch herumbohrte. Sie murmelte: „Der Heiler muss ein Metzger gewesen sein."

Er lächelte sie reuig an. „Ich war der Heiler."

Sie blickte in seine schönen braunen Augen. Das meinte er doch sicherlich nicht ernst. Aber während sie ihn anstarrte, zuckte er verlegen mit den Schultern.

Fasziniert schüttelte sie den Kopf. Was für ein bemerkenswerter Mann er doch war. Miriel war stolz darauf, dass sie so viel Schmerzen aushalten konnte, aber sie konnte sich nicht vorstellen, dass sie eine Pfeilspitze aus ihrer eigenen Schulter heraus graben würde. Mit erneutem Respekt küsste sie seine beschädigte Haut ehrfurchtsvoll.

Er stützte sich höher auf seinen Armen und ermöglichte ihr den Zugang zu seinem Bauch. An seiner untersten Rippe war ein dunkelblauer Fleck. Mit dem Daumen strich sie vorsichtig über die Stelle. „Das hier ist neu."

„Ach", sagte er und blickte darauf. „Das ist von meinem Kampf mit dem *Schatten*. Es ist nichts."

Ihre Lippen verzogen sich zu einem Lächeln. Natürlich würde er das sagen. Er würde niemals zugeben, dass der *Schatten* ihn besiegt hatte.

Wieder blickte sie auf den dunkelblauen Fleck. Sie würde ihre angenehme Position nicht aufgeben, um ihn dort zu küssen. Sein Unterleib lag auf ihr und jedes Mal, wenn er sich bewegte, strich sein kratziges Haar faszinierend gegen ihre empfindliche weibliche Wölbung und erregte sie. Stattdessen küsste sie ihre Fingerspitzen und berührte dann die Verletzung.

Bevor sie ihre Hand zurückziehen konnte, nahm er sie und führte sie nach unten über seinen Bauch. In seinen Augen war Schalkhaftigkeit zu sehen, während er ihre Finger gegen seine Locken an der Stelle drückte, wo die

Innenseite seines Oberschenkels an seinen Unterleib stieß. Sie war überrascht, dort eine kleine gezahnte Narbe vorzufinden.

Sie hörte seine umständliche Erklärung nicht, denn sie war viel zu abgelenkt von dem, was nur wenige Zoll entfernt lag, die Stelle, wo ihre beiden Körper vereint waren. So, wie sie dort verbunden waren, schienen sie ein Wesen zu sein und der Anblick erregte sie. Ihre Muskeln spannten sich wieder um ihn an und sie fing unglaublicherweise an, erneut nach ihm zu gieren.

Sie ignorierte sein Geschwätz und bewegte ihre Hand kühn nach innen, bis sie die Stelle berührte, wo sie verbunden waren, das samtige Fleisch seines Schwanzes und ihre eigenen weichen, weiblichen Falten. Er zitterte einmal bei ihrer Berührung und sie spürte, wie sich sein Schaft in ihr bewegte.

„Mylady, Ihr führt mich in Versuchung", flüsterte er, „dass wir uns auf einen neuen Ritt begeben."

„Hmm. Dieses Mal halte ich die Zügel."

Und das tat sie auch. Sie drehte ihn um und ritt mit gespreizten Beinen auf ihm. Zuerst langsam und dann hob sie sich lüstern und ließ sich wieder in den Sattel seiner Hüften fallen, wobei sie den Zug seines Fleisches in ihr genoss. Aber ihr langsamer Ritt wurde zu einem lüsternen, unruhigen Galopp. Ihre Bewegungen ließen ihre Brüste wackeln und verhedderten ihr Haar, während sie ihren Kopf hingerissen hin und her drehte.

Rand hielt die Augen fest geschlossen, biss die Zähne zusammen und auf seiner Stirn bildeten sich Schweißtropfen. Er schien die Qualen der Wonne zu erleiden. Dieses schöne, gequälte Gesicht zu beobachten erhöhte die Intensität ihrer Leidenschaft und schon bald merkte sie, dass sie auf den Rand der Klippen zuritt und in den tiefen Abgrund der Erlösung sprang.

Er folgte ihr und runzelte die Stirn, als würde er Qualen erleiden, während sich jeder Muskel mit faszinierender Kraft zusammenzog. Als er seinen eigenen Höhepunkt erlebte, schrie er auf wie ein verwundeter Mann und pumpte tief in ihren sich immer noch zusammenziehenden Unterleib. Als er fertig war, entspannte er sich neben ihr und zitterte wie ein müdes Schlachtross nach einem harten Tag.

Ihr ging das Herz auf, sowohl wegen des berauschenden Gefühls, dass sie das Wildpferd ihres Verlangens kontrollierte und wegen der Zuneigung, die sie spürte, wenn sie auf Rand herabblickte. Er lag jetzt ruhig da und war so schlaff wie ein Seemann, der Schiffbruch erlitten hat und an Land gespült worden war. Aber man durfte seine gezügelte Kraft nicht missverstehen. Noch vor einem Augenblick hatte er wie ein schweres Gewitter getobt. Und jetzt schien er so verletzlich wie ein Kind.

Eine Welle der Zärtlichkeit überkam sie und müde vom Liebesakt sank sie auf seine Brust, legte ihren Kopf an seine Schulter und schloss die Augen.

Seine Arme umgaben sie und sein Herzschlag, ihre völlige Befriedigung und das wärmende Sonnenlicht, das durch das Fenster fiel, wirkten zusammen wie ein Schlaflied, das dafür sorgte, dass sie selig einschlief. Dann träumte sie von nassen Küssen und funkelnden braunen Augen und dass sie Sir Rand heiratete.

Rand hatte keine Knochen mehr in seinem Körper. Er war sich sicher, dass Miriel jeden einzelnen geschmolzen hatte.

Noch nie hatte er eine so wilde Freude und solch eine vollständige Befriedigung gespürt. Bei den Heiligen, es fühlte sich fast an, als wäre er bis zu diesem Augenblick Jungfrau gewesen.

Miriel hatte ihn an einen Ort geführt, an dem er noch nie zuvor gewesen war, in einen sicheren Hafen der Liebe und der Akzeptanz. Und er wollte von diesem Hafen nicht wieder wegsegeln. Bei ihr zu liegen hatte sich so richtig angefühlt, dass er für den Rest seines Lebens bei keiner anderen Frau mehr liegen wollte.

Das war eine erschreckende Feststellung, aber er wusste schon seit einigen Tagen, dass er Miriel heiraten wollte, wenn sie es wollte und ihre Familie zustimmte. Sonst hätte er niemals das Geschenk ihrer Jungfräulichkeit annehmen können. Es gefiel ihm in Rivenloch – die üppige Landschaft, die freundlichen Burgbewohner und die großartige Kampftruppe. Aber seine Liebe für Lady Miriel übertraf alles andere.

Wie er ihre Familie davon überzeugen wollte, dass sie einen Bastard heiraten dürfte, wusste er nicht. Er musste darauf vertrauen, dass seine kämpferischen Fähigkeiten, seine Freundschaft und seine Loyalität sie von seinem Wert überzeugen würden.

Er wiegte das hübsche Mädchen an seiner Schulter, während sie schlief. Das Geräusch ihres langsamen Atmens war so tröstlich wie das sanfte Prasseln von Regen auf einem Schilfdach und ihr Atem wärmte die Stelle über seinem Herzen. Er legte sein Kinn auf ihren Kopf und rieb abwesend eine Locke ihres Haares zwischen seinem Daumen und seinem Finger und staunte über die seidige Struktur ihres Haares.

Sie war eine faszinierende Frau. Nach außen schien sie

so zerbrechlich wie eine Rose zu sein. Aber je mehr Zeit er mit ihr verbrachte, desto mehr bemerkte er, dass die zarte Blume einen Stiel aus Stahl besaß.

Vielleicht würden sich andere Männer von einer solchen Frau abgestoßen fühlen. Solche, die es bevorzugten, dass ihre Frauen folgsam, demütig und anpassungsfähig waren. Aber Rand bewunderte Frauen mit Kraft und Schlagfertigkeit, Mut und Überzeugung. Obwohl er erst angefangen hatte, an der Oberfläche von Miriels Charakter zu kratzen und obwohl sie sich scheinbar große Mühe gab, ihr mutiges und unabhängiges Naturell zu verbergen, spürte er, dass sie eine solche Frau war.

Er sah es an dem schalkhaften Funkeln in ihren unschuldigen Augen, hörte es in den klugen Lügen, die sie ohne mit der Wimper zu zucken erzählte und spürte es in ihrem schamlosen und leidenschaftlichen Beiliegen.

Miriel war eine einzigartige Frau. Vielleicht konnte er es wagen zu hoffen, dass sie unkonventionell genug war, über seine uneheliche Geburt hinweg zu sehen und ihm seine vergangenen Sünden als einfacher Söldner zu verzeihen. Er war schließlich zur Hälfte adlig. Sein Vater war zwar ein betrunkenes Ungeheuer, aber er war immer noch ein Lord. Und was Rands Beruf betraf, würde er ihn gerne aufgeben und dafür einen Platz in Rivenlochs Truppe einnehmen.

Vielleicht könnte er sich Miriels Liebe würdig erweisen.

Die liebliche Dame seufzte im Schlaf und ihre Hand legte sich auf seine Brust, als wenn sie Anspruch auf ihn erheben wollte.

Es machte ihm nichts aus. Überhaupt nichts. Er wollte nichts mehr, als zu Miriel von Rivenloch zu gehören.

Kapitel 18

Miriel war es gewöhnt, ihren Willen zu bekommen. Ganz gleich wie unterwürfig sie erschien, sie konnte mit Manipulation fast alles bekommen. Während sie also Sung Lis Tai-Chi Stellungen im Licht der aufgehenden Sonne nachahmte, waren ihre Gedanken Tausende von Meilen weg und sie überlegte, wie sie Sir Rand dazu bewegen könnte, um ihre Hand anzuhalten.

Es musste schon bald geschehen. Miriel war schließlich nicht naiv. Sie wusste, dass die geringe Möglichkeit bestand, dass er sie gestern geschwängert hatte. Fürwahr, der Gedanke, dass sie vielleicht schon sein Kind trug, war seltsamerweise erfreulich.

„Lächelt nicht", sagte Sung Li über seine Schulter. Miriel hatte keine Ahnung, wie der alte Mann wissen konnte, dass sie lächelte. Vielleicht hatte er Augen hinten am Kopf.

Sie versuchte zu gehorchen, aber sie konnte an nichts anderes denken, als an die seelenerschütternde Intensität des Beiliegens mit Rand am Tag zuvor und das herzerwärmende Vergnügen, anschließend in seinen Armen zu liegen. Dieses Glück wollte sie niemals mehr verlieren.

Sung Li sprang langsam nach rechts und Miriel machte die Bewegung nach, obwohl ihre Beine von den Anstrengungen des gestrigen Beiliegens zittrig waren.

Sie konnte natürlich niemandem erzählen, was sie getan hatte. Ihren Schwestern nicht. Oder Sung Li. Besonders nicht Sung Li. Sie würden sie unvorsichtig und verantwortungslos nennen, dass sie ihre Jungfräulichkeit an einen Mann aufgegeben hatte, mit dem sie noch nicht verheiratet war.

Aber das gedachte sie in Ordnung zu bringen. Schon bald.

Sung Li streckte einen Arm in einem großen Bogen aus. Sie machte es ihm nach. Zumindest glaubte sie das. Aber als er den Kopf umwandte und zischte: „Passt auf!", merkte sie, dass sie den falschen Arm bewegt hatte.

Er blickte sie finster an. „Ihr seid Eurem Meister heute nicht würdig."

Sie schluckte. Er hatte Recht. Sie konnte sich nicht konzentrieren. „Es tut mir leid, *Xian Sheng*."

„Wir sind fertig", sagte er mit ernster Endgültigkeit.

Sie machte ein langes Gesicht. „Aye, *Xian Sheng*." Sie wollte ihm entgegentreten, sich entschuldigen und die Beleidigung irgendwie wiedergutmachen. Aber es war unmöglich, mit Sung Li zu diskutieren, wenn er einmal eine Entscheidung getroffen hatte.

Die Tatsache, dass er seine Übung abgebrochen hatte, war ein ernster Tadel für Miriel. Vom ersten Augenblick an, als er zu ihr nach Hause gekommen war, hatte er erklärt, dass sein Leben von jenem Tag an ihr gewidmet sein würde, dass er sie die alten und heiligen Bräuche seines Volkes lehren würde. Er machte ihr klar, was für ein wertvolles Geschenk er ihr damit machte, dass sie ein geheimes Wissen lernen durfte, das nur wenigen zuteilwurde. Es war eine große Beleidigung für Sung Li, wenn sie seiner Unterweisung nicht ihre vollständige Aufmerksamkeit widmete.

Vielleicht würde er ihr morgen verzeihen, aber jetzt war er offensichtlich erst einmal fertig mit ihr. Er nahm seine Dienerinnen Kleidung vom Haken an der Wand und schüttelte die Röcke fest aus, bevor er sie über seine Leinenhose anzog.

Respektvoll verbeugte sich Miriel vor ihm und saß dann verloren auf dem Bett und hatte ein schlechtes Gewissen.

„Der Ritter wird den *Schatten* schon bald schlucken", sagte Sung Li so leise, dass Miriel ihn kaum hörte.

„Wie bitte?"

„Ihr müsst bereit sein."

„Was meint Ihr damit?"

Aber ob aus Boshaftigkeit oder um geheimnisvoll zu klingen, beabsichtigte Sung Li scheinbar nicht, seine kryptische Bemerkung zu erklären. Mit ernster Miene, die Miriel einen unheilvollen Schauer über den Rücken jagte, wandte er sich um und verließ das Zimmer.

Miriel versuchte, sich mit der Tatsache aufzumuntern, dass Rand sie heute zum Markt begleiten wollte. Also zog sie ihr rosenrotes Lieblings-Surcot an, wählte ein passendes Band für ihr Haar und musste bei dem Gedanken lächeln, dass sie Rand wiedersehen würde. Es war erst einen halben Tag her, dass sie seine entzückenden Grübchen betrachtet, in seine funkelnden Augen geblickt und den verführerischen Mund geküsst hatte, aber es kam ihr wie eine Ewigkeit vor.

Schnell zog sie ihre Lederschuhe an, legte den Umhang

um ihre Schultern und eilte die Treppe hinunter, wobei sie nicht aufhören konnte zu grinsen.

Als Rand von seinem Frühstück aufblickte, um die zarte Rosenblüte zu betrachten, welche die Treppe in die große Halle hinabschwebte, verschluckte er sich fast an seinem Haferkuchen. Bei den Engeln im Himmel, sie war selbst angekleidet schöner als in seiner Erinnerung. Wie wäre es, wenn sie jeden Morgen die Treppe hinabschwebte, um ihn zu begrüßen?

Nay, berichtigte er und lächelte hinterhältig, wenn Miriel seinen Antrag annahm, würde er sie bis nachmittags im Bett zurückhalten.

„Guten Morgen!“, rief sie mit strahlendem Gesicht.

Rand fühlte sich so glücklich wie ein Hund, der mit dem Schwanz wedelte, wenn sein Herr das Zimmer betrat. Er nahm an, dass es jämmerlich war, sich so einfach manipulieren zu lassen, aber das machte ihm nichts aus. Er würde gern Miriels Sklaven spielen.

Natürlich würde er sie nie wissen lassen, welche Macht sie über ihn hatte.

Er schluckte den Haferkuchen hinunter, verbeugte sich höflich und musterte sie dann mit vorgetäuschter Lässigkeit. „Mylady, was führt Euch heute Morgen so früh nach unten? Und warum seid Ihr so elegant gekleidet? Plant Ihr, heute die Ställe auszumisten?“

Verrucht kniff sie die Augen zusammen und knuffte ihn tadelnd mitten in die Brust. Zu seiner Überraschung wurde er um einige Zoll nach hinten geschoben. Das kleine Weib war kräftiger als sie aussah.

Er grinste und rieb sich über die Stelle.

„Ich hoffe, Ihr habt viele Silbermünzen mitgebracht“, höhnte sie und hob eine Augenbraue.

„Genug, um den Mond und die Sterne für Euch zu kaufen.“

Sie neigte den Kopf. „Und was ist mit der Sonne?“

„Die Sonne?“ Er gab vor, darüber nachzudenken und runzelte dann die Stirn. „Ich glaube, ein Mädchen wie Ihr sollte nicht mit dem Feuer spielen.“

Sie trat näher zu ihm heran und murmelte: „Aber ich spiele gern mit Feuer.“ Sie senkte ihren Blick auf sein schnell anschwellendes Gemächt.

„Oh, aye, mein verruchtes Mädchen“, flüsterte er, „das stimmt sicherlich.“

„Wo sind meine Schwestern?“, stotterte sie und blickte sich in der Halle um.

Er verzog den Mund zu einem Lächeln. „Auf dem Übungsplatz.“

„Dann küsst mich“, hauchte sie.

Im denkbar schlechtesten Augenblick sah Rand über Miriels Kopf hinweg am Eingang zum Lager, dass die teuflische Dienerin ihn finster anstarrte. Statt des beabsichtigten leidenschaftlichen Kusses beugte er sich vor und küsste Miriel keusch auf die Stirn.

Jetzt blickte Miriel mürrisch und war offensichtlich enttäuscht.

„Sung Li!“, rief er und winkte der alten Dienerin fröhlich zu. „Guten Morgen!“

Miriels Augen weiteten sich überrascht und sie trat einen Schritt weg von ihm.

Sung Li starrte ihn immer noch finster an, aber er ignorierte ihre zornige Art und sprach sie mit einer herzlichen Einladung an „Wollt Ihr mit uns zum Markt kommen?“

Miriel schaute ärgerlich, aber Rand wusste, dass es eine harmlose Einladung war. Sung Li hatte erst vor zwei Tagen behauptet, dass Märkte nur für *Zhi*, für Kinder, gedacht wären.

Sie blickte ihn unverdientermaßen böse an, während sie herbeieilte und einen Augenblick lang überlegte Rand, ob die verrückte Alte vorhatte, ihm die Augen auszustechen oder ihn in ihrer Sprache zu verfluchen, weil er eine solch kühne Einladung ausgesprochen hatte.

Aber im allerletzten Augenblick ergriff sie Miriels Arm. „Passt auf, dass Ihr vor dem Abendessen zurück seid."

„Natürlich", antwortete Miriel.

Aber Sung Li ließ sie nicht los. Sie zog Miriel noch näher an sich heran und sagte eindringlich: „Der Ritter der Nacht wird schon sehr bald kommen. Sehr bald."

Im nächsten Augenblick musste eine geheime Kommunikation zwischen den beiden stattgefunden haben, denn Miriel nickte ernsthaft und murmelte dann: „Ich werde aufpassen."

Ihre Antwort stellte Sung Li scheinbar zufrieden, denn ohne ein weiteres Wort eilte die alte Frau so leise wie eine Katze davon.

Rand hätte lieber da weiter gemacht, wo sie aufgehört hatten, als Miriel um einen Kuss gebeten hatte und seine Lenden bei ihrem Drängen erwacht waren. Aber wenn sie das taten, würde ein Kuss zum nächsten führen und das Küssen würde zu Liebkosungen führen und das würde sie in Miriels Schlafzimmer führen und sie würden es nie zum Tor hinaus schaffen.

Rand hatte versprochen, sie zum Markt mitzunehmen. Er hatte ihr auch ein Zeichen seiner Liebe versprochen.

Am späten Abend nach langer Überlegung hatte er

überlegt, was dieses Zeichen sein könnte. Und nun, da er sich entschieden hatte, war er erpicht darauf zum Markt zu kommen, um den richtigen Handwerker zu finden, von dem er einen solchen Schatz kaufen könnte.

Er bot ihr seinen Arm. „Wollen wir, Mylady?"

Sie streckte ihren Arm durch seinen und lächelte. Danach folgte der schönste Tag, den Rand jemals auf einem Markt verbracht hatte.

Miriel hatte Märkte immer geliebt, aber dies war das erste Mal, dass sie einen mit einem Freier und ohne Aufsichtsperson besuchte. Durch die Reihen am Arm eines Mannes zu spazieren, den sie verehrte, machte das Ganze zu einer völlig neuen Erfahrung.

Natürlich hatte sie eine Einkaufsliste dabei mit den Dingen, die sie für die Burg einkaufen musste – Bienenwachskerzen und Tongefäße und Ersatz für die Heilmittel, die sie an das Kloster gegeben hatte – aber auf Rands Drängen blieb sie auch an Ständen stehen, die frivole Waren verkauften.

Sie betrachtete einen Tisch voller Silberbroschen für Umhänge, die in Form von Drachen und Hirschen, Löwen und Wildschweinen gearbeitet waren. An einem weiteren Stand gab es eine große Auswahl an Bändern in allen Regenbogenfarben. Eine alleinstehende Frau aus der Normandie hatte Flaschen mit Düften aus Lavendel und Rosen im Angebot. Eine Reihe weiter verkaufte ein Lederhändler weiche Börsen in allen Formen und Größen, die mit Knöpfen aus Kuhhorn geschlossen wurden. Und ein Händler bot winzige verkorkte Ampullen mit Staub an, von dem er behauptete, es sei Erde vom Grab Christi.

In der Reihe der Waffenhändler blieb Rand stehen, um Schwerter aus Toledo zu betrachten, beschloss aber, dass der Händler seine Waren überteuert anbot. Er murmelte Miriel zu, dass es billiger sei, nach Spanien zu reisen und die Waffen vor Ort zu kaufen.

An einem anderen Stand fand er Dolche zu einem günstigen Preis, aber in schlechter Qualität, was nur ein vorsichtiger Käufer bemerken würde.

Er zeigte besonderes Interesse an einer schönen Klinge in einem dritten Geschäft, bis der Verkäufer ihm erzählte, dass es das Schwert von König Arthur sei, woraufhin er Miriel schnell wegführte und ungläubig die Augen verdrehte.

Miriels Bewunderung für ihn wurde mit jedem Handel gesteigert. Rand konnte vielleicht nicht lesen, aber er hatte einen scharfen Verstand, was den Handel betraf. Er war vielleicht nicht so reich wie ein Lord, aber sie konnte sicher sein, dass er ihre Mitgift niemals verschleudern würde. Das war ein tröstlicher Gedanke.

Sie waren schon fast durch die Reihe der Waffenhändler durch, als Miriels Augen bei einer Auswahl gebrauchter Waffen von überall auf der Welt aufleuchteten. Es gab krumme Säbel und kurze römische Schwerter, ein paar breite Wikinger Klingen und eine große sächsische Streitaxt. Bei der Waffe, die in der Ecke des Stands aufgestellt war, stockte ihr der Atem. Es war ein perfektes *Shang Chi*, eine chinesische doppelte Hellebarde. Der lange schwarze Griff war mit einem roten Drachen bemalt, dessen Schwanz sich über die ganze Länge bis zu der roten Quaste am Ende schlängelte. Die beiden Klingen sahen aus wie die Flügel eines silbernen Schmetterlings.

Sie vergaß Rand vollständig, streckte die Hand nach der schönen Waffe aus und wog sie in einer Hand. Die

Handwerkskunst war hervorragend, das Gleichgewicht unglaublich und jemand hatte die Klingen wirklich gut gepflegt, denn als sie mit dem Daumen über einen der Ränder strich, schnitt sie sich in die äußerste Hautschicht. Nur selten fand man ein Stück von solch außergewöhnlicher Qualität und ihr Puls raste bei dem Gedanken, dass sie es kaufen könnte.

„Wie viel kostet dies?", fragte sie und versuchte, sich nicht zu eifrig anzuhören.

Der Kaufmann blinzelte sie erschrocken an und schaute dann fragend zu Rand.

Rand runzelte verwirrt die Stirn. „Habt Ihr Interesse daran?"

Miriel blickte von einem zum anderen. Bei Gott! In ihrer Aufregung wegen des *Shang Chi* hatte sie vergessen, dass sie heute nur ein Mädchen von Rivenloch und keine Meisterin der chinesischen Kriegskunst war.

„Aye", täuschte sie vor, „für Sung Li." Sie sprach den Kaufmann an und täuschte Unwissen vor. „Sie ist aus China, nicht wahr?"

Der Kaufmann nickte. „Vielleicht möchte der Herr sie ausprobieren." Er riss sie ihr förmlich aus der Hand und reichte die Waffe an Rand.

Frustriert biss sie sich auf ihre Lippe, als Rand die Waffe hin und her drehte.

„Wie viel?", wiederholte sie.

Rand schaute mürrisch. „Das ist keine so gute Waffe mit den offenen Klingen. Sie würden bei einem Aufprall abbrechen."

Sie schüttelte den Kopf. „Sie ist zum Schneiden gedacht, nicht zum Hacken", erklärte sie ihm. „Und der Stahl ist sehr stark, gefaltet und bis zu einem Dutzendmal geschmiedet."

Beide Männer starrten sie an.

„Zumindest habe ich das so gehört“, beendete sie die Erklärung lahm.

„Wenn Ihr gestattet?“, fragte der Kaufmann und zeigte auf die Waffe.

Rand reichte sie ihm, damit er ihren Gebrauch demonstrieren konnte.

„Das *Shang Fu* ist eine alte Waffe aus China“, erklärte er.

„*Shang Chi*“, berichtigte Miriel.

„Wie bitte?“

„*Shang Chi*. Es heißt *Shang Chi*.“ Sie versicherte Rand: „Das hat mir Sung Li erklärt.“

Der Kaufmann runzelte vor Missfallen die Stirn. Aber als er zu Rand blickte, sah er eine unterschwellige Heiterkeit in dessen Augen.

„Das *Fu* hat eine geschlossene Klinge wie eine Hellebarde“, sagte sie leise. „Dies ist eine offene Klinge, ein *Shang Chi*.“

Dem Kaufmann gefiel es nicht, berichtigt zu werden, insbesondere nicht von einer Frau, vermutete Miriel. Aber er fuhr mit seiner Demonstration für Rand fort und legte einen verrotteten Apfel aus einem Korb auf seinen Tisch. „Ich nehme an, dass es einerlei ist wie es heißt, solange es den Schaden anrichtet, nicht wahr Sir?"

Er stellte sicher, dass niemand in Reichweite war, legte den Stock über seine Schulter und warf den Apfel auf den Weg. Dann schwang er mit beiden Händen die Klinge über seinen Kopf mit der Absicht, sie wie eine Axt nach unten zu schwingen, um den Apfel zu zerteilen.

Miriels Herz schlug ihr bis zum Hals. Verflucht! Der Aufprall auf den Boden würde die scharfe Klinge stumpf machen. Sie musste ihn aufhalten.

Sie handelte instinktiv. Als die Klinge begann, nach unten zu kommen, trat sie auf den Kaufmann zu. Sie ergriff den Stab des *Shang Chi* mit einer Hand. Mit der Rückseite der anderen Hand schlug sie ihm auf den Ellenbogen, aber nicht so hart, dass sie ihn brach, sondern gerade genug, dass er die Waffe losließ.

Mit einem Schmerzensschrei ließ er los und sie schaffte es, den Schlag soweit abzuwenden, dass die Klinge den Boden nur knapp berührte.

Sie hatte die Waffe gerettet.

Aber nun war sie vom Regen in die Traufe gekommen.

Da stand sie nun mit dem verdammten *Shang Chi* in der Hand. Der Kaufmann stolperte nach hinten und hielt sich seinen Ellenbogen. Rand starrte sie ehrfürchtig an. Eine kleine, neugierige Menge versammelte sich um sie.

Mit so viel weiblicher Hilflosigkeit, wie sie an den Tag legen konnte, zuckte sie als Entschuldigung mit den Schultern und reichte die Waffe zurück an den Kaufmann. „Es tut mir leid. Ich muss ... ausgerutscht sein." Dann merkte sie, dass sie das zu ihrem Vorteil nutzen könnte. „Es geht mir nicht so gut. Bitte lasst mich Euch für die Waffe bezahlen."

Der Kaufmann schaute in ihre traurigen Augen, aber offensichtlich würde er sich diesen Verkauf nicht entgehen lassen. „Das macht acht Schilling. Nay, zehn Schilling."

Sie war versucht, mit dem Betrüger zu handeln, aber sie nahm an, dass sie ihm für die Verletzung an seinem Arm etwas schuldete. Außerdem war die Waffe wahrscheinlich viel mehr wert, als er wusste. Sie zählte ihm das Geld hin.

Dann machte der Kaufmann den Fehler, sich mit Rand gegen sie verbünden zu wollen. „Nichts ist gefährlicher als eine Frau mit einer scharfen Klinge, oder?"

Rand grinste ihn an. „Nur ein Knappe mit einem scharfen Verstand." Er stellte sich neben den Mann, lächelte freundlich und sprach dann laut genug, dass alle um ihn herum es hören konnten. „Da meine Dame Euch davor gerettet hat, Eure eigenen Zehen abzuschneiden, mein guter Mann, glaube ich, dass Ihr den Preis gerne noch ein wenig senkt."

„Wie bitte?" Er blinzelte schnell.

Miriel runzelte die Stirn.

Die Menge flüsterte untereinander.

„Stimmt das?", fragte ein zahnloser alter Mann Rand. „Ist das der Grund, warum die kleine Frau vor die Klinge gesprungen ist?"

„Oh aye", sagte er ernst, „ohne Rücksicht auf ihre eigene Sicherheit."

Eine Frau mit runden Wangen nickte zustimmend. „Er hätte sich seine Zehen mit der Teufelsklinge glatt abgeschnitten. Ich habe alles gesehen."

„Fürwahr?" Ein dünner, bärtiger Mann hob seinen Kopf. „Und er lässt sie bezahlen?"

„Das ist nicht recht."

„Man sollte doch glauben, dass der Schuft dankbar sein würde."

Die Spekulationen der Zuschauer wurden immer wilder und es wurde Miriel langsam peinlich, als die Geschichte völlig aus den Fugen geriet.

„Wer hat ihm das Leben gerettet?"

„Die kleine Frau. Er hätte sich mit der schrecklichen Waffe umbringen können, wenn sie nicht ..."

„... sie sie ihm nicht direkt aus der Hand gerissen hätte."

„Sie ihm nicht seine undankbare Haut gerettet hätte."

„… wie ein Schutzengel herabgeschwebt wäre und den Sensenmann umgehauen hätte."

„Der Kaufmann ist ein undankbarer Schuft."

„Ich kaufe bei dem Mistkerl keine Waffen."

„Schon gut! Schon gut!", rief der Kaufmann und sagte dann zu Rand, „acht Schilling."

Der zahnlose alte Mann warf ein: „Ihr solltet sie dafür bezahlen, dass sie Euer Leben gerettet hat."

Als der Tumult immer stärker um sie herum wurde, blickte Miriel verstohlen zu Rand. Seine Augen funkelten vor Schalkhaftigkeit, während er dort stand und die Arme selbstgefällig über der Brust verschränkt hielt. Der böse Junge schien das Chaos, das er geschaffen hatte, weidlich zu genießen.

„Ihr seid ein Knappe", murmelte sie.

„Und Ihr seid eine Lügnerin", sagte er liebevoll und trug das *Shang Chi* für sie.

So still wie möglich drückte Miriel dem Kaufmann acht Schilling in die Hand und schlüpfte durch die Menge. Als sie weggingen, stritten die Leute immer noch über das, was passiert war, wer wen gerettet hatte und wo sie ihre Waffen in Zukunft kaufen würden oder auch nicht. Miriel überlegte, was ein zahnloser alter Bauer mit einem altertümlichen Schwert anfangen wollte.

Sie hätte bemerken müssen, dass sie aus dem Streit nicht ganz ungeschoren davonkommen würde. Rand hatte Fragen.

„Woher wisst Ihr so viel über chinesische Waffen?"

Sie zuckte mit den Schultern. „Sung Li."

„Und woher weiß eine kleine, alte Dienerin so viel darüber?"

„Sie … ihr Vater war ein Krieger." Miriel biss sich auf die

Lippe. Das könnte stimmen, aber sie wusste es nicht wirklich. Sung Li sprach niemals über seine Eltern, sondern nur über seine Lehrer.

„Aber sicherlich haben sie sie nicht gelehrt, solche Waffen zu schwingen."

Er befand sich auf gefährlichem Grund. Sie musste vorsichtig sein. „Sung Li war schon immer sehr aufmerksam."

„Und seid Ihr es auch?"

„Wie bitte?"

„Seid Ihr aufmerksam? Wie habt Ihr gelernt, solche Waffen zu schwingen?"

Sie erstickte fast an einem gezwungenen Lachen. „Ich?", quiekte sie. „Waffen schwingen? Oh Rand, ihr wisst doch, dass ich Kämpfe nicht ertragen kann."

Bei Gott! Sie konnte ihm nicht die Wahrheit sagen, nicht, wenn sie doch versuchte, ihn zu überzeugen, um ihre Hand zu bitten. Zu guter Letzt würde sie schon noch beichten. Aber sie würde den Zeitpunkt dafür bestimmen und nach und nach mit der Wahrheit herausrücken, damit er sich langsam daran gewöhnen konnte, dass die Waffen an ihrer Zimmerwand ihr gehörten und dass Sung Li eigentlich ihr Lehrer war und dass Miriel hervorragend in der chinesischen Kriegskunst ausgebildet war. Und dass, wenn sie es wollte, sie den *Shang Chi* aus seiner Hand reißen und ihm im Nu die Kehle durchschneiden könnte.

Miriel runzelte die Stirn. Sie überlegte, ob sie wohl jemals in der Lage sein würde, ihm die ganze Wahrheit zu sagen. Sie hielt ein riesiges Geheimnis vor ihm zurück. Wenn er die Wahrheit über sie wusste, würde er sich vielleicht nichts mehr aus ihr machen.

Dann runzelte sie die Stirn bei ihren zerstörerischen Gedanken. Es war dumm, ihre Ängste auch noch zu füttern.

Tatsache war, dass sie bei Rand gelegen hatte. Zweimal. Es gab kein zurück und es konnte nicht ungeschehen gemacht werden. Sie hatte ihn in ihr Bett gelockt. Und jetzt musste sie ihn in die Kapelle locken, bevor er zu viele von ihren Geheimnissen entdeckte. Sie musste ihn nur lange genug von seiner Suche nach der Wahrheit ablenken.

KAPITEL 19

Rand musste lächeln, als er neben Miriel ging und ihren Einkauf trug. Das kluge Mädchen konnte vielleicht alle anderen zum Narren halten, aber Rand bemerkte langsam, dass sie sich ihre Geschichten meist ausdachte.

Er hatte gesehen, wie ihre Augen leuchteten, als sie die großartige Klinge erblickt hatte. Er hatte ihr nicht einen Augenblick geglaubt, dass sie das Ding an Sung Li verschenken wollte. Tatsächlich würde er die Hälfte seines Geldes darauf verwerten, dass die Waffensammlung an ihrer Wand nicht ihrer Dienerin, sondern dem dreisten Mädchen selbst gehörte.

Das Weib behauptete, dass sie das Kämpfen nicht billigte, aber es war ganz offensichtlich in ihren Augen zu erkennen, dass sie ein Faible für Kriegswaffen hatte. Außerdem hatte er angefangen, Verdacht zu schöpfen, dass sie in der Lage war, diese nicht nur aus der Ferne zu bewundern, sondern sie auch zu benutzen.

Die Art und Weise, wie sie den Schlag des Kaufmanns pariert hatte, war nicht zufällig gewesen. Und jetzt konnte Rand auch den wiederkehrenden Verdacht nicht mehr vermeiden, dass Miriel eine Ähnlichkeit mit dem flinken Gesetzlosen hatte, den er suchte, auch wenn dies unglaublich erschien.

„Schaut doch, Rand!", rief Miriel plötzlich und sah überhaupt nicht wie ein gefährlicher Dieb aus, sondern eher wie ein verzaubertes Kind, als sie auf einen winzigen Affen mit einem juwelenbesetzten Halsband zeigte, der auf die Schulter seines Eigentümers kletterte. Ihr Kichern war ansteckend, während sie die Tricks des kleinen Tiers beobachtete.

Aber kurz darauf verwandelte sich das sorglose Kind in eine schlaue Händlerin, als sie sich mit einem Tuchhändler anlegte, der versuchte, grobes Leinen als seltene Baumwolle aus Ägypten zu verkaufen.

In einem Augenblick schleckte sie den klebrigen Saft eines Kirschkuchens von ihren Fingern.

Im nächsten Augenblick flüsterte sie Rand eine Warnung zu, dass der Keramikhändler angestoßene Waren verkaufte.

Miriel wechselte dauernd zwischen Frau und Kind hin und her und er wusste nie, was gerade kommen würde. Aber vielleicht war es das, was ihn so anzog. Er liebte Überraschungen und Miriel war voll davon.

War eine ihrer Überraschungen die Gewohnheit, in den Wäldern von Rivenloch auf Fremde mit vollen Geldbörsen zu lauern? Wie könnte er das sicher herausfinden?

Während Miriel einem Lautenspieler applaudierte, sah Rand ein Stück weiter entlang des Weges ein Geschicklichkeitsspiel. Perfekt, dachte er. Er ergriff ihre Hand und zog sie mit. „Nun kommt schon."

Sie kam willig mit, bis sie sah, wo er hinwollte. Dann zögerte sie. „Messer werfen?"

„Es wird Spaß machen“, lockte er sie.

„Ihr kennt doch meine Meinung zur Kampfkunst.“

Er schmunzelte. „Das ist keine Kampfkunst. Das ist nur ein Wettbewerb.“

„Aber ich habe noch nie –“

„Ich kann es Euch zeigen.“

„Mir zeigen?“

„Aye“, sagte er stolz. „Ich habe ein gutes Auge für die Klingen.“

„Hm.“

Er lehnte Miriels Waffe gegen den Eckpfeiler des Verkaufsstands, drückte dem Eigentümer eine Münze in die Hand und wählte drei Messer.

„Ich zeige Euch, wie es gemacht wird und dann werft Ihr die nächsten drei.“

Er betrachtete das Ziel aus Stroh, das fünf Meter weg stand, beugte seine Finger und nahm das erste Messer in die Hand. Er atmete tief durch und mit einer kleinen Bewegung seines Handgelenks warf er die Waffe nach vorn. Die Klinge traf das Ziel einen Zoll neben dem Bullauge.

Miriel klatschte und jubelte ein wenig, aber er wusste, dass er es besser konnte.

Er wischte seine Hand an seinem Wappenrock ab, trocknete die Finger, um seinen Griff zu verbessern und nahm dann das zweite Messer. Als er die Waffe dieses Mal warf, landete sie neben der ersten, eine Klingenbreite näher an der Mitte.

„Ihr seid sehr gut“, versicherte ihm Miriel.

Aber nicht gut genug. Er musste den Wettbewerbsgeist in ihr wecken. Um das zu tun, musste er die Markierung genau in der Mitte treffen.

Er atmete tief durch, konzentrierte sich auf das Ziel und

warf wieder ein Messer. Dieses Mal landete es auf der anderen Seite knapp neben der Mitte.

Er knurrte und schüttelte den Kopf.

Miriel eilte zu ihm, um seine Demütigung zu vermindern. „Ihr wart so nah dran. Bei den Heiligen, wenn es ein Angreifer gewesen wäre, hättet Ihr mein Leben gerettet."

„Hier", sagte er und wählte drei Messer für sie, während der Kaufmann die drei herauszog, die Rand geworfen hatte.

„Seid Ihr sicher ...", fing Miriel an und bewegte sich zögerlich zur Wurflinie.

„Ich helfe Euch." Er legte ihr das erste Messer in die Hand, stellte sich dann hinter sie und legte die Arme um sie, um sie zu führen. Es war eine sehr intime Position. Ihr weiches, wohlriechendes Haar strich gegen seine Wange und ihr Hintern lehnte an seinem Unterleib. Er war äußerst versucht, den Rest des Tages damit zu verbringen, ihr zu zeigen, wie man Messer warf.

„So?", fragte sie und machte ihr Handgelenk steif.

„Nay, so."

Er löste ihren festen Griff mit einem leichten Schütteln und führte sie dann durch ein paar Übungswürfe, bevor er ihr sagte, wann sie das Messer loslassen könnte. Ihr Arm wackelte und das Messer flog in Richtung Ziel und blieb im äußersten Ring stecken.

Vielleicht hatte sie absichtlich daneben geworfen. Er hätte es getan, wenn er versuchen würde seine Talente zu verbergen. Aber zu seinem Vergnügen schien Miriel sehr erfreut mit ihrer Leistung zu sein.

„Ich habe es geschafft!", rief sie. „Ich habe das Ziel getroffen!"

Seine Sorgen, dass sie ein Meisterschütze sein könnte,

schwanden. Sie war wirklich schlecht und das arme Mädchen wusste es noch nicht einmal. Oh Gott, sie war wahrlich ein Schatz, dachte Rand, insbesondere, als sie sich in seinen Armen drehte und ihm einen Siegerkuss auf die Wange gab.

„Versucht es noch einmal", sagte er, „und dieses Mal haltet Euren Blick auf das Ziel gerichtet."

Ihre Arme bewegten sich wieder wie einer und er half ihr, das Messer zu werfen. Es landete einen Ring weiter zur Mitte, aber Miriels stolzem Grinsen nach zu urteilen hätte man denken können, dass sie das Bullauge getroffen hätte.

Schmunzelnd reichte er ihr das dritte Messer. „Möchtet Ihr es jetzt alleine versuchen?"

„Aye", sagte sie mit leuchtenden Augen.

Er beobachtete, wie ihr Gesicht sehr ernst wurde, sie tief durchatmete und sich auf das Stroh konzentrierte. Nach zwei angedeuteten Versuchen warf sie die Klinge nach vorn. Sie verfehlte ihr Ziel ganz und gar und landete in der Rückwand des Pavillons.

„Oh!" Beschämt legte sie die Hände über ihren Mund.

„Das ist schon in Ordnung", versicherte er ihr und steckte die Hand wieder in seine Börse. „Wollen wir noch eine Runde spielen?"

Sie flüsterte: „Ich will nicht den Pavillon des armen Mannes beschädigen."

Er lachte. „Ich bin sicher, dass mein Geld die Reparatur abdeckt. Aber dieses Mal wollen wir es ein wenig interessanter machen. Wie wäre es mit einer Wette?"

„Eine Wette?"

„Aye. Ich habe schrecklichen Hunger. Wenn ich gewinne, kaufen wir Aal." Sie rümpfte die Nase. „Wenn Ihr gewinnt, essen wir Hühnchen."

Sie dachte einen Augenblick über die Wette nach und ihre Augen leuchteten erwartungsvoll. Dann nickte sie und ging auf die Wette ein. „Abgemacht."

Zu seiner Befriedigung landeten seine ersten beiden Würfe im inneren Kreis und er traf beim letzten Wurf ein Bullauge.

Miriel schüttelte den Kopf und war sicher, dass sie den Wettbewerb bereits verloren hatte. Sie nahm das erste Messer und biss sich konzentriert auf die Unterlippe. Sie hatte den falschen Fuß nach vorn gestellt und Rand korrigierte ihren Stand. Sie nickte, musterte das Ziel, schloss die Augen fest zu und warf das Messer. Es blieb am Rand des Strohs stecken und hatte das Ziel vollständig verfehlt.

Bei ihrem enttäuschten Blick reichte Rand ihr das zweite Messer. „Lasst dieses Mal Eure Augen auf", schlug er grinsend vor.

Er würde trotzdem als Sieger vom Platz gehen. Er würde ihr den Preis für das Bullauge, ein Haarband, schenken. Aber er konnte nicht abstreiten, dass ihm das Wasser schon im Munde zusammenlief, als würde er den Aal bereits schmecken.

Dann passierte etwas Faszinierendes. Mit einer schnellen Drehung des Handgelenks warf Miriel das Messer nach vorn und auf wundersame Art und Weise landete es irgendwie genau in der Mitte des Ziels.

Sie stieß einen Jubelschrei aus und sogar der Standinhaber starrte sie an und war zweifellos dankbar, dass das Messer nicht irgendwo in seinem Körper steckte.

Er beugte sich zu Rand. „Anfängerglück", versicherte er ihm.

Das dachte Rand auch, bis sie das letzte Messer warf.

Es flog mit solch tödlicher Geschwindigkeit und Zielstrebigkeit in das Bullauge und schob dabei das erste Messer zur Seite, dass es Rand den Atem verschlug. Es hätte auch von einem angeheuerten Attentäter geworfen worden sein können, so zielgerichtet wie sein Flug war.

„Habt Ihr das gesehen?“, rief sie und klatschte vor Freude in die Hände. „Oh, ich wünschte, mein Vater hätte das gesehen.“

„Das war bemerkenswert“, stimmte Rand zu und fühlte sich ein wenig mulmig. „Seid Ihr sicher, dass Ihr noch nie ein Messer geworfen habt?“

„Ich?“ Sie lachte.

Der Standinhaber schüttelte den Kopf. „Ich habe noch nie gesehen, dass ein Anfänger zwei Bullaugen geworfen hat.“

„Ich war äußerst motiviert“, sagte sie.

„Gefallen Euch Haarbänder, Mylady?", fragte der Mann und hielt eine Auswahl hoch, damit sie sich ihren Preis aussuchen konnte.

„Aye“, meinte sie zwinkernd, „aber ich hasse Aal.“

Wie versprochen kaufte Rand ihnen Hähnchen, obwohl er keinen großen Appetit mehr hatte. Man konnte es nicht mehr abstreiten, dass Miriel Fähigkeiten besaß, die eine Frau, welche behauptete, die Kampfkunst zu hassen, definitiv nicht haben sollte. Die Frage war nur, was sollte er dagegen tun.

Er versuchte, einen kühlen Kopf zu behalten, während sie unter einer Eiche saßen und ihr Essen teilten. Vielleicht zog er auch voreilige Schlüsse. Nur weil sie Messer werfen konnte, bedeutete das ja nicht, dass sie der *Schatten* war. Ihr Talent lag vielleicht in der Familie. Schließlich waren Miriels Schwestern hervorragende Schwertkämpferinnen.

Es war durchaus möglich, dass auch Miriel einige der Fähigkeiten ihres Vaters geerbt hatte.

Er überlegte, was wohl passieren würde, wenn er vortäuschte, dass er wusste, wer der *Schatten* war. Würde verräterische Angst in ihren Augen glitzern?

Er schluckte das letzte bisschen seines Essens runter und ergriff dann Miriels Hand. „Mylady, ich muss Euch etwas beichten."

„Aye?"

Er beobachtete ihre Augen sorgfältig. „Ich weiß etwas über ... den *Schatten*."

Sie blinzelte einmal, aber ihr Blick verriet nichts. Aber als er sie weiter schweigend anstarrte, war Entsetzen in ihren Augen zu sehen. Ihr Mund formte ein „O" vor Überraschung und sie zog ihre Hand zurück.

Verdammt, dachte Rand, er hatte Recht. Miriel war der *Schatten*. Es stand ihr ins Gesicht geschrieben.

„Werdet Ihr ... werdet Ihr ...", fing sie atemlos an.

Im Geiste beendete er den Satz für sie. Es meiner Familie sagen? Mich festnehmen? Dafür sorgen, dass ich für meine Verbrechen an den Galgen komme?

„Seid Ihr der *Schatten*?", flüsterte sie.

„Ich?"

Ihre Augen waren vor Angst geweitet, als sie nickte.

„Ich?" Er wusste nicht, wie sie seine Absicht so schnell umgekehrt hatte, aber die Lächerlichkeit ihrer Annahme brachte ihn zum Lachen. „Natürlich nicht!"

„Seid Ihr sicher?"

„Ich bin nicht der *Schatten*, Miriel."

Sie schaute ihn misstrauisch an. „Was habt Ihr dann zu beichten?"

Bei Gott, entweder war sie wirklich verwirrt oder das

Ganze war eine brillante Täuschung. Er wusste es nicht.

„Wartet!“, sagte sie plötzlich und legte ihre Hand auf seinen Unterarm. „Sagt es mir nicht. Ich weiß es.“

Er wartete. Vielleicht würde sie sich jetzt selbst offenbaren. Gesetzlose beichteten oft, wenn sie aufgeflogen waren.

Schüchtern senkte sie den Blick. „Ihr möchtet beichten, dass Euer Zusammentreffen mit dem *Schatten* vor kurzem und Eure nahe Begegnung mit dem Tod Euch deutlich gemacht haben, wie wertvoll das Leben ist.“

Rand runzelte die Stirn. Von was redete sie überhaupt? Das war überhaupt nicht, was er beichten wollte.

Sie lehnte sich näher zu ihm und schaute kokett zu ihm hoch. „Ihr habt gemerkt, wie das, was einem Mann lieb, wert und teuer ist, schnell verloren gehen kann ...“ Sie schnippte mit den Fingern. „Im Nu sozusagen.“

Er lächelte unbehaglich. Worauf wollte sie hinaus?

Sie erwiderte sein Lächeln und lehnte dann ihren Kopf an seinen mit einem liebevollen Seufzen. „Ich weiß, mein liebster Rand. Ihr möchtet beichten, dass Ihr den Gedanken nicht ertragen könnt, den Rest Eures Lebens getrennt von der Frau, die Ihr liebt, zu verbringen.“

Rand verschluckte sich fast vor Staunen. Er war immer noch sprachlos vor Überraschung, als Miriel ihre Arme um seinen Hals schlang und ihn auf den Mund küsste.

Und was zum Teufel sollte er jetzt tun? Das hinterhältige kleine Ding hatte ihn absichtlich in die Ecke getrieben.

Nicht, dass es eine unangenehme Ecke gewesen wäre. Tatsächlich fühlte es sich wunderbar an, dass sie ihre Arme um ihn geschlungen hatte und ihre Lippen waren süß und warm und ihr herzlicher und verehrender Blick äußerst schmeichelhaft.

Aber das verdammte Weib hatte ihn in eine Ecke getrieben, aus der er nicht mehr herauskommen konnte. Sie hatte zwar nur Worte dafür gebraucht, aber sie war nicht weniger geschickt als der *Schatten*, wenn es darum ging, einen Mann hilflos zu machen.

„Miriel."

„Rand?" Sie senkte den Blick auf seinen Mund und leckte sich hungrig die Lippen.

Er seufzte. „Genau das wollte ich beichten."

Miriel beschloss, dass sie wohl die Schwäche ihres Vaters für das Glücksspiel teilte. Sie war ein großes Risiko eingegangen und hatte mithilfe der Waffen einer Frau alles auf eine Karte gesetzt, um Rand vom Thema des *Schattens* wegzusteuern und eher hin zum Thema Heirat.

Dankenswerter Weise hatte sich der Einsatz gelohnt.

Und als Rand ihr einen tiefen, die Seele schmelzenden Kuss gab, kam die Realität dessen, was sie gewonnen hatte, langsam bei ihr an.

„Heiratet mich, Mylady", murmelte er an ihren Lippen.

Sie grinste ihn schalkhaft an. „Ich muss darüber nachdenken."

Drohend hob er eine Augenbraue. „Denkt schnell nach, sonst ziehe ich mein Angebot zurück."

Bevor sie antworten konnte, fing er an, sie im ganzen Gesicht zu küssen.

„Also?", fragte er zwischendurch. „Was sagt Ihr?"

Sein Angriff war so intensiv und überwältigend, dass sie zwischen den Küssen kaum Luft holen konnte.

„Was ist, Weib?", fragte er. „Sagt Ihr aye?"

„Aye!", rief sie schließlich und lachte vor Entzücken, als

er an ihrem Ohr schnüffelte. Ihr Herz fühlte sich an, als würde es vor Freude tanzen und ihr Körper war federleicht.

Schließlich unterbrach er seinen Angriff lang genug, um ihr Gesicht zwischen seine Hände zu nehmen. Seine Miene war sehr ernst, aber sein Blick war weich und voller Anbetung und während er tief in ihre Augen starrte, verzog sich sein Mund langsam zu einem strahlenden Lächeln und seine unwiderstehlichen Grübchen zeigten sich.

Dann ergriff er sie am Handgelenk, sprang auf die Füße und zog sie hoch. „Nun kommt schon."

„Wo gehen wir hin?"

„Ich glaube, ich schulde Euch ein Zeichen meiner Liebe, Mylady."

Sie konnte gerade noch ihren *Shang Chi* greifen und folgte ihm dann glücklich zu den Juwelierständen.

Er schenkte ihr einen Ehering, ein wunderschönes verschlungenes Stück aus Silber und der Juwelier erklärte, dass es ein Liebesknoten sei. Er wirkte seltsam fremd an ihrem Finger, aber zu wissen, dass er bedeutete, dass sie zu Rand gehörte und er zu ihr, ließ ihn perfekt an ihrer Hand wirken.

Natürlich erlaubte Rand ihr noch nicht, ihn zu tragen. Noch nicht. An ihrem Hochzeitstag, sagte er, wenn sie ihre Eheversprechen vor den Leuten von Rivenloch und dem Priester gaben, dann würde er ihr den Ring an den Finger stecken und ihr seine ewige Liebe schwören.

Sie konnte warten. Schließlich wusste sie, wenn er ihn ihr an den Finger gesteckt hatte, der direkt zu ihrem Herzen führte, wenn sie vor Gott Mann und Frau waren, dass sie dann keine Geheimnisse mehr vor ihm haben könnte.

Rand konnte gar nicht aufhören zu grinsen, als er Miriels Hand hielt. Er wusste nicht, was in dem Schauspiel auf der Bühne vor ihm passierte. Er war so beschäftigt mit der hübschen Frau neben ihm, die mit Hingebung die Vorstellung anschaute.

Es war ein äußerst faszinierender Tag. Noch vor zwei Wochen hätte er sich niemals träumen lassen, dass die Mission des Lords von Morbroch ihm eine solch unbezahlbare Belohnung bringen würde.

Irgendwie schien es passend, dass Miriel ihn gezwungen hatte, um ihre Hand anzuhalten. Das Mädchen war völlig unvorhersehbar und impulsiv, genau wie an jenem ersten Tag, als sie ihn ergriffen hatte und einen Kuss gefordert hatte. Die Ehe mit ihr würde eine endlose Reihe an Abenteuern und Überraschungen bringen. Dessen war er sich sicher.

Sie würde auch eine ernsthafte Verantwortung sein. Er war noch nie für eine andere Person verantwortlich gewesen. Er hatte sich immer allein durchgeschlagen und jeden Tag so genommen, wie er kam. Er war das strenge Burgleben nicht gewohnt, wo man einen regelmäßigen Plan und strenge Verhaltensregeln befolgte.

Aber er freute sich auf die Ordnung. Vielleicht hatten eine Sinnhaftigkeit und ein Gefühl der Gemeinschaft in seinem Leben gefehlt. Jetzt gehörte er zu der hübschen Frau, die seine Hand mit kindlichem Vertrauen hielt. Und er wollte sich dieses Vertrauens würdig erweisen.

Ihm ging das Herz auf vor Sehnsucht, Miriel zu erfreuen. Er wollte ihre Augen zum Leuchten bringen und ihre Welt sicher, gesegnet und hell machen. Fühlte sich

Liebe so an? Wenn dem so war, konnte er verstehen, warum Männer im Namen der Liebe Dummheiten begingen. Denn in diesem Augenblick würde er gerne alles tun, um sie zum Lächeln zu bringen.

Als erstes würde er sich mit Sung Li anfreunden. Aus nur ihr bekannten Gründen schien die alte Dienerin ihn zu verabscheuen. Normalerweise würde ihm das nichts ausmachen. Schließlich war sie nur eine Dienerin. Aber offensichtlich liebte Miriel die mürrische alte Frau. Es war wichtig, dass Rand lernte, sie zu mögen, selbst wenn sie sich nicht für ihn erwärmte.

Zweitens würde er seine Zweifel hinsichtlich des *Schattens* ein für alle Mal beiseiteschieben. Er musste den Gesetzlosen fangen, um seine Identität zu offenbaren und seine Mission zu Ende zu bringen.

Und eines Tages würde er Miriel seine Geheimnisse offenbaren. Aber machte es im Augenblick etwas aus, dass er ein Bastard war? Machte es etwas aus, dass er ein Söldner war und nicht Rand von Morbroch, sondern Rand la Nuit? Macht es etwas aus, dass er nicht nach Rivenloch gekommen war, um ihr den Hof zu machen, sondern um einen Gesetzlosen zu fangen?

Nay, beschloss er. Es war nur wichtig, dass er Miriel liebte und dass er sie zu seiner Frau machen wollte. Den Rest würde er ihr noch früh genug erzählen.

Er hob Miriels Hand ungefähr zum fünfzigsten Mal an seine Lippen. Sie kicherte über etwas auf der Bühne und er wandte seine Aufmerksamkeit dorthin.

Zwei Schauspieler täuschten einen Kampf um einen großen Fisch vor und schlugen mit dem Ding aufeinander ein. Rand dachte, dass die Schauspieler ihm irgendwie bekannt vorkamen. Aye, er hatte die Männer schon mal gesehen, hatte sogar mit ihnen getrunken. Vielleicht in Stirling. Oder Carlisle. Er schaute sich das lustige Spektakel an und grinste, als die Spieler boxten und sich duckten, sprangen und geübt zusammenstießen, wobei ihm ein brillanter Gedanke in den Sinn kam.

Kapitel 20

Als Miriel mit den beiden Bier für sich und Rand zu der nun leeren Bühne zurückkam, war sie überrascht, zu sehen, dass er sich mit den grell gekleideten und bemalten Schauspielern unterhielt. Neugierig hielt sie sich zurück und beobachtete die Unterhaltung aus der Ferne. Die drei schienen heimlich ein Geschäft abzuschließen, was lächerlich erschien, da die Gesichter von zwei von ihnen in so vielen Farben bemalt waren wie das Wappen eines Bastards.

Während sie zusah, legte Rand ihnen irgendetwas in die Hand, nickte ihnen zum Abschied zu und schaute dann hoch, um sie anzuschauen, als sie näherkam. Er strahlte bei ihrem Anblick und in dem Augenblick, als sie seine entzückenden Grübchen sah, schwand ihr Misstrauen.

Sie reichte ihm sein Bier und beschloss, dass sie viel zu argwöhnisch war. Rand plante keine Bosheiten. Wahrscheinlich hatte er den Schauspielern nur ein paar Münzen für ihre Unterhaltung geschenkt, weiter nichts.

Sie dachte nicht länger über die Sache nach.

Sie verbrachten den Rest des Nachmittags mit Einkäufen und gutem Essen, beobachteten Ringer und

Dudelsackspieler und Pantomimen und spazierten Händchen haltend durch die Gassen der Lederarbeiter und Juweliere, der Schwertschmiede und Kerzenmacher, Gewürzhändler und Verkäufer von heiligen Reliquien. Nach einem langen schönen Tag gingen sie nach Hause nach Rivenloch und kamen dort vor Einbruch der Dunkelheit an, wie Sung Li es gewünscht hatte.

Beim Abendessen verkündete Rand ihre Hochzeitspläne. Mit perfekter Ritterlichkeit hielt er zuerst bei ihrem Vater offiziell um ihre Hand an. Unglücklicherweise war Lord Gellirs Verstand an diesem Abend noch schwächer als üblicherweise und die ganze Sache schien ihn sehr zu verwirren und er wusste nicht mehr, wer nun wen heiratete. Aber wo Lord Gellir schwächelte, schritten Pagan, Colin, Deirdre und Helena ein. Sie gaben Rand und Miriel ihren Segen und beglückwünschten sie.

Auch Sung Li gratulierte leise, aber Miriel konnte sehen, dass er es nicht so meinte. Er war verärgert. Und das erzürnte Miriel unheimlich.

Im Stillen verfluchte sie den mürrischen alten Mann für seine Unhöflichkeit Rand gegenüber. Schließlich bemühte sich Rand sehr an diesem Abend, freundlich zu ihm zu sein. Er half Sung Li, seinen Platz einzunehmen. Er versicherte ihm, dass Miriel den Dienst einer Dienerin auch noch benötigen würde, nachdem sie verheiratet waren. Er sagte sogar zu dem säuerlichen alten Wurm, dass, wenn er ihre Ehe wirklich missbilligte, er dann gern ihre Beschwerden anhören würde.

Trotzdem verhielt Sung Li sich ihm gegenüber abweisend und am Ende des Abendessens war Miriel durchaus versucht, ihr neues *Shang Chi* an dem alten Tölpel auszuprobieren.

Nach dem Abendessen verschwand Rand kurz. Er kam zurück in die Halle in Begleitung der beiden Schauspieler vom Markt und deren Gesichter waren immer noch grell bemalt.

Miriel runzelte die Stirn. Was zum Teufel machten sie hier?

Rand zwinkerte Miriel zu und wies die Küchenjungen an, einige der Tische beiseite zu schieben, um Platz zu machen für eine angenehme Abwechslung. Dann stellte er die Schauspieler den Leuten von Rivenloch vor.

Die Schauspieler Hob-Nob und Wat-Wat begrüßten die Leute am Tisch auf dem Podium mit übertriebenen Handbewegungen und begaben sich dann auf die behelfsmäßige Bühne. Nach kürzester Zeit lachte die ganze Halle über ihre närrischen Possen. Schon bald gluckste sogar ihr Vater vor Freude.

Als Rand zurück zum Tisch kam, neigte Miriel sich überrascht zu ihm. „Ihr habt sie engagiert? Aber wie habt Ihr …?“

Er lächelte und flüsterte: „Das war meine Rückversicherung, falls Euer Vater mir Eure Hand verweigert hätte. Welcher Mann kann denn schon nay sagen, wenn ihm der Bauch vor Lachen wehtut?“

Miriel grinste. Ihr Bräutigam war schlau. Und er wollte gefallen. Ritterlich. Und freundlich. Und gutaussehend. Und absolut unwiderstehlich.

Aber sie nahm an, dass sie ihm vorläufig noch widerstehen musste. Schließlich wäre es unpassend, ihren geliebten Rand an seinem Wappenrock zu packen, ihn auf einen der Tische zu werfen, ihm die Hosen vom Leib zu reißen und es mit ihm zu treiben, während die Leute von Rivenloch zusahen. Ganz gleich, wie verführerisch der Gedanke auch war.

Sie gab sich damit zufrieden, sich an seinem Arm festzuhalten und ihre Wange liebevoll an seine Schulter zu legen und seinem Gelächter zuzuhören, während er über die vorgetäuschten Kämpfe von Hob-Nob und Wat-Wat lachte.

Am Ende ihrer langen Vorstellung lud Lord Gellir die Schauspieler natürlich an den Spieltisch ein. Enthusiastisch sagten sie zu und schon bald wurde das Spiel äußerst komisch, als Wat-Wat von Hob-Nobs Stapel Silber nehmen wollte und Hob-Nob ihm dafür dauernd auf den Kopf schlug.

Miriel wusste, dass ihr Vater an diesem Abend viel Geld an die beiden hinterhältigen Knappen verlieren würde. Sie waren nicht nur äußerst fingerfertig, sondern redeten auch so sehr auf die Männer am Tisch ein, dass diese sich nur noch am Kopf kratzten und ihr Geld übergaben.

Aber sie hatte ihren Vater schon seit Wochen nicht mehr so glücklich gesehen und sie wollte ihm dieses Glück auch nicht nehmen. Die Freude in Lord Gellirs Augen, als Wat-Wat und Hob-Nob sich um eine einzige Silbermünze stritten, die sie gerade von ihm gewonnen hatten, war den Verlust einiger Münzen doch sicher wert.

Als wenn er ihre Gedanken lesen könnte, drückte Rand ihre Hand und murmelte: „Ich passe auf, dass er nicht zu viel verliert." Mit einem Kuss auf die Stirn wünschte er ihr eine gute Nacht und ging hinüber zum Spieltisch.

Miriel hätte es lieber gehabt, dass er sie zu ihrem Schlafzimmer getragen, auf das Bett geworfen, ihre Röcke hochgenommen und ihr eine richtig gute Nacht bereitet hätte. Aber er war ein gewissenhafter Mann mit einem guten Herzen und es war sicherlich gut, dass er vernünftig war, insbesondere, wenn sie in letzter Zeit die Vernunft so oft in den Wind geschlagen hatte.

Als sie vom Tisch aufstand und sich auf den Weg zur Treppe machte, folgte ihr Sung Li.

„Miriel", zischte er wie ein Hund an ihren Fersen. „Miriel."

Miriel machte sich nicht die Mühe, dem lästigen Diener zu antworten. Sie war immer noch verärgert mit ihm.

„Miriel."

Miriel öffnete ihre Zimmertür und war versucht, sich umzudrehen und sie in seinem Gesicht zuzuschlagen.

Dann ergriff Sung Li ihren Arm und murmelte eine seiner geheimnisvollen Behauptungen: „Er ist nicht der, der Ihr glaubt."

Sie hätte vortäuschen können, dass sie nicht wusste, wen Sung Li damit meinte, aber das hätte nichts genützt. Stattdessen bellte sie: „Und Ihr seid nicht der, von dem ich glaubte der Ihr seid." Sie stand Sung Li direkt gegenüber. „Ich dachte, ihr wärt mein treuer Diener, mein respektierter *Xian Sheng*, mein Freund." Sie zog ihren Arm aus Sung Lis Griff. „Aber seit seiner Ankunft wart Ihr nur unhöflich zu meinem Bräutigam."

Sung Li hob stolz das Kinn. „Ich tue alles nur für Euren Schutz."

„Schutz?" Sie verdrehte die Augen und zog Sung Li ins Zimmer hinein und schloss die Tür, damit keiner mithören konnte. „Sung Li, Ihr erzählt mir immer wieder, dass ich noch ein Kind bin. Wie soll ich jemals erwachsen werden, wenn Ihr darauf besteht, mich zu beschützen?"

Sung Li hörte schweigend zu.

„Ich weiß nicht, warum Ihr Rand so hasst", fuhr sie fort, „aber ich weiß, dass er ein guter Mann ist. Er wird mir ein guter Ehemann sein. Er ist geduldig mit meinem Vater und freundlich zu meinen Schwestern. Und obwohl

Ihr so schrecklich zu ihm gewesen seid, war er höflich zu Euch."

Sung Li starrte sie lange Zeit an, wobei er mit seinen Gedanken wahrscheinlich ganz woanders war, bis Miriel den Blickkontakt unbehaglich unterbrach.

Schließlich sagte er: „Ihr habt Recht. Es ist Zeit, dass Ihr Eure Zukunft selbst in die Hand nehmt."

Miriel blinzelte erstaunt. Das war das letzte, was sie von Sung Li erwartet hätte. Der sture alte Meister hatte noch nie zugegeben, dass er Unrecht hatte.

„Aber einige Dinge muss ich Euch offenbaren", sagte er, „sehr wichtige Dinge, die Euch helfen werden, Euer Schicksal zu steuern."

Miriel nickte schweigend und war immer noch verwirrt.

„Die beiden Narren sind nicht so albern, wie sie erscheinen", erklärte er.

„Hob-Nob und Wat-Wat?"

„Sie sind stark, gewandt und klug."

„Was haben die Schauspieler mit Rand zu tun?"

„Er hat sie engagiert, nicht wahr?"

„Aye, aber ..."

„Und sie gewinnen sehr viel Geld heute Abend."

„Wie jeder, der mit meinem Vater spielt."

„Was Rand von Morbroch inzwischen genau weiß."

„Was wollt Ihr damit sagen?"

„Euer Bräutigam hat die Schauspieler engagiert, um Eurem Vater heute Abend sein Silber zu rauben. Morgen wird er die Burg mit Ihnen verlassen und sie werden sich den Gewinn teilen."

„Wie bitte?" Sie war versucht zu lachen, weil Sung Lis Vorwurf derart lächerlich war.

„Er wird nicht zurückkommen."

„Das ist das Absurdeste, was ich jemals gehört habe …"

„Ihr erinnert Euch nicht an ihn von damals", erinnerte sie Sung Li, „als er sich angeblich in Euch verliebt hatte."

Miriel biss sich auf die Lippe. Sie wollte Sung Li widersprechen, aber er hatte Recht. Tatsächlich erinnerte sich niemand, der an dem Turnier teilgenommen hatte, an Sir Rand von Morbroch. Fürwahr, er hatte die ganze Geschichte erfunden. Plötzlich wurde ihr schwer ums Herz.

„Er ist nicht wegen Euch gekommen, Miriel."

„Was wollt Ihr damit sagen?" Ihr stockte der Atem und sie bekam kaum Luft. „Dass er nach Rivenloch gekommen ist, um meinen Vater auszurauben?"

Sung Lis Schweigen sprach Bände.

„Das kann nicht wahr sein." Aber in ihrem Kopf wusste sie, dass es möglich war. Vielleicht hatte er ihr nur vorgetäuscht, dass er ihr den Hof machen würde, um Zugang zum Spieltisch zu bekommen. Und er konnte ihr leicht die Ehe versprochen haben, wenn er plante, mit seiner Beute zu fliehen und dabei genau wusste, dass er das Versprechen niemals würde halten müssen. Bei dem Gedanken wurde ihr schlecht.

Aber warum würde ein Mann einen solchen Diebstahl begehen? Er hatte offensichtlich genug Geld, um ein gutes Schwert und ein herrliches Pferd zu besitzen und Verluste beim Spiel in der letzten Woche wegzustecken und ihr einen Ring auf dem Markt zu kaufen.

„Er ist ein edler Ritter", beharrte sie, obwohl sie wusste, dass das wahrscheinlich eine Lüge war.

„Seid Ihr Euch dessen sicher?"

Sie konnte Sung Li nicht in die Augen schauen. „Er hat sich als Sir Rand von Morbroch vorgestellt."

„Und Hob-Nob hat sich als der König der Feen vorgestellt."

Miriel fühlte sich, als würde sie Halt auf einer zerbröckelnden Mauer suchen. „Wer außer einem edlen Ritter könnte so gut mit dem Schwert umgehen?"

Sung Li kniff die Augen zusammen. „Sicherlich nicht die bescheidene Tochter eines schottischen Lords", sagte er spitz. „Und auch nicht ihre alte Dienerin."

Miriel musste zugeben, dass Sung Li Recht hatte. Man sollte nicht nach Äußerlichkeiten urteilen. Und man sollte auch keine vorschnellen Annahmen machen.

Sie schüttelte den Kopf. „Ich glaube es nicht. Ich kenne Rand. Er ist ein Ehrenmann. Und er liebt mich." Trotz der Überzeugung in ihren Behauptungen brach ihre Stimme bei den letzten Worten.

Sung Lis Gesicht sah plötzlich alt und müde aus, als wenn er in wenigen Augenblicken um zehn Jahre gealtert wäre. „Ich sage Euch, dass er Euch verraten wird."

Das war nicht, was Miriels Herz ihr sagte. Ihr Herz sagte ihr, dass Rand sie wertschätzte, dass ihre Seelen unausweichlich miteinander verbunden waren und dass er niemals etwas tun würde, um ihr Schaden zuzufügen.

„Ihr werdet sehen", erklärte sie Sung Li. „Morgen werden die Schauspieler sich verabschieden und alles wird wieder in Ordnung sein. Rand wird immer noch hier sein. Er würde mich nicht verlassen."

Lange Zeit hingen ihre Worte in der Luft und hörten sich mit jedem Augenblick hohler und verzweifelter an.

Schließlich nickte Sung Li ihr zu, wandte sich um und ging zur Tür. Obwohl er ihr den Rücken zuwandte, hörte sie den Befehl in seiner Stimme. „Es wäre töricht, wenn der *Schatten* versuchte, den Schauspielern morgen früh ihr Silber zu stehlen."

Der Gedanke war Miriel noch gar nicht gekommen. Sie nahm an, dass sie von der entsetzlichen Möglichkeit, dass Rand sie verraten könnte, zu schockiert war, um an den *Schatten* zu denken und daran, was aus den Gewinnen der Schauspieler werden könnte. „Töricht?“

„Zusammen würden die drei ein beeindruckender Gegner sein.“

„Es werden nur zwei sein“, beharrte sie. „Rand wird nicht mit ihnen gehen.“

„Aber morgen wird es passieren. *Der Ritter wird den Schatten schlucken.*“

Miriel schluckte schwer. „Was meint Ihr damit?“ Dieses Mal erschauderte sie bei der Prophezeiung.

Seine Erklärung war so schwer zu verstehen wie seine Vorhersage. „Vom Ritter verschluckt verschwindet der *Schatten.*“

Logisch betrachtet stimmte das wohl, nahm sie an. Sung Lis Prophezeiungen waren niemals so einfach. Während sie über die Symbole nachdachte, fiel ihr eine erschreckende Möglichkeit ein. Bei Gott, meinte Sung Li den Tod? Würde der *Schatten* morgen sterben?

Es war unvorstellbar. Der *Schatten* war unberührbar und entkam bei jeder Begegnung ohne Schaden. Niemand konnte den Dieb fangen und ihm schon gar nicht einen Todesstoß versetzen. Der *Schatten* war unzerstörbar.

Aber Sung Li schien seine Vorhersage sehr ernst zu meinen und er lag niemals falsch. Miriel musste seine Worte beherzigen. „Ich bin sicher, dass der Gesetzlose nicht töricht handeln wird.“

Sung Li zögerte, als wollte er noch etwas sagen und entschied sich dann dagegen. Ohne ein weiteres Wort öffnete er die Tür.

„Wo wollt Ihr hin?"

„Ihr habt Recht", sagte er mit einer leichten Verbeugung. „Ihr seid kein Kind mehr. Ihr braucht keinen alten Mann, der Euch im Schlaf beschützt."

Dann wünschte Sung Li ihr eine gute Nacht und verließ ihr Schlafzimmer.

Miriels Kopf hätte angesichts ihrer neuen Unabhängigkeit schwirren sollen. Endlich hatte Sung Li sie als das erkannt, was sie tatsächlich war - eine erwachsene Frau. Aber stattdessen war sie ein wenig betrübt in ihrem Herz.

Etwas hatte sich zwischen ihnen beiden verändert. Miriel war nicht mehr die Schülerin. Sung Li War nicht mehr der Meister. Sie waren an einer Kreuzung angekommen, wo sich ihre Wege trennen mussten.

Aber wenn Miriel in dem Augenblick gewusst hätte, dass Rand doch unschuldig war und sie ihren geliebten *Xian Sheng* nie wiedersehen würde, wäre sie Sung Li nachgelaufen und hätte darauf bestanden, dass er diese schicksalshafte Nacht an ihrer Seite verbrachte.

Unglücklicherweise hatte Liebe sie blind gemacht.

Miriel drehte sich in ihrem Bett hin und her und konnte wegen all der Probleme, die ihr durch den Kopf gingen, nicht schlafen.

Verflucht! Es war nicht gerecht.

Sie verehrte Rand. Er war alles, was sie sich bei einem Ehemann wünschte. Er war perfekt für sie. Schlagfertig und freundlich, intelligent und aufmerksam, mutig und herrlich lüstern war er genau die Art von Mann, der ihren freien Geist verstand. Bei ihm fühlte sie sich lebendig und wertgeschätzt und respektiert. Sie spürte, dass er ein Mann war, der sie schließlich als die Kriegerin, die sie war, akzeptieren würde.

Aber Sung Li hatte Zweifel gesät und diese Saat könnte wachsen und zu völligem Verrat aufblühen.

Sie hoffte, dass ihr *Xian Sheng* dieses eine Mal falsch lag. Sie betete, dass sie sich um nichts sorgen müsste, dass es nur eine törichte Angst von Sung Li war und dass sie morgen früh aufwachen und Rand am Kamin sein Frühstück einnehmen würde, wobei sein Gesicht bei ihrem Anblick leuchten würde.

Sie betete, dass es so sein würde. Denn wenn es nicht so war ...

Bei Gott, sie hatte bei dem Mann gelegen.

KAPITEL 21

Die Sonne stand schon hoch am Himmel. Miriel war so lange wie möglich im Bett geblieben. Trotz der unruhigen und schlaflosen Nacht wurde sie jetzt rastlos und musste aufstehen.

Sie ging davon aus, dass Sung Li heute Morgen nicht in ihr Zimmer zum Tai-Chi kommen würde. Vielleicht erwartete er, dass sie ab jetzt die Übungen allein machte. Was auch immer seine Absichten waren, sie war bereits spät dran. Ihre Familie würde sich Gedanken machen, was mit ihr los war, wenn sie noch länger wartete.

Trotzdem kam sie nur sehr zögerlich die Treppe herunter und ihr Herz flatterte entweder aus Erwartung oder Angst. Würde Rand sich in der großen Halle mit einem Becher Bier und einem Haferkuchen befinden, wie sie es sich vorgestellt hatte? Oder würde Sung Lis Prophezeiung eintreffen und er hatte die Burg verlassen und würde niemals zurückkehren?

Es war einfacher, darüber nachzudenken, als sich der Wahrheit zu stellen.

Sie sammelte ihren Mut, schritt die letzte Stufe hinab in die Halle und blickte zum Kamin. Einige Burgbewohner hatten sich dort versammelt – ihre Schwestern und deren Ehemänner, Sir Rauve und Lucy Campbell, ein paar der Männer von Rivenloch sowie ein halbes Dutzend Ritter von Cameliard - und nahmen einen kleinen Imbiss zu sich und unterhielten sich leise.

Aber Rand war nirgendwo zu sehen.

Ihr stockte der Atem und ihre Hoffnung wurde auf der Stelle erstickt.

„Miri!", rief Deirdre. „Endlich aufgestanden?" Sie zwinkerte. „Noch nicht einmal verheiratet und schon liegt sie bis mittags im Bett."

Als Antwort brachte Miriel noch nicht einmal ein winziges Lächeln zustande. Sie musterte die kleine Gruppe erneut und betete, dass sie Rand vielleicht irgendwie übersehen hatte. Aber er war nicht da.

Ein Kloß bildete sich in ihrem Hals.

„Ist irgendetwas nicht in Ordnung?", fragte Colin.

Sie biss sich auf ihre Lippe. Sie wusste, dass es töricht war, vorschnelle Schlüsse zu ziehen. Die Burg war groß. Rand konnte überall sein. Trotzdem wurde sie kreidebleich vor Angst.

Pagan runzelte besorgt die Stirn. „Geht es Euch gut?"

Miriel blickte hoch zu Pagan, Colin und den anderen. Sie konnte ihnen nichts von ihren schlimmsten Befürchtungen erzählen, dass Sir Rand von Morbroch, ihr Verlobter, sie verraten hatte.

Außerdem hatte sie noch keinen echten Beweis, dass er mit den Schauspielern weggegangen war, sondern nur Sung Lis Prophezeiung und eine quälende Angst tief in ihrer Seele.

Sie brachte ein kleines Lächeln zustande. „Habt Ihr Rand gesehen?"

Helena nahm wie immer den schlimmsten Fall an. Sofort legte sie eine Hand an den Griff ihres Schwertes. „Was hat er gemacht?"

„Nichts."

„Bist du dir sicher?" Helena würde kämpfen, sobald ein Fehdehandschuh zu Boden fiel. Zweifellos würde sie es genießen, Rand zu verprügeln, wenn sie glaubte, dass er Miriel verletzt hatte. Das war tröstlich, wenn auch unnötig.

„Aye", sagte sie und zuckte mit den Schultern. „Ich habe nur überlegt, wo er wohl ist."

Sir Rauve hatte einen Arm um Lucys Schultern gelegt und meinte: „Ich glaube, dass er die Schauspieler heute Morgen verabschiedet hat."

Er hatte es so beiläufig geäußert, dass Miriel die Bedeutung seiner Worte gar nicht sofort verstand. Als sie ihr schließlich klar wurden, schwand ihr Lächeln und sie spürte, wie ihr langsam übel wurde.

Deirdre runzelte die Stirn. „Geht es dir gut, Miri? Möchtest du einen Haferkuchen oder ...?"

„Nay."

„Du siehst krank aus", sagte Helena offen. „Könntest du schwanger sein?"

Miriel blickte sie scharf an. Es war eine äußerst persönliche Frage und die anderen schimpften Helena für ihre Aufdringlichkeit und retteten Miriel so vor einer Antwort.

Aber was, wenn sie schwanger war? Würde sie einen Bastard gebären?

Irgendwie fand sie die Kraft Sir Rauve zu fragen: „Hat er gesagt, wann er wiederkommt?"

Rauve schmunzelte. „Ich nehme an, dass er gegangen ist, um Revanche bei dem *Schatten* zu suchen."

Colin schüttelte amüsiert den Kopf. „Seit der Gesetzlose ihm diese Silbermünze gegeben hat, sehnt er sich nach einer weiteren Chance gegen ihn."

Pagan knurrte in sein Bier. „Ich hoffe, dass er sich nicht allzu schlimm verletzt."

„Der *Schatten* hat noch nie jemanden verletzt", sagte Helena.

Deirdre grinste. „Obwohl er Sir Rands Stolz vielleicht einen schweren Schlag versetzen könnte."

Eine leichte Hoffnung keimte in Miriel. Könnte das der Grund sein, warum Rand mit den Schauspielern gegangen war? Hoffte er nur, dem *Schatten* wieder zu begegnen? Natürlich! Das erschien ihr durchaus sinnvoll.

Ihre Lippen verzogen sich zu einem schiefen Lächeln. Heute würde er enttäuscht werden. Aber solange er treu zu ihr zurückkehrte, würde sie ihn gern wegen seiner verlorenen Chance trösten.

Tatsächlich floss ihr Blut schneller bei dem Gedanken, wie dieser Trost aussehen könnte.

Ihre Ängste waren ein wenig besänftigt und sie schaffte es, ein Stück Haferkuchen zu essen und machte sich in der großen Halle nützlich, wobei sie im Geiste ihr Hochzeitsmahl plante. Noch waren nicht alle Zweifel beseitigt, aber sie ignorierte sie.

Die Täuschung funktionierte eine Zeit lang an diesem Morgen. Aber als es Mittag wurde und Rand immer noch nicht zurückgekommen war, hörte Miriel die höhnischen Stimmen in ihrem Kopf.

Er ist für immer auf und davon.

Du wirst ihn nie wiedersehen.

Er hat dich verraten.

Du warst ein Narr, ihm zu vertrauen.

Als am Nachmittag immer noch nichts von ihm zu sehen war wurden diese Zweifel von den Burgbewohnern in der ganzen Burg auch laut geäußert.

„Es wird ihm doch nichts passiert sein?"

„Der *Schatten* hat noch nie jemand verletzt. Nicht ernsthaft."

„Vielleicht hat er sich verlaufen."

„Vielleicht haben die Schauspieler ihn überfallen."

„Aye, die beiden raffinierten Jungen haben ihm wahrscheinlich den Kopf eingeschlagen und seine Börse genommen."

„Sollten wir jemanden losschicken, um nach ihm zu suchen?"

„Nay. Er ist ein erwachsener Mann. Er kommt zurück. Ihr werdet schon sehen."

Miriel war entschlossen, sich an die Hoffnung zu klammern, ganz gleich wie gering sie auch war, aber ihr Herz sagte ihr, dass sie alle Unrecht hatten.

Rand war dem *Schatten* nicht begegnet. Er war auch nicht von den Schauspielern ausgeraubt worden. Auch hatte er sich nicht verlaufen.

Sie wusste, dass Sung Li Recht hatte. Rand hatte sie verraten. Er hatte sie alle verraten.

Rand ging den Weg entlang durch die Wälder Rivenlochs mit der Zuversicht und dem Mut, den man in der Liebe einer wunderbaren Frau fand und dem Wissen, dass er an diesem Tag ihre Unschuld beweisen würde.

Er hatte eine geniale Falle gestellt, eine, in die der *Schatten* sicher treten würde.

Rand hatte den Schauspielern gestern Abend genug

Geld gegeben, dass sie hoch wetten und viel Geld von Lord Gellir gewinnen konnten. Die scheinbaren Tölpel mit ihren vollen Börsen würden sich als ein unwiderstehliches Ziel für den Gesetzlosen erweisen.

Aber der *Schatten* wusste nicht, dass die Schauspieler recht gute Kämpfer waren. Als er sie gestern beobachtet hatte, wurde Rand klar, dass das Spiel zwischen Hob-Nob und Wat-Wat zwar lustig war, aber viel Koordination, Geschwindigkeit und Behändigkeit erforderte. Dies waren genau die Stärken, die der *Schatten* besaß.

Wenn sie den Dieb überrumpeln könnten, ihn mit ihren Tricks erschrecken, ihm ebenbürtig wären und ihn überraschten, könnte Rand hinzukommen, während er abgelenkt war und den Gesetzlosen endlich fangen.

Natürlich hatte er den Schauspielern als Belohnung den Rest seines Vorschusses vom Lord von Morbroch versprochen. Das Geld war ihm jetzt einerlei. Er tat das alles nur, um Miriel von jeder Schuld frei zu sprechen.

Er hatte die Schauspieler angewiesen, fröhlich und laut schwatzend den Weg entlang zu gehen und Unaufmerksamkeit vorzutäuschen, während Rand ihnen etwas weiter weg folgte und die Bäume beobachtete, falls es Anzeichen für die bekannte Gestalt in Schwarz gab.

Er musste nicht lange warten. Aber als der *Schatten* erschien, kam er weniger an, als dass er sich aus dem Nichts materialisierte. Rand hätte schwören können, dass er auf eine schattige Gabelung in einem Baum gestarrt hatte, als er plötzlich merkte, dass es mehr als ein Schatten war. Es war der *Schatten*.

Die Schauspieler waren schon an dem Gesetzlosen vorbei geschlendert. Rand pfiff kurz, um ihre Aufmerksamkeit zu bekommen und zog sein Schwert.

Da er sie gewarnt hatte, würden sie schnell sein müssen.

Während der Dieb mit nur wenig Interesse von seinem Hochsitz aus zuschaute, stritten Hob-Nob und Wat-Wat und Wat-Wat holte aus und schwang seine Faust, wobei er die Nase seines Gegners nur ganz knapp verfehlte. Mit den gleichen Sprüngen und Täuschungsmanövern wie auf dem Markt begannen die Schauspieler einen vorgetäuschten Kampf, der so perfekt koordiniert und so überzeugend war, dass Rand einen Augenblick lang auch abgelenkt war.

In dem Augenblick sprang der *Schatten* auf dem Boden. Als Rand das nächste Mal hochschaute, näherte sich der Räuber schon heimlich den Schauspielern.

Rand kniff die Augen zusammen. Könnte der in schwarz gekleidete Dieb Miriel sein? Er wüsste nicht wie. Es war unmöglich, die süße Dame, die gestern noch in seinen Armen gekichert hatte, unter einen Hut mit dem abgebrühten, effizienten Gesetzlosen zu bringen.

Rand erwartete einen unterhaltsamen Schlagabtausch. Die Schauspieler würden ihre raffinierten Bewegungen benutzen, um den *Schatten* zu überraschen und der *Schatten* würde seine Akrobatik einsetzen, um ihrem Angriff zu entgehen. Während sie alle beschäftigt waren, würde Rand sich an den Gesetzlosen heranschleichen und ihn mit vorgehaltenem Schwert festnehmen.

Aber so kam es nicht.

Als Hob-Nob sich drehte und mit seinen Armen wild um sich schlug, wobei er Silbermünzen über den ganzen Weg verteilte, trat der *Schatten* ruhig einen Schritt auf ihn zu. Der Räuber streckte die Hand nach Hob-Nob aus, als wenn er einem alten Freund liebevoll an den Hals schlagen wollte, und dann drückte er fest zu.

Die Knochen des Schauspielers schienen weich wie

Pudding zu werden. Er verdrehte die Augen und brach auf der Stelle zusammen. Fürwahr, wenn der *Schatten* seine Arme nicht ausgestreckt hätte, um seinen Sturz abzumildern und ihn nicht vorsichtig zu Boden hätte gleiten lassen, hätte der arme Kerl sich an einem Stein oder Baumstamm stoßen und bewusstlos werden können.

Wat-Wat zögerte einen Augenblick und war von der Plötzlichkeit des Zusammenbruchs seines Freundes überrascht. Aber er erholte sich schnell und fing an, den *Schatten* mit Worten und Schlägen zu locken und das ermöglichte Rand, sich langsam von hinten zu nähern.

„Ihr dünner schwarzer Teufel!“ Wat-Wat duckte sich nach links und rechts, vor und zurück und hielt seine Fäuste immer erhoben vor sein Gesicht. „Kommt und kämpft wie ein echter Mann!“

Der *Schatten* stand einfach nur da und schaute zu, während Wat-Wat herumtänzelte, als wenn er geduldig darauf warten würde, dass der Schauspieler müde wurde.

Rand stand nur ungefähr acht Meter entfernt. Wenn der Schauspieler ihn beschäftigte und wenn der Gesetzlose nicht irgendeinen schnellen, unmöglichen Sprung in die Bäume machte, wäre er in wenigen Augenblicken nah genug, um ihn zu ergreifen.

„Ihr mutterloser Hundesohn! Ihr teuflische Brut!“ Wat-Wat tanzte und wackelte mit dem Kopf hin und her. „Zeigt mir Eure Klauen!“

Nur noch vier Meter und der *Schatten* wäre in Reichweite seines Schwerts. Rand hatte nicht vor, sein Schwert zu benutzen. Außer wenn der Gesetzlose den Verstand verloren hätte, würde er merken, wenn die Schwertspitze seinen Rücken berührte, dass er keine Wahl hätte und aufgeben müsste.

Wat-Wat war nun überzeugt, dass der *Schatten* ihn überhaupt nicht angreifen wollte und er hüpfte einfach von einem Fuß auf den anderen und streckte die Arme fragend aus. „Was ist bloß los mit Euch, Ihr Teufelshund? Habt Ihr Angst, dass ich vielleicht ..."

Er wurde unterbrochen, als der Arm des *Schattens* blitzschnell nach vorne schnellte, mit der Faust Wat-Wats Kinn traf und sein Kopf nach hinten flog.

Mit immer noch wie Ästen ausgebreiteten Armen stürzte Wat-Wat nach hinten in die dichten Büsche entlang des Weges, wie ein vom Sturm gefällter Baum.

Dann wandte sich der *Schatten* Rand zu.

Verdammt! Er war immer noch zwei Meter außer Reichweite.

In dem Augenblick hätte der Gesetzlose sich einfach umwenden und in den Wald fliehen können.

Aber er tat es nicht.

Und in diesem wesentlichen kleinen Augenblick ermöglichte die seltsame Tatenlosigkeit des *Schattens* Rand einen Vorteil.

Und Rand ergriff diesen Vorteil. Er stürzte die letzten paar Meter nach vorn, hob seine Klinge und legte sie an den schwarz gekleideten Hals des Bösewichts.

Er hatte es geschafft. Er hatte den *Schatten* gefangen.

Rand war kein Mann, der sich brüstete. Er hatte schon genug Verbrecher gefangen, dass er wusste, wie jämmerlich es für sie war und daher verzichtete er darauf, Schadenfreude über ihre Festnahme zu zeigen. Ihm reichte die Befriedigung zu wissen, dass der Räuber ihm nun ausgeliefert war.

Trotzdem hätte er sich über den Sieg freuen sollen. Er hatte den Gesetzlosen gefangen, den kein anderer Mann je berührt hatte. Rivenloch würde jubeln. Er würde seine Belohnung abholen. Und Miriel würde mit leuchtenden Augen voller Bewunderung zu ihm aufblicken.

Er hätte sich siegreich fühlen müssen, aber sein Triumph fühlte sich seltsam hohl an. Der *Schatten* bewegte keinen Muskel und zeigte keinerlei Widerstand. Fürwahr, Rand gewann den Eindruck, dass er den Dieb nicht überwältigt hatte, sondern dass er seine Kapitulation angenommen hatte. Es war fast, als wenn der *Schatten* gefangen werden wollte.

Trotzdem war er schlau genug, vorsichtig zu sein. Der Mann war gerissen. Wer wusste schon, welche Waffen er in seinem Ärmel oder den Falten seiner seltsamen schwarzen Kleidung versteckt hatte.

Er hielt sein Schwert weiter an den Hals des *Schattens*, nahm die Fesseln von seinem Gürtel und wies den Räuber an, langsam seine Arme auszustrecken. Der *Schatten* kam seiner Aufforderung nach und im Nu waren die Fesseln auch mit nur einer Hand um seine Handgelenke geschlossen. Er hatte schließlich recht viel Übung in der Festnahme von Gesetzlosen.

Erst dann konnte Rand sein Schwert senken.

Aber er war immer noch nicht zufrieden. Es war zu einfach gewesen. Das Ergreifen eines Verbrechers ging nie so glatt. Gesetzlose kämpften mit aller Kraft und oft bis zu ihrem letzten Atemzug gegen die Festnahme.

Unruhig erwartete er fast, dass der *Schatten* plötzlich mit einem seiner Füße zuschlagen und Rand zehn Meter den Weg hinunter befördern würde. In diesem Augenblick fühlte Rand sich ungefähr so sicher wie eine Maus, die mit Katzen in einem Stall wohnt. Er konnte es sich nicht leisten, seine Wachsamkeit abzulegen.

Bevor er mit seinem Gefangenen nach Rivenloch zurückkehrte, musste er noch etwas tun. Er musste sicherstellen, dass die Schauspieler unverletzt waren. Tatsächlich war es überraschend, dass der *Schatten* ihnen gegenüber so gewalttätig gewesen war. Die Burgbewohner bestanden immer darauf, dass der Gesetzlose noch niemals jemanden ernsthaft verletzt hatte. Aber was auch immer er dieses Mal gemacht hatte, seine beiden Opfer lagen so still da, wie der Tod.

„Setzt Euch", sagte er zum *Schatten* und drückte auf die schmalen Schultern, um ihn nach unten zu zwingen.

Dann legte er die Spitze seines Schwertes knapp unter das Ohr des Diebs. Mit einem Stoß würde er die Ader dort durchtrennen und der *Schatten* würde zu Tode bluten.

Der *Schatten* saß ruhig da, während Rand den Puls der gefallenen Männer prüfte. Diese waren dankenswerterweise stark. Was auch immer der Dieb mit den Schauspielern angestellt hatte, zumindest waren sie am Leben geblieben.

Insgeheim freute sich Rand. Er wusste nicht, ob der Lord von Morbroch den *Schatten* letztlich für seine Diebstähle hängen würde. Aber scheinbar hatte der Dieb eine gewisse Zurückhaltung bei seinem Angriff gezeigt. Es war eine Erleichterung, dass man zu der Liste an Verbrechen nicht auch noch Mord hinzufügen musste.

In dem Augenblick stöhnte Hob-Nob, als er langsam wieder zu sich kam. Kurz danach erwachte auch Wat-Wat, setzte sich auf und hielt sich sein verletztes Kinn.

„Habt Ihr ihn erwischt?", fragte Wat-Wat und versuchte trotz der Schmerzen zu lächeln.

Rand nickte. „Behaltet das zusätzliche Silber für Eure Mühe." Ihre Gewinne lagen verstreut auf dem Weg und er hatte ursprünglich beabsichtigt, diese an Rivenloch zurückzugeben und Miriels Konten auszugleichen. Jetzt würde er Lord Gellir mit einem Teil seiner Belohnung von Morbroch entschädigen.

„Gern geschehen", sagte Hob-Nob fröhlich trotz seines glasigen Blicks.

Dann sammelten die Schauspieler ihre Gewinne ein und nahmen ihre Reise durch den Wald von Rivenloch zurück zum Markt wieder auf, wo sie ihren Lebensunterhalt mit wesentlich weniger Aufwand verdienen konnten.

Der *Schatten* blieb still, was nicht überraschend war. Gemäß Rands Erfahrung verhielten sich die meisten gefangenen Verbrecher wie in die Ecke getriebene Tiere. Entweder kämpften sie verzweifelt, heulten und jammerten und brüllten vor Zorn oder sie blieben still, wenn sie vielleicht die Nutzlosigkeit von Widerstand erkannt hatten oder eine Gelegenheit zur Flucht planten.

Trotzdem lag ein seltsamer Frieden über dem Verhalten des *Schattens*. Er schien weder ängstlich noch zornig zu sein. Das machte Rand unbehaglich.

Er würde sich besser fühlen, wenn er das Gesicht des Räubers sehen könnte.

Vorsichtig steckte er sein Schwert in die Scheide, zog stattdessen seinen Dolch und hockte sich neben den Gefangenen. Er steckte die Spitze des Dolchs unter den schwarzen Stoff, der um den Kopf des *Schattens* gewickelt war und schnitt vorsichtig nach oben, bis das Tuch herunterfiel.

Ihm stockte vor Schreck der Atem.

Vor ihm saß Sung-Li mit versteinerter Miene.

Kapitel 22

Der Ritter der Nacht hat den Schatten verschluckt.

Das Pergament fiel Miriel aus ihren zitternden Fingern. Ihr Herz sank. Mit einer Hand hielt sie immer noch den Deckel der leeren Truhe fest und fiel langsam auf ihre Knie.

Sie verstand es immer noch nicht ganz. Aber langsam ergaben alle Einzelteile wie bedrohliche schwarze Wolken, die von einem Sturm kündeten, einen Sinn. Mit jedem Augenblick sah der Sturm bedrohlicher und gefährlicher aus.

Miriel musste herausfinden, was passiert war und handeln, bevor es zu spät war.

Die verdammenden Worte auf dem Pergament starrten sie vom Boden ihres Arbeitszimmers an, während sie noch einmal zusammentrug, was sie wirklich wusste.

Sung Li war unauffindbar. Über den ganzen Tag hatte ihn keiner gesehen. Aber es hatte auch niemand gesehen, dass er die Burg verlassen hatte.

Rand war vor mehreren Stunden mit den Schauspielern weggegangen und nicht zurückgekommen. Sir Rauve war überzeugt, dass er mit ihnen gegangen war in der Hoffnung, noch einmal gegen den *Schatten* kämpfen zu können. Aber nun wurde befürchtet, dass vielleicht ein Verbrechen stattgefunden hatte.

Sung Li hatte sie gewarnt, dass Rand nicht der war, der er behauptete zu sein und dass er nicht wegen Miriel nach Rivenloch gekommen war, sondern aus anderen Gründen. Er glaubte, dass Rand mit den Schauspielern gemeinsame Sache gemacht hatte, um Lord Gellir auszurauben. Er hatte Miriel auch gesagt, dass es töricht vom *Schatten* wäre, solch fähige Kämpfer zu verfolgen und sich mit ihnen anzulegen.

Während Miriel in die leere Truhe schaute, klopfte ihr das Herz bis zum Hals und sie fürchtete, dass Sung Li entgegen seiner eigenen Ratschläge gehandelt hatte.

Die Verkleidung des *Schattens* fehlte.

Und ebenso Sung Li.

Miriel hätte wissen müssen, dass Lucy Campbell ihren Mund wegen des schwarzen Tuchs, das sie für Miriel holen sollte, nicht halten würde. Tatsächlich kamen Deirdre und Helena einige Stunden später in ihr Zimmer und forderten Antworten.

„Miriel!", bellte Deirdre. „Was zum Teufel ..."

Helena keuchte. „Verflucht."

Die Schwestern erstarrten, als Miriel sich von Kopf bis Fuß in Schwarz gekleidet zu ihnen umdrehte. Einen Augenblick lang sagte niemand etwas. Die einzige Bewegung im Zimmer war die flackernde Flamme der Kerze.

„Miri?", flüsterte Deirdre schließlich.

Helenas Mund verzog sich langsam zu einem erfreuten Grinsen. „Ich wusste es. Ich wusste es! Du bist der *Schatten*, nicht wahr?" Sie hätte nicht stolzer aussehen können, als sie Deirdre anstrahlte. „Sie ist der *Schatten*."

„Es ist mir einerlei, wer sie ist.", zischte Deirdre unmissverständlich. „Du wirst die Burg heute Abend auf keinen Fall verlassen."

Miriel runzelte die Stirn und war zugegebenermaßen von ihrer Reaktion enttäuscht. Müssten sie nicht völlig entsetzt sein, zu entdecken, dass ihre kleine Schwester der *Schatten* war? Sie streckte das Kinn vor. „Ich bitte dich nicht um Erlaubnis."

Helena verschränkte die Arme über ihrer Brust. „Warte zumindest bis morgen früh, Miri."

„Dann könnte es schon zu spät sein." Miriel zog die schwarzen Lederhandschuhe an, die Lucy ihr gebracht hatte.

„Zu spät für was?", fragte Deirdre und betrachtete die Waffen, die auf dem Tisch vor Miriel aufgereiht lagen. „Bei Gott, was hast du vor?"

„Das geht dich nichts an."

Deirdre streckte die Hand aus, um sie an der Vorderseite ihrer Kleidung zu ergreifen. „Sag mir nicht, dass meine Schwester mich nichts angeht."

Miriel bekam ein schlechtes Gewissen und gab nach. Schließlich machten sich Deirdre und Helena nur Sorgen um sie. „Ich will Vaters Geld zurückholen."

Das stimmte zwar zur Hälfte, aber Deirdre ließ sich nicht hinters Licht führen. „Ich kann mich nicht erinnern, dass der *Schatten* jemals so viele Waffen brauchte, nur um die Börse eines Mannes abzuschneiden."

Dann schwiegen beide, bis Helena die Anspannung durchbrach. „Wir gehen mit dir", entschied sie.

„Nay", sagte Miriel. „Ich arbeite allein."

„Aber nicht dieses Mal", entgegnete Deirdre.

„Ich arbeite immer allein", beharrte Miriel. Sie knurrte leise vor sich hin, während sie die Schärpe um ihren Surcot band. Es war schlimm genug, dass die schockierende Enthüllung, dass ihre kleine Schwester das nur schwer zu ergreifende Phantom von Rivenloch war, ihnen scheinbar nichts ausmachte, aber jetzt verweigerten sie ihr den Respekt, den ein berüchtigter Gesetzloser verdient hatte. „Bei Gott, seid ihr denn überhaupt nicht beeindruckt von der Tatsache, dass ich der *Schatten* bin?", fragte sie.

Deirdre und Helena schauten einander an und dann sagte Deirdre: „Wir haben schon seit längerem den Verdacht."

„Die Art und Weise, wie der *Schatten* zufällig Essen für uns in der Kate dagelassen hatte", sagte Helena und bezog sich auf Miriels Besuch, als sie Colin entführt hatte.

„Die Explosion des Trebuchets", fügte Deirdre hinzu und erinnerte sich an Miriels Zerstörung der englischen Kriegsmaschine.

„Schließlich", sagte Helena mit einem hinterhältigen Grinsen, „fließt Rivenloch Blut in unseren Adern."

„Aber ich werde dir trotzdem nicht erlauben, die Burg zu verlassen", warnte Deirdre.

Miriel hob eine Augenbraue. „Und wie willst du mich aufhalten?"

Deirdre starrte sie ernst an, während sie über den Griff ihres Schwertes strich. Obwohl sie schwanger war, trug sie trotzdem ein Schwert und scheinbar würde sie nicht zögern, es zu benutzen, falls Miriel ihr trotzte.

Natürlich würde sie überhaupt keine Gelegenheit dazu bekommen. Das würde Miriel nicht zulassen. „Deirdre, ich bin der *Schatten*", erinnerte sie sie leise. „Der *Schatten!*"

Helena zog ihr Schwert. „Vielleicht. Aber wir sind zu zweit."

Miriel seufzte. Sie wollte ganz sicher nicht gegen ihre eigenen Schwestern kämpfen. Aber sie verschwendeten Zeit. Und wenn sie sich erst beweisen müsste, bevor sie sie gehen lassen würden, dann tat sie das besser jetzt schnell.

Mit einem Tritt traf sie Helenas Handgelenk und diese ließ das Schwert fallen. Und bevor die Waffe überhaupt auf den Boden fiel, trat sie näher und drückte zwei Finger in die Vertiefung am unteren Ende von Helenas Hals.

Dabei fügte sie ihr keinen wirklichen Schaden zu, aber verursachte ihr Unwohlsein und brachte sie dazu, sich zurückzuziehen. Helena stolperte rückwärts, fiel über einen Schemel und landete auf ihrem Hintern.

Inzwischen hatte Deirdre ihr Schwert halb aus seiner Scheide gezogen. Miriel drehte sich und ergriff Deirdre an ihrem Schwertarm und der Vorderseite ihres Surcots. Dann stellte sie ihr ein Bein, sodass sie von den Beinen gerissen wurde und ließ sie vorsichtig zu Boden gleiten.

Als Miriel Deirdre losließ, konnte man die erstaunte Stille mit dem Messer schneiden.

„Noch weitere Einwände?", fragte Miriel.

Sie schaute von einer Schwester zur anderen. Jetzt sahen sie wirklich schockiert aus, hatten große Augen und ihre Münder standen offen.

Helena sprach als erste. „Verflucht."

„Wie hast du ... was hast du ...?", fragte Deirdre ehrfürchtig und stützte sich auf ihre Ellbogen. „Wo hast du das gelernt ...?"

Miriel hatte keine Zeit zu antworten. Es würde sie sowieso nur aufregen. Wie könnte sie erklären, dass sie alles, was sie wusste, von ihrer Dienerin gelernt hatte?

Sie wussten ja immer noch nicht, dass Sung Li ein Mann war. „Später."

Sie begann, die Waffen, die sie zuvor ausgewählt hatte - *Sais, Shan Bay sow, Woo Diep Do,* und *Shuriken* - in den Falten ihres Surcots zu verstecken, während Helena wieder auf die Füße kam und Deirdre half.

„Ich weiß noch nicht, wann ich zurück sein werde", sagte Miriel. „Aber ihr braucht euch keine Sorgen um mich zu machen. Ihr wisst doch, dass kein Mann den *Schatten* besiegen kann." Dann fügte sie mit einem selbstgefälligen Lächeln hinzu: „Kein Mann und keine Frau."

Helena und Deirdre starrten sie immer noch ehrfürchtig an und umarmten sie zum Abschied. Dann floh Miriel durch den Geheimgang in den Wald und bewegte sich still und listig zwischen den Bäumen und war in der Dunkelheit der Nacht so unsichtbar wie der Wind.

„Sie ist wirklich gut", gab Helena zu, als Miriel weg war.

„Aye."

„Wieviel Vorsprung wollen wir ihr geben?"

„Zwei Stunden. Vielleicht drei."

Als Rand sich von dem Schreck erholt hatte und schließlich die unglaubliche Tatsache zur Kenntnis nahm, dass der *Schatten* Sung Li war, wurde ihm klar, dass er nun in einem fürchterlichen Dilemma steckte.

Er hatte geschworen, den Gesetzlosen zu fangen.

Er hatte aber auch geschworen, Miriel zu beschützen.

Er hätte nie gedacht, dass diese beiden Ziele im Widerspruch zueinander stehen könnten.

Er konnte jetzt sehen, dass Sung Li Rivenloch verraten hatte, aber noch wichtiger, dass sie Miriel verraten hatte.

Die Dienerin hatte sich bei dem vertrauensseligen Mädchen ein-geschmeichelt, sich mit ihr angefreundet, hatte sie bezaubert, sich unterwürfig kriecherisch gezeigt und ihr Vertrauen missbraucht.

Wie ein schlecht erzogener Hund hatte sie sich gegen Miriel gewandt und die Hand gebissen, die sie versorgte.

Rand ging vor der Dienerin auf und ab, rieb sich den Nacken und überlegte, was er mit ihr machen sollte. Es war immer noch schwer zu glauben, dass eine alte, vertrocknete Schachtel sich mit solcher Geschwindigkeit und Anmut bewegen könnte. Aber er hatte sie mit eigenen Augen gesehen. Sie hatte Hob-Nob und Wat-Wat im Nu von den Beinen geholt.

Vielleicht war sie verhext. Vielleicht war sie die Brut des Teufels, wie Wat-Wat gesagt hatte. Oder vielleicht war sie auch nur die Tochter eines großartigen Kriegers, der seine Talente vererbt hatte. Was auch immer sie war, sie war ganz klar eine Bedrohung.

Und nun, da ihre Identität entdeckt worden war, würde sie vielleicht eine noch größere Bedrohung darstellen. Sie könnte wohl kaum zu ihrem angenehmen Leben in Rivenloch zurückkehren. Und wenn sie keinen Zufluchtsort hatte und keine Nahrungsquelle, würde sie noch verzweifelter werden.

Rand hatte schon hunderte von solchen Gesetzlosen festgenommen, Männer, die einst anständige Menschen waren, sich aber dem Diebstahl, dem Chaos und sogar dem Mord aus Notwendigkeit zugewandt hatten.

Rand konnte sie nicht einfach laufen lassen. Sie hatte vielleicht bislang noch niemanden getötet, aber sie hatte definitiv die Fähigkeiten dazu. Wenn ihre Umstände schlimm genug wurden, würde sie auch Gewalt anwenden.

Und dann wäre niemand - Fremde, Leute von Rivenloch, noch nicht einmal Miriel - sicher vor ihren tödlichen Talenten.

Er hatte keine andere Wahl als sie nach Morbroch zu bringen. Er traute sich noch nicht einmal, zuerst nach Rivenloch zurückzukehren, denn Miriel würde sicherlich weinen und ihn händeringend anflehen, die alte Dienerin freizulassen. Sie würde die Gefahr nicht verstehen. Und sie würde es ihm nie verzeihen.

„Versteht Ihr nicht, was Ihr getan habt?", knurrte er frustriert. „In was für eine Lage Ihr mich gebracht habt? Ihr sollt verflucht sein, Weib!"

Sung Li antwortete ihm mit einem undurchdringlichen Lächeln. „Für einen gedungenen Jäger seid Ihr hoffnungslos blind."

Rand erstarrte. Woher wusste die Dienerin, dass er ein gedungener Jäger war?

„Oh aye", sagte Sung Li. „Ich weiß, wer Ihr seid, Rand la Nuit."

Rand biss die Zähne zusammen. Hatte Sung Li ihn erkannt? Wenn sie seinen Namen wusste und auch, dass er ein Söldner war und seinen Ruf kannte, hatte sie es Miriel erzählt?

„Ich weiß, warum Ihr gekommen seid", fuhr Sung Li fort. Dann verzog sich ihr faltiger Mund zu einem Grinsen. „Aber Ihr wisst immer noch nicht, wer ich bin."

Rand hatte genug von ihrer Respektlosigkeit. Er richtete sich zu seiner vollen Größe auf und grinste sie höhnisch an. „Ich weiß, dass Ihr meine Gefangene seid, Weib."

„Ich bin kein Weib."

„Wie bitte?"

„Ich bin kein Weib.“ Sung Li starrte ihn weiter mit seinem selbstgefälligen Grinsen an.

Rand runzelte ungläubig die Stirn. Sicherlich log die Dienerin. „Nay“, flüsterte er und betrachtete Sung Lis faltiges Gesicht.

„Aye.“

Die Möglichkeit, dass Sung Li tatsächlich ein Mann sein könnte, und dass, ohne dass Miriel es wusste, die Dienerin, die all die Jahre ihr Schlafzimmer geteilt hatte, ihr beim Anziehen geholfen und sie abends ins Bett gebracht hatte, tatsächlich ein Mann war, entzündete Rands Zorn schneller als ein Feuer trockenes Gras.

Er ergriff die Vorderseite von Sung Lis Kleidung und zog die Dienerin auf ihre Füße. Dann zog er mit Gewalt das schwarze Gewand am Oberteil auf und legte die blasse Haut darunter frei.

Übelkeit und Zorn stiegen in ihm auf und seine Arme zitterten, als er Sung Lis flache, vertrocknete Brust sah.

Es stimmte also. Dieser hinterhältige Knappe war ein Bösewicht der schlimmsten Sorte. Und die unschuldige, vertrauensselige Miriel war sein Opfer gewesen. Der armselige Wurm hatte sie getäuscht. Er hatte sie alle getäuscht.

Rands Hände zitterten bei dem Drang, seinen Dolch zu ziehen und aus Sung Li ein für alle Mal eine Frau zu machen. Aber er widerstand der hässlichen Verführung.

Stattdessen schob er Sung Li vorwärts entlang des Weges und zog sein Schwert, um den alten Mann anzustupsen.

Jetzt gab es keinen Zweifel mehr. Er würde den alten Lüstling direkt nach Morbroch bringen und ihn dort den Lords übergeben. Für Rand war der Galgen keine ausreichende Strafe für die Verbrechen des *Schattens* an seiner geliebten Miriel.

Nachts war der Markt unheimlich. Die Stände und ihre hellen Farben waren im Licht der Sterne gedämpft und schienen nur noch gespenstische Erinnerungen zu sein. Im leichten Wind klirrten eiserne Töpfe und seidene Schals raschelten ebenso wie die Zeltwände.

Aber das Geräusch kam Miriel zugute, denn so konnte sie in die Pavillons entlang der Straße unbemerkt hinein und hinaus schlüpfen.

Die Schauspieler waren leicht zu finden. Sie schliefen hinter ihrer Bühne und hatten sich zusammengekuschelt, um sich gegenseitig zu wärmen. Von Rand oder Sung Li war nichts zu sehen.

Still wie der Tod schlich sie sich hinter sie, zog ihre *Shan Bay Sows* und drückte jedem einen an den Hals.

„Psst!", flüsterte sie.

Sie wurden wach.

„Keine Bewegung!", zischte sie. „Und kein Ton. Gebt mir, was ich will und ich tue Euch nichts zuleide."

Wat-Wat flüsterte: „Das Geld ist in meiner Börse."

Hob-Nob zischte zurück: „Sagt Ihr nicht, wo das Silber ist."

„Bin ich der einzige, der ein Messer am Hals hat?"

„Sie hat gesagt, dass sie uns nichts zuleide tut."

„Pssst!" Miriel schaute sich um. Hoffentlich hatte niemand die schwatzenden Schauspieler gehört. „Euer Silber interessiert mich nicht. Ich will Informationen. Wo ist Rand von Morbroch?"

„Wer?"

„Rand von Morbroch“, sagte sie, „der Mann, der Rivenloch heute Morgen mit Euch verlassen hat.“

„Ihr meint Rand la Nuit."

„Meint Ihr Rand la Nuit?“

Miriel runzelte die Stirn. Warum hörte sich der Name so bekannt an? „Hat er gesagt, dass das sein Name sei?“

„Aye. Rand la Nuit, der Söldner.“

Plötzlich erinnerte Miriel sich wieder. Rand la Nuit war in der Tat ein Söldner, ein bekannter Jäger von Bösewichten und Gesetzlosen, ein Mann, den Adlige in ihren Dienst holten, um ihre schmutzige Arbeit für sie zu verrichten. Aber sicherlich war Rand, ihr Rand, kein solcher Mann.

„Wo ist er?“

Sie zögerten und sie stupste sie mit der Spitze ihrer Klingen an.

„Weg“, antworteten sie beide.

„Wohin?“

„Das hat er nicht gesagt.“

„Er hat nur den Dieb genommen und –“

„Was?“, fragte sie und ihr Herz blieb fast stehen. „Welcher Dieb?“

„Er nannte ihn den *Schatten*.“

„Den *Schatten*.“

„Da bin ich mir ganz sicher.“

„Der *Schatten* hört sich doch gut an.“

„Es ist einerlei, wie es sich anhört.“

„Wenn ich ein Dieb wäre, würde ich mich auch *Schatten* nennen.“

Miriels Herz schlug lauter als ihr Geschwätz und dunkle Gedanken schwirrten in ihrem Kopf und zogen sie hinunter in einen tödlichen Strudel.

Wenn Rand von Morbroch tatsächlich Rand la Nuit, der Söldner, war ...

Wenn er den *Schatten* gefangen hatte oder denjenigen, von dem er glaubte, dass es der *Schatten* sei ...

Verdammt!

Rand la Nuit. La Nuit. Die Nacht. *Der Ritter der Nacht hat den Schatten geschluckt.*

Miriel konnte nicht mehr atmen. Rand hatte sie verraten. Sung Li hatte sich geopfert. Und Miriel war eine Närrin gewesen.

Die Schauspieler stritten immer noch miteinander, als sie im Wald verschwand.

Lange Zeit ging sie stur und ziellos den Weg entlang, da sie viel zu fassungslos war, als dass sie mehr hätte tun können als einen Fuß vor den anderen zu setzen.

Wie hatte sie nur so blind sein können? Wie hatte sie nicht sehen können, dass Rand ein Schurke war?

Er war überhaupt nicht nach Rivenloch gekommen, um sich den Rittern von Cameliard anzuschließen. Er war gekommen, um seine Belohnung für die Festnahme des *Schattens* einzulösen.

Ihre Brust fühlte sich an, als sei sie zwischen zwei Mühlrädern eingeklemmt und ihr Herz so gedrückt worden, dass es bei jedem Schlag schmerzte, so dass sie kaum noch atmen konnte. Sie konnte noch nicht einmal schluchzen, obwohl ihr Hals mit dem Drang danach wie zugeschnürt war und die unvergossenen Tränen in ihren Augen brannten.

Er und seine betrügerischen Worte sollten verflucht sein. Sie hatte ihm ihr Herz anvertraut. Sie war ihm versprochen.

Bei Gott! Sie hatte bei dem Bastard gelegen.

Jetzt bezahlte sie für ihre Dummheit. Schlimmer noch, Sung Li bezahlte dafür.

Irgendwie schaffte Miriel es weiter zu gehen. Schließlich befand sie sich auf der Straße nach Morbroch, ob instinktiv oder absichtlich. Rand la Nuit war vielleicht kein richtiger Ritter, aber er hatte sich seinen Titel wahrscheinlich im Dienst des Lords von Morbroch geliehen. Dort wartete zweifellos seine Belohnung auf ihn.

Während sie an vom Mond beleuchteten Kiefern und kahlen Eichen vorbeimarschierte, nagte der Kummer seines Verrats in ihrer Brust und wandelte sich in unerbittlichen Zorn.

Ihre ganze Energie war auf einen einzigen Zweck konzentriert. Alle ihre Gedanken kreisten nur noch um Vergeltung. Mit jedem Atemzug wich der letzte Rest an Gnade von ihr. Sie wünschte ihm den Tod mit ihrer ganzen Willenskraft.

Miriel hatte noch nie einen Mann getötet.

Aber sie wusste, wie man das machte. Sung Li hatte sie gelehrt, wie man das Leben eines Mannes im Nu beendete und wie man seinen Todeskampf verlängerte. Er hatte sie auch gelehrt, dass nur ein Feigling tötete, wenn keine Notwendigkeit bestand.

Aber zum ersten Mal in ihrem Leben hatte Miriel das Gefühl, dass es nicht nur notwendig, sondern durchaus wünschenswert war. So unehrenhaft es auch war, so sehr Sung Li über ihren blutrünstigen Rachedurst schimpfen würde, als Miriel sich vorstellte, wie sie ihren spitzen *Woo Diep Do* durch Rands verlogenes Herz stieß oder ihm die Kehle mit ihrem *Bay Sow* durchschnitt, diente diese verzerrte Befriedigung als vorläufiger Balsam für ihre geschundene Seele.

Dieser quälende Rachedurst hielt sie die ganze Nacht wach und sorgte dafür, dass sie zielstrebig in Richtung Morbroch marschierte.

Tatsächlich schlief und aß sie in den nächsten paar Tagen nur sehr wenig aus Angst, dass sie die Gelegenheit verpassen würde, Sung Li zu retten und noch wichtiger, die Gelegenheit verpasste, Rand la Nuit zu töten.

In der Dämmerung am dritten Tag quälte sie sich den Hügel hinauf, der Teil eines Rings von Hügeln rund um die Burg von Morbroch bildete.

Nun, da sie wusste, dass Rand in Reichweite war und sie die Rache bekommen würde, nach der es sie dürstete, spürte sie, wie die Erschöpfung der letzten paar Tage von ihr abfiel. Ihr Kopf wurde wieder frischer und während sie auf die blaue Burg aus Sandstein im Tal blickte, schmiedete sie einen Plan.

Sie würde bis zum Einbruch der Nacht warten. Schließlich war die Nacht die Domäne der Schatten.

Kapitel 23

Rand lief im zugigen Schlafzimmer, das sein Gastgeber ihm zugewiesen hatte, auf und ab, wobei die Flamme der Kerze gefährlich flackerte. Aber es macht ihm nichts aus, wenn sie ausging. Vielleicht bekäme er dann endlich den Schlaf, den er so verzweifelt brauchte.

Es gab keinen Grund, dass ihn sein schlechtes Gewissen so sehr plagte. Er hatte seine Mission erledigt. Er hatte seine Belohnung abgeholt. Der Lord war sehr zufrieden, sogar so sehr, dass er ihm angeboten hatte, in Morbroch zu bleiben. Rand hatte die Welt von einem lästigen Gesetzlosen befreit. Und am allerwichtigsten, er hatte seine liebste Miriel aus den Fängen ihrer vertrauten Dienerin, einem verkommenen alten Mann, gerettet.

Aber ihm war das Herz schwer.

Müde strich er sich mit der Hand über den Nacken. Wenn all das hier vorbei war und wenn Sung Li gehängt worden war, würde Rand die Absolution finden, die er suchte.

Aber er bezweifelte es.

Er ließ sich auf das Bett fallen und legte die Hände um sein Gesicht.

Miriel würde ihm niemals verzeihen.

Das schmerzte ihn am meisten.

Ganz gleich, was er ihr sagen würde, wie geduldig, ehrlich und mitleidig er war, wenn er Sung Lis Täuschung, die Intrigen des alten Mannes, seine Bösartigkeit, seinen Verrat an ihr, ihrem Vater und ihren Leuten erklärte, wusste Rand, dass Miriel ihm niemals verzeihen würde, dass er ihre langjährige Dienerin an den Galgen gebracht hatte.

Und wenn sie ihm verzieh, würde sie ihn zumindest niemals wieder zurückhaben wollen.

Ein Teil von ihm wünschte sich, dass er den *Schatten* niemals gefangen hätte. Ein Teil von ihm wollte die Zeit zurückdrehen und den Räuber in den Wald laufen lassen, damit dieser nach Rivenloch und zu seinen Diebstählen zurückkehren konnte.

Aber der vernünftige Teil von ihm wusste, dass er alles nur getan hatte, um Miriel zu beschützen.

Bei Gott, er liebte das Mädchen. Er hatte noch nie jemanden so geliebt wie Miriel. Er würde alles tun, um sie in Sicherheit zu wissen. Und wenn das bedeutete, dass sie ihn dafür hasste, dann war das ein Opfer, das er bringen und eine Last, die er tragen musste.

Er traute sich noch nicht einmal, sich an einen letzten Zipfel Hoffnung zu klammern, dass Miriel ihn vielleicht eines Tages verstehen würde. In ihren Augen hatte er ihr Vertrauen ebenso sehr missbraucht wie Sung Li. Wenn sie herausfand, wer er war, nämlich ein unehelicher Söldner, der unter falschem Vorwand nach Rivenloch gekommen war, würde sie wahrscheinlich noch nicht mal mehr glauben, dass er sich wirklich in sie verliebt hatte. Fürwahr, sie hatte keinen Grund, irgendetwas von dem, was er sagte, zu glauben.

Schließlich würde er lernen müssen, ohne ihre Liebe zu leben. Er würde Trost in der Tatsache finden, dass, wenn der Bösewicht im Kerker gehängt worden war, Miriel für immer sicher vor Sung Lis Schurkerei war.

Trübsal schlängelte sich um seinen Hals wie eine böse Schlange und verhinderte, dass er als Erlösung weinen konnte.

Es war wahrscheinlich am besten, wenn Rand sie nicht wiedersah. Vielleicht war es Feigheit, aber er konnte den Gedanken nicht ertragen, dass Miriel ihn mit Tränen in ihren unschuldigen Augen ansah und er wusste, dass er der Grund für ihre Qualen war.

Der Lord von Morbroch hatte ihm ein großzügiges Angebot für eine Stelle in seiner Truppe gemacht. Vor einer Woche hätte Rand sich vielleicht noch über ein solches Angebot gefreut. Er war es leid gewesen, von Dorf zu Dorf zu wandern und von seinem Schwert zu leben und er hätte endlich eine wunderbare Möglichkeit für Dauerhaftigkeit und Stabilität mit einer geliebten Frau für sich gesehen. Rand hatte davon geträumt, ein solches Leben auf Rivenloch zu verbringen.

Aber jetzt war der Traum in weite Ferne gerückt und stammte aus einem anderen Leben.

Jetzt wollte er nur noch in den Wald zurück, sich in die Arme seiner immer einladenden Geliebten – der Einsamkeit – begeben und sich vor den verdammenden Augen der Welt verstecken.

Voller Selbstmitleid mit dem Kopf in den Händen

vergraben, ignorierte Rand schon fast das leichte Kribbeln an seinem Nacken, das ihm sagte, dass er nicht allein war.

Als er den Kopf hob, wurde etwas von hinten dagegen geschlagen, woraufhin er nur noch Sterne sah und er nach vorne vom Bett herunter und auf seine Knie katapultiert wurde.

Ihm war schwindlig und er konnte sich nur noch zu einem schützenden Ball aufrollen und außer Reichweite kriechen.

Zumindest dachte er, dass er außer Reichweite wäre. Aber als ein zweiter Schlag seinen Kopf zur Seite schlug und ihn flach auf den Boden schickte, zog er schnell seinen Dolch und schaute sich im Zimmer um. Angesichts des trüben Kerzenlichts und der Schläge an seinen Kopf, war er fast blind. Aber ein guter Jäger konnte sich immer auf seine Ohren verlassen.

Unglücklicherweise machte sein Angreifer kaum ein Geräusch.

Rand glaubte, dass er im Augenwinkel eine dunkle Bewegung wie einen Schatten sah, der sich in der flackernden Flamme bewegte. Dann blitzte etwas in der Luft auf und schlug gegen die Seite seines Halses, schnitt dabei seine Haut und krachte in die Wand hinter ihm.

Er hatte keine Zeit, zu schauen, was ihn getroffen hatte und keine Zeit, sich um das Blut zu sorgen, das aus der Wunde floss. Er kroch zurück zur Wand und benutzte sie als Stütze, um auf die Füße zu kommen.

Während er den Kopf schüttelte, um ihn klar zu bekommen, suchte er die Ecken des Zimmers ab, sah aber nichts. Das einzige Geräusch war sein eigener keuchender Atem.

Er legte seinen Dolch in die linke Hand und zog mit der

rechten sein Schwert und trat dann langsam von der Wand weg. Bevor er auch nur zwei Schritte gemacht hatte, sah er eine Bewegung am hinteren Bettrand.

Das Glitzern von Silber warnte ihn, dass eine Klinge direkt auf seine Brust zuflog. Er wandte sich ab und das Messer erwischte ihn stattdessen in der rechten Schulter. Er knurrte, als sie dünne Klinge tief einsank. Mit der Hand zog er das Messer raus und ignorierte dabei den Schmerz und das Blut.

Mit einem zornigen Knurren machte er einen großen Schritt auf das Bett zu und sprang vor, wobei er den Störenfried auf der anderen Seite erwischen wollte.

Aber dort war nichts. Der Angreifer war verschwunden.

Rand drehte den Kopf. Wo konnte er hingegangen sein?

Die Antwort darauf kam im nächsten Augenblick. Während er da stand und sich umschaute, kam ein dunkler Schatten unter dem Bett hervor und erwischte ihn mit Wucht an den Fersen.

Er verlor das Gleichgewicht und mit den Waffen in den Händen fiel er nach hinten und schlug fest gegen die Wand. Sein Kopf wurde am groben Putz verkratzt und er landete mit einem Knall auf dem Hintern.

Er sah die Silhouette unter dem Bett, wie sie wie eine große schwarze Spinne davon jagte.

Der *Schatten*.

Nay, das konnte nicht sein. Sung Li war im Kerker eingesperrt.

Bevor Rand raten konnte welcher andere Feind ihn nun gefunden hatte, streckte dieser seinen Kopf hoch über das Bett und er streckte seine Hand vor.

Rand konnte seinen Kopf gerade noch beiseite ziehen,

als ein silberner Stern neben ihm in der Wand stecken blieb.

Es musste der *Schatten* sein. Der Stern war eine der seltsamen Waffen, die er in Miriels Zimmer an der Wand gesehen hatte.

Aber wie war Sung Li aus dem Kerker entkommen?

Er hatte keine Zeit für lange Überlegungen. Wie auch immer er es geschafft hatte, er hätte genauso leicht aus der Burg entkommen können. Aber das hatte er nicht getan. Er war dageblieben, um seinen Fänger zu töten.

Es gab keine Zurückhaltung mehr. Dies war ein Kampf auf Leben und Tod.

Obwohl Miriel versuchte, ihren Kopf so klar und ruhig zu bekommen, wie es für einen kaltblütigen Mord erforderlich war, raste ihr Herz unaufhörlich.

Sie hatte gehofft, dass es inzwischen vorbei sein würde, dass Rand la Nuit tot wäre. Tatsächlich war sie überrascht gewesen, dass er wach war. Alle anderen in der Burg schliefen bereits, einschließlich der zwei Wachen, die sie befragt hatte. Dann hatte sie auch diese mit einem gut gezielten Schlag in den Schlaf geschickt, nachdem sie ihr erzählt hatten, dass der *Schatten* am nächsten Morgen gehängt werden sollte und ihr dann den Weg zu Rands Zimmer gezeigt hatten.

Sie war direkt zu seinem Zimmer gegangen. Sie wusste, dass Sung Li ihr den Mord an Rand ausreden würde, wenn sie zuerst zu ihm ging. Er würde es nicht verstehen. Er wusste nicht, dass sie Rand alles geschenkt hatte – ihr Herz, ihren Körper und ihre Seele. Er würde den unerträglichen Schmerz nicht verstehen, der sie zum Mord trieb.

Aber sie hatte gedacht, dass es einfach sein würde. Sie hatte sich in sein Zimmer schleichen wollen und dachte, dass sie den armseligen, hinterlistigen, betrügerischen Bastard schlafend in seinem Bett vorfinden würde und ihm schnell die Kehle durchschneiden könnte. Fürwahr, es war gnädig von ihr, dass sie einen schnellen und schmerzlosen Tod für ihn geplant hatte, denn er verdiente etwas viel Schlimmeres.

Stattdessen war er wach gewesen und bereit, sich zu verteidigen und ihre eigene tödliche Ruhe schien sie zu verlassen. Zumindest der letzte *Shuriken* hätte in seinem Hals stecken bleiben sollen. Stattdessen war er ihr aus ihren nervösen Fingern geglitten. Ebenso hatte ihr *Bay Sow* das Ziel verfehlt. Selbst der Schlag ihrer Beine und sein anschließender Zusammenstoß mit der Wand hatten ihn nur benommen gemacht, obwohl er bewusstlos hätte werden müssen.

Sie war mit ihrem Herzen nicht ganz bei der Sache.

Aber einen Augenblick später veränderte sich alles, denn es wurde offensichtlich, dass Rand fest entschlossen war, sie zu töten. Vorsichtig ging er um das Bettende herum mit dem Dolch in der einen und dem Schwert in der anderen Hand. Er konnte sie zwar nicht richtig sehen, aber es war offensichtlich an seinen Bewegungen, dass er wusste, wo sie war.

Sie knurrte entschlossen und zog ihren *Sai* heraus, blieb mit gebeugten Knien stehen und machte sich für den Nahkampf gegen ihn bereit.

Bevor er nahe genug kommen konnte, sprang sie mit den *Sais* nach vorn, verpasste sein Schwert mit einem, erwischte aber die Klinge seines Dolchs mit dem anderen.

Jetzt hatte er nur noch sein Breitschwert.

Aber er war unglaublich schnell damit. Bevor sie wegspringen konnte, schwang er es und schnitt durch ihre Kleidung, wobei er ihr mit der scharfen Spitze einen Kratzer am Bauch zufügte.

Es brannte so sehr, dass sie tief durchatmen musste. Aber sie konnte sich den Luxus von Schmerzen nicht erlauben. Schließlich kämpfte sie um ihr Leben.

Sie quetschte sein Handgelenk zwischen den Zinken eines ihres *Sais*, stieß seinen Schwertarm weg und duckte sich an ihm vorbei, um wieder Zuflucht unter dem Bett zu suchen.

Er verschwendete keine Zeit. Während sie dort kauerte, sprang er auf die Matratze und stieß sein Schwert durch sie hindurch.

Der erste Stoß verfehlte ihre Hüfte um einige Zoll. Der zweite landete nah an ihrer Schulter. Der dritte fügte ihr eine Fleischwunde am Oberschenkel zu. Sie keuchte vor Schmerzen und rollte sich dann aus ihrem Zufluchtsort hervor, bevor er einen weiteren Treffer landete.

Als er zum vierten Mal zustieß, kam sie neben der Matratze hervor und stieß ihren *Sai* vor, um ihn an den Knöcheln zu erwischen und von den Beinen zu holen. Er landete zuerst auf dem Hintern und fiel dann nach hinten auf den Boden. Und das Beste war, dass er nun keine Waffen mehr hatte. Sein Schwert steckte noch in der Matratze.

Schnell zog sie ihren zweiten *Bay Sow* und machte sich bereit, ihn zu werfen. Aber gerade, als sie die Waffe losließ, schlug etwas gegen ihre Hand und die Waffe landete harmlos auf dem Boden neben ihm.

Als Miriel auf ihre brennenden Handknöchel blickte, sah sie, dass sie von ihrem eigenen *Shuriken* getroffen worden waren. Er musste ihn aus der Wand gezogen haben. Sie hob ihn vom Boden auf mit der Absicht, ihn in seinen Hals zu schicken. Aber er war nicht mehr da.

Ihr blieb das Herz stehen.

Wo war er?

Ein schneller Blick sagte ihr, dass er sein Schwert nicht genommen hatte. Es steckte immer noch in der Matratze wie ein heiliges Kreuz.

Sie schaute sich schnell im Zimmer um auf der Suche nach einer Bewegung. Da war er. Ein Krabbeln in der Ecke. Instinktiv warf sie einen ihrer *Sais* in Richtung des Geräuschs.

Als es schwer auf den Boden fiel, sah sie im blassen Mondlicht eine erschrockene Maus, die über den Holzboden rannte.

Als nächstes erkannte sie, wie ihr der Holzboden entgegenkam. Ihr Kopf schlug schwer auf dem Holz auf, während ihre Füße hinter ihr in die Luft flogen und sie ließ ihre letzten *Sai* fallen.

Einen Augenblick lag sie da, hatte Sterne vor den Augen und war wie von der Axt eines Waldarbeiters gefällt worden. Reine Verzweiflung und das Wissen, dass sie sterben würde, wenn sie liegen blieb, bewirkten, dass sie sich eilig davon schlängelte.

Sie hörte ihn knurren und das Kratzen seines Breitschwerts, als er es aus der Matratze des Bettes zog. Aber sie konnte nichts sehen. Sie kroch zurück an eine Wand, während sie um Unsichtbarkeit betete und machte sich als Ziel so klein wie möglich.

Plötzlich wurde sie an der Vorderseite ihrer Kleidung ergriffen und nach oben gezogen. Ihr Blick wurde klar und sie sah, wie er sein Schwert zurückzog mit der Absicht, es durch ihren Bauch zu stechen.

Bevor er nach vorne stechen konnte schlug sie ihm so hart, wie sie konnte in die Eier. Vor Schmerz stöhnend ging er in die Knie und sie steckte ihre Finger fest in die Stelle über seinem Brustbein, sodass er unwillkürlich seinen Kopf zurückzog und sie losließ.

Dann trat sie einen eiligen Rückzug an. Ihr tränten die Augen und sie konnte nur verschwommen sehen. Der Kopf schwirrte ihr. Ihr Oberschenkel blutete. Sie hatte eine Schnittverletzung auf ihrem Bauch und an ihren Handknöcheln. Aber sie traute sich nicht nachzugeben. Es ging um Leben und Tod.

Ihre Handschuhe waren glitschig vor Schweiß, ihr Herz raste, sie atmete rasselnd und irgendwie schaffte sie es, wieder auf die Füße zu kommen. Rand stolperte zum Fenster und stützte sich auf der Fensterbank auf, wobei sein Schwert auf dem Boden schleifte.

Jetzt war er ein deutliches Ziel. Das Mondlicht erleuchtete ihn. Mit zitternden Händen zog sie ihr *Woo Diep Do*. Sie wagte noch nicht, ihn zu werfen, denn sie konnte es sich nicht leisten, ihre letzte Waffe zu verlieren. Stattdessen täuschte sie links an, streckte ihren anderen Arm aus und sprang mit rechts nach vorn.

Sie dachte, dass er keine Zeit haben würde, seine schwere Klinge zu heben.

Da irrte sie.

Er schlug ihr den Dolch mit einem harten Schlag seines Schwertgriffs aus der Hand und schwang das Schwert dann so, als wollte er ihr den Kopf abschlagen.

Nur ihre schnellen Reflexe retteten sie. Als sie den Kopf zurückzog, zischte die Klinge an ihrem Hals vorbei, schnitt aber nur tief genug, um den Stoff ihrer Kapuze aufzuschlitzen.

Aber der Angriff war zu ihrem Nachteil. Die Falten der abgeschnittenen Kapuze fielen ihr über die Augen und machten sie blind. In Panik griff sie nach den hinderlichen Resten des Tuchs.

Seine Hand griff nach dem Vorderteil ihrer Kleidung und er zog sie nah zu sich heran, gerade als sie die hinderliche Kapuze abschüttelte.

KAPITEL 24

Rand erstarrte. Es war, als wäre er vom Geschoss eines Katapults in den Bauch getroffen worden. Er konnte sich nicht bewegen. Er konnte nicht atmen.

Nay. Es war unmöglich.

Sung Li war nicht der *Schatten*...

Miriel.

Nichtsdestotrotz konnte er nicht leugnen, dass hier seine Geliebte vor ihm stand. Ihre glitzernden blauen Augen, ihre bebenden Nasenflügel und ihre zitternden Lippen waren unverkennbar.

„Was ...? Wie ...?"

Er fühlte sich, als würde er sich jeden Augenblick übergeben müssen.

Sie nutzte seine Verwirrung und löste sich aus seinem lockeren Griff, wobei sie ihm zwei Stiche unterhalb der Rippen versetzte und sich dann eilig zurückzog.

Während er dort mit offenem Mund stand und seinen schmerzenden Bauch hielt, stieß sie gegen das Bett und fiel rückwärts darauf, wobei sie fast auf dem Boden landete.

Wie konnte das sein? Wie konnte Miriel der *Schatten* sein? Wo hatte sie gelernt, so zu kämpfen? Und warum zum Teufel kämpfte sie gegen ihn?

Während er dastand und auf die andere Seite des Bettes starrte, wo sie zweifellos hockte und auf seinen Angriff wartete, begann er angesichts der Realität dessen, was er getan hatte, zu zittern.

Verflucht, er hatte versucht sie zu töten.

Er hatte sie am Bauch und an den Handknöcheln geschnitten und ihr fast den Kopf abgehackt. Bei dem Gedanken bekam er einen bitteren Geschmack im Mund.

Er blickte auf sein Schwert und sah, dass ihr Blut darauf war und plötzlich erschien ihm die Waffe wie eine bösartige, glühend heiße Schlange. Er ließ sie fallen und sie fiel klirrend zu Boden.

Mit gebrochener Stimme flüsterte er in der Dunkelheit. „Miriel."

Sie antwortete nicht und ihr Schweigen war unmöglich zu deuten. Kapitulierte sie oder wollte sie ihn belauern?

„Miriel", keuchte er und ging einen Schritt in Richtung Bett, „kommt heraus. Ich werde Euch nichts zuleide tun."

Sie reagierte immer noch nicht.

Er ging noch einen Schritt weiter. „Ich bin unbewaffnet. Kommt zu mir, Miriel."

Sie war so lange still, dass er Angst hatte, dass sie sich bei ihrem Sturz über das Bett vielleicht verletzt hatte. Oder vielleicht war die Schwertverletzung schlimmer, als er gedacht hatte. Bei der Möglichkeit wurde ihm schlecht.

„Miriel", krächzte er und schritt langsam um das Bettende herum.

In dem Augenblick, als er merkte, dass Miriel unter dem Bett verschwunden war, spürte er ein unglaublich starkes

Stechen an der Rückseite seines Fußgelenks, als würde ein ungezogener Hund ihn in die Hacke beißen.

Er stolperte nach hinten und sah, dass einer dieser teuflischen Sterne in der Rückseite seines Beins steckte. Als er sich nach unten beugte, um ihn herauszuziehen schoss ihre Faust von unter dem Bett hervor und schlug ihm fest auf seine Hand. Der Schlag trieb seine Hand nach unten auf die spitze Stelle des Sterns und er stöhnte vor Schmerz.

Ihm war übel angesichts der Realität, dass seine schöne Miriel dies getan hatte, dass sie ihm absichtlich solche entsetzlichen Schmerzen zugefügt hatte und er kroch in eine Ecke, um die jämmerliche Waffe aus seinem Fleisch zu ziehen, wobei ihm bei dem Blutstrahl, der aus seiner Hand schoss, schwindelig wurde.

Von der Stelle, wo er saß, konnte er das ganze Zimmer sehen und er nahm sich einen Augenblick Zeit, um ein Stück seines Unterhemds abzureißen und die blutende Wunde zu verbinden. Als er das Tuch um seine brennende Handfläche band, sah er Miriels Arm, der sich wie ein bösartiger Geist nach seinem Breitschwert ausstreckte.

Er hätte nach vorne stürzen, die Waffe nehmen und an ihren Hals halten und sie zwingen sollen aufzugeben. Dann hätte er sie vielleicht dazu gebracht, zuzuhören. Dann hätte er vielleicht herausgefunden, warum sie versuchte ihn zu töten.

Aber er hatte weder das Herz noch den Willen dazu. Er hatte innere und äußere Schmerzen von den Wunden ihres Hasses.

Stattdessen ließ er sie sein Schwert nehmen, während er seinen Verband mit den Zähnen verknotete und dann beobachtete, wie sie flink auf die Füße sprang, wobei sie die Waffe in beiden Händen vor sich hielt.

„Miriel?"

Aber sie wollte nicht mit ihm sprechen. Und er vermutete, dass sie auch nicht zuhören wollte. In ihren Augen war zu viel Zorn, zu viel Angst und zu viel Verzweiflung. Sie war jenseits von Vernunft.

Als er ihr gegenüberstand, schwang sie die Waffe nah genug an ihm, dass er zuckte. Als sie zurückschwang, duckte er sich unter der Klinge und griff sie an, wobei er sie auf den Boden warf. Der Gedanke, ihr etwas zuleide zu tun, war geschmacklos, aber er musste alles tun, um zu überleben.

Miriels Waffen waren tödlich und es war klar, dass sie beabsichtigte, sie zu benutzen.

Selbst flach auf dem Rücken konnte sie sich noch bemerkenswert gut verteidigen. Sie zog ihr Knie fest hoch und erwischte ihn am Kinn. Als er nach hinten fiel, schlug sie ihm mit der Faust in den Bauch und nahm ihm den Atem.

Als sie sein Schwert wieder anfing zu schwingen mit der Absicht ihn zu köpfen, hatte er keine andere Wahl, als ihr mit voller Kraft auf den Unterarm zu schlagen und sie dazu zu bringen, das Schwert fallen zu lassen. Trotzdem zuckte er zusammen, als ihre Knochen unter seinem Schlag nachgaben.

„Gebt nach“, keuchte er und hoffte, dass sie nun aufgeben würde.

Aber sie schien erpicht darauf zu sein, ihn mit oder ohne sein Schwert zu töten.

Sie schlüpfte unter das Bett und er hob das Schwert auf und kämpfte sich wieder auf die Füße. Irgendjemand musste das hier beenden. Er wollte Miriel nicht verletzen, aber er wollte auch nicht sterben.

Miriel kauerte zitternd unter dem Bett und hielt ihren verletzten Unterarm. Das lief überhaupt nicht gut.

Was als einfaches Attentat begonnen hatte, war jetzt ein tödlicher Kampf. Sie musste ihn jetzt töten oder selbst getötet werden. Und wenn sie ihre Waffen nicht irgendwie zurückbekommen konnte, hatte sie keine Möglichkeit mehr, es zu vollbringen.

„Kommt heraus, Miriel", krächzte Rands Stimme.

Sie spannte ihr Kinn an. Natürlich wollte er, dass sie herauskam. Sie war ein viel besseres Ziel für ihn, wenn sie nicht unter dem Bett versteckt war.

Sie beobachtete die Silhouette seiner Stiefel, als er einmal, zweimal, wie eine nervöse Katze vor einem Mauseloch vorbeiging. Dann zog er sich zurück und sie hörte dass Knarren eines Stuhls.

„Ich setze mich jetzt“, sagte er. „Mein Schwert liegt auf dem Boden vor mir. Ich möchte nur mit Euch sprechen, Miriel.“

Sie traute ihm nicht einen Augenblick. Sprechen? Alles, was er jemals zu ihr gesagt hatte, war eine Lüge gewesen, angefangen mit: *Mein Name ist Sir Rand von Morbroch* bis hin zu: *Ich liebe Euch.*

Sie glaubte ihm kein Wort, einschließlich: *Ich werde Euch nichts zuleide tun.*

Er wollte den *Schatten* töten. Für die Belohnung.

Sie schaute finster und versuchte die schmerzhaften Erinnerungen aus ihrem Kopf zu verbannen und sich auf ihr aktuelles Dilemma zu konzentrieren.

Sie hatte keine Waffen.

Er wusste genau, wo sie war.

Sein Schwert lag vielleicht auf dem Boden, aber wenn sie aus ihrem Versteck hervorkam, könnte er es im Nu ergreifen und sie damit angreifen.

Was könnte sie tun?

Sung Li hatte sie gelehrt, dass die tödlichste Waffe der

Verstand war. Selbst ein kräftigerer, erfahrenerer und besserer Gegner konnte damit überlistet werden. Miriel überlegte, ob sie Rand la Nuit überlisten könnte.

Was könnte ihm seinen Killerinstinkt nehmen? Was könnte ihn eher in die Knie zwingen? Was könnte ihn dazu bringen, zu vergessen, dass er den *Schatten* ermorden wollte? Was könnte ihn am verletzbarsten machen?

Sie kniff die Augen zusammen. Natürlich.

Sie begann mit einem leichten Schniefen, gerade genug, dass er sich auf seinem Stuhl nach vorne beugte. Dann arbeitete sich sie sich zu einem leisen Schluchzen vor, das durch ihre Hände gedämpft wurde.

„Miriel?"

Sie lächelte grimmig. Er war wie ein Eichhörnchen, das an seiner Falle schnüffelte. Das Schluchzen einer Frau hatte etwas, das selbst den herzlosesten Mann zu einem zitternden Haufen reduzieren konnte.

Sie schluchzte nun lauter und jämmerlicher und hörte, wie er vom Stuhl aufstand.

„Miriel, geht es Euch gut?"

Mit einem letzten, langen, herzzerreißenden Schluchzer zog sie ihre Beine zurück und beobachtete, wie er sich hockte, um unter das Bett zu schauen.

„Miriel, weint nicht. Ich werde nicht –"

Sie unterbrach seine Worte mit einem festen Tritt in sein Gesicht. Und dann, bevor sie das Ergebnis ihrer Grausamkeit sehen konnte, rollte sie sich von unter dem Bett hervor und sprang auf die Füße.

Sie suchte nach irgendeiner Waffe und fand einen Krug aus Steingut, den sie am Rand des Tisches zerbrach, sodass er scharfe Ränder bekam. Mit neuer Bewaffnung wandte sie sich zu Rand.

Er lag still auf dem Boden. Sein Gesicht war blutig. Sein Körper lag unbeweglich auf dem Holzboden ausgestreckt.

Das einzige Geräusch in dem Zimmer war ihre krächzende Atmung, obwohl es schien, als würde ihr Herz wie eine Trommel schlagen, während sie mit dem kaputten Krug in Bereitschaft stand.

Langsam senkte sie den Krug. Hatte sie ihn so fest getreten? War er bewusstlos? War er tot?

Obwohl diese Möglichkeit einen Augenblick zuvor noch so wünschenswert gewesen war, war sie nun entsetzt und ihr Magen fühlte sich an, als wäre er voller Blei.

Lieber Gott, was hatte sie getan? Hatte sie wirklich einen Mann getötet? Hatte sie ihren ... ihren Bräutigam getötet?

Vorsichtig trat sie einen Schritt näher. Frisches Blut glitzerte auf seiner Lippe. Sein Kiefer war ein wenig zur Seite verschoben. Und es gab keine Anzeichen, dass er lebte. Kein Flattern der Wimpern. Kein Heben und Senken der Brust. Kein sichtbarer Puls an seinem Hals. Kein Hauch eines Atems zwischen seinen Lippen.

Sie schluckte schwer und trat näher.

Oh Gott, hatte sie ihn getötet?

Es schien möglich. Und das war ja auch ihre Absicht gewesen. Sie war in das Schlafzimmer gekommen, um den Mann zu finden, der sie belogen und verraten hatte und dann ihren geliebten *Xian Sheng* festgenommen hatte, dass dieser hingerichtet würde und er hatte das alles für Geld getan. Sie hatte ihn töten wollen.

Und jetzt hatte sie es scheinbar getan.

Eigentlich sollte sie sich siegreich führen. Stattdessen zitterte sie, als sich das Gewicht seiner verlorenen Seele über ihre Schultern legte und ungebetene Tränen ihr in die Augen stiegen.

Gott möge ihr beistehen, aber sie hatte ihn über alles geliebt. So töricht das auch sein mochte, sie hatte ihn geliebt. Und jetzt hatte sie den einzigen Mann, den sie jemals geliebt hatte, getötet.

Sie schluckte den dicken Kloß in ihrem Hals hinunter und zwang sich zu vergessen, was sie getan hatte und stählte sich für das, was vor ihr lag.

Sung Li wäre enttäuscht von ihr. Es war einerlei, dass sie es für ihren *Xian Sheng* getan hatte, dass sie Sung Lis Leben hatte retten wollen. Er würde Miriel niemals verzeihen, dass sie in seinem Namen Rache gesucht hatte.

Rache ist die Waffe eines Narren, hatte er immer gesagt, *eine Waffe, die nicht vom Verstand, sondern von der Leidenschaft erschaffen wurde.*

Sie konnte ihm nicht sagen, was sie im Namen der Leidenschaft getan hatte. Nicht sofort. Irgendwie musste sie einen Weg finden, ihn aus dem Kerker zu retten und sicherstellen, dass sie weit weg von Morbroch waren, bevor sie beichtete, dass sie seinen Fänger getötet hatte.

Sie atmete tief durch, wischte sich eine Träne aus dem Gesicht und pirschte sich an ihn heran.

Rand wartete schmerzerfüllt und widerstand dem Drang zu atmen, sein verletztes Gesicht zu untersuchen und sich in einen schützenden Ball aufzurollen, als sein Angreifer sich näherte.

Er war ein Narr gewesen. Sie hatte ihn in die Falle gelockt, indem sie Tränen vortäuschte, um ihn zu hintergehen. Aber das Spielchen konnte er auch spielen.

Er nahm an, dass er sich die blutige Nase verdient hatte, weil er auf einen offensichtlichen Trick hereingefallen war.

Er hatte den Fehler gemacht, dass er geglaubt hatte, dass Miriel wie eine Frau reagieren würde, obwohl sie wie ein Krieger dachte. Das würde ihm nicht noch einmal passieren.

In dem Augenblick, als er spürte, dass Miriel näherkam und ihren Atem auf seiner Wange fühlte, handelte er. Er legte seine Arme um ihre Fesseln und zog sie von den Beinen, so dass sie gegen das Fußende des Bettes fiel. Dann kämpfte er sich hoch in die Hocke und spuckte Blut von seiner gerissenen Lippe und fühlte mit der Hand nach hinten, um sein Schwert zu orten.

Aber in dem Augenblick, als seine Finger die Klinge entdeckten, stieß sie ihm etwas Hartes gegen die Seite seines Kopfes und er taumelte zur Seite.

Er blinzelte die Ohnmacht weg, die sein Sehvermögen überwältigen wollte und ergriff sie verzweifelt am Hals mit einer Hand und nahm das Schwert in die andere.

Sie schlug und trat nach ihm, während er sie mit einem Arm hochhob und sie dabei fast erwürgte. Aber angesichts all der anderen Verletzungen, die sie ihm zugefügt hatte, spürte er ihre Hiebe kaum.

Er warf sie aufs Bett und sie kroch sofort nach hinten, bis sie gegen die verputzte Wand stieß. Mit einem zornigen und frustrierten Knurren hob er die Waffe an ihren Hals und setzte sie fest.

Lange Zeit starrten sie einander nur an, ihre Augen funkelten vor Feuer und ihr Keuchen durchbrach die stille Nacht; keiner von ihnen gab nach oder blinzelte auch nur.

In ihrem Blick war keine Angst zu sehen, sondern nur Hass und Mordlust.

Jetzt erkannte er, warum sie ihn töten wollte. Sie hatte herausgefunden, wer er wirklich war. Sie hatte alles über seine Lügen, seine Vortäuschung falscher Tatsachen und seine Betrügereien erfahren. Sie hatte ihm vertraut und er hatte sie verraten. Und kein Sturm war so gewaltig wie der Zorn einer verratenen Frau.

Es war seine Schuld. Er konnte ihr keinen Vorwurf machen. Er war ein Narr gewesen zu glauben, dass wenn sie die Wahrheit über ihn erfuhr, dass er nicht Sir Rand von Morbroch, sondern Rand la Nuit, ein unehelicher Söldner war und erfuhr, dass er nicht wegen Miriel, sondern um den *Schatten* zu jagen, gekommen war, dass die Liebe irgendwie über alles triumphieren würde.

Rand erkannte am Feuer in ihren Augen, dass sie ihn nicht nur nicht mehr liebte. Sie verachtete ihn. Genug, um ihn töten zu wollen. Und wenn er sie jetzt nicht tötete, würde sie ihn sicherlich bei nächster Gelegenheit umbringen. Verflucht, sie hatte bereits geglaubt, dass sie ihn getötet hatte.

Er hatte schon öfter derart in der Klemme gesteckt. Manchmal war er gezwungen gewesen, Männer zu töten, mit denen er keinen Streit gehabt hatte. Sonst hätten sie ihn gejagt und dem Sensenmann übergeben.

Aber er hatte noch nie eine Frau umgebracht. Er hatte noch nie jemanden getötet, den er kannte. Bei Gott, er hatte noch nie jemandem das Leben genommen, den er liebte.

Er glaubte nicht, dass er dazu fähig wäre.

Es machte nichts aus, dass sein Körper mit Schnittwunden von ihren Waffen übersät war.

Es machte nichts aus, dass sein Rücken pochte und seine Hand brannte und seine Nase sich anfühlte, als bestünde sie aus einem Haufen Splitter.

Es machte nichts aus, dass sie ihn wie ein ungezogener Hund angegriffen hatte, geknurrt und gefaucht und nach der Hand geschnappt hatte, die sie einst liebevoll gestreichelt hatte.

Es machte nichts aus, dass, wenn er sein Schwert fallen ließ, sie es ergreifen würde, um ihn zu töten.

Als er in ihre glühenden Augen blickte, erinnerte er sich, dass sie ihn einst voller Liebe angeblickt hatten. Bei ihr hatte er Freude erfahren. In ihren Armen hatte er Zuneigung erfahren. In ihrem Bett hatte er Akzeptanz erfahren.

Er konnte diese Erinnerungen, selbst, wenn sie nicht mehr als das waren, nicht mit einem Schwerthieb zerstören.

Obwohl er seinen Attentäter in die Enge getrieben hatte und dieser ihm ausgeliefert war, nur einen Hauch vom sicheren Tod entfernt, zitterten seine Finger am Schwertgriff.

„Nay", flüsterte er. „Ich kann es nicht." Er senkte sein Schwert und legte es vorsichtig zwischen ihnen auf dem Bett ab.

Wie vorhergesagt, zog sie aus seiner Schwäche sofort einen Vorteil für sich. Sie ergriff es mit beiden Händen und wandte sich ihm zu.

Dann senkte er den Blick und wollte sich ihren einst liebevollen Blick in Erinnerung rufen, da er sich ihrem blutrünstigen Anblick nicht stellen konnte.

Er leistete keinen Widerstand, als sie mit der Schwertspitze gegen seinen Hals stieß. Es schmerzte nicht mehr als ihr Hass.

Aber als das Schweigen immer länger dauerte und sie nichts tat und die Spannung für ihn quälend wurde verwandelte sich seine Melancholie langsam in Zorn.

Hatte das Weib keine Freundlichkeit mehr in ihrem Herzen, um ihm einen schnellen und gnädigen Tod zu gewähren?

„Nun macht schon!", knurrte er.

Die Schwertspitze zuckte an seinem Hals. „Ihr habt mir keine Befehle zu geben!"

„Wenn ihr mich töten wollt, dann macht es!"

„Ich lasse mich nicht ... drängeln."

Er würde ihr die Freude einer langsamen Folter nicht gönnen. Eher würde er seine Seele in die Hölle schicken, indem er sich selbst aufspießte. „Was wollt Ihr?", knurrte er.

Sie zögerte.

Er schniefte einmal durch seine kaputte Nase und der Schmerz trieb ihm die Tränen in die Augen. „Verflucht, Weib! Was wollt Ihr?"

„Ich ... ich will wissen, was Ihr mit Sung Li gemacht habt." Sie hob die Klinge unter sein Kinn. „Und vielleicht könnt Ihr dieses eine Mal versuchen, keine Lügen zu erzählen."

„Lügen?" Er lachte trocken. „Ihr seid schon seltsam, dass Ihr von Lügen sprecht", sagte er und hob seine Augen, um sie anzuschauen, „ Lady *Schatten*."

Schuld flackerte in ihren Augen auf wie ein Blitz und war im nächsten Augenblick schon wieder verschwunden und die Schwertspitze hob sich in ihrer erschrockenen Hand und schnitt ihn.

Angeberisch hob sie ihr Kinn, aber sie senkte ihren Blick. Ihre Stimme zitterte und sie tat ihm schon fast leid. Aber nur fast. „Was habt Ihr mit ihm gemacht?"

Rand blinzelte. Ihm? Wusste Miriel etwa, dass ihre Dienerin ein Mann war? War dies eine weitere ihrer Täuschungen? „Wer?"

„Sung Li", sagte sie ungeduldig.

„Sung Li?" Er blickte sie finster an. „Sung Li?" Er war so

erzürnt, dass Miriel es die ganze Zeit gewusst hatte, dass er sich umsonst um sie gesorgt hatte, dass er sich in seinem Zorn fast selbst erdolchte. „Ihr meint Eure Dienerin?"

Er merkte, dass sie errötete, obwohl er die rosige Farbe auf ihren Wangen nicht sehen konnte.

„Das würdet Ihr nicht verstehen", sagte sie lahm.

„Aye", entgegnete er und war nun wirklich zornig. „Ich würde nicht verstehen, wie ein unschuldiges Mädchen freiwillig bei einem alten Mann, der als ein Weib verkleidet war, schlafen würde!"

„Ich habe niemals bei ihm geschlafen!"

Er machte sich nicht die Mühe, seine Worte sorgfältig zu wählen und zischte: „Zweifellos wart ihr zu sehr mit dem Vögeln beschäftigt, als dass Ihr hättet schlafen können."

In dem Augenblick wäre er nicht überrascht gewesen, wenn sie ihn mit dem Schwert erstochen hätte, aber stattdessen zog sie die Klinge zurück und gab ihm eine schallende Ohrfeige.

Er stöhnte, als der Schlag sein verletztes Gesicht traf und überlegte, ob aufspießen vielleicht weniger schmerzhaft wäre.

Sie flüsterte mit heiserer Stimme. „Ihr wisst es besser, Ihr Huren–"

„Aye." Er bereute seine voreiligen Worte bereits. Schließlich war sie als Jungfrau zu ihm gekommen. „Das weiß ich." Mit der Rückseite seiner Hand tupfte er an seiner blutigen Lippe. „Außer, Ihr habt in der Sache auch gelogen."

Sie keuchte und hob ihre Hand, um ihn wieder zu schlagen. Dieses Mal ergriff er ihr Handgelenk.

„Hört mir gut zu, Mylady", brachte er heraus, „ich habe genug von Euren Schlägen und von Euren Lügen."

„Meine Lügen? Was ist denn mit Euren Lügen?", zischte

sie. „Was ist denn mit ‚*Ich bin Sir Rand von Morbroch*‘? Was ist denn mit ‚*Ich bin gekommen um Mirabel den Hof zu machen*‘? Was ist denn mit ‚*Ich wurde in dem Gefecht geschlagen und verlor das Bewusstsein*‘? Was ist denn mit ‚*Miriel, ich liebe –*“ Sie erstickte an ihren Worten.

Er kniff die Augen zusammen. „Das war keine Lüge, Miriel. Ich schwöre es.“ Sie versuchte, ihre Hand aus seinem Griff zu lösen, aber er ließ sie nicht los. „Ich schwöre es. Ich habe Euch geliebt.“ Er schluckte schwer und sah die Qual in ihren Augen, die sich jetzt in echten Tränen manifestierte. „Gott sei mir gnädig, ich tue es noch immer.“

KAPITEL 25

Miriel schnürte sich der Hals zu. Sie hatte alles getan, um die Tränen zurückzuhalten. Sie hatte sich gezwungen, einen finsteren Blick aufzusetzen. Sie spannte ihr Kinn an. Ihr Griff am Schwert wurde noch fester. Mit den Konzentrationsfähigkeiten, die Sung Li sie gelehrt hatte, wiederholte sie im Geiste immer wieder, dass Rands Worte nur Manipulation waren. Manipulation. Manipulation.

Aber ihr Kinn begann zu zittern und ihre Hand wurde schlaff am Griff der Waffe und gegen ihren Willen begannen heiße Tränen zu fließen.

„Warum sollte ich Euch glauben?", flüsterte sie.

„Schaut mich an", murmelte er. „Schaut mir in die Augen."

Entgegen besseren Wissens tat sie es. Ihr wurde übel, als sie sah, was sie mit seinem Gesicht gemacht hatte, ein Beweis der Gewalt, zu der sie fähig war, aber sie zwang sich, ihn anzuschauen.

„Es stimmt, dass ich Euch über viele Dinge getäuscht habe", sagte er. „Mein Name. Mein Titel. Das Turnier. Der Grund, warum ich nach Rivenloch gekommen bin. Meine

Fähigkeiten im Schwertkampf." Sein Blick wurde wild vor Gefühl. „Aber ich habe Euch niemals wegen dieser einen Sache getäuscht. Ich liebe Euch, Miriel, von ganzem Herzen. Was ich getan habe, tat ich, um Euch zu beschützen. Ich dachte, dass Sung Li eine Bedrohung für Euch wäre." Sein Kinn spannte sich an. „Ich wusste, dass auch wenn ich diese Bedrohung entfernen und Euer Leben retten würde, dass Ihr mich niemals zurücknehmen würdet. Aber ich konnte es nicht ertragen, Euch in der Gefahr zurückzulassen."

Sie wandte den Blick ab. Wollte er sie wieder für dumm verkaufen? Wie könnte sie der Verehrung in seinem Blick vertrauen, wenn auch sie Gefühle vortäuschen konnte, die sie nicht empfand?

Als wenn er ihre Gedanken lesen könnte, lösten sich seine Finger um ihr Handgelenk, als er verwundert flüsterte: „Mein Gott. Habt Ihr *mich* niemals geliebt?"

Sie hielt inne. Wenn sie ihre Liebe zugab, begab sie sich wieder in Gefahr, erneut verraten zu werden.

Er interpretierte ihr langes Zögern als Zustimmung. „Ich verstehe." Mit einem selbstironischen Lachen ließ er ihre Hand los. „Dann seid Ihr ein besserer Lügner als ich, Mylady."

Sie runzelte die Stirn. Das konnte sie ihn nicht glauben lassen. Aye, sie hatte ein Talent für die Täuschung, aber nicht bei so etwas. Sie hatte ihn geliebt. Wirklich.

Als sie nicht antwortete, murmelte er niedergeschlagen: „Sung Li ist im Kerker. Ich habe ihm nichts getan." Mit einem reumütigen Lächeln fügte er hinzu: „Er ist vielleicht ein Meister der chinesischen Kriegskunst, aber er ist trotzdem ein kleiner alter Mann."

Eine Träne lief Miriel über die Wange und ehe sie sich versah, platzte sie heraus: „Ich habe Euch geliebt."

Beschämt von ihrer voreiligen Beichte fügte sie hinzu: „Vorher."

Er starrte sie an und schwankte zwischen Glauben und Unglauben und war so misstrauisch wie sie. „Wirklich?"

Verflucht, wie hatte es so weit kommen können? Wie hatte sie ein Sklave ihrer Gefühle werden können? Das war nicht, was Sung Li sie gelehrt hatte. Er hatte sie gelehrt, stark, gleichgültig, entschlossen, fokussiert und ein perfekter Krieger zu sein.

Im Augenblick war sie nichts davon. Ihre Energien waren verstreut wie Spreu in einem Wirbelwind, ihre Gedanken waren durcheinander und ihr Chi ...

Sie stand so neben sich und war so aus dem Gleichgewicht, dass sie Angst hatte, nie wieder ihre Mitte zu finden.

Sie wischte die Tränen weg und korrigierte ihren Griff am Schwert und war entschlossen, sich zusammenzureißen.

Was würde Sung Li tun? In diesem Augenblick sehnte sie sich so sehr nach seiner Weisheit.

„Ich bitte Euch, mich nicht mit Warten zu quälen, Mylady", seufzte Rand. „Küsst mich oder tötet mich. Aber lasst mich nicht mehr warten."

Miriel wusste, dass sie Rand nicht ermorden wollte. Auch wenn er vielleicht ein Mistkerl war. Und ein Knappe. Und ein Schuft. Und ein Schwindler. Und ein Betrüger. Und ein Lügner.

Aber er war der Mann, den sie liebte.

Und bei aller Fairness, wer war sie, dass sie über ihn urteilte? Hatte sie nicht genauso viele Lügen erzählt, ihn ebenso getäuscht, in die Irre geführt, ihn manipuliert und genötigt? Sie hatte kein Recht, ihn für seine Sünden zu verurteilen, denn sie war ebenso schuldig.

Sie hob ihr Kinn, atmete tief durch und betrachtete sein Gesicht.

Liebte Rand la Nuit sie? Wirklich?

Für Miriel gab es nur einen Weg, dies herauszufinden.

Sie warf das Schwert beiseite und ließ es klirrend auf den Boden fallen. Dann trat sie näher, nahm sein Gesicht vorsichtig zwischen ihre Hände, um ihn nicht noch mehr zu verletzen und hob ihren Kopf, um ihn zu küssen.

Sein Mund war geschwollen, seine Lippe gerissen und sie roch das Blut an ihm. Aber seine Zärtlichkeit war unmissverständlich, als er auf ihre vorsichtige Umarmung reagierte.

Sie neigte langsam seinen Kopf, legte ihre Finger in seine Haare und drückte leichte Küsse auf seine Lippen als Entschuldigung für jeden Schnitt und jede Verletzung.

Langsam nahm er seine Arme hoch um ihr Gesicht mit den Händen zu umfassen. Mit dem Daumen brachte er sie dazu, dass sie ihren Mund öffnete, sodass sie das ganze Maß seiner Liebe erhalten könnte. Seine Zunge tauchte in sie ein, um sie zu schmecken, den Nektar seiner Seele in sie zu schütten, wobei er seine ganze Liebe in diesen Kuss legte.

Ihr unbewachtes Herz konnte diesem zärtlichen Angriff nicht widerstehen. Erleichterung überkam sie und spülte den letzten Widerstand von ihren Knochen. Der Nektar seiner Seele war pur und lieblich und sie schluchzte angesichts seiner Süße und trank tief und willig von seiner Leidenschaft.

Miriel kannte jetzt die Wahrheit. Ihre Zungen logen vielleicht, aber ihre Herzen sprachen die Wahrheit. Es war nicht nur das Verlangen, das zwischen ihnen brannte. Es war Liebe, die so rein war wie eine weiße Flamme.

Gott möge ihr beistehen, wenn sie sich irrte, denn jetzt war sie wirklich in dem Feuer verloren.

Rand konnte nicht mehr denken.

Das war auch ganz gut so. Selbst wenn er in der Lage gewesen wäre, zwei klare Gedanken zu fassen, wären diese wahrscheinlich ein Widerspruch.

Miriel hasste ihn.

Nay, sie liebte ihn.

Solange sie ihre weichen Lippen auf seine drückte, seine Haare mit ihren Fingern kämmte und süße Versprechen an seinem Mund flüsterte, war es ihm einerlei.

Später könnten sie das komplexe Lügennetz entwirren. Später könnten sie ihre Sünden beichten. Und später können sie entscheiden, ob Miriel ihn liebte oder hasste.

Für den Augenblick reichte es, dass er sie in seinen Armen hielt, obwohl er doch so verzweifelt gewesen war, dass er sie nie wiedersehen würde.

Zumindest hatte er gedacht, dass es reichte. Das schamlose Weib keuchte eine lüsterne Bitte.

„Liebt mich."

In dem Augenblick wusste er, dass er definitiv ein Mann war. Trotz seines geschundenen Körpers, seines zertrümmerten Gesichts, seiner durchschnittenen Handfläche, seiner verwundeten Schulter und seinem verletzten Kopf, sogar trotz seiner verletzten Eier und allen Verletzungen, die sie ihm zugefügt hatte, gab es nichts, was er lieber tun würde.

Er nickte zustimmend und sofort begannen beide, ihre Kleidung auszuziehen, als wenn diese auf ihrer Haut brannte.

Wenn dies eine Dummheit war, dann war es nun mal so. Er hatte noch nie so viel Zufriedenheit erlebt wie in Miriels Umarmung. Wenn das Schicksal also plante, dass er in ihren Armen das Zeitliche segnen sollte, dann würde er zumindest als glücklicher Mann sterben.

Er hatte geglaubt, dass er ihre seidene Haut nie wieder berühren, ihren üppigen Mund nie wieder schmecken und nie wieder an ihren süßen Brüsten saugen würde und jetzt labte er sich an ihrem Körper. Er legte sie auf das Bett und es gab keinen Zoll an ihr, den er ausließ, als er mit seinen Händen vorsichtig über ihre verletzte Haut strich, die feucht und warm vom Kampf war und er leckte den salzigen Schweiß mit seiner Zunge von ihr ab.

Er atmete leise in ihr Ohr und genoss das Zittern ihres Verlangens. Er neckte ihre Brustwarzen mit seinen Lippen und zog sie zu harten Punkten. Aber gerade, als er sich nach unten bewegen wollte, um die dunklen, feuchten Geheimnisse ihrer Weiblichkeit zu schmecken, erstarrte er plötzlich.

„Sung Li!"

Rand drehte den Kopf. Verflucht, war der alte Mann hier? War er aus dem Kerker entkommen? Das würde zu Miriels achtsamem Wachsoldaten passen, dass er jetzt erschien.

Aber das Zimmer war leer.

Miriel hatte sich auf ihren Ellenbogen gestützt und strich ihr zerzaustes Haar zurück. „Ich muss ihn retten."

Rand schaute finster und versuchte das Verlangen aus seinem Kopf zu verbannen. „Es ist mitten in der Nacht."

Aber Miriels Kopf war jetzt ganz woanders. Sie schlüpfte aus dem Bett, schaute sich um und sammelte ihre Kleider ein. „Er soll morgen früh gehängt werden."

Seine Eier taten ihm immer noch vor Sehnsucht weh, aber Rand nickte zögerlich. Sie hatte Recht. Sie konnten wohl kaum beiliegen, während Sung Li unten im Kerker schmachtete. „Aber er ist im Kerker eingesperrt. Wie wollt Ihr–"

„Ich weiß es nicht!", rief sie frustriert, während sie anfing, sich anzuziehen. „Aber ich muss es versuchen."

Als Rand sich aufsetzte, zuckte er angesichts seiner Wunden zusammen und griff nach seiner eigenen Kleidung.

Sie steckte eines ihrer schönen Beine in ihre schwarze Hose. „Ihr braucht nicht mitkommen."

Herausfordernd hob er eine Augenbraue und zog seine Jacke über. „Es ist meine Schuld, dass er dort ist."

Sie schlüpfte in das andere Hosenbein. „Ich arbeite am besten allein."

Er blickte demonstrativ zum Bett und sagte leise: „Da bin ich anderer Meinung."

Sie zog ihre Hose fertig hoch und band sie um die Taille fest. „Ich meine es ernst. Ich habe mehr Erfahrung, in der Dunkelheit umher zu schleichen."

Er zog seinen Wappenrock über den Kopf. „Ich werde Euch nicht allein gehen lassen."

Sie schaute finster und griff nach ihrer eigenen Jacke. „Mich lassen?" Sie steckte die Arme durch die Ärmel. „Wie wollt Ihr mich denn aufhalten?"

Er zuckte mit den Schultern und klopfte seine Hose aus. „Schlechtes Gewissen."

Sie zog ihre Jacke glatt und starrte ihn dann fragend an.

Während er auf dem Bett saß und seine Hose anzog, erklärte er: „Ihr wärt doch nicht so grausam, dass Ihr einem Mann abschlagen würdet, dass er seine Fehler wiedergutmachen könnte, oder?"

Sie fluchte leise und streckte ihm dann einen Finger entgegen. „Aber Ihr steht mir besser nicht im Weg."

„Glaubt mir", sagte er und drückte vorsichtig gegen seine blutige Nase, „das werde ich nicht."

Wider Rands besseren Wissens schlichen sie einen Augenblick später durch die dunklen Flure der Burg. Miriel hatte ihre Waffen eingesammelt, aber wie sie es geschafft hatte, sie alle in ihrer Kleidung unterzubringen, war ihm ein Rätsel. Er hatte sein Breitschwert gezogen, während sie an schlafenden Dienern und Hunden vorbeischlichen.

Als sie die Treppe fanden, die unter die Burg in den Kerker führte, ging Rand voran und flüsterte: „Bleibt dicht hinter mir."

Aber das freche Weib ignorierte seinen Befehl, schlüpfte an ihm vorbei wie ein Schatten und eilte die mit Fackeln erleuchteten Treppen hinunter, bevor er sie zurückhalten konnte und er hatte keine andere Wahl, als ihr zu folgen.

Er hatte sie warnen wollen, dass wahrscheinlich eine Wache an der Tür stand. Wenn sie nicht aufpasste, würde sie auf diese treffen und in eine Falle gehen. Dann müsste Rand zu ihrer Rettung kommen.

Aber als er um die letzte Kurve auf der Treppe kam, hatte sie die Wache schon getroffen. Zu seiner Überraschung lag der arme Kerl in einem Bündel bewusstlos zu ihren Füßen. Rand blieb der Mund offenstehen. „Wie habt Ihr ...?"

Sie hielt seine Ehrfurcht für Entsetzen und versuchte zu erklären: „Er ist nicht tot. Es ist nur ein Druckpunkt."

Er schüttelte den Kopf und pfiff leise. „Bei den Heiligen, das müsst Ihr mir beibringen."

Miriel lächelte ihn schwach an, kniete sich dann

hinunter am unteren Teil der Tür und drückte ihre Wange gegen das Eichenholz. „Sung Li", zischte sie. „Seid Ihr da?" Sie klopfte leise. „Sung Li!"

„Miriel?", hörte man Sung Lis Stimme von unter der Tür.

„Geht es Euch gut, *Xian Sheng*?"

„Was macht Ihr hier? Ihr müsst gehen", sagte Sung Li. „Es ist hier nicht sicher für Euch."

„Ich lasse Euch nicht zurück."

„Das müsst Ihr. Hört mir zu, Miriel. Euer Bräutigam ist nicht der, der ihr glaubt. Er ist kein Ritter. Er ist ein ... Söldner." Er murmelte die Worte wie einen Fluch, als wenn ein Söldner seinen Lebensunterhalt damit verdiente, kleine Kätzchen zu ertränken. „Ein Mann, dessen Loyalitäten sich mit dem Wind drehen", fuhr er fort, „der sich an den höchsten Bieter verdingt, der das Unglück anderer ausnutzt."

„Ich nutze das Unglück anderer nicht aus", sagte Rand mürrisch und hatte genug gehört. „Ich verkaufe mein Schwert an solche, die nicht selbst kämpfen können. Ich jage Gesetzlose. Ich bringe Unrecht in Ordnung."

„Ihr habt ihn mitgebracht?", zischte Sung Li ungläubig.

„Es ist in Ordnung, Sung Li", versicherte Miriel ihm. „Er ist hier, um zu helfen."

Rand war immer noch verärgert und murmelte leise: „Sofern Ihr nicht morgen hängen wollt."

„Miriel, Ihr dummes Kind!", schimpfte Sung Li. „Ihr könnt ihm nicht vertrauen!"

Miriel kniff die Augen gefährlich zusammen. „Ich bin kein Kind."

„Ihr verhaltet Euch wie eins."

„Und Ihr verhaltet Euch wie –"

„Hört auf, Ihr beiden“, bellte Rand, „sofern Ihr nicht ganz Morbroch wecken wollt.“ Sie kamen seiner Aufforderung nach und er seufzte ungeduldig. „Jetzt müssen wir den Schlüssel finden.“

„Das könnt Ihr nicht“, sagte Sung Li selbstgefällig.

„Warum?“ fragte Miriel.

„Der Lord von Morbroch trägt ihn um den Hals.“

Miriel kaute auf ihrer Lippe. „Dann schleiche ich mich in sein Zimmer und –“

„Ihr werdet nichts dergleichen tun“, sagte Rand.

Sie hob ihr Kinn. „Ich mache, was ich will.“

„Nicht, so lange ich hier bin, um Euch zu beschützen.“

„Hört auf ihn, Miriel“, sagte Sung Li.

Rand runzelte die Stirn. Verbündete sich Sung Li jetzt mit ihm?

„Er hat Recht“, sagte Sung Li. „Ihr dürft Euch nicht in Gefahr bringen.“

„Mich in Gefahr bringen? Habt Ihr nicht vorgegeben, der *Schatten* zu sein, damit Ihr an meiner Stelle erwischt würdet?“

„Pssst“, warf Rand ein.

„Wollt Ihr mein Opfer also vergebens machen?“, fragte Sung Li.

„Es wird kein Opfer geben“, beharrte Miriel.

„Hört auf!“ Wenn die beiden mit ihren Streitereien nicht aufhörten ...

„Ich wusste, was der Preis sein würde“, sagte Sung Li, „aber ich bin ein alter Mann. Es ist besser, wenn ich sterbe-“

„Psst, Ihr sollt verdammt sein!“

Aber es war schon zu spät. Schritte kamen näher. Gleich würden sie entdeckt werden.

Kapitel 26

„Versteckt Euch!“, drängte Rand und schob Miriel in eine dunkle Ecke. Dann lehnte er sich gegen eine Wand und hielt die bewusstlose Wache neben sich fest, wobei er ihm einen Arm kameradschaftlich um die Schulter legte.

Als der Morbroch Mann die Treppe herunterkam, um zu sehen, woher der Krach kam, hatte Rand angefangen wie betrunken zu singen.

„Hey, was ist hier los?“, fragte der Mann.

„Wir haben nur ein bisschen Spaß“, lallte Rand. Er bekam einen Schluckauf und kicherte dann.

„Ihr seid betrunken.“

„Pssst“, flüsterte er laut und legte einen Finger an seine Lippen. „Mein Freund hier schläft.“

Der Mann runzelte die Stirn. „Trinkt er, obwohl er eigentlich Wache hat?“

„Das ist schon in Ordnung“, sagte Rand und tippte sich an die Schläfe. „Ich passe schon auf den Gefangenen auf. Außerdem ist er eingesperrt.“ Zur Betonung schlug er an die Tür.

Der Mann zögerte und war sich nicht sicher, ob es in Ordnung war, dass er wegging.

„Ihr habt nicht zufällig etwas zu trinken dabei?", fragte Rand. „Ich sitze auf dem Trockenen."

Der Mann schüttelte angewidert seinen Kopf. „Ihr habt genug gehabt." Er wandte sich um und murmelte über die Schulter: „Seid nicht so laut. Einige von uns versuchen zu schlafen."

„Pssst", flüsterte Rand. „Ich bin so still wie eine Maus."

Als sie Wache weg war, kam Miriel aus der dunklen Ecke hervor. „Das war ziemlich überzeugend."

Er zwinkerte ihr zu. „So überzeugend wie Euer *‚Rand, Ihr wisst doch, dass ich kämpfen nicht ertragen kann'*?"

Ihre Augen funkelten.

„Jetzt", sagte er, „müssen wir einen Weg finden, Sung Li herauszuholen. Ich schlage vor, dass wir Gewalt anwenden. Wir durchbrechen die Tür oder bringen einen Teil der Wand zum Einsturz."

Miriel schüttelte den Kopf. „Nay, Der Krach würde zu viel Aufmerksamkeit auf uns ziehen. Wir versuchen es besser mit einer List. Ich finde immer noch, dass wir den Schlüssel von Morbrochs Hals stehlen sollten."

„Das ist zu gefährlich."

„Und in den Kerker einzubrechen ist nicht gefährlich?"

„Es gibt noch einen Weg", sagte Sung Li, „ein Weg mit List und Gewalt, *Yin* und *Yang*."

Rand hatte keine Ahnung, von was der alte Mann sprach, aber Miriel runzelte nachdenklich die Stirn.

Schließlich richtete sie sich auf und ihr Gesicht war voller Erstaunen. „Natürlich. *Huo Yao*", flüsterte sie. Sie klopfte leise an die Kerkertür. „Sung Li, morgen lasst Ihr Euch zum Galgen bringen."

„Nay!“, bellte Rand. War sie verrückt geworden?

Aber als Miriel ihm ihren Plan erklärt hatte, leuchteten ihre Augen voller Hoffnung. Obwohl Rand ihren verzweifelten Plan nicht ganz verstand, konnte er das erwartungsvolle Grinsen nicht unterdrücken, das jedes Mal auf seinem Gesicht erschien, wenn *Huo Yao* genannt wurde.

Das war das Wort, das Sung Li verwendet hatte, um das starke Feuer zwischen Miriel und ihm zu beschreiben. Damals hatte er es nicht deutlich für Rand definieren können und konnte es jetzt auch nicht. Aber Miriel versicherte ihm, dass es eine mächtige Kraft war.

Es gab viel zu tun und sie hatten nur wenig Zeit dafür.

Miriel sah sich in der Kapelle der Burg um und suchte nach Morbrochs wertvoller, illuminierter Bibel. Mit einem schmalen Dolch öffnete sie das Schloss, mit dem das Buch an die Kanzel gekettet war und murmelte dabei verzweifelte Gebete der Reue.

In der Zwischenzeit stahl Rand die Dinge, die Miriel brauchte, aus der Küche – einen großen Eisentopf, einen Löffel, eine Rolle Zwirn, einen Arm voll Anmachzweige, Kohle, Sulfur und Salpeter – und außerdem nahm er noch einen Weinschlauch für den immer noch bewusstlosen Wachsoldaten mit. Mit diesem Beweis und dem, was die zweite Wache gesehen hatte, würde ihm keiner glauben, wenn er behauptete, dass er überfallen worden war, und zwar nicht vom Drang zu trinken, sondern von einem geheimnisvollen Angreifer in schwarz.

Als sie sich wieder in Rands Zimmer trafen, räumte Miriel den Tisch frei und stellte die verschiedenen Sachen - den Topf, die Zweige und den Zwirn darauf. Widerwillig schnitt sie mehrere Seiten aus der Bibel und verteilte das buntverzierte Pergament auf dem Bett. Als sie fertig war, sah das Zimmer aus wie das Arbeitszimmer eines Alchemisten.

Äußerst vorsichtig maß sie die Pülverchen und mischte sie im Eisentopf zusammen. Dann schnitt sie ein Dutzend Stücke Zwirn ab, tauchte sie in die Mischung und legte sie dann beiseite.

Rands Aufgabe bestand darin, einen Zweig und ein Stück behandelten Zwirn an einem Rand einer Bibelseite zu platzieren, sodass es am Ende hervorlugte. In die Mitte der Seite streute Miriel einen Löffel voll des schwarzen Pulvers. Rand rollte dann die Seite fest um den Stock und faltete das Rohr einmal auf der Hälfte, um es zu verschließen. Den anderen Rand der Bibelseite klebte er dann vorsichtig mit einem Tropfen Kerzenwachs fest.

Es war ein mühsames Verfahren, wurde aber recht schnell zur Routine und schon bald arbeiten sie zusammen wie ein Meister und sein Lehrling. In einer Stunde hatten sie fast einhundert Stück zusammengesetzt.

„Wisst Ihr", sagte Rand und legte mit inzwischen schwarzen Fingern ein Stück Zwirn an seinen Platz, „dass Sung Li mir einmal gesagt hat, dass Ihr und ich wie *Huo Yao* sind?"

„Fürwahr?"

„Er sagte, dass zwischen uns mehr als Funken und mehr als eine Flamme existierten, aber er konnte es nicht beschreiben."

Sie lächelte. „Ich glaube, dass er Recht hat. Ihr werdet schon sehen." Sie streute Pulver über eine Seite der Schöpfungsgeschichte.

Er rollte die Bibelseite auf. „Also hat Sung Li Euch ausgebildet?"

„Seit ich dreizehn war."

„Und keiner hat Verdacht geschöpft? Noch nicht einmal Eure Schwestern?"

„Sung Li hat immer gesagt, dass die beste Waffe diejenige ist, von der keiner weiß, dass man sie hat." Sie hielt die Kerze hoch und ließ einen Tropfen Wachs auf die Seite zwischen seine Daumen tropfen.

„Stimmt." Er blies auf das Wachs, um es zu härten. „Aber was ist mit den Waffen, von denen sie wissen? Die Waffen an Eurer Wand?"

„Sie haben geglaubt, dass ich sie nur gesammelt habe. Sie hatten niemals den Verdacht, dass ich wüsste, wie man sie benutzt."

Er legte das fertige Teil beiseite. „Und niemand hat herausgefunden, dass Eure Dienerin ein Mann war?"

„Nay."

Er runzelte die Stirn und ärgerte sich über die kleingeistige Eifersucht, die in ihm aufstieg. „Ihr beiden habt ein Zimmer geteilt. Hat er Euch ... angezogen? Euch ins Bett gebracht?"

Als Antwort schaute sie ihn böse an und sagte dann: „Genug von mir. Was ist mit Euch? Warum seid ihr ein ... Ihr wisst schon ... ein Söldner geworden?" Sie sagte das Wort leise und echote Sung Lis Vorurteile.

Er blickte finster, während er die Hand nach einer weiteren Seite ausstreckte, welche die Schlange im Garten Eden darstellte. „Es ist ein ehrbarer Beruf. Ich habe noch nie einen Mann getötet, der es nicht verdient gehabt hätte. Ich habe noch nie Geld von Männern angenommen, die nur eigennützige Rache nehmen wollten. Und ich bin ziemlich gut mit dem Schwert."

„Hmmm." Sie streute Puder über den Text. „Ihr schient mir nicht so gut zu sein, als Ihr zuerst nach Rivenloch gekommen seid."

„Ach", sagte er, brach einen Zweig und legte ihn beiseite, um einen anderen zu nehmen. „Das ist nur, weil die beste Waffe diejenige ist, von der keiner weiß, dass man sie hat."

Sie kicherte. „Hat Euer Vater Euch gelehrt zu kämpfen?"

Sein Vater. Rand zuckte zusammen, obwohl dies eine sehr alte Wunde war. Er seufzte und rollte die Bibelseite zusammen. Er konnte jetzt genauso gut eine vollständige Beichte ablegen. Nur Gott wusste, ob er den nächsten Tag überhaupt überleben würde. Nach der Art, wie sie die heilige Bibel entehrten, würde es ihn nicht überraschen, wenn der Blitz ihn noch vor Morgengrauen traf.

„Ich bin ein Bastard." Er streckte ihr eine aufgerollte Seite wegen eines Wachstropfens entgegen. „Mein Vater war ein versoffener normannischer Lord und meine Mutter seine schottische Geliebte." Er hielt inne, um auf das Siegel zu pusten. „Als ich vierzehn war, fand er heraus, dass meine Mutter einen neuen Geliebten hatte. Er ermordete sie und versuchte, mich zu töten." Er berührte die Narbe an seinem Hals.

Sie stellte die Kerze ab. „Aber Ihr seid entkommen?"

„Ich habe ihn getötet." Er lächelte grimmig. „Und so begann mein glorreiches Leben als Söldner."

Im Zimmer herrschte lange Stille und Rand überlegte, ob Miriel zu entsetzt war, um zu sprechen. Schließlich legte sie ihre Hand in seine und murmelte: „Es tut mir leid." So seltsam wie es auch schien, halfen ihm diese einfachen Worte unheimlich, den Schmerz jener Erinnerung zu erleichtern.

„Was ist mit Euch?", fragte er. „Warum habt Ihr das Leben eines Verbrechers gewählt?"

„Oh, es ist nicht wirklich ein Verbrechen", sagte sie und

nahm einen Löffel, um nebenbei das Pulver zu verrühren. „Nicht wirklich."

Er hob eine Augenbraue. „Silber aus den Börsen von Fremden zu stehlen? Ich bin mir ziemlich sicher, dass das ein Verbrechen ist."

„Aber das Silber gehört ihnen eigentlich überhaupt nicht."

„Nay?"

„Das ist das Geld, das sie am Spieltisch meines Vaters gewonnen haben. Also begehe ich in Wirklichkeit gar keinen Diebstahl. Ich ..." Sie zögerte.

„Aye?"

„Gleiche die Konten aus."

„Ihr gleicht die Konten aus", wiederholte er.

„Hmm. Das ist, was Sung Li *Yin* und *Yang* nennt. Das würdet Ihr nicht verstehen."

Er breitete eine weitere Seite aus. Das war die fantasievollste Entschuldigung für Diebstahl, die er jemals gehört hatte und er hatte schon viele gehört. „Ich glaube auch nicht, dass Lord Morbroch Verständnis dafür haben würde."

Sie runzelte die Stirn. „Er hat Euch beauftragt."

„Aye, er und ein halbes Dutzend anderer ... Opfer."

Sie rührte weiter und schaute nicht hoch, als sie ihn fragte: „Und wie hoch ist die Belohnung für die Festnahme des *Schattens*?"

Spannung hing in der Luft, während sie auf seine Antwort wartete. Ihm wurde das volle Ausmaß dessen, was er getan hatte und der Schmerz, den sie bei seinem Verrat gespürt haben musste, klar. Er war nach Rivenloch gekommen, nicht um ihr den Hof zu machen, sondern um sie festzunehmen. Für eine Belohnung.

Und jetzt wollte sie den Preis für diesen Verrat wissen.

Nun, da er dem *Schatten* zur Flucht verhelfen würde, verdiente er die Belohnung natürlich nicht mehr.

„Eine Silbermünze?“, rätselte sie. „Zwei?“

Tatsächlich hatten sie ihm alles in allem fünfzig bezahlt, aber das war jetzt nicht mehr von Belang. Er beabsichtigte, die Belohnung zurückzulassen. Leise antwortete er: „Bei weitem nicht so viel, wie es hätte sein müssen.“

Der Morgen graute bereits, als sie ihren Vorrat an Schwarzpulver aufgebraucht hatten.

Miriel blickte auf ihr Arsenal, das wie Soldaten auf dem Bett aufgereiht war. Sie musste grinsen, als sie daran dachte, welches Chaos sie anrichten würden.

Als Rand sie lächeln sah, lächelte er zurück. „Was ist?“

Sie schaute ihn an. Sein Gesicht war voller Flecken vom Schwarzpulver. Mit ihrem Ärmel wischte sie vorsichtig daran. „Es wird Euch gefallen.“

Er zuckte mit den Schultern. „Ich bin schon öfter in Schlachten gewesen. Ich habe schon alle Arten von Kriegsmaschinen gesehen – Katapulte, Trebuchets –“

„Das hier ist viel besser als ein Trebuchet."

„Brennende Pfeile?“

„Kinderkram.“

„Griechisches Feuer.“

„Nichts ist so ganz wie *Huo Yao*."

Es gab noch viel zu tun. Miriel wollte so viel von der Bibel unbeschädigt zurückbringen wie möglich. Und es dürfte keinen Beweis ihrer Tat geben. Die Geräte mussten wieder in die Küche zurückgebracht werden, der Topf an seinen Haken gehängt werden, der Löffel wieder in die

Schublade gelegt und der Zwirn dahin, wo sie ihn geholt hatten. Niemand dürfte jemals entdecken, was sie getan hatten.

Eine weitere Versicherung musste noch erledigt werden.

„Ihr müsst mir etwas versprechen", sagte sie zu Rand.

„Alles, was Ihr wollt."

„Das Geheimnis von *Huo Yao* ist heilig. Es darf nur benutzt werden, wenn die Lage ausweglos ist, ansonsten ist das Geheimnis verloren." Sie blickte in seine Augen, um ihm ihre Botschaft zu verdeutlichen. „Ihr dürft niemandem davon erzählen. Dieses Wissen müsst Ihr als Geheimnis in Eurem Herzen tragen. Versteht Ihr?"

Er runzelte die Stirn. Ohne Zweifel gingen ihm hunderte von Verwendungsmöglichkeiten für *Huo Yao* durch den Kopf, aber sie konnte es nicht zulassen, dass er das heilige Wissen auf diese Art und Weise verschwendete. In den Händen eines Narren war es ein zerstörerisches und gefährliches Werkzeug.

„Ihr müsst es mir versprechen", sagte sie erneut.

Sie war froh, dass sie sein Versprechen bekommen hatte, bevor er sah, wie spektakulär und aufregend und atemberaubend *Huo Yao* wirklich war.

Als die Sonne aufgegangen war, hatten sie ihre Aufgaben innerhalb der Burg erledigt. Da die Wachen auf Eindringlinge und nicht auf jene, die die Burg verließen, achteten, erzählte Rand ihnen einfach, dass er beschlossen hatte, vor der Hinrichtung abzureisen und er wies sie an, ihn bei Lord Morbroch zu entschuldigen. Sie nahmen an, dass Miriel, die einen Umhang trug, seine Frau war.

Das war vor einer Stunde gewesen. Von Miriels Aussichtspunkt konnte sie Rand mit seiner Fackel halb verborgen unter den Bäumen oben auf dem Hügel über Morbroch sehen. Die fast zweihundert Vorrichtungen, die sie zusammengesetzt hatten, standen wie die erste Linie einer Armee auf dem Kamm des Hügels. Allerdings konnte Miriel aufgrund des hohen Grases die Stangen selbst nicht ausmachen. Es war perfekt. Wenn sie sie nicht sehen konnte, konnten das die Leute von Morbroch auch nicht.

Ihr brannten die Augen wegen des Schlafmangels, aber obwohl sie schon halb zurückgelehnt in den oberen Ästen des Galgenbaums lag, war sie weit davon entfernt, einzunicken. Ihre Nerven waren vor Erwartung angespannt. Das, was sie drei hier versuchten, war schon äußerst dreist. Wenn es nicht funktionierte ...

Sie spannte ihr Kinn an und verbarg ihr Gesicht wieder mit einem Tuch. Es musste funktionieren.

Sie konzentrierte sich auf ein einziges Blatt im Baum und auf die Aufgabe, die vor ihr lag. Aber sie hätte nie gedacht, wie schwierig es sein würde, die Ruhe zu bewahren, als das Fallgitter langsam geöffnet wurde und der geschwärzte Wagen mit dem Verbrecher durch das Tor rollte.

Es schien ewig zu dauern, bis der quietschende Wagen den Hügel hinauf gerollt kam, gefolgt von nachdenklichen Männern, johlenden Kindern und Frauen, die aussahen, als würden sie lieber gemütlich in ihren Betten liegen. Miriel blickte durch die letzten Blätter, die noch am Baum hingen und sah Sung Li mit gefesselten Händen auf dem Wagen. Obwohl er seinen Kopf stolz hochhielt, zog sich Miriels Herz zusammen, als sie sah, wie klein und hilflos er erschien.

Endlich kam die Hinrichtungsgruppe unter dem Galgenbaum an. Niemand sah die dunkle Gestalt, die sich still in den Ästen versteckte. Sie waren damit beschäftigt, den Gefangenen anzustarren und Flüche über ihm auszuschütten. Selbst der Henker entdeckte Miriel nicht, als er das Seil über den dicksten Ast warf. Unsichtbarkeit war natürlich ihr Talent. So hatte sie sich ihren Namen verdient, der *Schatten*.

Miriel wusste nicht, welche Anklage von Lord Morbroch erhoben wurde, welche Schimpfwörter die Menge rief und welches letzte Gebet der Henker murmelte. Während sie sprachen, bewegte sie sich mit unendlicher Geduld und List von Ast zu Ast, bis sie direkt über dem Seil saß. Dann zog sie ihr *Woo Diep Do* und wartete.

Sie schluckte so schwer, als der Henker das Seil um Sung Lis Hals legte, als wenn sie selber erwürgt werden sollte. Dann atmete sie tief durch. Ihr Timing musste perfekt sein. Ebenso wie Rands.

Rand beobachtete die Vorgänge mit den Augen eines Falken und traute sich noch nicht einmal zu blinzeln. Er hielt die Fackel bereits in seiner Hand. Aber obwohl er es bei Miriel nicht hatte zugeben wollen, hatte er nur wenig Vertrauen in die lange Reihe Stangen, die auf dem Kamm des Hügels aufgereiht waren. Wie konnten ein paar Pülverchen aus der Küche aufgerollt in den Seiten einer entweihten Bibel mehr tun, als den Zorn Gottes zu entfachen?

Trotzdem tat er, wie Miriel es wünschte, da er keine andere Wahl hatte. Sie waren zu dritt gegen viele und tief in seinem Herzen wusste Rand, dass sie Recht hatte. Wenn er Lord Morbroch hätte überzeugen können, dass es gar nicht der *Schatten* war, den er gefangen hatte, dann hätte das nichts geändert. Der Mann wollte einen Sündenbock, um in erster Linie die anderen Lords zu beruhigen. Und die Tatsache, dass der Gesetzlose ein seltsam aussehender alter Mann aus einem fernen Land war, machte seine Hinrichtung zweifellos umso angenehmer.

Trotzdem verabscheute Rand die Tatsache, dass er Miriel da unten alleingelassen hatte, um gegen ganz Morbroch zu kämpfen, während er auf dem Hügel den Prometheus spielte.

Rand kniff die Augen zusammen. Jetzt lag die Schlinge um Sung Lis Hals. Der Henker trat zurück. Jetzt gleich ...

Der Mann rief etwas, der Fahrer knallte mit der Peitsche und der Wagen schoss nach vorn.

Sung Lis Füße hingen nur einen Augenblick, als eine schwarze Gestalt am Henkersseil herunterkam und die Fesseln um seine Handgelenke aufschnitt. Mit faszinierender Beweglichkeit für sein Alter schwang Sung Li seine Arme nach oben, ergriff das Seil über seinem Kopf bevor es ihn erwürgen konnte und kletterte dann hoch, bis er im Baum verschwunden war.

Das war Rands Signal. Langsam ging er die Reihe entlang und entzündete mit der Fackel ein Stück Zwirn nach dem anderen.

Beim ersten scharfen Zischen erschrak er so sehr, dass er fast aus seiner Hose sprang. Als er über die Schulter blickte, sah er ein helles Feuer aufleuchten und die Stange schoss mit solch einer Wucht nach oben, als wäre sie von einem Bogenschützen abgefeuert worden und dann segelte sie wie eine Sternschnuppe nach unten.

Einen Augenblick später schoss die Zweite auch nach oben. Dieses Mal schaute er zu, wie sie in einem Bogen hoch in die Luft flog. Funken, Feuer und Rauch hinterließen eine Spur im Morgenhimmel.

Während er zusah folgte die Dritte direkt danach, wobei sie in Brand geriet, dann die vierte mit einem wilden Zischen, woraufhin die Burgbewohner anfingen in Panik zu schreien. Als die Vierte fast auf seinem Fuß explodierte, merkte Rand, dass er nicht aufhören sollte weiter zu gehen. Die kleinen Biester kamen ihm immer näher und zogen mit ihren feurigen Zähnen an seinen Fersen.

Er erhöhte seine Geschwindigkeit und setze die Stangen in einem stetigen Rhythmus in Brand, sodass der Himmel die ganze Zeit voller unglaublicher Explosionen, Donner und Rauchwolken war, als wenn ein fürchterlicher Drachen über Morbroch gekommen wäre und Feuer über die Landschaft regnen ließe.

Unten scheute das Pferd und bockte und zog den Karren donnernd und schlitternd über die steinige Straße den ganzen Weg zurück zur Burg. Die Menge zerstob wie Mäuse vor einer Katze und rannte schreiend und brüllend den Hügel hinunter aus Angst vor dem Rauch und den Flammen. Wie Fledermäuse aus der Hölle schossen die Stangen in alle Richtungen und knallten und pfiffen und spuckten Feuer, wobei sie die Luft mit üblen Dämpfen erfüllten.

Rand musste angesichts des herrlichen Chaos, das sie geschaffen hatten, grinsen. Und einen kurzen verrückten Augenblick lang, war es ihm einerlei, was er Miriel versprochen hatte. Diese faszinierenden Waffen, die wie Blitz und Donner in einem waren, waren zu großartig, um sie geheim zu halten.

„Was zum Teufel war das?“, fragte Helena Deirdre und beide hielten auf dem Waldweg an.

Deirdre runzelte die Stirn und legte eine Hand an den Griff ihres Schwertes. „Das hörte sich an wie ..."

Bevor sie den Satz beenden konnte, gab es einen weiteren unheimlichen Pfiff. Dann noch einen. Und noch einen.

Helena zog ihr Schwert. „Es kommt von Morbroch."

Die beiden Schwestern tauschten ernste Blicke aus und galoppierten dann los entlang des Weges. Nicht umsonst hatten sie sich von Rivenloch unter den Nasen ihrer Männer davongeschlichen, hatten Miriel drei Tage verfolgt und galoppierten jetzt in voller Bewaffnung und bereit zur Schlacht weiter. Ganz gleich, wie Miriel sich auch nannte, oder wie gut sie als Krieger war, sie würden immer zur Verteidigung ihrer kleinen Schwester eilen und würden sich auch jetzt nicht abhalten lassen.

Aber als sie die Stelle erreichten, wo sie den Wald verließen und der Weg auf dem Hügel über Morbroch herauskam, konnten sie nur noch mit offenem Mund dastehen und ehrfürchtig starren.

Leute rannten über das Feld auf die Burg zu und heulten, als würden sie brennen. Der Himmel sah aus wie eine Vision der Hölle voller giftigem Rauch und irgendeiner Art von teuflischen Heuschrecken, die herumflogen und Feuer spuckten, während sie in alle Richtungen zischten und die fliehenden Burgbewohner verfolgten.

Noch nicht einmal fünfzig Meter zu ihrer Rechten entdeckten Deirdre und Helena die Quelle des unheimlichen Insektenschwarms. Mit einem teuflischen Grinsen im Gesicht steckte Rand eine Reihe von Stangen in Brand, die bei der Berührung mit der Flamme zischten und wie Pfeile von einem Bogen in die Luft flogen.

„Was zum Teufel ...?", sagte Helena.

Dann stieß Deirdre sie mit dem Ellbogen an und nickte zu zwei Gestalten, die sich den Hügel hinauf auf sie zu kämpften. „Miriel“, keuchte sie.

„Bei den Eiern des Teufels, ist das Sung Li?"

KAPITEL 27

Rand schrie triumphierend, als Miriel und Sung Li unverletzt den Hügel hinaufrannten. Es hatte funktioniert. Ihr Plan hatte funktioniert. Die Leute von Morbroch dachten, sie wären von einer unheimlichen Plage heimgesucht worden und flohen wie Sünder um ihr Leben.

„Miriel!", rief eine weibliche Stimme hinter ihm.

Er drehte den Kopf. „Helena?", rief er überrascht. „Deirdre? Was zum Teufel ...?"

Rand stand verwirrt da und hielt immer noch die Fackel, während die drei Schwestern im Siegestaumel einander umarmten und lachten und alle auf einmal sprachen. Er schüttelte den Kopf. Er nahm an, dass die Kriegerinnen von Rivenloch jetzt den Ruhm für Miriels Rettung einheimsen würden.

„All das", fragte Deirdre Miriel und zeigte zum verrauchten Himmel, „nur um Vaters Geld zurückzuholen?"

Miriel zuckte mit den Schultern. „Ich konnte doch Sung Li nicht zurücklassen."

„Bei den Heiligen", keuchte Helena vor Erstaunen. „Sung Li ist ein Mann."

Miriel versuchte, Deirdre ernst anzuschauen. „Aber was macht ihr hier? Ich habe doch gesagt, dass ich eure Hilfe nicht brauche."

„Oh, wir sind nicht gekommen, um zu helfen", versicherte ihr Deirdre. „Wir sind gekommen, um zuzuschauen."

„Deirdre", flüsterte Helena und zupfte am Ärmel ihrer Schwester, „Sung Li ist ein Mann."

Rand räusperte sich. „Nun, da Ihr zugeschaut habt, schlage ich vor, dass wir unsere Flucht wieder fortsetzen."

Niemand schenkte ihm auch nur die geringste Aufmerksamkeit.

„Schließlich", sagte Deirdre, „haben wir den *Schatten* noch nie wirklich in Aktion gesehen."

„Außer, dass ich dich auf den Hintern gestoßen habe", höhnte Miriel.

„Oh, aye, mit Ausnahme davon."

„Miriel", zischte Helena. „Miriel. Deine Dienerin –"

„Aye", schnauzte Sung Li sie ungeduldig an. „Wir wissen alle, dass Sung Li ein Mann ist."

„Meine Damen", versuchte Rand erneut.

Schließlich bemerkte Deirdre die Verletzung in Miriels Gesicht. „Oh Miri, was ist mit dir passiert?"

„Es ist nichts. Nur ein paar Kratzer, die ich –"

„Kratzer?", platzte Rand heraus und erhaschte endlich ihre Aufmerksamkeit. „Das sind mehr als ein paar Kratzer. Ich habe um mein ... " Plötzlich wurde ihm klar, dass es ein großer Fehler wäre, den beiden schwertschwingenden Schwestern zu erzählen, dass er derjenige war, der ihrem Liebling Miriel diese Verletzungen zugefügt hatte.

Aber sie hatten bereits Verdacht geschöpft. Helena hatte ihr Schwert schon halb aus der Scheide gezogen.

„Habt Ihr meiner Schwester dies angetan?"

Miriel drückte Helenas Hand wieder nach unten. „Helena, Du kennst nicht die ganze –"

Jetzt durchbohrte Deirdre ihn mit einem finsteren Blick. „Wenn Ihr ihr auch nur ein Haar gekrümmt habt ..."

„Deirdre, nicht", flehte Miriel. „Ich werde alles erklären."

Rand warf wieder einen Blick den Hügel hinunter.

Die Ritter von Morbroch hatten nun keine Angst mehr vor dem unheimlichen Angriff. Die mutigsten Männer hatten sich bewaffnet und erklommen nun den Hügel und waren bereit, das teuflische Ungeheuer, das Morbroch bedrohte, herauszufordern.

„Lauft!", rief Rand den Frauen zu.

Sie hörten auf zu schwatzen und schauten ihn an, als wäre er verrückt.

„Lauft!", wiederholte er.

Immer noch blieben sie an Ort und Stelle. Was zum Teufel war nur los mit Ihnen?

Natürlich, merkte er. Er hatte das falsche Wort gewählt. Einer Kriegerin „Lauft" zuzurufen, war wie „Gebt auf" zu einem Ritter zu sagen.

„Beeilt Euch!", verbesserte er sich. „Sie kommen. Bringt Sung Li in Sicherheit."

Nachdem sie sich mit einem Blick den Hügel hinab vergewissert hatten, liefen sie in den Wald.

Mit einem letzten Sprung nach vorn setzte Rand den Rest der *Huo Yao* in Brand. Das Geräusch war unglaublich und hörte sich an wie eine ganze Reihe von Trebuchets, die in schneller Folge Steine auf eine Burgmauer feuerten. Als wenn Hephästus eine Rüstung auf seinem großen Amboss oberhalb von Morbroch schmiedete, flogen überall Funken und waren fast so hell wie die Sonne.

Sie hatten keine Zeit, um zu sehen, welche Wirkung diese ultimative Serie an Explosionen auf die Ritter hatte. Rand musste sich zu den anderen Flüchtenden begeben. Er zündete die letzte Stange an, warf die Fackel weg, die auf dem feuchten Boden erlosch, und flüchtete in den Wald, wobei ihm der Rauch Schutz bot.

Er wusste nicht, warum er geglaubt hatte, dass er bei dem aufgeregten Geschwätz der Schwestern auch nur ein Wort sagen dürfte. Sie waren zu sehr damit beschäftigt, jahrelange Geheimnisse zu entwirren, um ihm Aufmerksamkeit zu schenken.

„Also hat Vater in der ganzen Zeit“, sagte Deirdre, „gar kein Geld verloren?“

„Nicht eine Münze.“

Helena murmelte: „Und Sung Li. War er die ganze Zeit ein Mann?“

„Natürlich“, sagte Miriel lachend.

„Er war dein Lehrer, nicht wahr?“, rätselte Deirdre.

„Aye.“

„Ich wünschte, du hättest es uns gesagt“, sagte Helena schmollend.

„Faszinierend“, staunte Deirdre. „Sir Rand hat den *Schatten* verfolgt und gar nicht gemerkt, dass er auf der Spur seine eigenen Geliebten war.“

Helena lachte und klopfte Miriel auf die Schulter. „Und sie besaß auch noch die Frechheit, ihm eine Silbermünze zu schenken.“

„Was ist mit deiner Waffensammlung?“, fragte Deirdre. „Weißt du tatsächlich, wie man sie benutzt?“

Miriel nickte.

Helenas Augen leuchteten auf. „Du musst es uns zeigen, Miri. Versprich es.“

Sung Li verzichtete darauf, weise Worte einzuwerfen, während sie weitereilten. Fast eine Stunde später machte er schließlich eine Bemerkung über Rands Verletzungen. „Was ist denn mit Euch passiert?"

„Der *Schatten* ist mir passiert", antwortete er.

„Pah." Dann verzog Sung Li stolz und ein wenig bösartig langsam den Mund. „Ihr habt Glück, dass Ihr noch lebt."

Rand nickte. Er wusste genau, was Sung Li damit meinte. Wenn Miriel nicht noch einen Hauch von Liebe für ihn empfunden hätte, könnte er jetzt tot sein.

Aber Sung Li ebenso.

„Ihr habt auch Glück gehabt."

Sung Li hob stolz den Kopf wie ein Mann, der von seiner Tochter spricht. „Miriel hat ein starkes Herz."

„Und ein großes", sagte Rand und legte eine Hand auf die Schulter des kleineren Mannes. „Es ist groß genug für uns beide."

Und so schlossen Sung Li und Rand Frieden. Fürwahr, während die Schwestern immer weiter schwatzten und über Miriels verborgene Talente staunten, sprachen die Männer über praktischere Angelegenheiten.

Am Ende ihrer langen Reise, als sie sich Rivenloch näherten, hatten sie sich in etwa geeinigt, was sie über ihr großartiges Abenteuer erzählen würden und was nicht. Rands wahre Identität würde offengelegt werden, aber Sung Li würde weiterhin Miriels Dienerin bleiben. Das Verschwinden des *Schatten*s würde ein Mysterium bleiben und natürlich würde nichts über *Huo Yao* erzählt werden.

Ein hundert Kerzen aus Bienenwachs tauchten die große Halle von Rivenloch in ein goldenes Licht und verströmten den Duft sommerlicher Wärme, was über den Novembernebel außerhalb der Steinmauern hinwegtäuschte. Miriel trug den rubinroten Surcot, auf den Sung Li bestanden hatte, saß neben ihrem neuen Ehemann bei ihrem Hochzeitsmahl, blickte hin und wieder liebevoll auf den Silberknoten, der ihren Finger umgab, und freute sich darüber wie ein Ritter über ein neues Schwert.

Ein köstliches Essen mit mehreren Gängen wurde serviert – geschmortes Wild, Forelle in Aspik, Hasenbraten, Pilzpasteten, gerösteter Lauch und Zwiebeln, Apfelkuchen, eine Creme mit Feigen und Rosinen und kleine Kuchen, die von Honig trieften. Aber natürlich war alles eingeteilt und von Miriel persönlich berechnet worden.

Fröhliche Musik erfüllte die Halle und die Klänge der Harfe und Chiterna waren direkt nach dem Dudelsack zu hören. Boniface sang Rundgesänge über zarte Romanzen und lüsterne Abenteuer und viele kleine aufgeregte Kinder, die gar keinen Hunger hatten, verließen ihre Plätze am Tisch, um zu tanzen und sich vor dem Brautpaar zu drehen.

Fürwahr, Miriel war schon fast versucht, sich ihren sorglosen Tänzen anzuschließen, wenn sie nicht ihre eigene heimliche Festlichkeit unter dem Tisch genossen hätte.

Sie unterdrückte ein erschrockenes Keuchen, als Rands Finger einen weiteren Zoll ihres Gewandes hochgezogen und schon fast ihre Oberschenkel offenbarten.

Sie zahlte ihm mit gleicher Münze zurück und arbeitete sich an seinem Surcot hoch, bis ihre Fingerspitzen an sein blankes Knie stießen.

Sein Mund zuckte, aber mit seiner freien Hand hob er seinen Becher mit Honigmet, als wenn nichts gewesen wäre. „Ein Prosit auf meine schöne neue Braut. Ohne sie würde ich mein Dasein", verkündete er, „im Schatten fristen."

Miriels Augen weiteten sich bei seiner riskanten Wortwahl. Aber niemand schien es bemerkt zu haben. Alle hoben ihre Becher und wiederholten seinen Trinkspruch.

Miriel spuckte fast ihren Met aus, als Rands Handfläche dreist über ihre Knie hinweg auf ihrem nackten Oberschenkel zum Liegen kam.

Sie erholte sich schnell, warf ihm einen bösen Blick zu und brachte ihren eigenen Trinkspruch „Und auf meinen würdigen Bräutigam. Wie die Chinesen zu sagen pflegen, *wo xiang gen ni shang chuang*."

Am nächsten stehenden Tisch erstickte Sung Li fast an seinem Essen und musste husten. Miriel strahlte Rand an, hob ihren Becher mit einer Hand und strich mit der anderen kühn an seinem nackten Bein nach oben.

Während die Menge jubelte, neigte Rand sich zu ihr und flüsterte: „Darf ich wagen zu fragen, was das bedeutet, meine Liebe?"

Als sie die anzügliche Übersetzung in sein Ohr keuchte, gab er ein seltsames, würgendes Geräusch von sich. Er war entschlossen, nicht die Fassung zu verlieren und irgendwie schaffte er es, den beruhigenden Met hinunter zu schlucken. Aber das Verlangen, das in ihren Augen bei ihrer offenkundigen Einladung glitzerte, ließ sich nicht verbergen.

Wie gleichstarke Krieger in einer Pattsituation hielt einer den anderen jetzt in Schach und ihre Finger waren nur wenige Zoll davon entfernt, den Gegner hilflos zu machen.

In der Zwischenzeit feierten die Burgbewohner weiter und waren sich der stillen Schlacht, die vor ihrer Nase stattfand, nicht bewusst. Sung Li warf Miriel einen tadelnden Blick wegen ihres Trinkspruchs zu. Lord Gellir aß unbeirrt weiter und war sich wahrscheinlich nicht bewusst, dass er Zeuge der Hochzeit der letzten seiner Töchter war, aber er genoss die feierliche Atmosphäre. Die frisch verheiratete Lucy hing an ihrem geliebten Sir Rauve wie Tau an einer Distel. Deirdre und Helena warfen Miriel hinterhältige Blicke zu, als wenn sie wüssten, dass das heiße Rivenloch Blut, das durch ihre Adern floss, sie nicht mehr lange bei Tisch halten würde.

Tatsächlich kochte die Lust zwischen Miriel und Rand und kam bereits gefährlich nah an den Siedepunkt, insbesondere wegen ihres Versprechens an Sung Li. Der alte Mann hatte auf Keuschheit zwischen ihnen in den letzten zwei Wochen bestanden und irgendeinen Unsinn geplappert, dass Abstinenz die Kraft ihres Kindes stärken würde. Angesichts der Umstände von Sung Lis Opfer und seinem langen und treuen Dienst bei Miriel, waren sie seiner Bitte nachgekommen. Aber jetzt waren sie verheiratet und Rands Wunden waren verheilt und Miriel konnte es kaum abwarten, mit ihrem neuen Ehemann unter die Bettdecke zu kriechen.

Scheinbar waren Rands Gedanken im Einklang mit ihren. Wieder hob er seinen Becher ihr zu Ehren. „Meine liebe Braut, möge diese winzige Knospe der Liebe ..." Mit unbeirrter List schlüpften seine Finger durch ihre weiblichen Locken und teilten ihre unteren Lippen, um sich auf genau die Knospe, von der er sprach, zu stürzen. „... in eine perfekte Blume der Ehe erblühen."

Sie konnte nicht sprechen. Sie konnte nicht atmen. Sie konnte ja kaum denken, während seine Finger unbeweglich auf ihr lagen, als wenn er sie herausfordern wollte, dass sie sich unter seiner Berührung wand. Sie errötete und betete, dass die Gäste glauben würden, dass das einfach das Erröten einer Jungfrau wäre.

Irgendwie schaffte sie es, einen wappnenden Schluck Met zu schlucken. Dann wollte sie süße Rache üben und es ihm mit gleicher Münze zurückzahlen. Sie hob ihren Becher. „Lieber Ehemann, meine Liebe für Euch wächst in jedem Augenblick mehr, sodass mein Herz ..." Sie starrte demonstrativ in seine misstrauischen Augen, während sie ihre Hand unter seinen Surcot gleiten ließ und kühn in seine Hose eindrang, wobei sie den dort enthaltenen Schatz ergriff. „... mein Herz so sehr aufgeht, dass es fast platzt."

Sein Erschaudern was so leicht, dass es unsichtbar war und sein leises Stöhnen war nur für Miriel hörbar, die sich heimlich in ihrem Sieg sonnte.

Aber der Sieg hatte seinen Preis. Als sie das Verlangen in seinen Augen und das leichte Beben seiner Nasenflügel sah und den schnellen Atem zwischen seinen offenen Lippen wahrnahm, wurde ihre eigene Sehnsucht noch erhöht. Sie konnte sich gerade noch zurückhalten, dass sie nicht unter den Tisch tauchte und es dort mit ihm trieb.

„Meine Liebe ...", krächzte er inmitten des andauernden Geschwätzes der Burgbewohner, „achtet darauf, dass Ihr nicht –"

Plötzlich wurde die Tür zur großen Halle mit Gewalt geöffnet und ein Spalt harten grauen Lichts fiel in den Raum. Bevor der Nebel auch nur Gelegenheit hatte, in den Raum einzudringen, ließen Miriel und Rand die Finger voneinander und sprangen zusammen mit den meisten Rittern von Rivenloch mit gezogener Waffe auf ihre Füße.

„Was soll das hier bedeuten?", brüllte der Eindringling.

Der Atem gefror in Miriels Hals, als wenn die Kälte den Nebel dort kristallisiert hätte. Es war der Lord von Morbroch. Er war mit seinen Männern gekommen.

Verflucht.

Würde ihre Ehe zerstört werden, bevor sie überhaupt begonnen hatte? Hatte der Lord von Morbroch die List entdeckt, mit der sie ihn reingelegt hatten? Hatte er gemerkt, dass Rand ihn betrogen hatte? War er wegen Sung Li gekommen? War er wegen ihr gekommen?

Rand zog sie beschützerisch außer Sichtweite hinter sich.

Miriel trat hinter ihm wieder hervor und legte ihre Hand an den Griff ihres *Bay Sow*, den sie in ihrem Ärmel versteckt hatte.

„Morbroch!", rief Lord Gellir fröhlich und war sich der Anspannung im Raum nicht bewusst. „Seid willkommen!"

Morbroch betrat die Halle mit seinen Männern dicht hinter ihm, während die Rivenloch Ritter in achtsamer Stille warteten. Die Kerzen flackerten, als hätten sie Angst und selbst die Hunde fiepten unbehaglich.

Miriel blickte schnell zu Sung Li. Was, wenn Morbroch ihn sah? Würde er sich von der Dienerinnenverkleidung foppen lassen? Heilige Maria, wenn er Sung Li erkannte, wenn er ihn als den *Schatten* offenbarte ...

Aber zu Miriels Überraschung war Sung Lis Gesicht so ruhig wie ein Winterteich, als er sie anschaute.

„Ihr erinnert Euch an mich!", rief Morbroch Lord Gellir zu.

„Natürlich, ich –"

„Und doch habt Ihr mich nicht zur Hochzeit eingeladen?"

Miriel blinzelte. Hatte sie ihn richtig verstanden? Sie wechselte flüchtige Blicke mit ihren Schwestern, die genauso verblüfft aussahen wie sie.

Morbroch schniefte und war offensichtlich beleidigt. Er strich die Feuchtigkeit von seinem Umhang, während er nach vorne trat. „Es ist Euch doch klar, dass diese Verbindung zwischen Eurer Tochter und Rand la Nuit von mir geplant war."

Sie schaute kurz zu Rand. Auf seiner Stirn hatte sich eine winzige Falte gebildet.

„Rand la Nuit?" Lord Gellir hielt inne und hielt seinen Becher Met auf halbem Weg zu seinem Mund. Verwirrt runzelte er die Stirn. „Rand la Nuit? Ist das nicht der Söldner?"

„Jetzt nicht mehr, Vater", versicherte ihm Deirdre und tätschelte seinen Arm. „Er ist jetzt Miriels Ehemann und einer von Rivenlochs Rittern."

„Das ist richtig, Mylord", sagte Pagan mit fester Stimme mehr zu Morbroch als zu Lord Gellir. „Er ist einer von uns."

Der Lord von Morbroch war von dem weniger als herzlichen Willkommen unbeirrt und bahnte sich den Weg durch die Menge. „Keine Angst", knurrte er verärgert. „Ich bin nicht gekommen, um ... Euer Fest zu stören." Er blieb vor Rand stehen. „Ich bin nur gekommen, um ein Hochzeitsgeschenk abzugeben. Scheinbar habt Ihr Morbroch in solch großer Eile verlassen, um zu Eurer Braut zurückzukehren, Sir Rand, dass Ihr etwas vergessen habt."

Neben ihr erstarrte Rand.

Morbroch steckte die Hand unter seinen Umhang und warf einen Beutel mit Münzen auf den Tisch vor Rand. „Eure Belohnung."

Rand musste seine Worte vorsichtig wählen. Jeder

wusste, dass er bezahlt worden war, um den *Schatten* zu fangen. Aber alle Betroffenen hatten sich geeinigt, die Einzelheiten der Flucht des Gesetzlosen wegzulassen. „Ihr schuldet mir nichts. Ich habe gehört, dass der *Schatten* der Schlinge des Henkers entkommen ist."

Morbroch lachte bellend. „Der Schlinge des Henkers vielleicht, aber ..." Dann runzelte er die Stirn. „Hat seine Schwester es Euch nicht erzählt?"

„Seine Schwester?", fragte Miriel.

„Die Schwester des *Schattens*", sagte Morbroch ungeduldig. „Ihr wisst, die ..." Er schaute sich im Raum um. Dann blieb sein Blick hängen und er nickte Sung Li zu. „Sie."

„Die Schwester des *Schattens*", wiederholte Miriel und warf ihrem *Xian Sheng* einen vorwurfsvollen Blick zu. Scheinbar hatte Sung Li etwas Listiges unternommen.

„Hat sie es Euch nicht gesagt?", fragte Morbroch.

„Uns gesagt?", wiederholte Rand und schaute erwartungsvoll zu Sung Li.

„Nay?" Morbroch klatschte plötzlich laut in die Hände und erschreckte alle und dann rieb er sich schadenfroh die Hände. „Dann habe ich Euch eine faszinierende Geschichte zu erzählen, Lords und Ladys."

Miriel entspannte sich ein wenig und ließ ihr Messer los. Alle steckten ihre Schwerter wieder zurück in die Scheide.

„Natürlich", sagte Morbroch seufzend, „würde sich die Geschichte viel besser erzählen lassen, wenn ich ein Bier hätte, um meine Zunge zu befeuchten."

Die Burgbewohner machten Platz auf den Bänken für die Ritter von Morbroch. Glücklicherweise hatte Miriel das Essen so reichlich bemessen, dass Rivenloch den unerwarteten Gästen Gastfreundlichkeit bieten konnte.

Als sich alle gesetzt hatten, hörte sie Morbrochs Erzählung von der Flucht des *Schattens*, die so übertrieben geschildert wurde, dass Miriel sich wand.

„Ich würde es nicht Flucht nennen", sagte Morbroch kopfschüttelnd. „Nay, überhaupt nicht. Die schwarze Gestalt, die aus dem Baum schlüpfte, war eine der Schlangen des Teufels, die gekommen war, um einen der Günstlinge Luzifers zurückzuholen."

Miriel durchbohrte Sung Li mit einem Blick, aber ihr *Xian Sheng* schien völlig ungerührt zu sein. Fürwahr, wenn sie es nicht besser gewusst hätte, hätte sie schwören können, dass er lächelte.

Während die Geschichte ihren Lauf nahm, wurde es immer offensichtlicher, was der listige Sung Li getan hatte. Er musste als Dienerin verkleidet allein nach Morbroch zurückgegangen sein unter dem Vorwand, dass sie herausfinden wollte, was aus ihrem „Bruder", dem *Schatten*, geworden war.

Als ihm die Geschichte von den Leuten von Morbroch erzählt wurde, hatte er einfach deren Verständnislücken hinsichtlich des seltsamen Nachspiels gefüllt. Morbroch und die anderen Lords konnten das seltsame Ereignis nicht erklären und nahmen Sung Lis Erklärungen als die Wahrheit an.

„Der Gesetzlose hat den Zorn des großen chinesischen Drachen erregt", erzählte Morbroch und riss die Augen dabei weit auf. „Das Ungeheuer stürzte sich herab auf den Galgenbaum, fauchte und spuckte Feuer und ergriff den *Schatten* mit seinen furchtbaren Klauen, um ihn in die Hölle zu befördern. Der Himmel war voller Blitz und Donner, der Mond und die Sonne schienen gleichzeitig zusammen mit dem Licht von tausend Sternen, während der große

Drachen wütete und im Himmel brüllte. Schließlich stieg er im giftigen Rauch mit einem Schlag seines Schwanzes mit dem dem Tode geweihten *Schatten* auf und ward nie wiedergesehen."

Daraufhin war es lange Zeit still. Miriel drückte die Hand an ihren Mund und täuschte Erstaunen vor, obwohl sie kurz davor war, in Gelächter auszubrechen. Aus dem Augenwinkel sah sie, dass auch ihre Schwestern gegen die Heiterkeit ankämpften. Sung Li schaute sich mit selbstgefälliger Zufriedenheit um, als wenn ihr imaginärer böser Bruder nicht weniger verdient gehabt hätte. Was Rand betraf, so glitzerten seine Augen gefährlich bei der fantasiereichen Erzählung. Zweifellos erlebte er seine Rolle als der große Drachen noch einmal.

Die Geschichte wurde immer wieder erzählt. Nachdem die Tische zur Seite geschoben worden waren und alle getanzt hatten, als sich alle um den großen Kamin in der Mitte der Halle versammelten, wurde die Geschichte immer noch erzählt. Jeder einzige der Ritter von Morbroch war dabei gewesen und jeder hatte seine einzigartige Version des Ereignisses. Die Leute von Rivenloch hörten ehrfürchtig zu und staunten über die bislang unbekannte Herrlichkeit ihres Gesetzlosen. Boniface dichtete an Ort und Stelle einige Verse zu Ehren des Ereignisses.

Aber obwohl sie für Sung Lis Geniestreich hätte dankbar sein sollen, wurde Miriel im Laufe des Abends immer verdrießlicher und besorgter.

Als Rand sie einen Augenblick alleine ließ, um einem Bedürfnis nachzukommen, setzte Sung Li sich zu ihr. „Es ist Euer Hochzeitstag", schimpfte er. „Ihr solltet glücklich sein."

Miriel runzelte die Stirn. „Ihr habt den *Schatten* getötet."

Sung Li zuckte mit den Schultern. „Es war an der Zeit für ihn zu sterben."

„Aber wie werde ich die Konten nun ausgleichen? Ihr wisst doch, dass mein Vater spielt. Die Geldtruhe wird schnell leer sein, wenn –"

„Solange Euer *Yin* und *Yang* als Mann und Frau im Gleichgewicht sind, werden Eure Konten es auch sein."

Miriel hatte genug von Sung Lis unverständlichen Ratschlägen und ergriff ihn an der Vorderseite seines Kleides und schnauzte ihn an: „Was zum Teufel soll das nun schon wieder –"

Ruhig erhob Sung Li eine Hand und zwickte sie fest in das Fleisch zwischen Daumen und Zeigefinger, woraufhin sie fiepte und ihn losließ. „Die Belohnung, die Euer Ehemann sich dafür verdient hat, dass er den *Schatten* gefangen hat, wird die Konten sehr aus dem Gleichgewicht bringen. Jahrelange Verluste Eures Vaters am Spieltisch könnten notwendig sein, um sie wieder auszugleichen."

Es dauerte einen Augenblick, bis Miriel verstand. Als sie schließlich verstand, dass Rand großzügig für den *Schatten* bezahlt worden war, runzelte sie erstaunt die Stirn.

„Jedoch", fügte Sung Li hinzu, als Rand wieder in die große Halle trat, „sollten die Konten wieder ausgeglichen werden müssen ..." Er lächelte sie listig an, „dann gibt es immer noch meinen zweiten Bruder."

„Zweiten Bruder?"

„Der *Geist*."

Miriel lächelte verschwörerisch. Irgendwie hatte sie den Verdacht, dass der *Geist* nicht gebraucht werden würde. Aber es war gut zu wissen, wenn die Zeiten sehr schlecht würden, wenn sie gezwungen wäre, sich dem Verbrechen zuzuwenden ...

„Es ist Zeit“, sagte Sung Li.

„Zeit?“

„Ihr werdet jetzt Euer Baby machen.“

Miriel stand da mit offenem Mund. „Sung Li!“ Sie runzelte die Stirn. „Maßt Euch nicht an, mir zu sagen, wann ich es tun oder nicht tun werde ...“

Aber als Rand herbeikam und mit einem breiten Grinsen seine funkelnden Augen und unwiderstehlichen Grübchen zeigte und einen Arm um sie legte, musste sie zugeben, dass die Aussicht, ein Baby zu machen, in der Tat sehr verführerisch war.

Rand küsste die feuchte Stirn seiner Braut, während sie in der süßen Nachglut des Beiliegens da lagen. Er überlegte, ob Sung Lis Prophezeiung stimmte, dass sie in dieser Nacht ein Baby machen würden.

Es war einerlei. Wenn nicht in dieser Nacht, dann in der nächsten. Ein ganzes Leben voller Liebe lag vor ihnen.

Miriel schnüffelte an seiner Schulter und murmelte: „Sung Li hatte übrigens Unrecht.“

„Unrecht?“

Während er immer noch in ihr lag, spannte sie sich um ihn herum an und flüsterte: „Es ist der *Schatten*, der die Nacht verschluckt.“

Er atmete tief durch, als sein Schwanz bei ihren Verlockungen wiedererwachte. Schon bald wurden die warmen Kohlen ihres Verlangens wieder zum Leben entfacht und explodierten in lodernden Flammen der Leidenschaft.

Als sie schließlich wieder auf der Erde wie Fragmente von Sternschnuppen ankamen, war Rand klar, dass Sung Li in einer Sache Recht gehabt hatte. Ihr Beilegen war so feurig und magisch wie *Huo Yao*.

Sicherlich wäre ein Kind aus einer solchen Verbindung auch einzigartig – so stark und furchtlos wie sein Vater und so mutig und schlau wie seine Mutter. Sung Li hatte versprochen, das Baby unter seine Fittiche zu nehmen und ihm oder ihr die chinesische Kampfkunst zu lehren, wie er es bei Miriel gemacht hatte.

Miriel grub sich liebevoll in Rands Schulter ein und er vergrub seine Nase in ihren seidenen Locken, wobei er den weichen und unvergesslichen Duft einatmete.

Miriel war in der Tat ein süßer Preis. Sie war schön und klug, stur und brillant, freundlich und kokett und charmant. Und als sich das flackernde Kerzenlicht auf den silbernen Klingen an der Wand reflektierte, dachte er, dass sie eine hervorragende Kriegerin war.

Er grinste. So wie er unnötigerweise befürchtet hatte, dass Miriel seine Vergangenheit als Söldner verachten würde, hatte sie angenommen, dass er entsetzt sein würde, wenn er erfuhr, dass sie diese Waffen auch benutzen konnte.

Er empfand das glatte Gegenteil.

Sie hatte ihm verziehen, dass er sie gejagt hatte.

Und er hatte ihr verziehen, dass sie versucht hatte, ihn zu töten.

Und als er sich von dem Schreck erholt hatte, dass er von seiner eigenen Braut bösartig angegriffen worden war, hatte sich seine Überraschung schnell in Respekt und Bewunderung verwandelt. Er hatte etwas von Miriel und ihren Schwestern gelernt. Er würde sich nie wieder abfällig über eine Frau mit einer Waffe äußern.

Miriel seufzte.

„Was ist los?", murmelte er.

„Ich wünschte, Sung Li hätte den *Schatten* nicht getötet."

„Gefiel Euch das Leben als Gesetzloser?"

Sie zuckte mit den Schultern. „Ich hätte es nur gerngehabt, dass mein Vater mich nur einmal hätte sehen können."

„Ich glaube, er wusste es."

Sie hob ihren Kopf. „Was?"

„Ich glaube, er wusste, dass Ihr der *Schatten* wart. Er hat einmal zu mir gesagt: Der *Schatten* ist unter uns, unter unserer Nase." Er grinste. „Ich glaube, er wusste es die ganze Zeit. Fürwahr, ich glaube, dass er deswegen so oft beim Spiel verloren hat. Er wollte seine gesetzlose Tochter in guter Kampfform halten."

Sie lächelte erstaunt und wurde still, aber er spürte immer noch eine gewisse Melancholie in ihrem Schweigen. Nun, da der *Schatten* tot war, nahm er an, dass Miris Talente schwinden würden.

Er lag einige Zeit da und bewunderte die exotischen Waffen an der Wand und ihm kam plötzlich eine Idee.

„Miriel, seid Ihr wach?"

„Hmm?"

„Ich habe mir etwas überlegt."

„Aye?"

„Ich habe beschlossen, dass das Geheimnis von *Huo Yao* zu wertvoll ist, als dass man es einfach im Geheimen verschwinden lassen könnte."

Das machte sie sofort hellwach. „Was?" Sie durchbohrte ihn mit einem drohenden Blick. „Ihr habt es versprochen!"

Er zuckte mit den Schultern. „Aber versteht Ihr denn nicht? Dieses Wissen würde Rivenloch zu einer uneinnehmbaren Festung machen." Seine Augen funkelten. „Die Ritter wären unbesiegbar", erklärte er, „und die Ländereien nicht zu erobern. Rivenloch würde zum brüllenden Drachen von ganz Schottland werden." Er schüttelte den Kopf. „Nay, ich weiß wirklich nicht, wie ich guten Gewissens den Mund halten kann."

Ob es das vielsagende Zucken seiner Lippe, das fröhliche Funkeln in seinem Blick oder einfach die Tatsache war, dass sie ihn zu gut kannte, aber Miriel durchschaute sein Spielchen.

„Ich verstehe", sagte sie und täuschte eine Niederlage vor, während sie es sich wieder unter der Decke gemütlich machte. „Und wie könnte ich Euch überzeugen, den Mund zu halten? Eine Börse voller Silber? Eine neue Rüstung? Mein Erstgeborenes?"

„Lehrt mich."

Sie reckte ihren Hals, um ihn anzuschauen. „Euch lehren?"

„Lehrt mich alles über die chinesische Kriegskunst."

„Ihr meint es ernst."

„Natürlich." Er grinste mit vorgetäuschter Reue. „Sofern Ihr nicht wollt, dass ich das Geheimnis von *Huo Yao* offenbare."

Sie hob eine Augenbraue. „Ihr wisst, dass das Erpressung ist."

„Aye."

Miriel wandte Rand ihren Rücken zu und seufzte leidend. „In Ordnung."

Tatsächlich hätte sie nichts glücklicher machen können als die Aussicht, ihr Wissen mit Rand zu teilen. Obwohl sie es nur ungern zugab, war ihr Dasein als der *Schatten* eine angenehme Ablenkung gewesen. Jetzt hatte Sung Li es für angebracht gehalten, den Gesetzlosen zu töten und ein gewisser Lebenszweck war verschwunden. Das Lehren würde ihren Talenten eine ganz neue Richtung geben.

Natürlich würde sie Rand das nicht sagen. Sie würde vortäuschen, dass es eine schreckliche Unannehmlichkeit war. Und er würde vortäuschen, dass die Offenbarung des Geheimnisses von *Huo Yao* schrecklich verführerisch war. Sie waren alle beide unverbesserliche Lügner.

Aber trotz ihrer Lügen und Listen und dem Verdrehen von Wörtern, trotz der koketten Verlockungen und listigen Manipulationen, die ihnen in der Natur lag, blieb eine Sache zwischen ihnen wahrhaftig. Sie liebten einander mit reinen Herzen und klarem Geist. Ihre Leidenschaft entzündete, leuchtete und blitzte wie die Flammen des *Huo Yao*, aber ihre Liebe würde langsam und ruhig brennen wie das stetige Feuer im Kamin.

Sie grinste wie ein Kätzchen mit Sahne, als Rand sie zurück in seine Arme zog und seinen Unterleib warm gegen ihren Hintern drückte. Gemütlich unter den Felddecken und zusammengedrückt wie ein paar bronzene chinesische Schilder blickten sie hinaus durch die offenen Fensterläden in den klaren Nachthimmel.

Rivenloch brauchte die Kraft von *Huo Yao* nicht, wurde Miriel klar. Mit den Fähigkeiten der Ritter von Cameliard und den Kriegerinnen von Rivenloch, dem berühmten Söldner Rand la Nuit und dem berüchtigten Gesetzlosen, dem *Schatten*, würde die Burg über Jahre hinweg gut beschützt sein.

Und wenn Sung Li Recht hatte, wenn Miriel und Rand eine ganze neue Generation von begabten Kriegern zeugten, würde Rivenloch bis in alle Ewigkeit bestehen.

Durch den dunklen Himmel schoss eine Sternschnuppe und hinterließ einen langen Drachenschwanz aus Funken.

Aber die Verliebten waren zu beschäftigt, um dies zu bemerken. Der *Schatten* hatte die Nacht wieder geschluckt. Der erste der nächsten Generation von Rivenloch Kriegern war empfangen worden.

ENDE

Vielen Dank, dass Sie mein Buch gelesen haben!

Hat es Ihnen gefallen? Wenn ja, posten Sie bitte eine Bewertung, damit Andere sie sehen können! Sie können einer Autorin kein größeres Geschenk machen, als die Liebe für ihre Bücher weiterzugeben.

Es ist wahrlich eine Freude und ein Privileg, dass ich meine Geschichten mit Ihnen teilen darf. Zu wissen, dass meine Worte sie zum Lachen oder Seufzen gebracht haben oder eine geheime Stelle in Ihrem Herzen berührt haben, ist das Salz in der Suppe und gibt mir den Mut, weiter zu machen. Ich hoffe, dass Sie unsere kurze, gemeinsame Reise genossen haben und dass ALLE Ihre Abenteuer gut ausgehen!

Wenn Sie mit mir in Kontakt bleiben wollen, können Sie sich gern für meinen monatlichen, elektronischen Newsletter unter www.Glynnis.net anmelden und dann erfahren Sie als Erste(r) alles über meine Neuerscheinungen, besondere Rabatte, Preise, verkaufsfördernde Maßnahmen und viel mehr!

Wenn Sie mich im täglichen Leben begleiten wollen …
Freunden Sie sich mit mir auf Facebook an
Liken Sie meine Autorenseite auf Facebook
Folgen Sie mir auf Twitter
Und wenn Sie ein Super-Fan sind,
werden Sie Mitglied des Campbell – Leser Clans

Vorschau auf ...

DAS VERLÖBNIS

Die Eingangsnovelle zur Reihe
Die Ritter von de Ware

„Und dahingehend gebe ich mein Versprechen."

„Dann ist es vollbracht", sagte ihr Vater zufrieden und klatschte in die Hände.

Ysenda hörte ihn kaum. Sie war auf den Mann vor ihr konzentriert - der Mann, der irgendwie auf unwahrscheinliche Art und Weise ihr Ehemann geworden war. Seine Augen leuchteten herzlich und sein Lächeln fesselte sie. Und als er mit dem Daumen über ihre verbundenen Hände strich, kribbelte es seltsam in ihren Adern.

Der *Laird* hob einen Becher Bier zu einem Trinkspruch und der Clan tat es ihm jubelnd nach.

Aber Noël war noch nicht fertig. Er streckte die Hand zu dem Mann links von ihm aus und dieser legte einen goldenen Ring in seine Handfläche. Er wickelte das Handfeste Band ab, um ihre Hand zu befreien. Noël steckte dann den Ring vorsichtig an Ysendas dritten Finger.

Sie starrte darauf herab. Er war schwer und der Kopf eines Wolfes war darauf geschmiedet.

„Das ist der große Wolf von de Ware", erklärte er ihr.

Sie biss sich auf die Lippe und war beunruhigt von seinem finsteren Gesicht. Der Ring saß lose an ihrem Finger. Sie hoffte, dass er nicht abrutschen würde und dass sie ihn nicht verlieren würde, denn er gehörte rechtmäßig Cathalin.

Er beugte den Kopf, um ihr zu zu murmeln: „Ich verspreche Euch, Mylady, dass Ihr ab dem heutigen Tag unter dem Schutz des Wolfes steht."

Einen kurzen albernen Augenblick lang wünschte sie sich, dass das stimmen könnte. Sie hätte gerne eine Armee wilder und wölfischer Ritter zu ihrer Verfügung.

Sie lächelte ihn zögerlich an und er grinste zurück, dass ihr Herz aussetzte. Aber das hier war Cathalins Ehemann und nicht ihrer. Ein Teil von ihr brannte vor Eifersucht angesichts dieser Tatsache.

Er hielt immer noch die Finger ihrer rechten Hand umklammert, als er die linke Hand hob, um sie an ihre Wange zu legen. Er hob ihren Kopf, so dass sie ihn anschauen musste. Seine dunklen Augen glühten wie brennende Kohlen. Sie konnte kaum atmen. Er strich mit dem Daumen über ihren Mundwinkel und brachte sie dazu, den Mund zu öffnen. In einem sinnlichen Taumel entspannte sie ihren Kiefer, während sich ihr Blick auf seinen verführerischen Mund senkte.

Er wollte sie küssen.

Cathalins Bräutigam wollte sie küssen.

Sie hätte ihn aufhalten sollen. Aber für ihren Bruder musste sie diese Sache zu Ende spielen.

Zumindest sagte sie sich das, während er immer näherkam.

Aber das stimmte nicht ganz.

Sie wollte sehen, wie es sich anfühlte, einen Mann zu küssen. Und zumindest wollte sie für einen Augenblick lang vortäuschen, dass sie ebenso wertvoll und begehrenswert wie ihre Schwester war.

Als seine Lippen ihre berührten, schien der Jubel zu schwinden. Jetzt waren es nur noch sie beide, die durch ihre Hände und suchenden Münder verbunden waren. Sie schloss die Augen. Sein Atem auf ihrer Wange ließ sie vor Freude erschaudern.

Und dann neigte er sich noch mehr und erhöhte den süßen Druck.

Sie hatte aufgrund seiner respekteinflößenden Erscheinung erwartet, dass sein Kuss rau und aggressiv sein würde. Aber der Krieger zügelte seine Kraft irgendwie. Seine Lippen waren weich, zart und erfahren. Seine Fingerspitzen streichelten zart über das empfindliche Fleisch unter ihrem Ohr und das Gefühl ließ sie erschaudern.

Während er sie küsste verschlang er die Finger seiner rechten Hand mit ihren und zog sie näher, bis ihre verschlungenen Hände einen Liebesknoten zwischen ihren Herzen bildeten. Ysenda fühlte sich wie warmes Kerzenwachs und schmolz in ihn hinein. Ihr Herz raste. Ein leises, erfreutes Stöhnen war in ihrem Hals zu hören, während er seinen Kopf neigte, um den Kuss zu vertiefen.

Melden Sie sich unter www.glynnis.net an und erfahren Sie als Erste(r) alles über Neuerscheinungen.

Über Glynnis Campbell

Ich bin eine USA Today Bestsellerautorin von verwegenen, abenteuerlichen, spannenden, historischen Liebesromanen mit über einem halben Dutzend preisgekrönter Bücher, die bereits in sechs Sprachen übersetzt wurden.

Aber bevor ich die Rolle der mittelalterlichen Heiratsvermittlerin übernahm, habe ich in der Mädchen-Band, „The Pinups", auf CBS Records gesungen und meine Stimme den MTV-Animationsserien „The Maxx", „Blizzard's Diablo" und den Starcraft-Videospielen und Star Wars-Hörbüchern geliehen.

Ich bin mit einem Rockstar verheiratet (wenn Sie wissen möchten, mit wem, kontaktieren Sie mich) und habe zwei Kinder. Ich schreibe am Liebsten auf Kreuzfahrtschiffen, in schottischen Schlössern, im Tourbus meines Mannes und zuhause in meinem sonnigen Garten in Südkalifornien.

Ich nehme meine LeserInnen gern mit an Orte, wo kühne Helden liebenswerte Fehler haben und die Frauen stärker sind als sie aussehen, wo das Land üppig und wild ist und Ritterlichkeit an der Tagesordnung ist.

Ich freue mich immer wieder, von meinen LeserInnen zu hören. Schicken Sie mir daher gern eine E-Mail an glynnis@glynnis.net. Und falls sie ein Super-Fan sind und Teil meines inneren Kreises werden wollen, melden Sie sich an, um ein Mitglied des Glynnis Campbell Leser-Clans auf Facebook zu werden. Dort können Sie hinter die Szenen blicken, erhalten Vorschauen auf noch nicht erschienene Bücher und besondere Überraschungen!

www.ingramcontent.com/pod-product-compliance
Lightning Source LLC
Chambersburg PA
CBHW010726100726
47899CB00009B/2938

* 9 7 8 1 6 3 4 8 0 1 0 2 7 *